Knaur.

Knaur.

*Kirsten Rick hat bereits Kurzgeschichten in folgenden Anthologien des Knaur Taschenbuch Verlags veröffentlicht:*
Milchkaffee für Herz und Seele – *herausgegeben von Lola Lindberg*
Verbotene Küsse – *herausgegeben von Marie van Helden*
Nimm mich hier und nimm mich jetzt – *herausgegeben von Marie van Helden*

*Über die Autorin:*
Kirsten Rick, geboren 1969, lebt gemeinsam mit ihrem Freund und ihrer Tochter in Hamburg. Sie schrieb für verschiedene Magazine, hat fast alle wichtigen und unwichtigen Popstars interviewt und bereits zahlreiche Kurzgeschichten veröffentlich. *Schlüsselfertig* ist ihr erster Roman.

*Kirsten Rick*

# Schlüsselfertig

Roman

Knaur Taschenbuch Verlag

Besuchen Sie uns im Internet:
www.knaur.de

Sagen Sie uns Ihre Meinung zu diesem Buch:
frauen@droemer-knaur.de

Originalausgabe August 2005

Umschlaggestaltung: ZERO Werbeagentur
Umschlagabbildung: Zefa und Kaiser
Satz: Ventura Publisher im Verlag
Druck und Bindung: Clausen & Bosse, Leck
Printed in Germany
ISBN-13: 978-3-426-62923-9
ISBN-10: 3-426-62923-2

7 6 5

*Für Michael*

Wie zündet man eigentlich ein Haus an? Vielleicht hätte ich mich vorher informieren sollen. Aber wo? Bei der freiwilligen Feuerwehr?

Nun muss es so gehen, mit dem Kanister Super bleifrei, einer angebrochenen Flasche Brennspiritus und ein paar Grillanzündern. Ich bin mir fast sicher, dass ich in *1000 preiswerte Haushaltstipps*, der Bibel meiner Schwiegermutter, noch kostengünstigere Vorschläge gefunden hätte. »Das guuuute Super!«, würde sie stöhnen, mit wuchtiger, ihrem Brustumfang angemessener Betonung auf dem *U*. »Bleifrei hätte es doch auch getan!« Meine Schwiegermutter ist sowieso immer der festen Überzeugung, dass ich zur Verschwendung neige. Nur, weil ich meinen Wein nicht bei *Aldi* kaufe. Überhaupt: *Aldi*. Das ist auch so ein Thema, damit kann man jede Kaffeerunde in Schwung bringen, da, wo ich herkomme. Aber dazu kommen wir später.

Erst mal soll die Hütte lodern, das Fertighaus Typ *Edeltraut*, mit Vollkeller und Ausbaureserve. In Krimis heißt es doch immer, der Täter hätte Brandbeschleuniger verwendet. Was ist das genau? Seltsam, bislang habe ich mir nie Gedanken darüber gemacht. Wahrscheinlich wäre das eh nichts für mich, denn ich kann noch nicht mal einen

Schnellkochtopf bedienen. Als Hausfrau bin ich eine Niete, damit habe ich mich abgefunden – aber meine Karriere als Brandstifterin, die beginnt erst. Da kann ich es noch zu etwas bringen. Aber wie denn bloß?

Erst mal das Benzin auf den Teppich kippen. Genauer gesagt: auf die Auslegware. Das ist nämlich ein Unterschied, Teppich und Auslegware. Und wir sind hier auch nicht in einer Musterhaussiedlung, sondern im Massivhauspark. Das lernt man, wenn man ein Haus bauen will. Vor zwei Wochen wollte ich das nämlich noch. Obwohl »wollen« vielleicht nicht ganz das richtige Wort ist. Ich nahm es als gegeben hin. So wie Männern die Haare ausfallen, man ein Auto auf keinen Fall länger als sieben Jahre fahren soll und die Gottesanbeterin nach dem Sex den Gatten verspeist, genauso hielt ich es für ein Naturgesetz, dass ich ein Haus bauen würde. Ich habe es mir nicht gewünscht, es gehört einfach dazu, dort, wo ich herkomme: vom Dorf. Man macht es. Wo sollte man denn auch sonst wohnen? In der Stadt etwa? Ausgeschlossen! Dort findet man ja nie einen Parkplatz. Genauso selbstverständlich wie ein Haus zu bauen ist es natürlich auch, ein Carport daneben zu setzen. Ich hätte es auch getan. So war mein Leben: Alles ergab sich so, wie es sollte. Es gab feste Regeln, es gab garantierte Sicherheit. Dachte ich zumindest. Bis ich merkte, dass das nicht stimmte.

Mein Unbehagen begann an einem ungewöhnlich schwülen Tag im Mai.

# 1. Kapitel
# Grund genug – Das Grundstück

## Dienstag, 3. Mai

Schneller, schneller! Jetzt überholen! Du schaffst es! Achtung, der Dicke da hinten holt auf! Und jetzt verknäult sich alles hier vorne.

Ich sitze im Gras und beobachte faszinierende Verfolgungsjagden auf einer Ameisenstraße. Und gleich daneben das Liebesspiel zweier Marienkäfer. Langsam krabbeln sie umeinander herum, das Männchen wirbt mit einem betörenden Balztanz, das Weibchen erliegt dem unwiderstehlichen Charme, gibt sich ihm hin, ungeachtet der zahlreichen Zuschauer. Sind Marienkäfer Exhibitionisten? Jetzt kriecht der eine davon, der andere bleibt ermattet liegen. Ging ja schnell. Ist bei Marienkäfern also auch nicht anders als bei Menschen.

Moment! War das überhaupt Sex? Wieso bilde ich mir ein, einen Geschlechtsakt zu beobachten? Ehrlich gesagt: Ich habe überhaupt keine Ahnung von Insekten. Vielleicht waren das noch nicht mal Marienkäfer, so ganz sicher kann man sich ja nie sein. Wahrscheinlich hat das Ganze eher etwas mit meinem Liebesleben zu tun. Meinem sehr geregelten, sehr routinierten und sehr sparsam bemessenen Liebesleben. Ungefähr einmal im Monat, meistens nach *Wetten, dass …?*. Heiner wird anscheinend unglaublich angetörnt von dieser Show. Der Zauber dauert dann zehn Minuten, in denen die bekannten erogenen Zonen verlässlich stimuliert werden. Das funktioniert immer. Ein wenig fühlt es sich an, als hätte man den Autopiloten eingeschaltet. Eine sichere Sache. Im Moment läuft *Wetten, dass …?* gerade nicht, keine Ahnung, wieso. Ist denn schon Sommerpause? Im Mai? Weiß Herr Gottschalk nicht, welche Auswirkungen sein Fortbleiben auf mein Liebesleben hat? *Wer wird Millionär* scheint für Heiner als Vorspiel nicht zu wirken.

Wahrscheinlich bin ich, wie meine beste Freundin neulich mal gesagt hat, *underfucked and oversexed*. Und ich sollte wohl versuchen, diesem Zustand etwas Angenehmes abzugewinnen. Den *underfucked*-Aspekt ignorieren und die *oversexed*-Seite genießen. Ich könnte es mit Tagträumen probieren. Gute Idee.

Ich lasse mich ins Gras sinken – pardon: auf den Rasen, denn dieser Garten hier wurde akribisch angelegt, da wächst nicht einfach irgendwelches Gras. Natürlich war ich mal wieder zu träge, um mir eine von den sperrigen Plastikliegen mit den braun-beige-gestreiften Auflagen aus dem Gartenhäuschen zu holen. Also muss ich mich auf dem Rasen meinen Phantasien hingeben. Okay. Gut. Hemmungslos denken. Alles zulassen. Tabulos sein. Mutig, verwegen, wild, verrucht.

Hmm.

Da kommen irgendwie keine Phantasien.

Alles ziemlich dunkel. Ziemlich brav. Ganz normal. An wen soll ich auch denken? Und an was? An einen Kavalier, der mich mit Rosen überhäuft? Zu kitschig. Außerdem mache ich mir gar nichts aus Blumen. Kaum hat man sich an den Anblick gewöhnt, sind sie schon wieder verwelkt. Au weia, da fällt mir was ein. Ich springe auf und renne ins Haus.

Das war's dann wohl. Alles voller Brösel. Die ganze Fensterbank voll. Der Rest sieht aus wie mumifiziert. Ich habe vergessen, die Geranien zu gießen. Ausgerechnet die, die meine Schwiegermutter mir während ihres Urlaubs anvertraut hat. Schwiegermutter in spe, um genau zu sein, denn Heiner und ich sind nicht verheiratet. Aber immerhin verlobt, so ungefähr seit drei Jahren, seit Heiner mir zu Weihnachten einen gebrauchten Opel Corsa schenkte und vorher noch schnell um meine Hand anhielt, damit »die Investition in der Familie bleibt«. Der Corsa war übrigens der Ladenhüter in der Autohandlung, die Heiner später mal von seinem Vater übernehmen wird. Er arbeitet dort jetzt schon, als Juniorchef.

Heiner und ich kennen uns aus der Grundschule. Ich kann mich noch vage daran erinnern, dass er mir mal aufs Pausenbrot gespuckt hat, ein Ereignis, das ich gerne verdrängen würde. Seitdem versuche ich ihn möglichst von Lebensmitteln, an denen mir etwas liegt, fernzuhalten. Und mir liegt fast an allem etwas, was essbar ist. Da bin ich genau wie meine Mutter, deren Speisekammer fast größer als die Küche ist, die Gefriertruhen quasi über das ganze Haus verteilt hat und die am liebsten Gastro-Großpackungen einkauft. Trotzdem trägt sie zeit ihres Lebens höchstens Größe 38, während ich hin und wieder zu 42 greifen muss. Aber vielleicht liegt das auch daran, dass bei *H&M* alles kleiner ausfällt und hier im örtlichen Modehaus wahrscheinlich alles mit »einer schlanken 38« ausgezeichnet ist, denn es mag sich ja keiner blamieren und etwas Größeres kaufen. Meine Figur ist für mich übrigens kein Problem, sondern, seltsamerweise, eher für meine Mutter. Genau genommen ihr zweitliebstes Problem: nach meiner Frisur.

Plötzlich reißt mich eine Stimme direkt hinter mir aus meinen Gedanken. »Kind, wie siehst du denn aus?« Vor Schreck zucke ich zusammen und brate den verblichenen Geranien mit der Gießkanne eins über.

»Mutti, du sollst dich nicht immer so an mich ranschleichen!«

»Und du sollst dir mal überlegen, ob dir dieser Rock wirklich steht. Der ist so unvorteilhaft geschnitten. Und Lila ist gar nicht in.«

»Woher weißt du denn das schon wieder?«

»Das habe ich in der *Wusch* gelesen!«, antwortet sie hoheitsvoll.

»Bitte wo?«

»In der *Wusch!* Oder *Vok*, oder wie das heißt.«

»Du meinst die *Vogue?*«

»Ja, natürlich. Aber wie spricht man das noch mal richtig aus, *Wogü?* Das kommt mir so falsch vor, ich hatte doch auch mal Französisch …«

Ich schweige. Rache muss sein. Soll sie doch glauben, dass die *Vogue* wie *Wogü* ausgesprochen wird, wahrscheinlich meinte sie eh die *Brigitte*. Oder den *Quelle*-Katalog. Niemand hier im Dorf liest *Vogue*. Dabei gibt es die Zeitschrift sogar im Supermarkt – wie alle anderen Zeitschriften auch. Denn der Supermarkt hat alles. Er trägt zwar einen irreführenden Namen – *Knurres Krämerlädchen* –, aber so hieß der Laden eben immer schon, lange bevor man ihn vergrößert hat. In dem neuen Gebäude, das aussieht wie eine Kreuzung aus einer Tennishalle und einer Tiefgarage, die versehentlich oberirdisch gebaut wurde, und dem man dann, um einen gewissen Kleinstadtfußgängerzonencharme zu erzeugen, vorne ein paar Dachgiebel aufsetzte, in diesem optisch nicht so ganz gelungenen Gebäude gibt es ein verwirrend umfangreiches Angebot. Angefangen bei der gigantischen Zeitschriftenpalette (wenn man nur lange genug sucht, findet man dort bestimmt auch ein Exemplar der griechischen *Wogü*) bis hin zu exotischen Fleischsorten. Neulich gab es Strauß und Bison, ich rechne nächste Woche fest mit Krokodil und Zebra. Die Preise sind natürlich exorbitant. Aber man kauft eben dort, weil es sich so gehört. Weil man sich kennt. Weil man es immer schon so gemacht hat. Heimlich fährt man dann aber trotzdem auch in den Nachbarort zu *Aldi*. Und auf dem Rückweg werden die Discount-Einkäufe im Auto mit einer Decke getarnt.

Aber ich schweife ab. Warum ist meine Mutter denn jetzt hier? Waren wir verabredet und ich habe es vergessen? Das würde ins Geranien-Schema passen. Mein Leben ist so wenig aufregend, dass ich mir einfach keine Mühe mehr mache, mir überhaupt irgendetwas zu merken. Passiert ja sowieso nichts.

»Falls du es vergessen hast: Ich bin hier, weil Heiners Eltern heute aus dem Urlaub zurückkommen«, klärt meine Mutter mich auf, die ein gewisses Talent zum Gedankenlesen besitzt. Oder zumindest zum Lesen meiner Gedanken.

Traditionell gibt es bei der Rückkehr meiner Schwiegereltern in spe abends ein kleines Beisammensein, das sie dazu nutzen, ihr am Ferienort gedrehtes Videomaterial frisch und ungeschnitten vorzuführen. Meistens so ein bis drei Stunden, davon 80 Prozent recht verwackelt oder in die Tasche gefilmt, weil sie vergessen haben, die Kamera wieder auszuschalten. Und, wie die Tradition es so will, serviere ich dazu Häppchen.

Das wird knapp. Was habe ich Essbares im Haus? Wie spät ist es? Knurres Kramerlädchen hat auf jeden Fall schon zu.

»Nein, Mutti, natürlich habe ich es nicht vergessen.« Warum kann ich ihr gegenüber nie etwas zugeben? Egal. Ich könnte die Mega-Packung *Kinderriegel* hinstellen. Ja, das wird gehen.

»Und was willst du anbieten? Die *Hanuta*-und-Salzstangen-Nummer im letzten Jahr war ja ein wenig schwach …«

Okay, da hat sie mich.

»Ich dachte an …« Ein schwacher Versuch, ein letztes Ringen um die Fassade. »Nein, keine Ahnung, ich habe es wirklich vergessen. Und du musst gar nicht in die Küche gucken, da findest du auch nichts Passendes.«

Mutti grinst und holt aus dem Flur eine Kühltasche voller Tupperware. »Ich habe da etwas vorbereitet!« Sie macht ein Gesicht wie Fernsehkoch Max Inzinger in den späten 70ern, bevor er den Inhalt von zwanzig kleinen Schälchen so schnell in einen Topf kippte, dass man sich unmöglich merken konnte, was in den Schälchen war, und zählt auf: »Datteln im Speckmantel, Scampi auf Spinat – da gibt es eine neue Würzmischung für – und ein orientalischer Salat. Schließlich kommen sie gerade aus Tunesien. So, und jetzt los. Ich bereite alles vor, und du gehst dich noch rasch frisch machen.«

Mutti drängt mit ihrer Ausrüstung in Schwiegerelterns Küche, ich gehe nach oben in die Mansardenwohnung, die Heiner mit seinem Vater zusammen ausgebaut hat. Dort wohnen wir, Heiner und ich, unter lauter Dachschrägen. Eigentlich kann man nur im Flur und in der Mitte der beiden Zimmer stehen. Wenn ich morgens aufwache, darf ich nicht hochschrecken, sonst stoße ich mir den Kopf. Der Luftraum über den Kissen unseres Doppelbettes ist knapper bemessen als die Kleidchen von Verona Feldbusch-Pooth. Und Raufaser hinterlässt fiese Abdrücke im Gesicht.

Ich öffne den Kleiderschrank, der die einzige Wand belegt, an die man überhaupt etwas stellen kann, und gucke hinein. Gucke. Gucke. Gucke. Was ziehe ich bloß an, um über jeglichen Kommentar erhaben zu sein?

Unten poltert es schon. Heiner hat seine Eltern vom Flughafen abgeholt und schleppt gerade die souvenirbeladenen Koffer in den Flur, begleitet von den »Vorsicht! Vorsicht!«-Rufen seiner Mutter.

Ich verwerfe die Kleidungsfrage und renne nach unten, um sie zu begrüßen. Sie sehen noch etwas lederner aus als vor ihrer Abreise, sonnengegerbt. Sie erinnern mich an große, alte Handtaschen. An die dunkelbraunen Handtaschen meiner Oma.

»Hach, ich freue mich so, wieder zu Hause zu sein«, seufzt Heiners Mutter, »zwei Wochen Urlaub sind vielleicht doch etwas lang.«

Ja, denke ich, das ist wohl so – zumindest, wenn man sich nicht aus der Ferienanlage hinauswagt, der Küche des Landes misstraut und unglücklich ist, wenn man kein eigenes Geschirr abwaschen und kein eigenes Unkraut zupfen darf. Für meine Schwiegereltern gilt nicht *Home is, where the heart is*, sondern: *Home is, where the Eigenheim is*. Oder: Wo die Geranien sind. Hoffentlich habe ich da noch ein bisschen Schonfrist.

Zunächst gehen wir in den Garten. Schwiegervater will mal richtig »an seine Grenzen gehen, höhöhö!«, also schlendern wir ein bisschen am Zaun entlang, begutachten wohlwollend den frisch gesprengten und gestutzten Rasen (»In Tunesien ist alles staubig. Da wächst ja nichts, nur in den Oasen so ein paar zerfledderte Palmen.«)

Ganz hinten bleibt Schwiegervater stehen, macht ein ernstes Gesicht und räuspert sich: »Wir haben uns da etwas überlegt.« Er breitet die Arme aus, fuchtelt gen Horizont, deutet über die sumpfige Wiese, die zwischen seiner Grundstücksgrenze und seinem Autohaus liegt, räuspert sich wieder. »Heiner, Silke, hört jetzt mal gut zu. Wir schenken euch dieses Grundstück. Da könnt ihr ein Haus bauen! Und dabei wollen wir euch natürlich unterstützen.«

Heiners Mutter guckt feierlich und ergänzt: »Diese Fertighäuser, die sind ja so günstig. Und qualitativ so was von hochwertig! Die Eders, die sind froh, dass sie ihr Okalhaus haben. Das ist nun schon über zwanzig Jahre alt und immer noch sehr gut.«

Ja, denke ich, für ein Haus ist zwanzig Jahre natürlich ein betagtes Alter. Man glaubt kaum, dass manche Gebäude sogar noch älter werden, gar ihre Besitzer überleben. Bewundernswert. Das Haus von Eders ist übrigens zartgelb, es sieht aus, als hätten zwanzig Jahre lang regelmäßig Hunde draufgepinkelt.

Ich gucke zur Wiese, sehe die Maulwurfshügel, den Löwenzahn, einen hohen Metallzaun, dahinter ein paar neue Opel Astra. Ich versuche, mir ein Haus darauf vorzustellen, und sehe ein pissnelkengelbes, aber »immer noch sehr gutes« Fertighaus. Dann versuche ich, mir mich in diesem Haus vorzustellen. Doch das Bild wird nicht ganz scharf. Unter meinen Achseln ist es feucht. Ich fühle mich klebrig. Kein Wunder, es ist ziemlich schwül.

»Na, was ist? Freut ihr euch?«, fragt Heiners Mutter ur
fährt sich durch das blondierte, vom Chlor des Hotelp
etwas grünlich gewordene Haar.

Heiner grinst. Er sieht aus, als hätte er das alles er
Als wäre das ganz selbstverständlich.

Ich öffne den Mund, weiß aber noch nicht gen
sagen soll, da legt meine Mutter schon los: »
ideal! Der Eingang muss nach dort«, sie deu
»das Carport kommt hier hin und die Ter
nach da hinten«, sie zeigt zum Autohaus,
den Wintergarten. Aber ihr seid doch si
können das ja beim Essen weiterbesprech

»Nächsten Sommer steht der Kaster
frisch gebackener Bauherr in spe, ebenso
selbstzufrieden fest.

Ich bleibe immer noch stumm. Mir fäl
ein, was ich dazu sagen könnte.

Beim Essen werden die Vor- und Nachteile von offenen Küchen und einer Fußbodenheizung erörtert. Beim Ersten muss man penibel Ordnung halten und immer sofort abwaschen, falls mal unangemeldeter Besuch kommt, beim Zweiten drohen Venenprobleme bis hin zu Krampfadern. Bei mir wird von den beiden anwesenden Fachfrauen ein leichter Hang zur Unordnung und eine familiär bedingte Neigung zu Bindegewebs- und Venenschwäche diagnostiziert. Also käme wohl beides eher nicht in Frage. Bliebe also ein Wintergarten als exklusives Extra.

Ich erinnere mich an die Geranien, trinke mein Glas tunesischen Weines rasch aus und verabschiede mich nach oben.

»Kind, du bist so still. Was ist denn los?«, fragt meine Mutter.

»Och, nichts«, antwortet ich, bevor ich gehe. Und denke: Gute Frage.

Was ist mit mir los?

Ich putze mir die Zähne, wie ich mir immer die Zähne putze – exakt drei Minuten lang. Wasche mir das Gesicht, [illegible]ehe mein Lieblings-Schlaf-T-Shirt an und lege mich ins [illegible]tt. Starre an die Raufaserschräge dicht über meinem Kopf [illegible] beginne, über mein Leben nachzudenken.

[illegible]as ist ziemlich ungewöhnlich für mich. Natürlich denke [illegible]anchmal nach, und es ist nicht immer nur der Ein-[illegible]ettel für den nächsten Supermarktbesuch, der dabei [illegible]kommt. Manchmal versuche ich auch wichtige Fra-[illegible] Menschheit zu lösen, zum Beispiel: Welchen Krieg [illegible]die Amerikaner gerade? Warum geht nur jeder zwei-[illegible]ig auf? Wo sind meine Schlüssel, meine Geldbörse, mein Mobiltelefon, mein Führerschein? Oder, ganz wichtig: Warum sind alle Süßigkeiten im Haus immer nach spätestens vierundzwanzig Stunden verschwunden?

Wenn ich mir diese Liste anschaue: Es hat den Anschein, als dächte ich überproportional oft ans Essen. Aber woran soll man auch denken, wenn man keine Sorgen hat und keine komplizierten Hobbys?

Ich könnte mir meine Zukunft vorstellen, einfach mal so. Also los. Okay. Zukunft. Was ist denn Zukunft? Fangen wir erst mal klein an: *Morgen*. Morgen muss ich um sechs Uhr aufstehen, um acht Uhr in der Kreissparkasse sein – dort arbeite ich –, und abends treffe ich Brigitte, meine beste Freundin. Das war leicht. Weiter. *Übermorgen:* Genau wie am Tag davor, aber abends ist das Treffen vom Landfrauenverein. Ich habe meiner Mutter versprochen, sie zu begleiten.

Nee, aber jetzt mal im Ernst: Meinen Terminkalender durchzugehen hat nun wirklich nichts mit Zukunftsvisionen zu tun. So mache ich es mir zu leicht. Deshalb: *Nächstes Jahr*. Schon schwieriger. Ich sehe –

– nichts. Noch mal. Ich sehe: ein hundepipifarbenes Fertighaus, darin eine Frau mit einer figurfreundlichen Lycrahose und flottem Haarschnitt. Aber das bin nicht ich, die sieht aus wie aus einem Versandhauskatalog. Wahrscheinlich wurde sie mit dem Haus geliefert.

Als Wahrsagerin wäre ich aufgeschmissen. Die Kristallkugel würde sich rot färben vor lauter Scham über meine Phantasielosigkeit, der schwarzen Katze auf meiner Schulter stünden die Haare zu Berge. Vielleicht ganz gut, dass ich einem weniger schillernden Beruf nachgehe.

Was bedeutet es, dass ich nichts sehe und nichts fühle, wenn ich an meine Zukunft denke? Warum kann ich mir meine Zukunft nicht vorstellen? Heißt das, dass ich keine habe?

Wie sieht es denn in der Gegenwart aus? Kurze Bestandsaufnahme: Ich bin siebenundzwanzig Jahre alt, lebe schon immer in diesem kleinen Dorf in der Nähe der großen Stadt – die aber für das gesellschaftliche Leben des Dorfes keine Rolle spielt und deren Existenz von fast allen hier völlig ignoriert wird –, bin seit Ewigkeiten mit Heiner zusammen, wohne nun schon zwei Jahre mit ihm in seinem Dachausbau, bin seit fünf Jahren bei der Sparkasse im Ort angestellt, bei der ich vorher eine Ausbildung zur Bankkauffrau gemacht habe. Ich bin, wahrscheinlich seit meiner Geburt, Mitglied im örtlichen Turnverein, obwohl ich so unsportlich bin, dass mir bei den Bundesjugendspielen sogar mehrfach die Siegerurkunde verwehrt wurde. Ich sehe mittelmäßig aus, fahre mittelmäßig Auto, bin eine eher unterdurchschnittlich gute Hausfrau, dafür aber überdurchschnittlich geduldig – auch und gerade mit Wollmäusen und dreckigem Geschirr. Trotzdem ist mein Leben, mit Ausnahme meines Kleiderschrankes und der Rückbank meines Autos, recht geordnet. Alles ist so, wie es sich gehört. Wie erwartet. Ich bin zufrieden.

Moment. Was heißt das: Wie erwartet? Von wem erwartet? Von mir? Und warum kommt das Wort »warten« darin vor? Wer wartet hier? Ich? Auf wen oder was? Und warum bin ich bloß zufrieden und nicht glücklich?

Das sind jetzt aber viele Fragen. Sehr viele für jemanden, der sonst nie über sein Leben nachdenkt. Wer soll die denn alle beantworten? Ich etwa? Und das nach drei Gläsern

Wein. Bin schon ganz duselig im Kopf. Vielleicht liegt es daran. Ich sollte mit dieser Grübelei aufhören und mich einfach freuen. Über das Grundstück. Auf das Haus. Ist doch schön. Andere Frauen wären glücklich. Ich stelle mir fünf, zehn, fünfzehn andere Frauen vor, die wahnsinnig glücklich sind, weil sie mit Heiner und dem Geld von Heiners Schwiegereltern ein Fertighaus auf einer matschigen Wiese bauen dürfen. Die Damen flippen schier aus vor lauter Freude. Sie kreischen wie Zahnspangenträgerinnen beim Anblick einer Boygroup, sie weinen Tränen der Rührung und setzen zu einer Dankesrede an, als hätten sie gerade fünf güldene Bambis bekommen. Die schillernde Vorstellung dieser sich freuenden Frauen stimmt mich ein wenig heiterer. Ich mische mich in Gedanken unter sie und feiere mit. Das ist ein Happy-End. Schnitt, aus. Morgen ist morgen, da muss ich doch heute noch nicht drüber nachdenken. Das kommt ja auch ganz von alleine. Eigentlich ist ja alles in Ordnung.

Ach ja, ich war schon immer gut im Verdrängen.

Heiner kommt ins Bett. Er riecht komisch. So süßlich. Wahrscheinlich hat seine Mutter ihm etwas orientalisches Rasierwasser mitgebracht und darauf bestanden, dass er es sofort ausprobiert.

»Du riechst aber komisch!«, stelle ich fest.

»Meine Mutter hat mir so ein Eau de Toilette mitgebracht, ich musste es gleich ausprobieren.«

Wie gut ich ihn doch kenne. Ich drehe mich um, rolle mich trotz der Hitze fest in die Bettdecke ein. Draußen ist es hell, ein Blick auf den Wecker verrät mir: Es ist morgens, halb sechs. Bisschen spät für mütterliche Duftwässerchen, denke ich noch, bevor ich wieder einschlafe und von einer Neubausiedlung träume, die von hemmungslosen, sexhungrigen Marienkäfern bewohnt ist. Einer davon ist Heiner. Die anderen kenne ich nicht. Blöder Traum.

## *Mittwoch, 4. Mai*

Nach der Arbeit gehe ich zu Brigitte. Sie wohnt direkt über der Sparkasse, mit Blick auf die Umgehungsstraße und den neuen Friedhof. Die Tür ist angelehnt, sie erwartet mich. Statt die Aussicht zu genießen, starrt sie gebannt in den Fernseher und ruft euphorisch: »Das musst du dir unbedingt ansehen, Silke! Die kommt heute Abend schon zum dritten Mal!«

Auf dem Bildschirm erkenne ich zwei junge Frauen, die so aussehen wie Brigitte und ich, nur lässiger angezogen und viel entspannter und ganz unauffällig auf natürlich geschminkt, so dass sie ungeschminkt wirken. Diese beiden geleckten, gestylten und wahrscheinlich sehr gut bezahlten Kopien von uns verbringen einen Tag am Meer. Anscheinend haben sie alle interessanten Gesprächsthemen schon erschöpfend abgehandelt, denn gerade reden sie über Verdauung. Meine Doppelgängerin zeichnet mit der Hand eine Schlangenlinie in den Sand: ihren Darm. Ganz poetisch wird ihre Zeichnung von der nächsten Welle weggewaschen. Brigittes Doppelgängerin verstärkt ihr Darmschlingenrelief mit einem Rand aus Muscheln – das Werk trotzt dem Wasser. Der Schriftzug eines neuartigen Medikamentes wird eingeblendet.

»Wir sollten am Wochenende an die Nordsee fahren, um an der Europameisterschaft der Innereien-Sandburgenbauerinnen teilzunehmen!« Brigitte lacht mit vollem Körpereinsatz, fällt dabei fast vom Sofa und verschüttet ihren Wein über den ohnehin schon rotweinroten Teppich. Ich nehme ihr das Glas ab, um den Rest zu retten.

»Los, probier schon«, fordert sie mich auf, als sie sich wieder eingekriegt hat. Brigitte sagt das in dem für sie typischen Ton, der keinen Widerspruch duldet – aber gleichzeitig auch so mitreißend ist, dass man gar nicht auf die Idee kommt, etwas dagegenhalten zu wollen.

Ich nehme einen Schluck; zwar ist es erst sechs Uhr abends und draußen immer noch dreißig Grad warm, aber Brigitte versteht etwas von Wein, und außerdem soll in dieser Art Getränk ja die Wahrheit verborgen sein. Und Wahrheit ist doch das, was ich will – oder verwechsle ich das jetzt mit Klarheit? Zu spät.

»Der ist lecker«, sage ich, und dann übergangslos: »Sag mal, wie stellst du dir deine Zukunft vor?« Auf so eine spontane Frage erwarte ich natürlich keine Antwort. Trotzdem kommt sie ohne Zögern: Ein Weingut hätte sie gerne, dort will sie sich von ihrem Freund Wolfgang als schönste, begabteste und begehrenswerteste Winzerin der Welt anbeten lassen. Wo das Weingut ihrer Träume sich befindet, weiß sie noch nicht, zur Zeit favorisiert sie Italien. In fünf bis sechs Jahren soll das sein, dann will sie auf keinen Fall mehr hier im Dorf leben und auch nicht mehr als Kindergärtnerin arbeiten. Sie hätte selbst gerne ein Kind, mit Wolfgang natürlich. Brigitte weiß auch, dass sie in einem Jahr längere Haare haben wird als heute und eine schlankere Taille, weil sie sich fest vorgenommen hat, trotz Schnepfenalarm zum Aerobic zu gehen.

Brigitte weiß alles über ihre Zukunft. Ekelhaft genau kann sie die Details beschreiben und muss dazu noch nicht einmal lange nachdenken. Ich wage es nicht, sie nach dem Wetter und der Menüfolge ihres fünfzigsten Geburtstages zu fragen, aus Angst, sie hätte auch darauf eine Antwort.

»Und wenn ich fünfzig werde«, setzt Brigitte unaufgefordert nach »dann sitze ich in der Sonne am Strand und ernähre mich ausschließlich von frischen Früchten und selbst gefangenem Fisch. Zu meinem Geburtstag kannst du dich jetzt schon als eingeladen betrachten. Aber erwarte bloß keinen Kuchen!«

Das ist ja widerlich. War die schon immer so?

Wenn ich ehrlich bin, muss ich sagen: ja. Brigitte wusste schon immer, was sie wollte. Vor dreizehn Jahren hat sie beschlossen, dass wir befreundet sind. Wir waren beide vierzehn, als sie mit ihren Eltern ins Dorf gezogen ist. Die Familie kam direkt aus Singapur, weil ihr Vater beschlossen hatte, dass nach den hektischen Großstadtjahren etwas Landidylle gut für die Nerven seiner Lieben sein würde. Brigitte hatte orangerotes Haar und trug wehende Pumphosen. Ich wusste damals nicht, ob das nun einem exotischen Singapur-Style entsprach oder ihr ganz persönlicher Geschmack war – ich vermute mal: Letzteres –, aber ich weiß noch, wie beeindruckt ich allein von ihrer Erscheinung war. Nicht nur ich: Alle waren hin und weg, zwischen fasziniert und schockiert. So eine hatten wir noch nicht gesehen. Binnen kürzester Zeit tauschte sie mit den coolsten Jungs an der Schule AC/DC-Singles, hatte den Mathelehrer zum Feind, dafür aber alle Sportlehrer als Fans, weil sie brillant Handball spielte, und einen Stammplatz im Schulbus: Die vorletzte Bank, direkt über der Heizung und etwas höher als die anderen Sitze. Der beste Platz im Bus. Niemand wagte, ihn ihr streitig zu machen. Und der Sitz neben ihr blieb immer frei, aus Respekt und ein bisschen sicher auch aus Angst. Eines Tages rief sie mir zu, als ich einstieg: »Hey, Silke, ich habe dir einen Platz freigehalten!« Die anderen Schüler hielten den Atem an: *Silke? Wieso ausgerechnet Silke?* Ich setzte mich neben Brigitte. Und freute mich.

»Tolle Brille hast du auf! So eine wollte ich schon immer haben.«

Das verwirrte mich nun vollends. Ich war, selbst bei wohlwollender Betrachtung, ziemlich langweilig, und meine Brille ein ebenso schlichtes Modell mit Goldfassung von einem Uraltoptiker aus einem ziemlich unwirtlichen Viertel der nahe gelegenen Großstadt. Besonders viel Auswahl hatte der nicht, aber meine Familie ging immer dorthin, weil der Laden direkt neben der Augenarztpraxis lag und diese wiederum nur ein paar Straßen von dem Betrieb entfernt, in dem mein Vater arbeitete.

Noch am selben Nachmittag machten Brigitte und ich uns auf den Weg zu diesem Optiker, eine kleine Weltreise. Brigitte suchte sich genau das gleiche Modell aus, rund und golden. Wir sahen aus wie kleine Mädchen, die John Lennon und Reinhard Mey gleichzeitig kopieren, fanden uns aber unglaublich cool. Dann stiegen wir in den falschen Bus, verfuhren uns in der großen Stadt, guckten *Saturday Night Fever* in einem schrabbeligen Programmkino, in dem jeder zweite Sitz zerbrochen war, fanden wie durch ein Wunder wieder nach Hause und amüsierten uns, wie wir uns noch nie im Leben amüsiert hatten. Halt, das gilt jetzt nur für mich. Ich wusste gar nicht, dass man überhaupt so viel Spaß haben konnte. Das lag an Brigittes direkter Art. Sie sagte immer, was sie dachte – und tut es auch heute noch. Dafür bewundere ich sie maßlos.

Brillen tragen wir übrigens schon lange nicht mehr, wir sind gemeinsam auf Kontaktlinsen umgestiegen. Ich habe sie nie gefragt, warum sie ausgerechnet mit mir befreundet sein wollte. Das kann ich mir bis heute nicht genau erklären.

»Du weißt immer, was du willst«, stöhne ich leicht entmutigt.

»Stimmt«, antwortet Brigitte und zieht zum Beweis unsere Abi-Zeitung aus ihrem perfekt geordneten Regal. Diese Frau ist so verdammt gut organisiert, das macht mich noch wahnsinnig. Sie blättert kurz durch und hält mir dann eine aufgeschlagene Seite hin. Fotos von uns mit aus heutiger Sicht hochnotpeinlichen Frisuren: Ich trage einen blauschwarz gefärbten Topfschnitt, Brigitte hat – das hatte ich schon längst vergessen – eine Dauerwelle, die sie mit einem Kreppeisen nachbehandelt hat. Sieht aus wie dressierte Zuckerwatte.

»Sind wir freiwillig so herumgelaufen?«, frage ich.

»Natürlich! Wir waren sogar stolz darauf. Aber lenk nicht ab. Guck mal lieber, was unter den Bildern steht.«

Ich lese: »Mit dreißig bin ich …« Ach ja, das war diese alberne Umfrage. Bei Brigitte steht dort, natürlich: »… Winzerin.« Sie wusste es damals schon. Nach dem Abi hat sie einen Monat bei der Weinlese in Frankreich gejobbt, und in ihrem Regal stehen dreieinhalb Meter Fachliteratur. Sie hat Sommelierkurse besucht und pflegt an der Südwand des Hauses hingebungsvoll kümmerliche Reben, die schwer mit dem norddeutschen Nieselregenklima zu kämpfen haben. Sie wird es schaffen.

Gleich daneben sind Dodo und Sandra abgebildet, zwei Freundinnen von Brigitte und mir. Bei Dodo steht: »... Mutter von zwei Kindern«. Sie ist ein wenig über ihr Ziel hinausgeschossen, drei Gören sind es inzwischen geworden. Und Sandra hat knapp »Dr.« geantwortet. Sie studiert noch, Meteorologie, glaube ich, aber ganz sicher bin ich da nicht. Ich habe die Umfrage damals nicht besonders ernst genommen, deshalb steht unter meinem Bild nur: »... ähhhhh?« Ich fand das damals wohl lustig. Heute kommt es mir sehr entlarvend vor.

Brigitte sieht mich prüfend an. »Und wie stellst du dir deine Zukunft heute vor?« Die Gegenfrage. Die unbeantwortbare Frage. Die *Bei-richtiger-(oder-falscher?)-Antwort-bekommen-Sie-ein-Traumhaus!*-Frage.

»Ich weiß es nicht. Das ist ja mein Problem.« Ich erzähle Brigitte von dem Grundstück, dem Fertighaus, davon, dass alle so begeistert sind und niemand mich gefragt hat. Und dass ich, wenn ich mir meine Zukunft vorstelle, eine Frau sehe, die nicht aussieht wie ich und die von gelben Wänden umgeben ist. Gelb ist meine absolute Hassfarbe. Darin sehe ich aus wie vorgestern verblichen.

»Dann ist es auch nicht deine Zukunft, die du da siehst«, sagt Brigitte. »Dann ist es die Zukunft einer anderen.«

»Wessen Zukunft soll das denn sein, wenn nicht meine?«

»Keine Ahnung. Soll ich dir mal sagen, wie ich deine Zukunft sehe?«

»Aber gerne.« Ich bin gespannt. Und ein bisschen ängstlich.

»Nächsten Mai feiert ihr Richtfest. Heiner wird zu viel Bier trinken und etwas aus dem Rahmen fallen, das wird dir peinlich sein. Aber am nächsten Morgen hast du ihm wieder verziehen, wie immer. Im Juli ist das Haus fertig, ihr könnt einziehen. Die Einweihungsparty ist gleichzeitig eure Hochzeitsfeier, so schlagt ihr zwei Fliegen mit einer Klappe und spart euch ein Fest. Außerdem wird er dich eh erst heiraten, wenn das Haus steht. Damit es allein seins bleibt, die Ehe als Zugewinngemeinschaft, du weißt schon. Im Wohnzimmer habt ihr eine cremefarbene Sitzgarnitur, bestehend aus einem Drei- und einem Zweisitzer und einem Sessel. In der Mitte einen runden Couchtisch mit Steinplatte. An den Wänden Strukturtapete, damit es wohnlich wirkt. Den Kleiderschrank für das Schlafzimmer müsst ihr euch extra anfertigen lassen, denn ein normaler Schrank passt nicht unter die Dachschräge. Die Duschkabine ist aus Plastik, obwohl du lieber Glas wolltest, aber deine Schwiegermutter setzt die Sparlösung durch. Ihr werdet zwei Kinder haben, denn es gibt zwei Kinderzimmer. Alle sind sehr zufrieden. Ob du glücklich sein wirst, kann ich allerdings nicht sehen.«

Ich bin baff. »Du kennst mich aber gut«, entgegne ich beklommen.

Brigitte schüttelt den Kopf. »Sagen wir mal: Ich kenne deine Mutter. Die Einrichtung, die ich da eben beschrieben habe, steht bei deinen Eltern im Wohnzimmer. Deine Mutter hätte nächstes Jahr bestimmt gerne eine neue Sitzecke, deshalb schiebt sie die alte an dich ab. Ich kenne Heiner, die Knauserigkeit seiner Familie, ich kenne das ganze Dorf. Ich weiß, wie man hier lebt. Und dich kenne ich einfach schon lange – aber ob ich dich gut kenne, das weiß ich manchmal gar nicht so genau.«

Etwas verwirrt antworte ich: »Wie meinst du das?« Ein kurzer Blick auf die Weinflasche. Die ist noch halb voll, Brigitte ist also nicht betrunken. Sie weiß anscheinend, was sie sagt. Und sie sagt: »Ich habe keine Ahnung, was du eigentlich willst, Silke. Du scheinst mit deinem Leben zufrieden zu sein, aber wahre Begeisterung ist da selten zu spüren. Ich habe dich nie um etwas kämpfen sehen. Du hast genommen, was du bekommen hast, und das schien dir immer genug zu sein.«

Das klingt jetzt irgendwie nicht nett, finde ich. Vielleicht bin ich ja gar nicht zufrieden, sondern nur zu friedfertig zum Kämpfen! Ich greife schnell zu den angeschmolzenen Schoko-Nikoläusen auf dem Tisch vor mir, um zu beweisen, dass ich manchmal sehr wohl weiß, was ich will, und wundere mich einen Moment: Nikoläuse im Mai?

»Brigitte«, frage ich, »warum steht hier ein bunter Teller? Haben wir Weihnachten? Es ist schon fast Sommer!«

»Du lenkst ab. Eine beliebte Taktik von dir.«

Das stimmt. Alles, was Brigitte sagt, ist wahr. Noch mehr dieser Wahrheiten kann ich an einem Abend nicht ertragen. Deshalb verabschiede ich mich – nicht ohne noch schnell einem Nikolaus den Kopf abzubeißen.

Zu Fuß brauche ich nur fünf Minuten nach Hause, deshalb gehe ich einen Umweg durch das Neubaugebiet. Der Name täuscht, die Häuser hier wurden in den frühen Siebzigern gebaut, sind längst von hohen Koniferenhecken umgeben, durch die Flachdächer regnet es rein, Carports stehen vor den Fassaden wie Zahnspangen. Früher gab es nur eine Garage pro Haus, doch dann kam der Wohlstand, mit dem Wohlstand ein Zweitwagen für die Frau Gemahlin und schließlich auch ein Carport. Neuerdings stehen quer vor dem Kleinwagen der Gattin immer öfter Motorräder. Schwere Maschinen, mit denen sich die über fünfzigjährigen Ehemänner die Midlife-Krise aus Hirn und Knochen knattern wollen. Die Dame des Hauses verfällt eher dem Dekowahn.

Die Ecke da vorne meide ich, dort wurde ich mal von einem kleinen schwarzen Hund gebissen. Das ist zwar mindestens achtzehn Jahre her und der Hund seit mindestens zehn Jahren unter dem Staudenbeet vergraben, aber man kann nie wissen.

Ich bin in diesem Ort aufgewachsen, verbinde mit jeder Straße, jedem Stück Rasen, jeder Bushaltestelle – okay, es gibt nur zwei – Erinnerungen. Doch manchmal, wenn ich morgens aus dem Haus gehe und zum Beispiel einen Brief einwerfen will, muss ich nachdenken: Wo war noch die Post? Wie komme ich da hin? Oder: Welches ist der kürzeste Weg vom Schützenhaus zum Supermarkt? Ich vergesse die einfachsten Routen. Ist doch seltsam.

Dabei bin ich hier zu Hause. Bald sogar noch mehr: Ich werde ein Haus haben. Zumindest werde ich eines bewohnen. Ein ganzes.

Eine Liste werde ich schreiben. So, wie es in den Frauenzeitschriften immer empfohlen wird. Eine Liste mit meinen Zielen. Darauf wird stehen, was ich wirklich will. Ich werde es herausfinden. Ich werde dafür kämpfen. Morgen. Ach nee, morgen muss ich ja mit Mutti zum Treffen des Landfrauenvereins.

## Donnerstag, 5. Mai

Hier im Dorf reicht es nicht, nur in einem Verein zu sein. Wenn man sich nicht verdächtig machen will, die Dorfgemeinschaft zu unterwandern und zu sabotieren, tritt man am besten allen Vereinen bei, zumindest den geschlechtsspezifisch dafür vorgesehenen. Was der Schützenverein für die Herren, das ist der Landfrauenverein für die Damen. Da wird zwar nicht mit einem Luftgewehr auf eine Scheibe mit Tiermotiv geballert, aber mindestens ebenso scharf geschossen. Die Waffen der Landfrauen sind blaukajalumrandete Verachtungsblicke, in süßlichem Ton vorgetragene, als Kompliment getarnte Gehässigkeiten und ein unerschütterliches Selbstbewusstsein. Damit meine ich vor allem die neue Generation, die unter dem Decknamen *Ideenkreis junger Landfrauen* die wahre Macht im Dorfe innehat. Unumstrittene Königin des Ideenkreises ist Monique. Sie hält inmitten der ihr treu ergebenen Freundinnen Hof, alle aufgedonnert, als hätten sie am Casting für ein *Denver-Clan*-Revival teilgenommen. Monique ist Friseuse, ihr gehört der Salon an der Hauptstraße, und wenn ich nicht wüsste, dass sie eine heimliche Affäre mit dem Bürgermeister hat, würde ich glauben, sie hätte ein Techtelmechtel mit dem Vertreter für Dauerwellflüssigkeit. Ob Betonlocken nun modern sind oder nicht, das spielt im Ort keine Rolle, denn Moniques Salon *Scharfe Schere* ist hier trend- und tonangebend, und was in ist, das entscheidet die Chefin noch immer selbst. Da Monique sich keine Angestellten leistet, stammen alle Frisuren der sie umringenden Damen aus ihrer Hand. Sie ist keine große Freundin der Vielfalt oder handwerklich nicht versiert genug, einen zweiten Schnitt oder einen anderen Farbton als Blond ins Programm aufzunehmen, deshalb sieht man sich hier ähnlich. Das wiederum stärkt das Gemeinschaftsgefühl. Einmal war ich auch Kundin von Monique. Wie ich danach aussah, möchte ich an dieser Stelle verschweigen, das ist mir immer noch peinlich. Vier Wochen lang trug ich Pudelmütze, obwohl wir einen recht warmen Sommer hatten, ich täuschte eine Mittelohrentzündung vor. Seitdem lasse ich mir die Haare von Brigitte schneiden. Die bezieht ihre Kenntnisse zwar aus einem Buch über die Pflege und den Rückschnitt von Weinstöcken, aber das Ergebnis ist allemal besser als Moniques Höchstleistung.

Monique und ihr Kaffeekränzchennetzwerk sind stets über alles informiert. Sie wissen, wer ein neues Auto fährt und warum und was mit dem alten passiert ist. Sie kennen die geheimen Vorlieben jedes Junggesellen in ihrem Einzugsgebiet und wahrscheinlich auch aller anderen Männer unter sechzig. Und bald kennen sie auch alle Kniffe der perfekten Tischdekoration, denn davon handelt einer der beiden Vorträge, die heute beim Landfrauenverein auf dem Programm stehen. Das Thema des anderen ist *Die Krise als Chance*. Man kann nicht sagen, dass der Verein einseitig orientiert wäre. Es ist wirklich für jeden etwas dabei. Nächsten Monat gibt es *Profitipps für die Reinigung der Haut* und ein Referat über Genforschung und Alzheimer. Wie wäre es eigentlich mit *Rezepte für ein romantisches Candle-Light-Dinner* in Kombination mit *Wieder Single – auch alleine glücklich sein?* Oder etwas Skigymnastik kombiniert mit neuesten Erkenntnissen aus der Rheumaforschung?

Meine Mutter reicht mir eine Serviette, die ich mir auf

den Schoß lege, in der Erwartung, dass gleich jemand etwas zu essen serviert. Als sie das sieht, reißt sie den gestärkten Stoff von meinen Oberschenkeln und fuchtelt nach vorne, bis ich begreife: Ich soll der Demonstration der Referentin folgen und die Serviette zu einem Schwan falten. Ich gebe mir Mühe, beschwere mich aber gleichzeitig bei meiner Mutter, die mir versprochen hatte, dass hier gekocht würde und man alles direkt aufessen dürfe. Aber sie war wohl im Programmplan in der Zeile verrutscht, *Leckeres Kompott aus Fallobst* ist erst in zwei Monaten dran.

Weil ich mich nicht richtig konzentriere, sieht mein Schwan aus wie ein ausgekochtes Suppenhuhn. Monique und ihre Freundinnen grinsen hämisch zu mir rüber.

»Du könntest ruhig mal zurücklächeln«, zischt meine Mutter, also entblöße ich kurz meine Zähne in Richtung Denver Clan und widme mich dann schnell der nächsten Übung zu: dem Fächer. »Das ist genau das Richtige, wenn man zwölf oder mehr Gäste hat«, erläutert die fingerfertige Dozentin, denn das sei ganz schnell zu falten. Ich stelle mir vor, ich hätte zwölf oder mehr Gäste. Wenn man sich mit jedem unterhalten will, bleiben fünf Minuten pro Gast und Stunde. Bei drei Stunden Abendgesellschaft also eine Viertelstunde. Mit welchen zwölf Menschen würde ich mich gerne eine Viertelstunde lang unterhalten? So viele fallen mir auf Anhieb gar nicht ein. Vielleicht bleibt mir aber netto auch weniger Kommunikationszeit, denn als Gastgeberin muss ich ja gewisse Serviceleistungen erbringen, die auch wieder Zeit in Anspruch nehmen. Ich müsste zum Beispiel das Essen servieren. Was kocht man denn für zwölf Leute? Erbsensuppe? Wirkt dazu eine gefaltete Serviette nicht etwas überkandidelt? Ich komme nicht dazu, diese Fragen mit fachkundiger Hilfe zu lösen, da die Dozentin ihre Vorführung beendet hat.

»Wenn du erst mal im neuen Haus wohnst, kannst du auch mal ein paar Leute einladen«, freut sich meine Mutter. »Ich helfe dir dann auch bei der Dekoration.«

Ich lächle bei der Vorstellung, wie meine Mutter enthusiastisch Servietten zu Seesternen formt und horizontales Ikebana auf ihrem ausrangierten Ausziehtisch drapiert, der dann bei Heiner und mir im Wohn-Ess-Bereich steht, und ich in der Küche ein paar Dosen Erbsensuppe öffne.

»Was würdest du für so viele Leute kochen?«, frage ich sie, die erfahrene Gastgeberin, vorsichtig.

»Am Montag kommen vierzehn Frauen zu mir, da gibt es Lachs auf Spinat.« Sie senkt die Stimme verschwörerisch. »Natürlich mit dieser neuen Soße für Lachsgratin aus der Tüte vom *Aldi*. Die ist wirklich gut. Dann wird der Fisch nicht so trocken.«

Aha. Lachs und Spinat werden natürlich tiefgefroren gekauft, das muss meine Mutter nicht dazu sagen, das ist eh klar. Sie ist eine große Freundin von Convenience-Produkten, auch wenn sie den Begriff noch nie gehört hat. Wahrscheinlich ist das aber auch die einzige Möglichkeit, alle Leute am Tisch satt zu bekommen und dabei noch mit dem Drumherum Eindruck zu schinden. Vielleicht sollte ich einfach die Zahl der Stühle im neuen Haus auf sechs beschränken, dann komme ich nicht in die Verlegenheit solcher Massenabfütterungen.

Inzwischen läuft schon der Vortrag *Die Krise als Chance*. Es geht darum, dass man Probleme nicht als Probleme, sondern als Herausforderungen sehen soll. Vom Innehalten ist die Rede, von »einer gewissen ratlosen Scheu«, vom Stillstand. Und davon, dass man sich selbst ändern muss. Wie genau das gehen soll, wird aber seltsam verschleiert. Oder will ich davon einfach nichts wissen? Dennoch fühle ich mich angesprochen und kaufe nach der Veranstaltung an einem Informationstisch eines der empfohlenen Bücher, das jedoch sofort im tiefsten Innersten meiner Tasche verschwindet und dort höchstwahrscheinlich bis in alle Ewigkeit ratlos und scheu vor sich hin existieren wird.

Der anschließende gesellige Teil des Abends besteht darin, möglichst viel Prosecco zu trinken und dabei möglichst viele Informationen zusammenzuraffen, die man später gegen die betreffende Person verwenden kann. Zwischendurch, wie ein Refrain, kommen immer wieder die aktuellen Produkte von *Tchibo* ins Gespräch. Für Begeisterung sorgt vor allem der Tischgrill: »Endlich kann man auch mal ohne die Männer und ihr umständliches Holzkohleanzündergefummel und Grillzangengetue ein Barbecue veranstalten. Das ist ja viel zivilisierter und kultivierter, so ein Grill auf dem Tisch«, sagt eine Frau hinter mir. Meine Mutter antwortet mit diesem leichten Unterton, den ich manchmal bei ihr bemerke und so gar nicht einordnen kann: »Man muss nur aufpassen, dass niemand über das Verlängerungskabel stolpert.«

Hin und wieder rückt der *Ideenkreis junger Landfrauen* auch mit einer »ganz neuen« Idee heraus, nicht unbedingt einer eigenen, aber das schmälert den Stolz, der in Moniques Verkündigung mitschwingt, nicht im Geringsten. Sie bittet um Aufmerksamkeit, die sie natürlich sofort und ungeteilt bekommt, räuspert sich und sagt: »Wir haben uns überlegt, wir machen es wie diese Engländerinnen.« Immerhin verschweigt sie die Quelle ihres Ideenklaus nicht. Auch wenn niemand weiß, wer mit »diese Engländerinnen« gemeint sind.

Monique und ihre Getreuen wollen zu Geld kommen, indem sie einen Kalender produzieren und den »für einen guten Zweck« verkaufen. Natürlich nicht irgendeinen Kalender, sondern einen mit Nacktfotos. Von sich selbst. Nach einem englischen Vorbild, doch die Damen, die sich dort haben ablichten lassen, waren um einiges älter, das gab der ganzen Sache eine gewisse Originalität. Was der britische Kalender an Humor mehr hat, will Monique durch »künstlerischen Anspruch« wettmachen. Selbstironie liegt ihr nicht, stattdessen will sie Weichzeichner. Aber immerhin: Sie weiß, was sie will. Und sie ist bereit, dafür zu kämpfen. Sogar ohne Netz-Shirt und Doppel-D-BH.

»Aber für welchen guten Zweck ist das Geld gedacht?«, frage ich leise. Meine Mutter, der die ganze Angelegenheit nicht recht geheuer ist und die sich auch nicht als Model meldet, klärt mich auf: Die Grazien planen ein Frauen-Aerobic-Center. Monique hat angeblich den Bürgermeister soweit, dass die Gemeinde Land zur Verfügung stellt. Ein Zuschuss sei auch in Aussicht gestellt worden. Nun fehlt nur noch das Geld für den Bau.

Ich bin verwirrt. Seit wann ist die böswillige Vernichtung unschuldiger Cellulitis Anlass für eine Wohltätigkeitsveranstaltung? Und was ist an Aerobic öffentlich förderungswürdig? Wobei: Dass der Bürgermeister mit im Takt hüpft, ist nicht weiter verwunderlich. Den kann Monique bekanntermaßen wie eine ihrer güldenen Betonlocken um den Finger wickeln.

Die Elsen mit ihrem Pirelli-Kalender-Plan haben doch eine Vollklatsche! Meine Meinung dazu teile ich in etwas abgemilderter Form meiner Mutter mit, die nur meint: »Ist doch schön, wenn junge Mädchen Sport treiben. Du könntest auch mal etwas für deine Figur tun! Mit *dem* Hintern kommst du jedenfalls nicht in den Kalender.« Sie ist wohl nicht die richtige Gesprächspartnerin für das Thema. Trotzdem lasse ich sie wissen, dass ich mich nie und nimmer für einen Hupfdohlenkalender, der gutgläubigen Spannern das sauer verdiente Geld für einen zweifelhaften guten Zweck aus der Tasche zieht, entblößen würde.

Inzwischen haben sich schon zwölf Freiwillige zum Fototermin gemeldet, und Monique rechnet nach, ob das für einen Jahreskalender reicht. Anscheinend wollen die meisten ein Aerobic-Center haben, quasi als Gegengewicht zum Schützenhaus, das eher männlich dominiert ist. Und die Waffen der Landfrauen sind, da muss ich die Liste von vorhin ergänzen, anscheinend auch Bauch, Beine und Po.

Als ich nach Hause komme, liegt Heiner schon im Bett. Ich versuche ihn zu wecken, um ihm von dem exhibitionistischen Vorhaben der Landfrauen zu erzählen, aber er murmelt nur: »Das ist doch eine tolle Idee. Das könnten wir von der freiwilligen Feuerwehr auch mal machen«, dreht sich um und schläft weiter. Sind denn hier alle durchgeknallt?

# 2. Kapitel
# Auf diese Steine könnten Sie bauen

*Freitag, 6. Mai*

Der Tag in der Sparkasse ist furchtbar. Oma Ellerbrock beschwert sich, dass ich die Kontonummer ihres Enkels, der ein Konto bei einer mir unbekannten schwäbischen Privatbank hat, nicht auswendig weiß. Dabei überweist sie ihm nun schon zum dritten Mal Geld, »also, langsam könnten Sie sich das wirklich mal merken!« Dummerweise ist mein Zahlengedächtnis nicht das beste, das ist im Job manchmal etwas hinderlich. Einen gewissen persönlichen Service erwarten unsere Kunden schon. »Wir sind ja nicht in einer anonymen Großstadt«, betont der Filialleiter gerne, »hier kennt man sich.« Die Sparkasse ist aufgebaut wie ein Tante-Emma-Laden, allerdings mit einer Panzerglasscheibe über dem Tresen und kleinen Schubladen, durch die man die Überweisungsformulare und das Geld schiebt. Automaten gibt es hier keine, weder zum Geldziehen noch für Kontoauszüge. Aber vielleicht ändert sich das bald. In letzter Zeit gibt es immer wieder Gerüchte, die Filiale sollte modernisiert werden, der Raum würde »offener gestaltet«, so dass auch die Angestellten frei herumlaufen könnten. »Endlich nicht mehr wie ein Leguan im Terrarium«, hofft meine Kollegin Susi und strebt so zielstrebig wie eine Echse im Winterschlaf auf ihre Tupperdose in der Mikrowelle zu. »Dann bewege ich mich automatisch den ganzen Tag und nehme wie von selbst ab!« Sie gießt Sahnesoße über ihren Gabelspagettiberg und seufzt in Erwartung besserer Zeiten.

Ich seufze auch, weil ich eine böse Ahnung habe: Mindestens eine Stelle wird gestrichen werden. Und das ist im Zweifelsfall meine. Einen anderen Job finde ich hier in der Gegend nicht. Also müsste ich in die Großstadt fahren. Jeden Tag im Stau, morgens und abends. Oder ich werde Hausfrau, noch bevor das Haus fertig ist. Ohne Haus hätte ich erst mal auch nicht so viel Hausarbeit. Trotzdem: Eine Perspektive ist das nicht.

Fünfzehn Überweisungen und einen Dauerauftrag später entkomme ich zu Hause knapp Heiners Mutter durch einen Sprint die Treppe hoch. Im Schlafzimmer zieht sich Heiner gerade um.

»Hat deine Mutter eigentlich etwas über ihre Geranien gesagt?«, frage ich ihn vorsichtig.

»Nö. Wieso?«

Es scheint also keinen Stress gegeben zu haben. Ich versuche deshalb, nicht allzu schuldbewusst zu klingen: »Weil die alle eingegangen sind.«

»Jaja, wegen dieser grassierenden Geranien-Grippe. Das hat deine Mutter meiner Mutter doch ellenlang erklärt. Wahrscheinlich warst du da schon im Bett. Muss ja eine fiese Seuche sein, man kann froh sein, dass man selber noch mal davongekommen ist. Auf Kreta soll es auch ein paar

Gärtner erwischt haben. Stand hier doch alles in der Zeitung. Sagt jedenfalls deine Mutter.«

Während ich Heiner zuhöre, wundere ich mich, dass er ein frisches Hemd anzieht. Das macht er sonst nie. In meiner Anwesenheit findet er ein gut durchgeschwitztes T-Shirt mit ein paar alten Ketchupflecken normalerweise angemessen. Trotzdem muss ich grinsen. Mutti ist doch die Größte – nie um eine Sensationsstory verlegen. Die Fakten sind wie immer auf die Schnelle für die Anwesenden nicht nachprüfbar: Heiner liest nur den Sportteil und seine Eltern waren auf einem anderen Kontinent. Und wenn Mutti Lust dazu hat, kann sie einem alles glaubhaft machen. Sogar eine Geranien-Grippe. Am 1. April hat sie mal mit einem gefakten »Hallo, hier ist Ihre Telefongesellschaft! Ihr Gebührenzähler läuft und läuft und wir können ihn nicht abstellen, da muss ein Defekt Ihrerseits vorliegen«-Anruf eine Freundin dazu gebracht, ihre Telefonleitung mit einer Schere durchzuschneiden. Ich muss sie gleich mal anrufen und mich bedanken.

Doch da klingelt schon das Telefon. Heiner ist schneller als ich. Er sagt nur kurz: »Ich komme«, legt auf und sprintet mit einem »Feuerwehrübung, tschüss!« die Treppe runter und aus dem Haus. Im frischen Hemd. Viel Spaß.

Meine Mutter hält mir am Telefon einen längeren Monolog über den Feuerteufel, der zur Zeit »die Gegend unsicher macht«, wie sie behauptet. Dass die beiden Brände, die es in der Gemeinde in den vergangenen beiden Monaten gab, mutwillig gelegt wurden, ist eine Theorie, die sie mit dem Lokalblatt teilt. Eine heiße Spur hat sie allerdings auch nicht – obwohl ja »heiß«, wie sie noch mal betont, in diesem Fall gut passen würde. Obwohl bislang nur leer stehende, verfallene Scheunen betroffen waren, ist sie in großer Sorge um ihr eigenes und alle anderen Häuser des Dorfes. Ich will gerade zu einem Beruhigungsversuch ansetzen, da leitet sie vom Thema »brennende Häuser« auf das Thema »brennendes Interesse daran, ein Haus mit auszusuchen« über und verpflichtet mich zum Besuch einer Fertighaus-Mustersiedlung morgen Vormittag: »Morgen ist Sonnabend, da geht Heiner ja immer Fußballspielen«, weiß sie, und: »Männer kann man bei solchen wichtigen Vorentscheidungen nicht brauchen. Denen präsentiert man am besten eine kleine Auswahl in Frage kommender Objekte. Also höchstens zwei.« Sagt meine Mutter.

## *Samstag, 7. Mai*

Heiner sagt: »Jaja, mach nur.« Hauptsache Haus, der Rest ist ihm egal. Möglicherweise ist ihm auch alles egal, oder er hat gar nicht zugehört. Ich könnte auch allein frühstücken, das würde keinen großen Unterschied machen. Wenigstens müsste ich danach nur ein Gedeck abräumen und der Fußboden wäre nicht so krümelig.

Heiner hält den von ihm so geliebten Sportteil der Zeitung sehr hoch, so hoch, dass ich ihm nicht ins Gesicht sehen kann. Essen kann ich ihn auch nicht sehen, aber das ist auch besser so. Manche Leute haben ja getrennte Schlafzimmer. Ich wäre für getrennte Esszimmer.

»Du musst dich nur noch kurz überbürsten, dann können wir los«, sagt meine Mutter zur Begrüßung. Das sagt sie immer. Bürsten und kämmen nimmt in ihrer Welt einen wichtigen Stellenwert ein. Ich bürste mich nie. Aus Gründen des Generationenkonflikts und überhaupt. Ich habe noch nicht mal eine Bürste. Gebürstete Haare sehen immer strohig aus, sind elektrisch aufgeladen, knistern unangenehm und fliegen seltsam umher. Bürsten beraubt Haare jeglicher Struktur. Bürsten assoziiere ich mit Monique. Bürsten sind böse. Ich würde lieber in Domestos baden, mit den Zillertaler Schürzenjägern in Urlaub fahren oder die Namen aller in Europa beheimateten Insekten auswendig lernen, als mir die Haare zu bürsten.

Deshalb ignoriere ich die Aufforderung meiner Mutter – wie immer – und steige in ihren Opel Corsa. Das schönste Auto der Welt, es fährt auch am besten, jedenfalls besser als alle anderen Autos, die je produziert wurden, findet Mutti, mit Ausnahme des Modells, das sie sich in zwei Jahren kaufen wird. Denn sie kauft sich spätestens alle vier Jahre ein neues Auto. Immer einen Opel – denn schließlich gibt es im Dorf die Opel-Vertretung von Heiners Eltern. Einen anderen Wagen zu wählen könnte deren Stolz verletzen, so etwas wie Blutrache auslösen, oder schlimmer: gesellschaftliche Degradierung. Heiner und ich würden dann zu Romeo und Julia.

Dieses rosa Ding im Handschuhfach – die Barbie-Version einer Reisebürste – übersehe ich, und versuche stattdessen, mich seelisch auf die Besichtigung vorzubereiten. Musterhaus-Siedlungen, diese in Stein – oder besser gesagt: Pressholzplatten? – gemeißelten Versprechen eines vorhersehbaren, unaufgeregten, praktischen Lebens. Meines Lebens. Wirklich? Na ja, mal gucken.

Ein Haus kaufen ist ja ein bisschen was anderes als Klamotten kaufen. Aber wenn man das vergleicht, dann ist ein Haus aus der Musterhaussiedlung wohl eher eins von *H&M*. Oder nein: von C&A. Jedenfalls nicht von *D&G*. Obwohl ich mir gar nicht vorstellen kann, wie deren Fertighäuser wohl aussehen würden. Auf jeden Fall muss man in keine Umkleidekabine und wird nicht in unvorteilhaftem Licht zur Schau gestellt. Man muss nicht an Reißverschlüssen zerren, nicht drei verschiedene Konfektionsgrößen probieren (von denen höchstens die größte passt). Vielleicht macht es also Spaß, ein Haus zu kaufen. Ein fertiges. Vielleicht macht es so viel Spaß, dass man gleich noch eins und noch eins und dann noch ein weiteres kaufen möchte. Bis der Schrank voll ist, pardon: das Grundstück. Hoffentlich gerate ich nicht in Kaufrausch. Ich habe gar keine Einkaufstasche dabei.

Während ich mich noch mit grundsätzlichen Konsumtheorien aufhalte, ist meine Mutter schon ein paar Schritte weiter, nämlich im ersten Musterhaus drin.

Ich folge ihr in die imposante Eingangshalle, bestaune den hohen Luftraum über mir, und höre Mutti mit kalter Stimme knallhart analysieren: »Verschenkter Platz! Und wer putzt das Fenster da oben?« Sie zeigt auf die Glasscheibe, die bis in den Giebel hinaufreicht. Niemand antwortet.

Wir schreiten auf glänzenden Fliesen voran in einen schlauchartigen Wohn-Ess-Bereich. Bisschen enttäuschend, nach diesem Entree hätte man doch etwas, na ja, Geräumigeres erwartet. Immerhin hat jemand mittig noch einen Kamin hingequetscht, vor den gerade mal zwei Stühle passen. Die drei Zimmer im oberen Stockwerk sind mickrige Butzen mit so heftigen Dachschrägen, dass man dort nur im Türrahmen stehen kann. Die eignen sich vielleicht als Kinderzimmer – solange der Nachwuchs noch im Krabbelalter ist.

Mangels Begeisterung verlassen wir das Haus und begeben uns ins nächste. Dort werden wir von einer Dame empfangen, die uns darauf aufmerksam macht, dass es sich bei diesem Haus um ein »Architektenhaus« handelt, was bedeutet, dass es etliche kleine Finessen gibt, die den Preis in die Höhe treiben. Und dass nichts verändert werden darf. Stolz führt sie uns die elektrischen Jalousien vor. Den Dimmer. Und den Hauswirtschaftsraum. Das ist ein kleines, dunkles Kabuff hinter der Küche, in dem die Hausfrau zwischen Waschmaschine und Putzeimern Marmelade einkochen darf, während der Hausherr auf der Galerie an seinem Schreibtisch residiert.

»Ein Hauswirtschaftsraum!«, jubelt meine Mutter beim Anblick des tristen Kämmerleins. »Das ist ja ganz wichtig!«

»Wofür?« frage ich.

»Da steht dann die Waschmaschine. Und der Trockner. Da kann man bügeln. Und Wäsche zusammenlegen. Und nähen.«

Ich stelle mir meine Mutter, die schon drei elektrische Nähmaschinen mit ihrer Ungeduld ruiniert hat, beim Quilten im Hauswirtschaftsraum vor. Vielleicht verändert so ein Raum ja die Menschen? Vielleicht würde ein Hauswirtschaftsraum auch mich zur Hausfrau machen? Diesen Gedanken behalte ich lieber für mich und frage stattdessen: »Warum kann die Waschmaschine nicht im Bad stehen?«

Die Fertighausfrau und meine Mutter sehen mich beide gleichermaßen entsetzt an. Mutti gelingt es schließlich, ihr

Entsetzen in Worte zu fassen: »Aber nein!«, seufzt sie. »Das Bad ist exquisit!«

Ich gucke sie an, als hätte ich nicht recht verstanden. Habe ich auch nicht.

Die Fertighausfrau öffnet ihre sorgfältig orange bemalten Lippen, die einen verwirrenden Kontrast zur pinkfarbenen Bluse bilden. Sie sieht aus wie der geheime erotische Traum eines Papageientulpenzüchters, und sie sagt: »Eine Waschmaschine im Bad, das ist doch asozial.«

Ups. Ein hartes Geschütz. Ich gehe in Deckung und verschweige lieber, dass bei mir zu Hause die Waschmaschine in der Küche steht. In der richtigen und einzigen Küche, in der gekocht und gegessen wird, nicht etwa in der Waschküche von Heiners Mutter. Wie würde sie über mich und diesen unhaltbaren Zustand urteilen? »Nicht gesellschaftsfähig« wäre wahrscheinlich noch die harmloseste Einstufung.

Ich verlasse den Hauswirtschaftsraum durch die offene Küche, die gerade mal genug Platz bietet, um sich einen Caffè Latte aufzuschäumen – ein anderes Getränk ist in einem Architektenfertighaus wahrscheinlich auch nicht gestattet –, und das spiegelnd geflieste Wohnzimmer, eile die dunkle Holztreppe hinauf und ins exquisite Bad. Dort finde ich hinter einer exquisiten Sichtschutzwand die exquisite Toilette. Die ist mit einer exquisiten Banderole versehen, auf die jemand in Schönschrift *Leider außer Betrieb* geschrieben hat. Mit Herzchen über jedem *i*. Ich schließe rasch die Tür ab, entferne vorsichtig die Banderole und pinkle so leise wie möglich in das nicht angeschlossene Klo. Danach fühle ich mich sehr viel entspannter und gelassener.

Mutti ist mir inzwischen nachgeeilt und spricht durch die

verschlossene Badezimmertür mit mir. Das ist so eine Angewohnheit von ihr, Türen schrecken sie nicht ab, wahrscheinlich würde sie auch durch Wände gehen, wenn sie Lust dazu hätte. Ich antworte nicht, denn wenn ich im Bad bin, bin ich im Bad und möchte nicht gestört werden. Dann will ich auch nicht reden. Mein Bad mag zwar nicht exquisit sein, aber immerhin ein Ort des Schweigens. Ich habe auch nie verstanden, warum Mädchen so gerne zusammen aufs Klo gehen. Ich unterhalte mich lieber am Tisch oder auf dem Sofa oder meinetwegen auch beim Abwaschen, aber doch nicht, wenn ich mal muss. Bin ich verklemmt? Ja, meinetwegen, auch das. Hauptsache, ich habe in Gegenwart sanitärer Anlagen meine Ruhe.

Nachdem ich noch ein paar Fingerabdrücke auf der gläsernen Duschtrennwand hinterlassen habe, fühle ich mich der Besichtigung weiterer Räume gewachsen. Auf der Galerie begegne ich meiner Mutter, die wieder fasziniert zu einem Giebelfenster hinaufsieht, mit ihrem »Wer soll das denn putzen?«-Blick. Die Fenster im Schlafzimmer und im Kinderzimmer dagegen sind bestimmt einfach zu reinigen. Genau genommen sind es gar keine einzelnen Fenster, sondern ein Fensterband, das sich einmal ums Haus zieht. Hübsche Idee. Leider in Stirnhöhe, das heißt, man kann nicht so gut rausgucken. Man würde also auf dem Bett liegen und gegen die Wand starren.

»Wenn Sie hier abends das Licht anschalten, dann sieht das von außen aus, als würde das Dach schweben wie ein Ufo«, flötet die Papageientulpe, die uns nachgeeilt ist.

»Ist ja galaktisch«, grinse ich.

Bevor wir den Rückzug aus dem Universum der Extrakosten antreten, drückt mir die mit außerirdischem Farbverständnis gesegnete Außenansichtenexpertin noch ihre Visitenkarte in die Hand: *Katharina Nelke* steht dort. In Botanik war ich noch nie gut, ich hätte sie wirklich für eine Tulpe gehalten. Gibt es überhaupt zweifarbige Nelken? Unter den Namen hat man die Berufsbezeichnung gesetzt: *Musterhausdame*.

Kaum sind wir der sphärisch-schwebenden Hortensie – oder wie hieß die Blume noch gleich? – entronnen, geraten wir in den Bannkreis eines Kellerfetischisten. Herr Kurz würde uns am liebsten ein Haus in die Elbe stellen, mit einer weißen Wanne darunter. Die Feinheiten dieser anscheinend genialen Konstruktion, die er uns in ausführlichen Ausführungen darlegt, bleiben meiner Mutter und mir jedoch verschlossen, da wir beide abgelenkt sind. Meine Mutter kann sich nicht konzentrieren, weil Herr Kurz die Hand auf ihren Arm gelegt hat und sie deswegen kurz davor ist, ihn körperlich zu züchtigen. Ich dagegen bin in den Anblick seiner Krawatte versunken. Ich beuge mich noch ein bisschen vor, um das Muster besser dechiffrieren zu können. Lauter kleine Erdmännchen, die auf winzigen Felsbrocken hocken, direkt neben ihren unterirdischen Gängen, bereit, darin zu verschwinden, sobald ein Kollege durch Pfeifton vor Gefahr warnt. Sie haben große Ähnlichkeit mit Herrn Kurz, dieses überall Haarige. Und jedes Hörnchen hat seinen eigenen Keller. Wahrscheinlich handelt es sich ausschließlich um männliche Tiere, die heißen ja wohl nicht umsonst Erd*männchen*, und aus den unermüdlichen Erläuterungen des Musterschlipsträgers geht auch hervor, dass ein Keller wohl hauptsächlich dazu da sei, die Bauherren glücklich zu machen.

»Männer brauchen einen Keller. Schon allein für all die Geräte, wo Power draufsteht!«, lautet das Finale seines Monologes.

Da wir keinerlei Geräte, auf denen Power steht, besitzen, verlassen wir Herrn Kurz, ohne uns in den weiteren Räumlichkeiten umzusehen. Mit ihm womöglich den Keller besichtigen zu müssen ... uns schaudert allein bei der Vorstellung. Herr Kurz, das ging aus seinem Vortrag hervor, hat in seinem Leben schon zehn Häuser besessen. Wir wollen uns lieber nicht ausmalen, warum er diese immer wieder verkauft hat. Und was er in den Kellern zurückgelassen haben könnte.

Draußen, im Tageslicht, bewundert Mutti die vielen Zierteiche. Vor jedem Haus gibt es einen, und dazwischen auch noch mal welche. Sie scheinen durch ein kompliziertes Kanalsystem miteinander verbunden zu sein und haben deshalb eine leicht burggrabenartige Anmutung. Die vielen kleinen Brücken, die sich darüber hinwegschwingen, verleihen der Anlage streckenweise einen leicht missglückten venezianischen Charme. Ein paar Mini-Gondeln würden gut hierher passen – doch das macht aus den Fertighäusern noch lange keine Palazzi.

Das nächste Haus ist eine Siebziger-Jahre-Konstruktion aus Glas und dunklen Balken. Es erinnert mich an einen Auftritt von *ABBA* bei der aktuellen Schaubude: Agneta und Anafrid in mondänen Kostümen vor Strohballen. Elegant-rustikal. Ohne große Erwartungen gehe ich hinein –

– und erstarre.

Ein Satzfetzen erreicht gerade noch den schwindenden Rest meines Bewusstseins: »Ich tue alles, was Sie wollen.« Um mich herum eine große Halle. Unter mir Marmor. Über mir eine Galerie. Vor mir Tom Cruise in größer, besser aussehend, seine Stimme in meinem Ohr, seine Hand streckt sich mir entgegen, greift nach meiner, ich wanke, ergebe mich seinem Timbre, seinem strahlenden Blick, seinem betörenden Duft, sehe Meer, Palmen, eine gemeinsame Zukunft, eine prächtige Villa, taumle benommen zur Seite und kann mich gerade noch am Geländer der Freitreppe festhalten.

»Der Grundriss ist ja sehr unpraktisch. Verschenkter Platz!«, wiederholt meine Mutter ihr Besichtigungsmantra.

Was macht die denn hier? Ach ja, wir sind in einer Musterhaussiedlung, erinnere ich mich.

»Es heißt übrigens nicht Musterhaussiedlung, sondern Massivhauspark«, klärt mich der Tom Cruise der Fertighäuser auf. Er ist nicht nur schön, sondern auch noch klug. Gebildet! Intelligent! *Massivhauspark!* Was für ein Wort! Das klingt auch gleich wuchtiger, handfester, nicht so provisorisch.

Ich bin verliebt! Hin und weg! Total begeistert! Leider nicht vom Haus, sondern vom Verkäufer. Das kann nicht sein. Das darf nicht sein. Das ist Blödsinn. Das passt mir jetzt gar nicht. Aber warum eigentlich nicht?

*Herr Wesseltöft* heißt er, das steht jedenfalls auf seinem Schild, und ich hätte gerne seine Visistenkarte, nur, um nachzusehen, ob seine Berufsbezeichnung *Musterhausherr* ist – und natürlich, um seine Telefonnummer zu haben. Seine Krawatte ist uni, und Mutti wickelt er mit dem Angebot: »Sie können den Grundriss natürlich nach Ihren Vorstellungen verändern. Wir benennen dann das Haus nach Ihnen« um den perfekt manikürten Finger. Sie füllt sogar das Formular aus, das er ihr hinhält. Freiwillig gibt sie alle persönlichen Daten preis, von der Schuhgröße bis zur Telefonnummer. Wahrscheinlich sogar meine Telefonnummer. Ich bin zu verwirrt, um sie davon abzuhalten. Und dann wiederholt Herr Wesseltöft den Satz, von dem ich vorhin im Taumel nur den letzten Teil vernommen hatte: »Sie bauen, Sie bezahlen, und ich tue alles, was Sie wollen.«

# 3. *Kapitel*
# Im Keller

*Samstag, 7. Mai, später*

Ich habe mich überwunden. Den inneren Schweinehund besiegt und meinem Schicksal ins Gesicht geschaut. Die unhandliche Gartenliege samt Auflage auf das Sumpfgrundstück geschleppt und mich dort niedergelassen, um mich schon mal an meinen neuen Wohnort zu gewöhnen. Mich ein bisschen einzuleben.

Meine Mutter hat den Fertighaus-Vorauswahl-Versuch für gescheitert erklärt und abgebrochen – ich erschien ihr einfach nicht entschlussfreudig genug, und wir hatten kein Haus gefunden, in dem alle Fenster so angebracht waren, dass man sie ohne professionelle Hilfe putzen konnte. Jetzt zähle ich die kleinen Fliegen auf meinem Unterarm und stelle mir vor, wie es so sein wird, hier, im neuen Haus, auf dem Sofa zu liegen und zu wohnen.

Folgende Szene schwebt mir vor: Ich tänzele in einem geschmackvollen Hausdress – eine Art Jogginganzug in elegant fließender Seidenjersey-Qualität – durch das Wohnzimmer und arrangiere duftende Blüten zu hinreißenden Stilleben. Auf dem stilvollen Beistelltisch türmt sich köstliches exotisches Obst auf einer filigranen Etagere. Meine perfekt manikürten Hände greifen nach einem makellosen Pfirsich, mit strahlend weißen Zähnen beiße ich ein Stück saftiges Fruchtfleisch heraus, ohne dabei auf den sandfarbenen, hochflorigen Teppich zu kleckern.

Dabei fällt mir ein: Ich habe ja wirklich einen Pfirsich dabei. Der ist allerdings schon ziemlich zermatscht, als ich ihn aus der Tasche pule. Und beim Hineinbeißen spritzt der Saft über mein T-Shirt und kreiert ein ungleichmäßiges Pünktchenmuster, passend zum Fleck, der von innen durch die Tasche schimmert. Ist doch toll, wenn Kleidung und Accessoires aufeinander abgestimmt sind. Ich mache modische Fortschritte.

Meine Phantasie schreitet auch voran, ich kann kaum folgen: Meine traumhafte Pfirsichnascherei hat anscheinend jemanden heiß gemacht (die reale dagegen hat nur die Wespen angelockt). Starke Hände greifen von hinten um meine Wespentaille (wozu Assoziationen aus dem wahren Leben nicht alles führen können), umschlingen meinen trainierten Körper, streicheln über meine straffen Schenkel, wandern hoch zu meinen festen Brüsten. Ich stöhne leicht auf, als sich eine Zunge sanft in mein Ohr schiebt. Komisch, denke ich noch kurz, es ist doch Samstag, früher Abend, da guckt Heiner doch immer Sportschau. Dann gebe ich den fordernden Küssen auf meinen Hals nach, drehe ich mich um – und sehe Herrn Wesseltöft!

So weit ist es also gekommen. Fast hätte ich im neuen Fertighaus mit einem nahezu fremden Mann Sex gehabt! Das Erschreckende daran: Es hat mir gar nichts ausgemacht, dass es nicht Heiner war. Im Gegenteil: Ich war fast erleichtert, dass er es nicht war. Sollte ich nicht Reue fühlen?

Scham? Stattdessen fühle ich mich einfach nur wohl. Bin scharf. Mache die Augen zu. Und träume weiter – doch diesmal überlasse ich nichts dem Zufall. Vorher überprüfe ich kurz meine imaginäre Unterwäsche: Winzige Dessous aus teurem Nichts, die wunderbar sitzen, schließlich sind wir hier nicht in einer weltlichen Umkleidekabine.

Herr Wesseltöft packt mich mit seinen starken Armen, hebt mich hoch – er scheint keinerlei Rückenprobleme zu haben, solche Männer findet man heutzutage selten – und trägt mich ins Schlafzimmer. Moment, woher weiß er eigentlich, wo das Schlafzimmer ist? Schlafwandlerischer Instinkt? Steht das etwa im Drehbuch? Ach, nein, schon klar, er hat mir das Haus ja verkauft. Er legt mich aufs Bett, beugt sich über mich, küsst mich feucht und tief, reißt sich dann das Hemd vom Leib und wirft sich mit entblößter Brust auf mich, dass mir einen kurzen Moment die Luft wegbleibt. Das müssen wir noch üben. Na ja, ist ja unsere erste gemeinsame Erotik-Phantasie. Da darf man wohl nicht zu viel erwarten.

Wir rollen zur Seite, ich beginne, seinen muskulösen Oberkörper zu streicheln. Der hat ja Brusthaare, wie süß! Ich ziehe daran, zwirbele ein paar zu kleinen Zöpfen. Das macht Spaß. Als ich seine Brustwarzen leicht antippe, zuckt er zurück, so leicht ist er dort reizbar. Ein Mann mit mehr als einer erogenen Zone – eine interessante Laune der Natur.

Ich arbeite mich zur Erregung in der Körpermitte vor, die mir schon auf halbem Weg entgegenkommt. Wirklich beeindruckend. Mangels brauchbarem realen Vorbild aus näherem Bekanntenkreis greift meine Vorstellung auf Secondhand-Eindrücke aus dem Sexshop zurück, in den es mich einmal verschlug; deshalb sieht das, was ich nun in der Hand habe, etwa so aus wie der zweitgrößte Beate-Uhse-Dildo in Karibikblau und fühlt sich nach warmem Silikon an. Herr Wesseltöft drängt sich wieder auf mich, diesmal vorsichtiger, ich kann weiter atmen, beginne aber auch zu stöhnen. Das ist ganz schön scharf! Weniger scharf dagegen ist der Ausblick über die Schulter meines neuen Dreamlovers durch das Schlafzimmerfenster. Direkt auf den Opelparkplatz. Ich mache mir gedanklich eine Notiz: Unbedingt Vorhänge kaufen.

In der Schublade von Heiners Nachttischchen finde ich eine angebrochene Packung Kondome, die ich jetzt sehr gut gebrauchen kann. (Moment: Wozu braucht Heiner eigentlich Kondome?) Ich versuche, Herrn Wesseltöft eines mit dem Mund über seine karibikblaue Pracht zu rollen. In einer Frauenzeitschrift habe ich mal gelesen, dass das geht. Man nimmt einfach das Gummi in den Mund, dreht es sich zurecht und streift es mit den Lippen über den Penis. Die Anleitung klang ganz einfach und sehr überzeugend. Mit der Umsetzung hapert es ein wenig. Ich komme mir vor, als hätte ich Weingummis aus Versehen mitsamt Tüte in den Mund gesteckt. Und ich kann noch so sehr darauf rumlutschen, ich finde einfach nicht heraus, wie ich es drehen muss, um es abrollen zu können. Wenn das schon in meinen erotischen Phantasien nicht klappt, wie soll das denn erst im Erlebnisfall funktionieren?

Herr Wesseltöft gibt mir einen langen Zungenkuss, fischt dabei das Kondom aus meinem Mund und rollt es sich ordnungsgemäß über. Dann knabbert er sich an meinem Bein entlang hoch und bringt sich in Stellung. Gleich ist er in

Position und wird in mich eindringen – kein unangenehmer Gedanke. Ich räkele mich ein wenig, um noch bequemer zu liegen. Sein Schwanz nähert sich, ich fühle schon ein leichtes Kitzeln –

– *AUA!* Verdammt noch mal!

Uiiiuiiiiuiiiii, arrrrgh, tut das weh! Was war *das* denn? Das hat aber nichts mehr mit geträumtem Softporno zu tun. Das ist Hardcore – aber echt!

Gezwungenermaßen wende ich mich wieder voll und ganz dem echten, brutalen Leben zu und befördere die Wespe, die mich in den Oberschenkel gestochen hat, in die ewigen Jagdgründe.

Immerhin habe ich eine interessante Erfahrung gemacht: Der erste Sex mit einem neuen Liebhaber ist immer schwierig. Selbst, wenn man ihn sich nur vorstellt.

Das klingt jetzt, als hätte ich viel Erfahrung mit neuen Liebhabern. Stimmt aber nicht. Meine amourösen Premieren könnte ich auch noch an einer Hand abzählen, wenn ich ein versehrter Tischler wäre, der einmal zu forsch in die Kreissäge gefasst hat. Mal sehen, ob ich mich noch an alle erinnere (nein, wie kokett!). Da waren: Peter, der mich einmal geküsst hat. Wir gingen beide in die vierte Klasse. Das zählt also vielleicht nicht. Dann gab es den Typen auf der Party von Susi, aber der war so betrunken, das zählt auch nicht. Oder war ich so betrunken? Egal. Es ist schon peinlich: Da hat man unterdurchschnittlich viele Liebhaber gehabt und kann sich noch nicht mal an die paar genau erinnern. An einen möchte ich mich gar nicht erinnern: Daniel. Ein Name wie Sahneeis. Er hat im Urlaub auf Teneriffa meinen Mietwagen gerammt – und sich auch danach nicht weiter zurückgehalten. Allerdings weiß davon nur Brigitte. Sie ist auch die Einzige, der ich erzählt habe, dass Daniel mit meiner gesamten Urlaubskasse durchgebrannt ist. Okay, es war am Ende der Ferien, viel war eh nicht mehr in meiner Geldbörse. Den Schaden am Mietwagen hat Brigitte ausgelegt. Das war schon sehr *Thelma-und-Louise*-mäßig. Leider hatte Daniel, aus der Nähe betrachtet – und rückblickend sowieso –, recht wenig von Brad Pitt.

Von da an habe ich beschlossen, mich etwas zurückzuhalten. Außerdem gab es ja Heiner. Keine zu hoch gesteckten Erwartungen, keine Enttäuschungen. Eine sichere Sache. Doch jetzt bin ich mir gar nicht mehr so sicher. Vielleicht will ich doch etwas ganz anderes? Enthemmten Fertighaus-Sex mit Herrn Wesseltöft zum Beispiel?

Gut zu wissen wäre jetzt noch: Wenn man die Pannen schon in seiner Phantasie durchspielt, muss man sie dann in der Realität noch mal erleben? Gibt es dann neue Pannen – oder vielleicht gar keine? Oder sind die Pannen, wenn man sie vorher schon mal durchgespielt hat, nicht mehr so peinlich, wenn man sie wirklich erlebt?

Hochnotpeinlich fand ich auf jeden Fall den Junggesellinnenabschied von Simone. Simone war in der Grundschule mit mir in einer Klasse, viel hatte ich mit ihr nie zu tun, aber Brigitte hat mich überredet, mitzukommen. Ich bin ja sonst nicht für solche Art launiger Geselligkeit. Und ich gehöre nicht gerne zu einer Gruppe – jedenfalls nicht deutlich erkennbar. Auf derlei Bedenken wurde allerdings keine Rücksicht genommen. Kaum war ich im Windfang von Simones Elternhaus angekommen, bekam ich ein T-Shirt übergestülpt, auf dem mit Fingerfarbe geschrieben stand: *Simone's letzte Chance!* Mit Apostroph. Darüber waren fleischfarbene nackte Brüste gemalt, schätzungsweise in Doppel-D. Ich musste sofort ungefähr fünf kleine Schnäpse in Rot, Gelb und Grün trinken. Langsam wurde es mir zu bunt, doch Brigitte redete mir gut zu, wir gingen ins Wohnzimmer: »Da ist die Spielhölle!« Die anderen Gäste waren auch schon recht angeschickert – bis auf zwei. Das habe ich erst gar nicht gemerkt, deshalb hat es mich auch nicht gewundert. Ich war zu sehr damit beschäftigt, die Situation zu bewältigen. Ich habe noch nie gerne gespielt. Mir gelingt es nicht, beim Monopoly zu schummeln und es ist mir völlig egal, ob ich bei Mensch-ärgere-Dich-nicht verliere oder gewinne. Das löst einfach keine Gefühlsregung in mir aus. Mein Vater hat mal ein Wochenende darauf verwandt, mir Skat beizubringen. Genauso gut hätte er dem Hund die binomischen Formeln erklären können.

Bei Simone spielten wir ein Würfelspiel, dessen Regeln sich mir nicht erschlossen. Wahrscheinlich gab es gar keine. Egal welche Zahl man würfelte, man musste einen Schnaps trinken. Und im Laufe des Spiels bekam jede einen Umschlag, der erst zu einer bestimmten Uhrzeit an einem bestimmten Ort geöffnet werden durfte. Darin befand sich eine Aufgabe, die die Umschlaginhaberin zu erfüllen hatte. Meine Aufgabe wartete um 23.30 Uhr auf der Reeperbahn auf mich.

Meine natürliche Hemmschwelle löste sich unter Einfluss der regenbogenfarbigen Kurzgetränke in Wohlgefallen auf, wir verließen das Haus. Jede von uns trug ein Titten-T-Shirt. »Ich wollte immer schon mal Brüste wie Sophia Loren haben«, jubelte Brigitte. Das war eine komplette Fehleinschätzung: Sie sah eher aus wie eine Kreuzung aus Pamela Anderson und einem Gemälde von Picasso – irgendwie grotesk und so, als hätte man den Sinn dahinter noch nicht richtig verstanden. Aber so etwas wie Sinn war mir da sowieso schon egal.

Wir quetschten uns zu zwölft in zwei Opel Corsas, und die beiden Nüchternen fuhren uns in die nahe gelegene und doch Universen entfernte Großstadt, unserem ungewissen Schicksal entgegen. Bevor wir die Autos auf dem Heiligengeistfeld wieder verließen, mussten wir alle kleine rote Hütchen und Pappnasen aufsetzen und uns mit Lippenstift gegenseitig Herzchen auf die Wangen malen. Fast überflüssig zu erwähnen, dass im Autoradio die ganze Zeit Marianne Rosenberg in glaszerberstender Lautstärke lief. »Er gehört zu mir wie mein Name an der Tür«, kreischten alle – außer mir vielleicht, denn ich kann nicht singen – verzückt mit. Dabei wohnten die meisten hinter Türen mit dem Namensschild ihrer Eltern oder hatten ihren Nachnamen mit der Eheschließung genauso aufgegeben wie die Überlegung, die angesparten Summen auf ihren Bausparverträgen einfach zu verjubeln. Die Namen auf den Türschildern waren nicht immer die bessere Wahl: Gesine hieß vor ihrer Hochzeit schlicht und einfach *Meier*, jetzt unterschreibt sie mit *Gekröse*. Tja, wo die Liebe eben hinfällt. Da kann man wohl nichts machen.

Simone war die Einzige, die keinen Umschlag bekommen hatte, sie musste dafür mit einem Bauchladen herumlaufen und Schnullerflaschen voller Liebesperlen mit selbstgebastelten Etiketten, auf denen *Viagra* stand, verkaufen. Das Geschäft lief erstaunlich gut, manche Kunden wollten allerdings das Produkt gleich gemeinsam mit Simone testen. Sie lehnte dankend ab, trotz zahlreicher Hinweise auf die *Letzte-Chance*-Oberbekleidung. Ich hatte den Verdacht, sie fühlte sich geschmeichelt.

Brigittes Aufgabe war es, in einer Diskothek auf der Bühne einen Cancan zu tanzen, bei dem man ihren Slip sieht. Kein Problem für Brigitte, sie trug sowieso zu der Zeit ausschließlich Mini in Kombination mit Wochentags-Unterhosen – allerdings nie die richtige. Es war Samstag, und sie hatte ganz offensichtlich den Montag an.

Es war viertel nach elf, als wir schließlich in einen Sexshop einfielen. Einen sehr großen, sehr vollen Sexshop. Wir zogen kichernd an den Regalen lang, nahmen prüfend Dildos in die Hand, fochten mit Vibratoren und tuschelten uns die Namen der Sexfilme zu. Als es gerade richtig lustig wurde, holte Simone aus dem Bollerwagen, den wir zwecks Schnapstransport mit uns führten, einen Ghettoblaster und forderte mich auf, meinen Umschlag zu öffnen. *Du wirst* Saving all my love for you *von Whitney Houston singen – sehr laut und mit dem größten Dildo, den es im Sexshop gibt, als Mikrofon*. Ein Textblatt steckte auch im Umschlag. Brigitte reichte mir den Karibikblauen – das größte Modell war ein mannshoher Aufsteller aus Pappe –, Simone schubste mich auf ein kleines Podest, und Gesine schaltete den Kassettenrecorder an.

Mein Pflichtgefühl war ebenso groß wie mein Alkoholpegel hoch, deshalb krallte ich meine Hand fest um den Dildo und begann zu singen. Eher: zu jaulen, denn ich kann ja nicht singen. Das aber inbrünstig und laut. »*A few stolen moments is all that we share. You've got your family, and they need you there. Though I've tried to resist, being last on your list, but no other man's gonna do«*, intonierte ich voller Leidenschaft. »*So I'm saving all my love for you!*« Und plötzlich ging mir auf, wovon dieses Lied handelte: Eine Frau sitzt zu Hause und wartet auf ihren Geliebten, doch der ist bei seiner Familie. Sie ist sehr tapfer und sehr verzweifelt. Wahrscheinlich wird sie ihr ganzes Leben wartend verbringen. Ich wurde plötzlich unendlich traurig, mir schnürte sich die Kehle zu, Tränen schossen mir in die Augen und vernebelten meinen Blick. *But the show must go on*, heißt es doch immer, also machte ich einen Schritt nach vorn, geriet ins Taumeln, und zu meinem tiefen, seelisch empfundenen Schmerz gesellte sich alsbald ein dumpfer körperlicher. Ich war gegen die hölzerne Halterung des Pappdildos getreten, hatte die verkaufsfördernde Erektion und mich zu Fall gebracht und dabei eine aufgeblasene Dolly-Buster-Puppe mitgerissen, aus der mit einem lauten *Pffffffff* die Luft entwich. Der Mikrofondildo hatte sich tief in meinen Rachen gebohrt. In dem Moment wusste ich: Ich würde niemals eine Junggesellinnenabschiedsparty geben.

Simone wohnt jetzt übrigens auswärts. Zwölf Kilometer weit weg, in einem anderen Dorf. Ich habe sie nie wieder gesehen.

Langsam wird es dunkel, ich packe die restlichen zermantschten Pfirsiche und die Liege zusammen und schleiche mich an den fernsehguckenden Schwiegereltern vorbei in die Dachbutze. Von Heiner keine Spur. Ich werde ein bisschen traurig und weiß eigentlich gar nicht, warum.

Ich lege mich aufs Bett. Als das Telefon klingelt, erschrecke ich mich so, dass ich mir den Kopf an der Dachschräge stoße. Das ist doch kein Leben! Ich brauche Luftraum. Sicherheitsraum über meinem Kopf. Oder sollte ich vielleicht etwas Schaumstoff an die allzu nahe Wand nageln? Es klingelt weiter, ich mache mir einen kurzen Moment Sorgen: Ist Heiner etwas passiert? Ach, nein, was soll dem schon zustoßen außer ein paar Bier.

Meine Nicht-Sorge ist berechtigt, am Telefon ist nämlich Sandra. Meine alte Schulfreundin. Die, die in die Stadt gezogen ist und studiert. Sie hat es wirklich getan, hat sich auf ein Leben ohne Carport eingelassen und scheint sogar glücklich damit zu sein. Wir haben nur noch selten Kontakt, aber ich freue mich immer sehr, wenn sie zu Besuch kommt. Immerhin zwei Mal im Jahr: an Weihnachten und zum Geburtstag ihrer Oma. Und der fällt meistens mit dem Feuerwehrball zusammen. Nachmittags schlägt sie sich den Bauch mit Buttercremetorten voll, abends verwirrt sie in aberwitzigen Outfits die Dorfjugend und findet das Ganze auch noch spaßig. »*I'm going back to my roots*«, singt sie dann immer. Sie kann sich mit allen prima über das Wetter unterhalten, sie studiert schließlich Meteorologie. Oder war es Astronomie? Ich weiß nicht, warum ich mir das nicht merken kann.

»Silke, ich komme dieses Jahr nicht zum Feuerwehrball. Meine Oma hat sich in den Kopf gesetzt, an ihrem Geburtstag ins Theater zu gehen, und da muss die gesamte Familie natürlich mit.«

»Schade! Dann sehen wir uns ja wieder ein halbes Jahr nicht. Sogar *über* ein halbes Jahr.« Ich bin wirklich enttäuscht.

»Na ja, du könntest mich ja mal besuchen und wir gehen zusammen aus. Nächste Woche, am Sonntag, spielt eine geniale Band. Der Sänger ist der absolute Wahnsinn. Und das Beste: Ich stehe auf der Gästeliste. Plus eins. Du bist eingeladen.«

Sandra hat Recht. Ich könnte sie mal besuchen. Theoretisch. Praktisch wissen sie und ich, dass ein Ausflug vom Dorf in die große Stadt sorgfältig geplant sein will und nicht mal eben so stattfindet. Vorlaufzeit: mindestens zwei Monate. Nicht mal eben nächste Woche. Das ist eben so.

»Ach nee«, antworte ich, gelähmt von der Spontaneität der Einladung. »Am Montag muss ich doch arbeiten. Da sollte ich ausgeschlafen sein.« Eine lahme Ausrede, aber immerhin wahr.

»Ja, ich verstehe«, sagt Sandra, »den Nerven aufreibenden Alltag auf dem glatten Parkett des internationalen Devisenhandels kann man natürlich nur hellwach bewältigen.«

War das jetzt ein Witz oder Ironie oder was? Ich kann das gerade nicht mehr so recht wahrnehmen.

»Hey, das war ein Scherz«, sagt Sandra.

»Sei bloß vorsichtig, sonst bekommst du beim nächsten Weltspartag kein Sparschwein mehr von mir. Oder ich löse heimlich dein altes Sparbuch auf und brenne mit deinen eisernen Rücklagen nach Honolulu durch.«

»Das reicht doch noch nicht mal für eine Busfahrkarte in die Stadt.«

Wir plänkeln noch ein bisschen herum, und Sandra versucht noch einmal, mich zu überreden, sie zu dem Konzert zu begleiten. Aber ich bin so müde, dass mir eine solche Unternehmung schon in meiner Phantasie unendlich anstrengend vorkommt. Ich bleibe bei meiner Absage.

Der Samstag ist wahrhaft gelungen: Eine fruchtlose Massivhausparkbesichtigung, eine missglückte Sexphantasie mit einer neuen, unerreichbaren Flamme und die lebhafte Erinnerung an einen peinlichen Abend. Und dann schlage ich auch noch die Einladung einer alten Freundin aus. Die perfekte Wochenendgestaltung einer modernen jungen Frau. Wie aus einer Frauenzeitschrift kopiert. Einer Frauenzeitschrift mit dem Titel: *Schlapp & müde – Das anspruchslose Blatt für die Leserin ohne Perspektive*.

Ich träume, ich sei Chefredakteurin einer solchen Zeitschrift und muss widerlich engagierte, karrieregeile, aufgeweckte Mitarbeiterinnen zur Räson bringen. Das kommt davon, wenn man bei Filmen einschläft, die im Zeitschriftenmilieu spielen und Titel haben wie *Frauen, die Prosecco trinken*.

## Sonntag, 8. Mai

Dröhnender Maschinenlärm weckt mich. Mein erster Gedanke: Ich habe vergessen, den Fernseher auszuschalten. Aber warum senden die statt der Morgenandacht um diese Zeit *Terminator 2?* Ich taste nach der Fernbedienung und hämmere auf die Aus-Taste, doch der Krach hört nicht auf. Es kann sich nur um einen echten Maschinenangriff handeln. Warum habe ich keine Sirenen gehört? Ich will Heiner wecken, doch der ist nicht da, wahrscheinlich ist er schon mit der freiwilligen Feuerwehr ausgerückt, die Welt retten.

Todesmutig sehe ich aus dem Fenster – hinab in ein tiefes Loch. Dort drüben hat gestern noch mein Liegestuhl gestanden. Als Grab für die von mir erlegte Wespe finde ich das jetzt etwas übertrieben. Der Lärm erstirbt und wird von einem leisen Ploppen abgelöst.

Ich öffne das Fenster, lehne mich hinaus und rufe zu Heiner und seinem Kumpel Kalle runter: »Was macht ihr denn da?«

»Bier trinken. Sieht man das nicht?«

»Doch, ja. Sehr deutlich. Und mit dem großen Ding da hinter euch habt ihr die Flaschen aufgemacht, oder was?«

Heiner dreht sich um und betrachtet den Bagger, an dessen Rad er sich gelehnt hatte: »Kann man so sagen.« Kalle schickt ein dumpfes »Höhöhöhö!« in den Sonntagmorgen.

Ich wüsste es doch gerne etwas genauer und frage nach: »Und das Loch da?«

»Da kommen die leeren Flaschen rein.«

Ich werde den Eindruck nicht los, als hätten die Jungs schon vor dem Buddeln mit den Buddeln angefangen. Ganz nüchtern wirken sie nicht.

Noch ein Versuch: »Jetzt mal im Ernst!«

Heiteres Gegröle: »Aus Spaß wurde Ernst. Ernst ist jetzt vier Jahre alt.« Heiner nutzt seit Jahren jede noch so unpassende Gelegenheit, diesen Witz zum Besten zu geben.

Ich gucke einfach weiter runter. Vielleicht kommt ja noch eine Erklärung. Männer sind manchmal etwas langsam.

»Also«, setzt Kalle an, »mein Onkel hat mir den Bagger geliehen. Und da dachten wir, das ist doch mal eine günstige Gelegenheit, den Keller auszuheben. Für das Haus.«

Meine Gedanken wandern zu Herrn Kurz und seiner

Männer-brauchen-einen-Keller-Weisheit. Bestimmt steht auf dem Bagger auch irgendwo *Power* drauf.

»Wir haben noch gar kein Haus«, sage ich nüchtern.

»Ach was. Der Keller kommt immer zuerst. Nachträglich wäre das ja wohl ein bisschen schwierig.«

Ja, damit hat Heiner wohl Recht. Es fällt ein wenig schwer, mir das einzugestehen. »Aber wir wissen doch noch gar nicht, wie groß das Haus …«

»Aber, aber, aber«, schneidet Heiner meinen durchaus ernst gemeinten Einwand ab, indem er mich nachäfft. Er setzt noch einen drauf: »Kümmer du dich lieber um deinen eigenen Kram.«

Das sitzt. Ich ziehe den Kopf ein, mache das Fenster zu und lege mich wieder unter die Dachschräge ins Bett. Heiners Seite sieht so unberührt aus, das Kopfkissen ist gar nicht zerknautscht, und auf dem Boden liegen keine dreckigen Socken herum. Wahrscheinlich hat er die ganze Nacht mit Kalle gesoffen und Karten gespielt. Und dabei den Keller-Plan ausgeheckt. So richtig gerade sieht das Loch auch nicht aus. Na ja, notfalls wird es eben wieder zugeschüttet. Oder man macht einen Teich draus. Ist doch sowieso recht sumpfig, die Wiese.

Ich überlege, was der eigene Kram sein könnte, um den ich mich kümmern soll, und da fällt mir gleich wieder Herr Wesseltöft ein. Ich vergewissere mich, dass das Fenster wirklich geschlossen ist, damit mir diesmal keine Wespe dazwischenkommt. Diesmal gelingt mir eine fast pannenfreie erotische Phantasie. Also wird der Sonntagmorgen doch noch ganz nett.

Später gucke ich mir das Kellerloch aus nächster Nähe an. Es ist zur Hälfte mit Grundwasser vollgelaufen, an den Rändern üben sich Frösche im dramatischen Sturzköpper.

Mutti kommt kurz vorbei, um meine Kleidung zu kritisieren. Ich finde zerrissene Jeans und ein T-Shirt mit einem neonfarbenen *Wham*-Aufdruck völlig akzeptabel für einen Sonntagnachmittag, aber sie insistiert: »Du solltest dir mal so einen etwas längeren, enger geschnittenen Schlabberrock kaufen. Die sind jetzt ganz modern.« Ich habe keine Ahnung was sie meint, rette aber mit einem fröhlich vorgetragenen »Ja, Mutti, das mache ich!« die Stimmung.

Abends leistet Heiner mir beim *Tatort* Gesellschaft. Es ist ein sehr harmonischer Abend: Er isst nicht und er redet nicht. Das ist gut so, denn mir in den *Tatort* zu quatschen ist noch schlimmer, als mich im Bad anzusprechen. Diesmal wird eine Sparkassenangestellte im Tresorraum ermordet aufgefunden. Der Mörder ist der Filialleiter, der meinem Chef, Herrn Markmann, erstaunlich ähnlich sieht. Der gleiche Schnauzbart, die gleichen etwas zu kurzen Anzughosen, der gleiche scheele Blick. Außerdem hat die *Tatort*-Sparkasse die gleiche kuhfladengrün-gemusterte Auslegeware wie mein Arbeitsplatz.

Während der Kommissar den leer geräumten Tresor inspiziert, werfe ich einen verstohlenen Blick zu Heiner hinüber. Nein, er ist kein Gott wie Herr Wesseltöft, wirklich nicht. Aber er sieht schon nett aus, wie er da so sitzt und sich auf den Krimi konzentriert. Irgendwie arglos, und auch, wenn er manchmal etwas krätzig ist und meint, ich solle mich um meine eigenen Angelegenheiten kümmern – ich mag Heiner. Er gehört zu meinem Leben wie … ja, wie eigentlich? Wie meine Mutter? Wie Brigitte? Ganz sicher nicht. Vielleicht wie mein Auto? Wie etwas, das zu mir gehört, das ganz praktisch und angenehm sein kann – aber mehr auch nicht.

Über die Frage, warum ich Heiner und meinen Opel Corsa auf die gleiche Stufe stelle, möchte ich lieber nicht weiter nachdenken. Es ist ja auch schon spät. In spätestens fünfundzwanzig Minuten wird der Verbrecher überführt und ich vor Sabine Christiansen ins Bett geflohen sein.

## *Montag, 9. Mai*

Am Montagmorgen gehe ich mit einem etwas mulmigen Gefühl zur Arbeit. Gut, dass es hier gar keinen Tresorraum gibt, sondern nur einen großen Panzerschrank im Büro von Herrn Markmann. Dieses Zimmer werde ich heute einfach meiden.

»Du sollst mal zu Herrn Markmann kommen«, sagt Susi als Erstes zu mir, als ich meine Tasche auf dem Schreibtisch hinter der Panzerglaswand abstelle. Dabei sieht sie mich nicht an, sondern widmet sich weiter konzentriert ihrem Morgenritual, dem kunstvollen Arrangieren ihrer Tagesportion Süßigkeiten.

Diese Anweisung durchkreuzt in unvorhergesehener Weise meinen Sicherheitsplan. »Hat er denn gesagt, um was es geht?«, frage ich.

»Nö«, murmelt Susi, spekuliert dann aber: »Wahrscheinlich hängt es mit der Modernisierung zusammen. Ich habe vorhin dieses Fax abgefangen.« Sie grinst verschwörerisch und zieht vorsichtig ein paar Blätter unter einer Schokokuss-Pyramide heraus. Viel ist darauf nicht zu erkennen, es scheint eine Grundrisszeichnung zu sein, sehr grau in grau. Mit Mühe kann ich die geplante Neuaufteilung des Schalterraums dechiffrieren. Sieht ganz schick aus. Aber es gibt nur noch einen Schreibtisch. Susi scheint das noch nicht aufgefallen zu sein. »Das ist doch mal echt edel!«, schwärmt sie und wechselt dann ohne Überleitung das Thema: »Hast du gestern den *Tatort* gesehen?«

»Natürlich, gucke ich doch immer.«

»Der war vielleicht spannend! Und gruuu-se-lig! Und dass die Tote dann auch noch Silke heißen musste – ich hab die ganze Zeit an dich gedacht.«

»Du wärst mich wohl gerne los?«

»Ach, du spinnst ja«, sagt Susi aufgesetzt empört mit einem ertappten *Du-kannst-wohl-Gedanken-lesen*-Blick. »Aber wie ist es denn überhaupt ausgegangen? Ich bin leider mittendrin eingeschlafen.«

Ich erzähle Susi haargenau, wie der Fall aufgeklärt wurde, mit allen blutigen Details, und überrasche sie mit der Enthüllung: »Und der Mörder war – der Filialleiter.«

»Nein!«, haucht Susi.

»Doch!«, hauche ich zurück und setze nach einer dramatischen Kunstpause mit Grabesstimme nach: »Herr Markmann!«

Susi stößt einen kurzen schrillen Schrei aus und fuchtelt mit den Armen.

»Meine Damen, meine Damen!«, ertönt hinter mir die nicht so wahnsinnig imposante Fistelstimme von Herrn Markmann. »Ich habe den Krimi ja auch gesehen. Silke, würden Sie jetzt trotzdem bitte in mein Büro kommen?«

Er spricht mich mit dem Namen des Opfers an! Er will mich in den Tresorraum locken (oder in Ermangelung eines Tresorraums zumindest in die Nähe des Panzerschrankes)! Er ist ein Copy-Killer! Er will umsetzen, was er im Fernsehen gesehen hat! Man sollte solche Gewaltdarstellungen verbieten! Ich nehme mir vor, das nächste Mal bei einer Unterschriftenaktion gegen Brutalität in den Medien mitzumachen. Wenn es denn ein nächstes Mal geben sollte!

Ich folge Herrn Markmann zögerlich in sein Büro und nehme auf dem mit quietschendem Kunstleder bezogenen Besucherstuhl Platz. Bei jeder Bewegung entweicht dem Polster mit einem unangenehmen Geräusch Luft. Als säße man auf einem Furzkissen. Ich sitze möglichst starr da und überlege fieberhaft, was für ein Motiv Herr Markmann hat. Eifersucht? Absurd. Will er etwas vertuschen? Vielleicht brennen ihm auch einfach nur ein paar Sicherungen durch.

Er greift in seine Schublade und zieht einen Revolver ... pardon, nein: einen Umschlag hervor.

»Silke, Sie wissen ja wahrscheinlich, dass, *ähhh*, dass, *ähhhem*, eine Modernisierungsmaßnahme in dieser unserer Filiale geplant ist.« Seine Stimme klingt noch etwas höher und zittriger als sonst, wie ein kastriertes Erdmännchen.

»Ja«, antworte ich einsilbig und unbeweglich, während ich mich nach dem kürzesten Fluchtweg umsehe.

»Daher, also, im Zuge dessen ist es leider unumgänglich, bedauerlicherweise, *ähhhh*, sehen wir uns gezwungen, personelle Schritte einzuleiten. Rationalisierungsmaßnahmen. Das Human-Resources-Management ...« Er hat neulich an einem Wochenendseminar für Führungskräfte teilgenommen, seither spricht er etwas verquast.

Ich nicke verständnisvoll, finde mich scheinbar mit der Rolle des Opfers ab, während mein Blick den Schreibtisch unauffällig nach waffenfähigem Material absucht. Der Brieföffner sieht ganz brauchbar aus.

»Also, *ähhh*, wir müssen uns von Ihnen trennen. Ein Geldautomat wird Ihre Aufgaben übernehmen.« Mit einer ruckartigen Bewegung streckt er mir den Umschlag hin. Ich weiche erschrocken zurück, dem Stuhl entfährt ein lauter Pups.

»Wie bitte?«

Herr Markmann ringt um Fassung. »Kündigung. Das ist Ihre Kündigung. Wenn Sie den Empfang bitte hier quittieren würden.« Er lässt den Umschlag vor mir fallen, wirft einen Quittungsblock hinterher und stammelt: »Der Ordnung halber, Sie wissen schon. Natürlich werden Sie eine angemessene Abfindung erhalten. Und Sie sind ab sofort – *ähhhh* – freigestellt.«

Da ich ja grundsätzlich kein ordentlicher Mensch bin, greife ich mir zwar den Umschlag, ignoriere aber den Quittungsblock und gehe aus dem Zimmer. Das war also Markmanns perfide Art, mich aus dem Weg zu räumen. Nicht ganz so drastisch und filmreif wie im *Tatort*, aber doch sehr effektiv.

Ich nehme wortlos meine Tasche, stopfe die Reste von Susis Süßigkeiten-Tagesvorrat hinein und verlasse die Filiale. Susi berät gerade Oma Ellerbrock und weicht meinem Blick aus. Wahrscheinlich hat sie es gewusst. Na wenn schon. Ich habe es doch auch geahnt. Verletzt bin ich trotzdem. Gedemütigt. Aber immerhin mit dem Leben davongekommen. Mein Leben ist eben ein schlechter Krimi.

Als ich hinausgehe, fährt ein Lastwagen vor. Zwei Männer, die aussehen, als seien sie direkt der Cola-Light-Reklame, dem feuchten Traum aller Sekretärinnen, entsprungen, laden den nagelneuen Geldautomaten ab. Mein Nachfolger. Wenigstens wird er Susi nicht die Süßigkeiten klauen. Einen Moment lang hängt der schwere Kasten in der Luft, es sieht so aus, als würde er den Packern entgleiten und auf den Betonplatten zerschellen. Hätte ich dann meinen Job wieder? Würde man mich wieder brauchen? Will ich überhaupt zurück?

Ich überquere die Hauptstraße, ohne nach rechts oder links zu sehen, und setze mich auf die Bank vor dem Feuerwehrhaus. Ich kann bis fünfzig, manchmal auch bis hundert zählen, bis ein Auto vorbeifährt. Ab und zu donnert ein schwerer Kieslaster vorbei, dann staubt es. Ich glaube, ich habe noch nie so ruhig an einem Werktag mitten im Dorf gesessen. Nur ein paar alte Frauen fahren zügig auf ihren Fahrrädern vorbei, grüßen, ich grüße zurück. Hoffentlich kommt niemand vorbei, der mit mir reden will.

In allen Fenstern hängen Gardinen. Oft halbhohe Bistrovolants, handgehäkelt. Mir fällt die Zeile eines Songs ein, den Brigitte mir mal auf Kassette aufgenommen hat: *Andere Fenster, andere Sorgen, hinter Vorhängen verborgen.* Oder, wie meine Oma oft sagte: *Unter jedem Dach ein Ach.* Ich überlege: Das Dorf hat knapp 2000 Einwohner. Es gibt drei Kneipen, von denen allerdings keine Einzige vormittags geöffnet hat, eine Sparkassenfiliale, in der ich bis eben noch meine Tage verbracht habe, einen Supermarkt, ein Modehaus, einen Opelhändler (meinen Schwiegervater).

Es gibt den Schützenverein, den Landfrauenverein, die freiwillige Feuerwehr und bald auch ein Aerobic-Center. Es gibt nichts, was es hier nicht gibt. Oder doch: Arbeitslose. Arbeitslosigkeit kennt man hier nicht. Der eine oder andere geht vielleicht in Frührente oder trinkt zuviel und arbeitet deshalb nicht. Aber ich kenne keinen Einzigen, dem gekündigt wurde. Ich bin die erste Arbeitslose des ganzen Dorfes! Eine Premiere, auf die ich gut hätte verzichten können.

Vielleicht stimmt das gar nicht? Vielleicht sind hier ganz viele Leute arbeitslos, aber sie halten es geheim? Verschanzen sich den ganzen Tag im Haus, damit es niemand mitbekommt? Und die Vorhänge sind alle nur Tarnung, damit niemand sehen kann, was sich drinnen abspielt? Hat nicht Frau Meier gerade ihr Auto verkauft? Verkaufen müssen? Und da, gegenüber: Hat sich die Gardine von Kruses nicht gerade verdächtig bewegt? Die müssten doch beide bei der Arbeit sein. Und wenn nicht? Werde ich etwa beobachtet? Und wenn ja: Welche Schlüsse kann man daraus ziehen? Wenn nun jemand auf die Idee käme, ich säße hier nur rum, weil ich gefeuert wurde … wäre ich die erste Arbeitslose des Dorfes, von der man wüsste, dass sie arbeitslos ist. Bei mir käme der Makel, den alle so geschickt zu kaschieren wissen, ans Licht. Nein, das muss ja nun nicht sein. Deshalb darf ich hier auf gar keinen Fall weiter herumsitzen. Wie sieht das denn aus!

Ich denke schon wie meine Mutter.

Nach Hause will ich auch nicht, also gehe ich erst mal spazieren. In meinen Wald. Von meiner Oma habe ich vor ein paar Jahren ein idyllisches kleines Stück Mischwald geerbt.

Ein winziges Stück, es stehen genau dreiundzwanzig Bäume darauf. Dazu noch eine Wiese, direkt an der Autobahn. Die habe ich an einen Bauern verpachtet, hin und wieder grasen ein paar Kühe darauf. Nervöse Viecher, wahrscheinlich bekommt ihnen der Lärm der vorbeidonnernden LKWs nicht so recht.

Das hört sich jetzt an, als sei ich eine Großgrundbesitzerin, aber das Land ist fast wertlos. Es liegt außerhalb des Bebauungsplanes. Nur Bauland bringt Geld. Aber mir ist das egal. Der Wald ist mein Lieblingsplatz. Als ich noch klein war, hat meine Oma mit mir hier gemeinsam Bickbeeren gesucht und mir aufregende Geschichten aus ihrer Jugend erzählt. Von den vielen Verehrern, die sie hatte – davon durfte ich Opa allerdings nie etwas verraten. Von den Reisen, die sie gemacht hat, nach Kenia und Sri Lanka. Meine Oma hat immer in diesem Dorf gelebt. Aber sie hat viel von der Welt gesehen. Noch mit 85 hat sie Pauschalreisen nach Venedig gebucht. Bustouren, nicht gerade komfortabel. Ihre Tochter, meine Mutter, war immer sehr besorgt: »Mutter, wenn dir nun unterwegs etwas passiert …« Aber meine Oma wies alle finsteren Bedenken mit einem Satz zurück: »Ach was«, sagte sie, »sterben kann ich auch woanders.« Ist sie aber nicht. Sie ist zu Hause gestorben. In ihrem Dorf. Meine Oma war zufrieden mit ihrem Leben. Allerdings wurde ihr auch nie gekündigt.

Ich schlendere auf den Laubhaufen zu, den meine Eltern im Herbst hier abgeladen haben, und mir fällt die Räuberpistole ein, die meine Mutter dabei erlebt hat. »Fast wäre ich im Knast gelandet«, rief sie aufgeregt ins Telefon.

»Was hast du denn ausgefressen?«, fragte ich. »Mal wieder beim Zahnarzt ein paar Zeitschriften aus dem Wartezimmer mitgehen lassen?«

»Blödsinn, das war doch Omas Spezialität. Gar nichts habe ich angestellt! Dein Vater und ich haben den Rasen geharkt und das Laub auf den Anhänger geladen und im Wald abgeladen. Als wir wieder zu Hause waren, war Papas Mobiltelefon weg – das hatte ich vorher noch in meiner Jackentasche. Das gute Telefon. Wir haben die Nummer gewählt und gehorcht – aber nichts gehört. Draußen war es schon dunkel, aber es half ja nichts: Wir sind wieder in den Wald gefahren. Dein Vater hat mit einer kleinen Taschenlampe geleuchtet, während ich mit beiden Händen das Laub durchwühlt habe. In dem Moment, als ich das Telefon gefunden habe, kommt ein Streifenwagen vorbei. Zwei Polizisten springen mit gezogenen Pistolen heraus und rufen: Hände hoch! Sie sind verhaftet!«

»Niemals, Mutti, du übertreibst.«

»Okay, erwischt. Sie sind ganz normal ausgestiegen und wollten unsere Ausweise sehen. Meine Herren, habe ich zu ihnen gesagt, wer nimmt denn schon seinen Personalausweis mit, um im Wald ein Handy zu suchen? Sie können mich gerne festnehmen, für mich zählt heute nur, dass ich das Telefon wieder gefunden habe, und wenn das strafbar ist, bitte, tun Sie Ihre Pflicht, aber meine gute Laune werden Sie damit nicht verderben.«

»Und? Haben sie dich festgenommen?«

»Aber nein, Kind, mach dir mal keine Sorgen. Sie waren sehr einsichtig. Allerdings haben sie mit einem Anruf unsere Identität überprüft. Als ob sie mir nicht geglaubt hätten.

Wahrscheinlich haben sie gedacht, wir seien Diebe und wollten heiße Ware verstecken.«

»Bestimmt, Mutti, ganz bestimmt.«

Das Leben meiner Mutter ist immer aufregend, immer spannend. Zumindest sieht sie es so. Ständig erlebt sie etwas, hat etwas zu erzählen. Mir passiert nie etwas Interessantes. Mir wird bloß gekündigt. Und jetzt muss ich Hausfrau werden. Dabei gibt es das Haus noch gar nicht. Was für eine Zukunftsperspektive!

Im Laubhaufen raschelt es. Ich schleiche dichter ran und erkenne einen prallen Damenhintern, bekleidet mit einem String-Tanga, dessen Waschanleitungsschildchen etwas unvorteilhaft auf einer Pobacke ausgeklappt ist. Ich sinniere noch etwas über die Vor- und Nachteile dieser zierlichen Kleidungsstücke – Letztere überwiegen meines Erachtens –, während ich versuche, zu erkennen, wer dort die fortgeschrittene Balz betreibt. Was ich sehe, überrascht mich dann doch.

Es ist Heiner, der an zwei Brüsten zu demonstrieren scheint, wie man fachmännisch Hefeteig zubereitet, und der dabei den Mund der String-Trägerin ausschleckt wie eine Rührschüssel. Dabei mag Heiner gar nicht so gerne Süßes, denke ich noch. Und diese Frau ist reinste Zuckerwatte. Es ist Monique.

Monique, Königin des *Ideenkreises junger Landfrauen*. Unumstrittene Trendsetterin des Dorfes.

Sie kann alles besser als ich. Wurde mir seit meiner Kindheit von meiner Mutter als perfektes Vorbild hingehalten. Sie hat die schlankere Figur, die flottere Frisur (wenn man die Blätter, die da jetzt drinhängen, wieder entfernt), ist schicker gekleidet (auch wenn ihre Unterwäsche etwas zu wünschen übrig lässt, wie ich noch mit einem winzigen Rest Häme feststellen kann), die besseren Manieren (ja, sie scheint wirklich sehr freundlich zu Heiner zu sein), den Bürgermeister als heimlichen Geliebten (und jetzt offensichtlich auch meinen Verlobten) – Monique ist also überhaupt und insgesamt erfolgreicher.

Wahrscheinlich ist sie auch besser im Bett. Bezüglich dieses Talentes von Monique frage ich lieber mal Heiner und nicht meine Mutter.

Am besten frage ich ihn sofort.

Das ohnehin schon marode Kartenhaus meiner kläglichen Zukunftsperspektive kracht vollends in sich zusammen. Ich werde wohl doch keine Hausfrau. Okay, ich habe Heiner in meiner Vorstellung betrogen. Aber das war doch nicht echt! Ich hätte es doch nie wirklich getan! Schön blöd von mir.

Ausgerechnet Monique! Was soll das? Ich will am liebsten auf die beiden losstürmen und sie anschreien. Will Heiner zur Rede stellen. Doch ich halte mich zurück. Das scheint mir gerade kein sonderlich geeigneter Moment zu sein, ihn mit Vorwürfen zu konfrontieren. Ich versuche, mich an alle Ratgeberbücher zu erinnern, die ich je gelesen habe. Was empfiehlt *Die Kunst, den Mann fürs Leben dauerhaft an sich zu binden* in einem solchen Moment? Und wie war das mit dem *Uschi-Prinzip*, das man einfach nur befolgen muss und schon bekommt man von allem nur das Beste? Dass solches Wissen aber auch nie im richtigen Moment abrufbar ist! Ganz tief im Dunkel meiner Gehirnwindungen schwirren Weisheiten herum wie: *Frauen sollten sich kö-*

*niglich verhalten, um wie eine Königin behandelt zu werden.* Aber wie, zum Teufel, soll ich das jetzt umsetzen? Erhobenen Hauptes winken? Die strammstehenden Truppen abschreiten, huldvoll gucken und wohlwollend nicken? Ohne dass mir ein Zacken aus der Krone bricht? Nein. *I am not amused!*

Und falls ich vorstürme, was soll ich dann sagen? So etwas wie: »Hallo ihr beiden, habt ihr auch ein Telefon im Laub verloren?« Ich wäre ja schön blöd, ihnen gleich eine Entschuldigung mitzuliefern. Oder vielleicht: »Ich bin gerade meinen Job losgeworden, kann ich bei euch mitmachen?«

Ehrlich gesagt: Ich weiß nicht, wie man sich in einer solchen Situation verhält. Ich habe vorher noch nie darüber nachgedacht. Warum auch? Heiner hat gar keinen Grund, mich zu betrügen.

Ein unauffälliger Rückzug scheint mir das Beste zu sein. Im Moment. Ich brauche Zeit. Brauche Rat. Brauche einen Plan.

Vorsichtig pirsche ich durch die Bickbeerbüsche gen Straße, sorgfältig auf Deckung bedacht. Als ich außer Hör- und Sichtweite bin, greife ich nach meinem Telefon. Ich fasse ins Leere – es ist weg. Wahrscheinlich ist es mir aus der Tasche gerutscht, als ich versuchte, die Waschanleitung von Moniques String zu entziffern. *Verdammt!* So leise ich kann, schleiche ich mich wieder an die Lauborgie heran.

Zum Glück stehe ich gerade hinter einem Baum, als einen halben Meter von mir entfernt das Telefon losorgelt. Es klingelt die bekannte Melodie aus *Schwanensee*, und eine Sekunde lang denke ich, das ist nicht meins – bis mir einfällt, das Brigitte neulich daran herumgespielt und alle Einstellungen verändert hat.

Monique scheint der Klingelton vertraut zu sein. Sie hebt den belaubten Schopf und sieht sich suchend nach ihrer Handtasche um, doch Heiner zieht sie wieder zurück und stöhnt: »Nein, Schatz, nicht jetzt. Mach weiter!«

»Aber wenn das nun Kundschaft ist«, wirft Monique ein.

»Ist doch egal«, mault Heiner und packt Monique an der minimalen Restwäsche, die sie noch trägt. Sie quiekt wie ein aufgescheuchtes Ferkel. »Ohhh, ich bin so scharf auf dich, du geiles Karriereweib!«, grunzt Heiner dazu passend wie ein brünstiger Eber. Er verwickelt Monique in einen animalischen Ringkampf, bei dem der letzte Fetzen Höschen zerreißt.

Das Telefon verstummt. Vor Scham?

Ich bücke mich und stecke mein Handy ein. Bin immer noch vorsichtig, doch die beiden würden es noch nicht mal merken, wenn neben ihnen ein Helikopter landen würde, aus dem ein als Elvis verkleideter Truthahn entsteigen und eine komplette Las-Vegas-Show abziehen würde. Sie haben eben keinen Sinn für die Feinheiten im Leben.

Aber jetzt weiß ich wenigstens, worauf Heiner steht. Auf ein geiles Karriereweib. Da bin ich wohl falsch. Zur Aufmunterung versuche ich, ein wenig an Herrn Wesseltöft zu denken, aber ich bin nicht wirklich in Stimmung. Ich fühle mich wie eine Versagerin.

Ich muss sofort Brigitte sprechen.

# 4. Kapitel
# Richtfest

*Montag, 9. Mai, später*

»Klar, komm vorbei«, sagt Brigitte. »Du weißt ja, wo der Schlüssel liegt. Ich bin um fünf bei dir.«

Brigitte ist mein Fels in der Brandung. Seltsam, bis heute Morgen dachte ich noch, ich sei selbst der Fels in der Brandung, doch jetzt komme ich mir eher vor wie ein schiffbrüchiges Tretboot.

Ich fische Brigittes Wohnungsschlüssel aus dem Übertopf der Geranie, die einzig zu diesem Aufbewahrungszweck vor der Haustür steht. »Das ist am unauffälligsten. Geranien hat jeder. Sie bieten sich so offensichtlich als Versteck an, dass niemand darauf kommt, dass jemand wirklich so blöd sein könnte, seinen Schlüssel da ernsthaft zu hinterlegen«, ist ihre Theorie. Ich finde ja, das ist ein bisschen naiv um die Ecke gedacht, aber die Kriminalstatistik bestätigt Brigitte: Alle bewahren ihren Schlüssel in den Geranien auf, niemand glaubt, dass jemand anderes das auch macht, und wenn im Dorf eingebrochen wird, dann auf konventionelle Weise, nämlich durch das Kellerfenster oder die Terrassentür.

Die Stunden, bis Brigitte endlich kommt, verbringe ich

damit, ihre Süßigkeitenschublade zu leeren. Da sind sogar noch Dominosteine und Lebkuchenherzen drin – es ist mir ein Rätsel, wie die bei Brigitte so lange überleben konnten. Die Schublade scheint eine Art Reservat für vom Aussterben bedrohte Schleckereien zu sein. Aber was machen die Häkelnadel und die braune Wolle darin? Ich nehme eine bereits vollendete Handarbeit genauer in Augenschein: Es ist ein etwas schief geratener … Dominostein? Ich glaub's ja nicht: Brigitte häkelt jetzt Süßigkeiten! Das scheint ihre neueste Masche zu sein.

Wahllos stopfe ich historische Kalorien in mich hinein und blättere dabei in den Zeitschriften, die auf dem Beistelltisch gestapelt liegen. Ein Heft namens *Vinum* stellt »Deutschlands junge Weinweiber« vor, lauter erfolgreiche Winzerinnen. So eine wäre Brigitte auch gerne. Sie hat ein Ziel, einen Plan. Sie wird dafür sorgen, dass ihre Träume wahr werden. Und ich? Nicht drüber nachdenken!

Unter dem *Vinum*-Heft liegt eine handgeschriebene Liste. Ich muss grinsen. Die Liste! Oben drüber steht *TO DO – Vor meinem 30. Geburtstag.* Die fünf DIN-A4-Zettel sind eng beschrieben mit Aktivitäten, alphabetisch sortiert von »Alte Apfelsorten retten« über »Bumerang schnitzen« und »Kanuwandern in Skandinavien« bis zum »Zeitkapsel verbuddeln für die Nachwelt«.

Wir haben vor ein paar Jahren gemeinsam beschlossen, solche Listen zu schreiben – und sie auch umzusetzen. Ich bin beim Schreiben allerdings gerade mal bis *D* gekommen:

- *Apfelkuchen essen*
- *Brickbeeren suchen*

- *Canasta spielen*
- *Dörrobst zubereiten*

Brigitte meinte damals allerdings schon, dass »Apfelkuchen essen« nicht zählt, weil ich das quasi jeden Tag machte – ich hatte da wirklich gerade so eine Phase –, dass ich »Bickbeeren suchen« nicht abhaken dürfte, weil ich das vor Jahren zuletzt gemacht hätte – es sollte sich schließlich nicht um eine Liste mit Kindheitserinnerungen handeln, sondern wir wollten zukunftsorientiert sein. Dasselbe würde für »Canasta spielen« gelten, habe ich auch immer mit meiner Oma gemacht. Und »Dörrobst zubereiten« hieße nicht, Äpfel in der Obstschale vertrocknen zu lassen. Dass Brigitte auch immer alles so genau nehmen muss! Ich hatte mir vorgenommen, meine Liste irgendwann zu vervollständigen, aber ich weiß nicht mehr, wo ich sie hingelegt habe.

Brigitte hat sich übrigens die Freiheit genommen, ihre Liste nicht der Reihe nach abzuarbeiten, sondern kreuz und quer. »Warum sollte ich mir ein vorgefertigtes System aufzwingen?«, ist ihre Erklärung für diese Sprunghaftigkeit. Sonst nimmt sie das mit der Liste aber sehr genau: Ungefähr zwei Drittel aller Aktivitäten sind inzwischen mit einem sauberen, weinroten Häkchen als erledigt markiert. Ich staune, was sie alles gemacht hat.

Und plötzlich weiß ich es: Brigitte wird fortgehen. Weg aus dem Dorf. Und zwar nicht erst »irgendwann«, zu einem absolut unbestimmten, fernen Zeitpunkt, wie ich mir immer einrede. Wenn sie diese Liste erledigt hat, kommt der Weinberg. Das heißt, der kommt natürlich nicht zu ihr, sondern sie geht zum Berg. Wer weiß, wohin. Und ich werde hier zurückbleiben. Ohne Freundin. Ohne Job. Ohne Verlobten. Ohne Perspektive. Das war mir vorher noch nie so klar.

Ich heule ein bisschen. Zu Recht, wie ich finde.

»Hey«, sagt Brigitte und lässt sich neben mir auf das Sofa fallen, »hast du einen guten Grund zum Heulen?«

»Mehrere«, schniefe ich, erleichtert, dass sie endlich da ist.

Brigitte reicht mir eine Packung Taschentücher, holt einen angefangenen Häkelspekulatius samt Originalvorlage aus der Schublade und fordert mich auf: »Erzähl mal!«

»Ich bin meinen Job los.«

»Scheiße. Warum das denn?«

»Sie haben jetzt einen Geldautomaten. Der kann das wahrscheinlich besser.«

»Bestimmt. Und er passt farblich garantiert besser zum Teppich.«

Mir gelingt ein schlappes Grinsen. »Und Heiner geht fremd.«

»Mit dem Geldautomaten?«

»Mit Monique.«

»Nein!« Brigittes Mund bleibt offen. Sie glaubt mir nicht. Warum auch? Das Ganze ist einfach zu absurd.

»Doch. Ich habe beide gesehen. Im Laub in meinem Wäldchen. Monique trug nur noch einen String, den man mit der Hand waschen muss.«

»Interessant, worauf du alles achtest.«

»Das war irgendwie nicht zu übersehen.« Ich muss wieder heulen.

»Heiner ist ein echter Drecksack«, stellt Brigitte zwei Taschentücher später fest. »Und Monique konnte ich noch nie leiden. Die passen ganz gut zusammen.«

Ich schluchze auf.

»Entschuldigung. So war das nicht gemeint. Da hat der Idiot zu Hause die tollste Frau, die man sich denken kann, und er macht sich an diese intrigante Lockenstümperin heran. Silke, du hast was Besseres verdient.«

»Es gibt nichts Besseres«, behaupte ich schwach und greife nach dem letzten Dominostein.

»Nichts Besseres als Heiner? Nichts Besseres als diesen langweiligen, unkommunikativen, humorlosen, schlaffen, unattraktiven, uncharmanten Blödmann? Ist das dein *Ernst?*« Sie funkelt mich an. »Ich hatte das Gefühl, dass es in letzter Zeit sowieso nicht mehr so prickelnd zwischen euch läuft. Deshalb schien mir die Idee mit dem Hausbau auch so unpassend. Habe ich mich da getäuscht?«

Nein. Sie hat sich nicht getäuscht. Sie hat alles durchschaut. Trotzdem will ich es noch nicht wahrhaben. »Aber es war doch gerade alles so … schön.« Das Wort hört sich falsch an, kaum dass ich es ausgesprochen habe.

»Wenn du *schön* durch *bequem* ersetzt, dann stimmt der Satz.« Brigitte ist knallhart. Und ehrlich. Ehrlicher als ich selbst zu mir.

Ich muss endlich zugeben: »Doch, ich kann mir etwas Besseres vorstellen. Nicht wirklich vorstellen, nein, das wäre zuviel. Aber ich habe da so eine Ahnung. Und es ist wahr, so toll lief es mit uns schon lange nicht mehr. Ich kann mich gar nicht mehr daran erinnern, wie es war, in Heiner verliebt zu sein.« Ich schniefe einmal versuchsweise, aber ich merke, dass keine Tränen mehr kommen. Stattdessen kann ich nicht mehr aufhören zu reden. »Ich frage mich sogar, ob ich überhaupt jemals in ihn verliebt war. Das muss ja wohl so gewesen sein, irgendwann, doch allein der Gedanke kommt mir inzwischen irgendwie fremd vor. Aber ich dachte, das ist eben so. Ich dachte, dass das Leben mit ihm einfach so weitergehen kann, und dass das schon richtig so ist. Es hat einfach … gepasst.«

»Und jetzt passt es nicht mehr?«

»Genau. Mein Leben ist ein Trümmerhaufen. Ich habe keinen Job mehr, ich habe keinen Verlobten mehr, und wahrscheinlich stehen zu Hause schon die gepackten Koffer für mich bereit, dann habe ich auch kein Dach mehr über dem Kopf. Und ich habe keine Idee, wie es weitergehen soll.«

Brigitte überlegt, während sie eine Flasche Wein entkorkt und zwei Gläser auf den Tisch stellt. Sie schenkt ein, schwenkt den Wein im Glas und nimmt einen Schluck.

»Hmm. Mal eine praktische Frage: Weiß Heiner, dass du weißt, dass er fremdgeht? Haben die beiden dich gesehen?«

»Nein.«

»Gut. Das gibt dir Zeit zum Nachdenken. Und hat Monique nicht eigentlich eine Affäre mit dem Bürgermeister?«

»Das dachte ich auch immer. Der tut doch alles für sie – ebnet sogar den Weg für ihr beknacktes Aerobic-Center. Bei dem Landfrauenabend, zu dem ich neulich mit musste, hieß es, er würde sogar den Bebauungsplan ändern.«

»Aha!« Brigitte sieht aus, als wäre ihr eine Lichterkette aufgegangen. »Weißt du denn, wo das Aerobic-Ding gebaut werden soll?«

»Nö, keine Ahnung.« Es gibt im Moment auch kaum etwas, was mich weniger interessiert. »*Ich* gehe da bestimmt nicht hin.«

»Niemand wird da hingehen«, sagt Brigitte triumphierend. »Denn es wird dieses Aerobic-Center nie geben.«

»Wieso nicht? Seit wann kannst du hellsehen?«

»Ich kann nicht hellsehen, ich füge nur die Informationspuzzleteile zusammen: Monique will das Aerobic-Center nämlich auf *deiner* Wiese bauen lassen. Ich habe das Gerücht neulich gehört, aber nichts drauf gegeben, weil ich dachte, der Bebauungsplan schließt das ohnehin völlig aus. Wenn aber der Bebauungsplan nun geändert wird, ist plötzlich alles möglich. Und an Heiner macht sich Monique bestimmt nur ran, um günstig an die Wiese zu kommen. Wahrscheinlich hat er ihr erzählt, dass das Land ihm gehört.«

Ich bin baff. Das klingt alles so logisch! Bescheuert, aber doch logisch. Und so einfach. »Ist ja schön, dass hier im Dorf nichts verborgen bleibt«, sage ich mit einer Spur von Bitterkeit. Wahrscheinlich hat sich die Geschichte meiner Arbeitslosigkeit auch schon wie ein Lauffeuer verbreitet.

»Man muss nur seine Quellen haben«, antwortet Brigitte ungerührt. »Und eins sage ich dir: Mit Monique, diesem intriganten Weibsbild, nimmst du es doch locker auf.«

»Du meinst, ich soll um Heiner kämpfen?«, frage ich verblüfft.

»Blödsinn! Nicht um Heiner sollst du kämpfen, sondern um dich, deinen Stolz, deine Ehre. Außerdem wollen wir doch etwas Spaß haben, oder? Sähe es uns ähnlich, diesen hergelaufenen Hupfdohlen buchstäblich das Feld – dein Feld! – zu räumen?«

Wohl kaum. Ich fasse etwas Mut.

Brigitte und ich beschickern uns mit dem hervorragenden Rotwein und werden immer alberner. Irgendwann fällt mir der Anruf von vorhin im Laub ein. Es war ja mein Telefon, das geklingelt hat. Auf meiner Mailbox ist eine Nachricht – von Herrn Wesseltöft! Woher hat der denn meine Nummer? Ach, die hat Mutti ja in seinen Fragebögen angegeben.

»Liebe Frau Meiners, hier spricht Wesseltöft. Ich möchte Ihnen einen Vorschlag machen, den Sie nicht ablehnen sollten. Sie haben die einmalige Gelegenheit, ein Haus zu gewinnen! Und ich versichere Ihnen, Sie wären meine persönliche Traumkandidatin. Darf ich Ihnen die Teilnahmeunterlagen schicken? Ich bin mir fast sicher, dass Sie gewinnen werden!«

Ich bin hin und weg. Seine Stimme klingt noch verführerischer, als ich sie in Erinnerung hatte. Wie geschmolzene Zartbitterschokolade. Wie das Schnurren eines sehr, sehr schmusigen Katers.

»Er hat mich Traumkandidatin genannt!«, erkläre ich Brigitte verzückt. *Hach!* Sie sieht mich irritiert an. Ich spiele ihr die Nachricht vor und erzähle ihr alles – inklusive der missglückten Hausfrauenerotikphantasien.

Brigitte lacht sich kringelig und pflichtet mir bei, dass die Stimme außerordentlich verlockend klingt und dass es ein gutes Zeichen ist, dass Herr Wesseltöft bei mir anruft. »Ich wusste ja gar nicht, dass du noch ein Eisen im Feuer hast«, sagt sie.

»Man muss die Männer schmieden, solange sie heiß sind«, sage ich, ob des Weinkonsums etwas nuschelig, und habe schon viel bessere Laune. »Ach, was würde ich darum geben zu wissen, ob das etwas werden kann mit ihm …«

»Lass uns das *Bunte*-Orakel spielen«, schlägt Brigitte vor. »Und dann überlegen wir uns, was wir mit Monique machen.« Das *Bunte*-Orakel ist ein Spiel, das sie vor ein paar Jahren erfunden hat. Es geht so: Man stellt eine Frage, die die eigene Zukunft betrifft. Dann muss man mit geschlossenen Augen die aktuelle Ausgabe der *Bunte* aufschlagen und mit dem Finger auf eine Seite tippen. Der Satz, auf den der Finger zeigt, enthält die Antwort auf die Frage. Das Ganze fordert natürlich eine gewisse Auslegungsfreude und Interpretationsgabe. Es funktioniert am besten, wenn man etwas angeduselt ist. Und man kann es natürlich nicht mit jedem spielen. Eigentlich geht es nur mit Brigitte.

Sie reicht mir das knallige Heft. Auf dem Cover steht groß: *Hat diese Ehe eine Chance?* Gemeint sind eine wilde Prinzessin und ihr derzeitiger Mann, ein Zirkusartist, oder Bauarbeiter, oder war er doch Profi-Fußballer? *Er schuftet – sie sonnt sich am Strand*, heißt es weiter. Warum denn nicht? Ich hätte gegen eine solche Ehe nichts einzuwenden. Ich läge gerne am Strand, während mein Mann arbeitet. Wenn ich sicher sein könnte, dass mein Mann auch wirklich arbeitet und sich nicht seinerseits im Gehölz wälzt. Ich muss wieder an Heiner denken.

»Das Titelblatt zählt nicht. Fang an, stell eine Frage!«, befiehlt Brigitte, die mir meine finsteren Gedanken immer ansieht.

»Okay. Fangen wir mal ganz vorsichtig an: Wo werde ich wohnen?« Ich schließe die Augen, flippe durch die Seiten, schlage das Heft auf, gleite mit dem Zeigefinger über die linke Seite und stoppe im unteren Drittel – da steht erfahrungsgemäß der meiste Text. Ich bin eine erfahrene Oraklerin. Ich öffne die Augen und lese vor: »*Schlösser, Palais, Villen hat er gecheckt, aber noch ist kein Mietvertrag unterschrieben.*« Es geht um Tom Cruise, der in Berlin einen Film drehen wird.

»Wie langweilig«, stöhnt Brigitte. »Das muss man ja gar nicht mehr deuten. Das ist ja Klartext.«

»Vielleicht habe ich das Orakel unterfordert«, vermute ich. Und denke doch einen Moment sehnsuchtsvoll an eine gemeinsame Villa mit dem Tom Cruise der Massivhaus-Fachverkäufer.

»Lass mich mal!« Brigitte greift nach der Zeitschrift. »Was muss ich tun, um endlich ein Weingut zu bekommen?« Die Antwort des Orakels: »*Für den French-Color-Look muss man nicht ins Nagelstudio. Die Lackarbeiten schafft jeder allein.*«

Schon wieder eine eindeutige Aussage: Brigitte muss sich eben ranhalten. Sie wird ihr Weingut bekommen. Das ist anscheinend nicht nur ihr und mir klar, sondern auch der *Bunte*.

»Ich kann doch gar kein Französisch«, stöhnt Brigitte trotzdem. »Und was bitte ist denn der French-Color-Look?«

»Das sieht so aus, als hätte diese Dame hier die Hände zu heiß in Smarties gebadet.«

»Prima«, sagt Brigitte und sieht sich das Foto an, »da kann ich ja sämtliche Nagellackreste verbraten – aus den Achtzigern, Neunzigern und die Besten von heute. Und das soll ein Trend sein?«

»Sieht so aus.«

»Mir fällt dazu eine Frage ein: Liebes Orakel, sollen wir im French-Color-Look zum Feuerwehrball gehen?« Daraufhin erfahren wir, dass die natürliche Sollbruchstelle des Mannes seine Leiste ist.

»Was soll das bedeuten?«

»Ist doch ganz klar«, meint Brigitte, »beim Feuerwehrball klappt jemand zusammen, weil er so hingerissen von unserem French-Color-Look ist. Oder: Die Männer werden uns zu Füßen liegen.«

»Bestimmt«, lache ich. »Aber nun das Wichtigste: Was machen wir mit Monique?« Auch darauf weiß die *Bunte* eine Antwort: *»Jette Joop besitzt die Möpse Emily und Lucky – aber auf Veranstaltungen nimmt sie sie ungern mit.«*

»Das zielt doch ganz deutlich auf Moniques Nacktkalender-Projekt«, analysiert Brigitte messerscharf und nimmt einen weiteren Schluck Rotwein, »mit dem sie das Aerobic-Center finanzieren will. Eigentlich müsste das heißen: Sie nimmt ihre Möpse *gerne* zu Veranstaltungen mit. Das ist ein Druckfehler. Oder das Orakel will uns in die Irre führen. Auf jeden Fall hat es was mit Möpsen zu tun.« Brigitte kichert albern.

»Aber was machen wir nun mit Monique?«, will ich wissen.

»Wir besuchen sie.«

»Nee, Brigitte, das ist nicht dein Ernst!« Ich bin schockiert.

»Doch, klar, wir müssen den Feind gründlich studieren. Ich habe gehört, dass sich die Bewerberinnen für den Kalender heute bei Monique treffen.«

»Zu denen wir ja nun kaum gehören«, wende ich ein.

»Noch nicht.«

Ich schüttele entschlossen den Kopf. »Nicht mit mir!«

Aber Brigitte startet einen Killermonolog über erfolgreiche Spionagemethoden, an dessen Ende ich so platt bin, dass ich mich sogar widerstandslos zu einem Freeclimbingwettbewerb auf dem Eiffelturm angemeldet hätte. Ich weiß auch nicht, was nun schlimmer wäre: Zu Monique zu gehen oder ungebremst auf Paris hinabzustürzen ...

Brigitte zieht mich schon ins Bad und nötigt mir etwas Lippenstift auf. »Wir wollen uns da ja nicht nackt blicken lassen«, sagt sie.

»Wie ist denn nun der Plan?«

»Wir finden bei dem Treffen erst mal heraus, wie das mit dem Kalender so ablaufen soll. Wann der Fotograf kommt, wer wo fotografiert wird und so. Und dann überlegen wir uns was Hübsches.« Brigitte tupft sich etwas Glitzer aufs Dekolletee. Ich wehre ihre funkelnden Finger, die auch zu mir herüberlangen, mit Mühe ab.

»Stellst du dir das nicht ein wenig einfach vor?«, unke ich.

»Du wirst sehen«, sagt Brigitte, »es wird noch viel einfacher!«

Für mich wird es erst mal viel schwieriger. Brigitte drückt heftig auf den Klingelkopf über dem Namensschildchen aus gebürstetem Stahl, in das in Schreibschrift *Monique* eingraviert ist, und mir wird so übel, als hätte sie mir den Finger direkt in den Magen gebohrt. Ich kotze rasch und möglichst unauffällig hinter einen Busch in den gepflegten Vorgarten. Als ich mir den Mund abtupfe, öffnet sich die Tür.

Monique guckt einen Moment verdutzt, denn mit uns hat sie nun wirklich nicht gerechnet.

»Sigrun hat gesagt, es wäre okay, wenn wir auch kommen«, säuselt Brigitte in ungewohnt hoher Stimmlage und bezieht sich dabei auf eine von Moniques Hofdamen. »Sie meinte, ihr braucht vielleicht doch noch Hilfe bei der tollen Charity-Aktion, die du dir ausgedacht hast. Du bist ja sooooo kreativ!«

Unsere unfreiwillige Gastgeberin lächelt verwirrt und geschmeichelt und hebt mit einer gezierten Bewegung ihre rechte Hand zum Kopf, als müsste sie die Frisur richten. Auf ihrem zur Löwenmähne toupierten Haar sitzt eine Art Geweih aus funkelnden Strasssteinchen. Sie trägt Leggings und ein Shirt mit Fledermausärmeln, der Ausschnitt rutscht etwas und gibt den Blick auf den linken BH-Träger und die dazugehörige Schulter frei. Ihr Outfit ist komplett in Leopardenmuster gehalten. Geweih, Fledermausärmel, Raubkatzenmuster – und Spatzenhirn, ergänze ich gehässig –: Sie sieht aus wie diese seltsamen Fabelwesen, die in bayerischen Souvenirläden verkauft werden. Wolpertinger heißen die, glaube ich.

»Du siehst ja määäärchenhaft aus«, flötet Brigitte einschmeichelnd weiter. Sie erzielt den gewünschten Effekt: Monique bittet uns hinein.

Wir nehmen zwischen den Möchtegern-Models in der Sitzecke Platz. Es gibt ein Sofa, das über Eck geht, dazu zwei Sessel mit dem gleichen unbeschreiblichen Muster. Der Grundton ist irgendwie beige, darauf verschlingen sich florale und grafische Motive. Ich meine, mehrere Dreiecke zu erkennen, die eine Lilie angreifen, die sich wiederum hinter ein paar kreuz und quer angeordneten Schlangenlinien und einer Urwaldimpression zu verstecken versucht. Was für

Drogen mag der Textildesigner genommen haben? Was mag in seinen unergründlichen Hirnwindungen vorgegangen sein? Hat er sich etwas dabei gedacht, oder hat er nur etwas Mustermüll zu einem misslungenen Designomelette verquirlt? Eines muss man dem Dekor lassen: Flecken sieht man darauf garantiert nicht. Dafür auf dem cremefarbenen, hochflorigem Velourteppich. Der Clou des Sofas bleibt mir verborgen, bis Monique ihn vorführt. In der Mitte kann man ein Element umklappen, darunter kommen kleine Schälchen für Erdnüsse und Salzstangen zum Vorschein – und ein Mini-Roulette-Tisch.

»Deswegen heißt diese Sitzlandschaft *Modell Casino*«, erläutert unsere Gastgeberin stolz. »Sie ist sogar abwaschbar.« Sie streichelt zärtlich über die Polster und sieht mich strafend an, als mir das *Mon Cherie*, das ich mir vom Tisch genommen habe, aus der Hand fällt und über die Sitzfläche auf den Teppich hüpft. »Ich habe mir erst überlegt, keine dunklen Lebensmittel oder Getränke zu servieren«, sagt sie. »Aber dann dachte ich: Nein, wie spießig.« Sie eilt in die Küche und kommt mit einem Putzlappen wieder, mit dem sie energisch den Hauch von Schokolade verreibt, den mein Kamikaze-*Cherie* auf dem Velour hinterlassen hat. »Das ist Microfaser«, stößt sie etwas gepresst hervor, »damit geht jeder Fleck wieder raus.«

So ist Monique. Aus allem macht sie eine Show. Sie ist eine personifizierte Dauerwerbeverkaufssendung. Es geht auch nonstop weiter: »Habt ihr schon meine neueste Neuerwerbung gesehen?«, fragt sie in die Runde und fährt, ohne eine Antwort abzuwarten, fort: »Das ist meine Designer-Tischleuchte *Mikado*. Die acht LED-Sticks sind frei in der

Lampe positionierbar.« Wie ein gelerntes Vorführ-Model deutet sie auf etwas, das aussieht wie ein überdimensionierter Zahnstocherhalter: einen Würfel mit verschieden langen Chromstäbchen darin, die an den Enden farbig vor sich hin funzeln. Dieses Wunderwerk des Geschmacks steht auf einer komplizierten Tischkonstruktion, die sich aus zwei verschieden großen, gläsernen Halbkreisen auf einem – natürlich – Chromgestell zusammensetzt. Der kleinere Halbkreis hat Räder, man kann ihn unter den größeren schwenken. Bei dieser Aktion würde allerdings die Lampe geköpft werden. Und das wäre wohl kaum im Sinne der so gar nicht spießigen Besitzerin.

Ich frage mich, warum Monique überhaupt so viel Wert darauf legt, nicht spießig zu sein. Was ist für so eine Frau, die anscheinend Texte aus Möbelprospekten auswendig lernt, überhaupt spießig – außer Angst vor Flecken auf dem Teppich? Sind geregelte Mahlzeiten spießig? Oder ist es spießig, einen Kombi zu fahren? Findet sie mich spießig, weil ich demnächst in einem Fertighaus wohne?

*Moment!* Erstens: Was interessiert es mich, wie Monique mich findet? Die Meinung dieser Schlampe kann mir doch wirklich egal sein! Und zweitens: Ich werde kein Haus mit Heiner bauen. Nicht, wenn er mir nicht eine gute Erklärung für das liefern kann, was ich gesehen habe. Und was soll das schon für eine Erklärung sein? So was wie: »Schatz, es ist nicht, wie du denkst«? Ach, bitte! Es ist doch immer genau so, wie man denkt. Das weiß ich ganz sicher, zwar nicht aus Erfahrung, aber zumindest aus dem Fernsehen. Ich will keine Frau sein, die auf schlappe Ausreden reinfällt, nur um ihre finanzielle Existenzgrundlage nicht zu verspielen. Verdammt, daran habe ich noch gar nicht gedacht: Mit dem Geld wird es ja jetzt auch eng werden. Kein Job, kein Freund, kein Geld, kein Sex. Keine Zukunftsperspektive. Da wären wir wieder: Willkommen in der Sackgasse!

Doch bevor ich ins dumpfe Brüten verfalle, das sich angesichts des Sofamusters schnell zu einer ernsthaften Depression auswachsen könnte, stupst mich Brigitte an.

Monique klatscht in die Hände: »Meine Damen, meine Damen«, ruft sie geziert, als wäre sie die Herzogin von Soundso und wir ihre Gesellschafterinnen. Alle sehen sie an.

Monique beginnt, ihr Kalendervorhaben ausführlich zu erläutern. Hochglanz soll er werden, die Fotos sollen »künstlerisch wertvoll« sein. Sie habe da auch schon einen Fotografen an der Hand: »Einen Top-Profi, der sogar schon für den *Playboy* gearbeitet hat.« Die Damen sind beeindruckt.

»Es wird äußerst professionell zugehen«, erklärt Monique und lässt sich dann in einem längeren Monolog über die Strapazen des Model-Daseins aus. »Man muss immer pünktlich sein, stets ausgeschlafen, die zart gebräunte Haut darf keine Bikinistreifen haben.« Auf keinen Fall dürfe man dem Fotografen widersprechen, man müsse Talent fürs Posieren haben und einen starken Ausdruck, man sollte fotogen sein und natürlich sehr zeigefreudig. Die letztgenannte Anforderung lässt die meisten Anwesenden schlucken.

»Für zwölf Kalenderblätter braucht man zwölf Models – aber die haben wir ja zum Glück schon allein beisammen«, fährt Monique fort und zählt, mit einem süffisanten Seitenblick zu Brigitte und mir, ihren anwesenden Fanclub durch.

Elf.

Eine fehlt, um das Jahr rund zu machen.

Monique dreht sich suchend um, lässt ihren Blick wie Suchstrahler durch den Raum wandern, als könnte sich in der modernen Wohnwand in zeitloser Buche-Optik noch eine mögliche Modelkandidatin verborgen halten.

»Na, dann ist es ja gut, dass wir vorbeigekommen sind«, meldet sich Brigitte zu Wort und strahlt Monique an. »Silke springt natürlich gerne ein! Du hast ja sicher schon gehört, dass Natalies Freund ihr verboten hat, sich vor der Kamera auszuziehen, oder?« Manchmal erschreckt es mich, wie gut Brigitte informiert ist. Offensichtlich hat Monique nämlich noch nichts davon gehört.

Doch sie fängt sich recht schnell wieder. »Ja? Nun ... das ist schön. Also weiter. Ich werde Miss Juli sein«, verkündet Monique und rückt ihr Glitzergeweih zurecht, »denn ich bin ein Sommertyp! Außerdem habe ich im Juli Geburtstag.« Sofort geht wildes Geschnatter los, wer welchen Monat repräsentieren möchte; vor allem um den Mai und den Juni gibt es heftiges Gezerre. Ich bekomme den unbeliebtesten Monat zugeteilt: den November. Das klingt schon so trübsinnig nach Volkstrauertag. Soll ich mich vielleicht vor dem Kriegerdenkmal räkeln? Irgendwas läuft hier mal wieder total verkehrt: Ich wollte doch gar nicht mitmachen! Das flüstere ich Brigitte ins Ohr: »Ich will nicht!«

»Psst!«, raunzt sie mich an. Gemeinsam lauschen wir weiter Moniques Ausführungen, die an einem interessanten Punkt angekommen sind: Die Verteilung der Motive und der Fototermine. Eines muss man ihr lassen: Sie ist gut organisiert. Na ja, vielleicht doch nicht so gut, denn es steht bislang doch nur ein Fototermin fest: ihrer. Am Mittwochabend. Im Feuerwehrhaus. »Das hat so eine besonders sinnliche Atmosphäre«, schnurrt Miss Juli. »Diese großen, roten Feuerwehrautos! Diese dicken Schläuche!«

Brigitte grinst. »Das ist ja besser, als ich gehofft habe. Ich habe da auch schon eine Idee ...«, raunt sie mir zu.

Monique hat gesehen, dass wir die Köpfe zusammenstecken, und wirft uns einen strengen Blick zu: »Was gibt es?«

»Tolle Idee, wirklich toll!«, beteuern wir leutselig, wobei das Brigitte deutlich glaubwürdiger gelingt als mir. »Was Besseres wäre uns nie eingefallen!«

Monique wirft uns noch einen skeptischen Blick zu und verteilt dann eine Liste, auf der wir, die zukünftigen Erotik-Kalender-Modelle, den uns zugeteilten Monat, unsere Telefonnummern und Termine, an denen wir Zeit haben, notieren müssen. Der Top-Profifotograf mit einschlägiger Erfahrung in künstlerischer Erotikfotografie würde sich dann bei uns melden und alles Weitere absprechen. »Und bis dahin: Keine Bikinistreifen! Aber eine zarte Bräune!«

Ich bin kurz versucht zu fragen, warum Miss November denn unbedingt einen Caffè-Latte-Teint haben muss, ob da nicht ein anregendes Totenbleich besser käme, doch Brigitte zieht mich schon gen Ausgang. »Wir wissen alles, was wir wissen wollten!«, zischt sie mir zu.

Monique guckt schon wieder misstrauisch. Brigitte wiederholt daher mit betont deutlicher Stimme: »Wir haben ein schlechtes Gewissen, weil wir wissen, dass wir eigentlich früher ins Bett gehen sollten ... Silke braucht doch jetzt wirklich ihren Schönheitsschlaf!«

Monique nickt zustimmend: »Ja, da hast du wohl Recht.« Sie ist nicht gerade unglücklich darüber, uns schon loszuwerden.

»Und wie ist jetzt dein Plan?«, frage ich Brigitte, als die Haustür hinter uns ins Schloss fällt.

»Wir machen Moniques geheimste Phantasien wahr«, grinst sie mich an. »Wir bringen etwas Leben in ihr Miss-Juli-Shooting.«

Auf dem Weg nach Hause komme ich an der Telefonzelle vorbei. Auf dem Telefon liegt ein gehäkeltes Deckchen, darauf steht eine Vase mit einem Blumenstrauß. Das sieht sehr seltsam aus. Graffiti kennt man ja. Aber ein Verschönerungsanschlag? Merkwürdig. Aber auch irgendwie reizend. Wer steckt wohl dahinter?

Heiner schläft. Und schnarcht. Muss unheimlich entspannt sein, der Typ. Hat sich ja auch ordentlich ausgetobt. Ich werfe ihm ein paar verächtliche Blicke zu und zögere. Hätte ich nicht besser bei Brigitte bleiben sollen? Ich muss mir eingestehen: Ich bin aus reiner Gewohnheit nach Hause gegangen. Ohne groß darüber nachzudenken. Vielleicht habe ich auch gehofft, dass Heiner nicht da ist. Aber wo sollte er denn auch sein? Bei Monique im Schrank? Das wäre mir auf jeden Fall lieber. Ich könnte auf dem Sofa im Wohnzimmer schlafen. Aber das ist erstens unbequem, ich sehe gar nicht ein, dass ich als betrogene Arbeitslose auch noch weitere Unannehmlichkeiten ertragen soll, und zweitens ist der Bezug gerade total krümelig und ich müsste erst mal staubsaugen; das würde Lärm machen, Heiner würde aufwachen, mich zur Rede stellen, seine Eltern würden mit dem Besenstiel gegen die Decke klopfen ... der Gedanke ist nicht zu ertragen. Außerdem ist das Schlafzimmer immer noch mein

Revier. Also lege ich mich auf meine Seite des Bettes. Als ich mein Kopfkissen aus seinen Klauen befreie, stöhnt Heiner. Denkt wohl an Monique. Soll er es doch genießen, sein Waldbodenabenteuer. Er weiß ja nicht, dass er auch bloß Mittel zum Zweck ist. Ach, ist das alles widerlich. Und gut, dass ich ihn los bin!

Aber ich bin ihn ja noch gar nicht los.

Es ist ja alles wie immer. Nur, dass ich jetzt mehr weiß. Doch noch habe ich keine Ahnung, wie ich damit umgehen werde. Wir liegen da wie eh und je. Heiner auf der rechten Seite, ich auf der linken. Man könnte ein Foto von uns machen und wüsste später nicht, in welchem Jahr es aufgenommen wurde. Äußerlich hat sich nichts verändert. Aber in mir drin brodelt ein Vulkan aus – Spüli. Ja, es fühlt sich an, als würde Spüli durch meine Adern fließen. Irgendwie sauber, aber verkehrt.

Ich dachte immer: Hier gehöre ich her, hier, neben Heiner. Aber nun stimmt das gar nicht. Das verwirrt mich zutiefst.

Um trotz Heiners Schnaufen und meiner gequirlten Gedanken einschlafen zu können, probiere ich meinen alten Trick: Ich versuche, meinen Atemrhythmus an Heiners anzupassen. *Ein-aus-eeeeeeiiiiiin-aaaaaauuuus*. Funktioniert nicht. Sonst ging das immer, nun finde ich den Takt nicht mehr. Aus *Ein-aus* wird in meinem Kopf *Schwein! Raus!*

## *Dienstag, 10. Mai*

Am Morgen rufe ich gleich meine Mutter an. Zwar habe ich das Bedürfnis, mich bei ihr auszuheulen und ihr zu erzählen, wie gemein die Welt zu mir ist und wie fies das Schicksal mich behandelt, aber ich vermute, dass das bei ihr nicht so gut ankäme. Vielleicht würde sie mich sogar falsch verstehen und glauben, ich sei an allem schuld. Das ist sogar sehr wahrscheinlich, denn sie neigt dazu, mich für mein Leben verantwortlich zu machen. Und eine solche wenig mitfühlende Ansicht kann ich im Moment gar nicht brauchen, also sage ich bloß: »Hallo Mutti, ich habe mir ein paar Tage freigenommen. Wollen wir etwas zusammen unternehmen?«

»Wieso hast du dir freigenommen?« Vom anderen Ende der Leitung schlägt mir Skepsis wie ein nasser Putzlappen entgegen. Dabei fällt mir ein, ich könnte ja auch mal wieder putzen. »Ich möchte mich mal wieder meinem Haushalt widmen«, antworte ich. Das glaubt die nie.

»Das glaube ich nicht. Das ist so gar nicht deine Art.« Meine Mutter kennt mich.

»Du hast Recht, wie immer. Nein, es ist wegen des Umbaus in der Bank. Da geht es drunter und drüber, da kommt man eh nicht so richtig zum Arbeiten …«, sage ich. So ganz gelogen ist das ja nicht. Mein Rauswurf hat ja auch wirklich was mit dem Umbau zu tun.

»Was heißt hier, ich habe immer Recht?«, fragt Mutti, jedoch rein rhetorisch, denn sie redet sofort weiter: »Das will ich ja auch hoffen. Aber jetzt erzähl doch mal von dem Umbau! Das soll ja ganz toll werden, so modern. Mit viel Luft und Pflanzen und so. Hoffentlich kommt endlich dieser schreckliche Teppich weg! Terrakottafliesen wären schön, das würde dem Raum etwas Mediterranes geben. Es soll ja sogar ein Geldautomat aufgestellt werden. So ein Ding ist ja klotzig, das muss man sicher in die Wand einlassen. Was für ein Aufwand. Aber praktisch ist so eine Maschine ja schon.«

Ist sicher praktisch, so ein Geldautomat. Nur blöd, dass er mich meinen Job gekostet hat. Ich bin kurz davor, es Mutti zu erzählen. Zum Glück redet sie ohne Unterbrechung weiter.

»Wir könnten uns etwas Schickes für den Feuerwehrball kaufen. Ich wollte nachher mal im Modehaus vorbeischauen, die haben neue Auswahl bekommen. Da ist für dich bestimmt auch etwas Flottes dabei.«

Bestimmt. Was Flottes. Damit ich beim Feuerwehrball als fescher Feger auftreten kann. Gehe ich überhaupt zum Feuerwehrball? Darüber habe ich noch gar nicht nachgedacht. Lohnt sich auch nicht: Wenn man hier im Dorf wohnt, geht man zum Feuerwehrball. So ist das eben. Ausreden zählen nicht – nur ganz spektakuläre: »Ich stecke in Afrika in einem Sandsturm fest und muss danach wegen Verdacht auf ansteckende Tropenkrankheiten einen Monat in Quarantäne« könnte gelten, wenn nicht klar wäre, dass zur Feuerwehrballzeit niemand in Urlaub fährt. Grundsätzlich nicht. »Stehe unmittelbar vor der Niederkunft meines Kindes« – keine Ausrede. Kinder kann man notfalls auch auf dem Ball bekommen. »Michael Schumacher hat mich zum Abendessen eingeladen« – zählt nicht: »Bring ihn doch einfach mit«, hieße es dann. Und all das hätte mir sowieso niemand geglaubt. Und mit der Wahrheit – »Heiner betrügt mich, ich bin meinen Job los und habe keine Lust, weiterhin heile Welt zu spielen!« – hätte ich nur Verwunderung hervorgerufen. *Heile Welt* ist in diesem Dorf das beliebteste Gesellschaftsspiel. Beliebter noch als Serviettenfalten, Wohnzimmerdekorieren und Klatschverbreiten zusammen. Derjenige, der *Heile Welt* als Brett- oder Computerspiel umsetzen und in den Handel bringen könnte, würde zweifelsohne schnell zu dem werden, was meine Mutter »eine gute Partie« nennt.

Nein, es führt kein Weg daran vorbei: Ich muss mit ins Modehaus gehen und mich dort festlich ausstaffieren lassen.

»Weißt du schon das Neueste?«, fragt meine Mutter dann.

»Nein«, antworte ich, etwas verwundert. Man sollte doch meinen, dass »das Neueste« einem am Anfang eines Gespräches mitgeteilt wird. Als Top-Nachricht sozusagen, wie man das aus der Tagesschau kennt. Aber nicht bei meiner Mutter. Die guckt erstens keine Tagesschau, weil sie die *News* eines Privatsenders viel »dynamischer« findet, und zweitens hat sie ihre eigene Dramaturgie. »Was ist denn das Neueste?«

»Der Feuerteufel hat wieder zugeschlagen!« Dramatische Pause. Dann: »Im Nachbardorf ist eine Scheune niedergebrannt. Er treibt sein Unwesen ganz in unserer Nähe! Er zieht seine Kreise enger, und dann … hach, ich mag gar nicht daran denken!«

»Woran magst du nicht denken?«

»Was ich tun würde, wenn unser Haus brennt.«

»Und was würdest du tun?«, frage ich.

»Ja, eben, das weiß ich doch nicht. Die Feuerwehr rufen, sicher, aber ich weiß nicht, was ich retten würde – außer deinem Vater natürlich. Der Tresor ist ja feuerfest.«

»Na, dann ist ja gut. Papa kann sich wahrscheinlich sogar selber retten. Und warum sollte der Feuerteufel gerade euer Haus anzünden?«

»Soll er ja gar nicht! Aber man weiß ja nie. Wahrscheinlich würde ich die Fotoalben retten. Und ein paar Kleider.«

Meine Eltern verfügen über elfeinhalb laufende Meter Kleiderschrank. Davon sind ein Meter mit Bettwäsche, eineinhalb Meter mit den Hemden und Anzügen meines Vaters und der Rest mit der umfangreichen Garderobe meiner Mutter gefüllt. Sie besitzt noch diverse Abendkleider aus den siebziger und achtziger Jahren, in die sie, wie sie gerne betont, »problemlos hineinpasst«, die sie aber natürlich auf keinen Fall noch mal anziehen würde. Aber, wer weiß, irgendwann wird ja alles wieder modern. Mutti findet die Kleiderschrankaufteilung keinesfalls ungerecht. »Dein Vater hat Doppelmeter«, behauptet sie, wenn man sie darauf anspricht. Die würden eben doppelt zählen. Der Ausdruck »Doppelmeter« ist eine Erfindung meiner Mutter und bedeutet in diesem Fall nichts anderes als zwei übereinander gehängte Kleiderstangen. So viel zu ihrem Gerechtigkeitssinn.

Ich verzichte auf die Frage, welches ihrer Kleider sie denn zuerst vor den Flammen retten würde, und höre mir stattdessen ihre Theorien zum Feuerteufel an.

»Der Täter ist natürlich ein Mann«, analysiert sie, ganz Profi-Profiler. »Frauen machen so etwas nicht. Die schütten ihren Feinden Gift ins Essen. Die wissen, dass Brandstiftung sich nicht lohnt, weil in Deutschland eh alle gut versichert sind.«

»Aha.« Interessantes Frauenbild, finde ich.

»Beim Motiv des Täters gibt es zwei Möglichkeiten: Entweder, er hasst seine Opfer und will ihnen was Böses. Aber das ist eher unwahrscheinlich, denn ich sehe keinen Zusammenhang zwischen den bislang niedergebrannten Gebäuden. Was hat der halbverfallene Schweinestall eines alten Bauern mit der neuen Garage des Ferienhauses reicher Leute aus der Stadt zu tun? Da fehlt mir vielleicht das entscheidende Puzzleteil. Oder, und das ist wahrscheinlicher: Er ist einfach fasziniert von dem Element Feuer. Er mag es, wenn es brennt. Vermutlich ist er sogar in der freiwilligen Feuerwehr.«

Die präzise Analyse verblüfft mich. Weiß meine Mutter mehr?

Aber sie schwenkt schon wieder um: »Wenn ich es mir recht überlege, würde ich doch keine Kleider retten. Bloß die Fotoalben, die haben ideellen Wert. Alles andere möchte ich mir lieber neu kaufen. Apropos neu kaufen: Kommst du nun mit ins Modehaus?«

»Ja«, sage ich. Was soll ich auch sonst machen? Ich will so tun, als sei nichts gewesen. Und das geht in Anwesenheit meiner Mutter immer noch am besten. Erstens bin ich darin geübt, ihr gegenüber nicht allzu viel von mir preiszugeben, und zweitens finde ich es sehr bequem, mich einfach in ihrem Aktionsfluss treiben zu lassen.

Bevor ich zu Mutti gehe, mache ich es mir noch kurz vor dem Fernseher gemütlich. Das ist wohl der einzige Vorteil meiner Arbeitslosigkeit: Ich kann jetzt auch tagsüber ferngucken. Man sieht ganz andere Sachen. Und das ist ja auch viel lehrreicher als immer nur abends diese Krimis und Unterhaltungsshows. Jetzt läuft zum Beispiel eine Dokumentation, die aussieht, als sei sie auf Super 8 aufgenommen worden, dem Familienfilmformat meiner Kindheit. Ein Hubschrauber kommt ins leicht grisselige Bild geflogen, daran hängt ein großes, orangefarbenes Plastikei. Nein, es ist etwas flacher als ein Ei, ein wenig semmelförmig. Ein UFO aus den sechziger Jahren. Damals hat man sich die Zukunft ja noch ganz anders vorgestellt, viel schicker und eleganter und optimistischer. Heute sehen unbekannte Flugobjekte eher aus wie heruntergekommene Planierraupen, aber damals, als meine Mutter noch Mini trug, da waren sie sehr stylish. Der Sprecher (er hat eine markige Stimme, die nach mindestens einer Packung Reval am Tag klingt) sagt aus dem Off: »Das UFO-förmige Futuro-Haus wurde 1968 von dem finnischen Architekten Matti Suuronen als Skihütte und Ferienhaus entworfen. Es wurde aus einem besonderen Kunststoff gefertigt, ist vollständig ausgestattet und bietet Platz für acht Personen.«

Wow, ich bin begeistert. Ein Haus, das man ganz nach Wunsch mal hierhin, mal dorthin transportieren kann – vorausgesetzt, man hat den passenden Hubschrauber in der Garage. Auf filigran wirkenden Stelzen steht es in der Gegend herum wie ein nützliches Insekt. Über eine kleine Gangway, die aus dem ovalen Körper ausgeklappt wird, erreicht man das Innere. Es gibt sogar einen – natürlich runden – offenen Kamin in der Mitte.

Ich bin total euphorisiert von dieser raffinierten Wohnidee. Das ist doch mal etwas ganz anderes als die Häuser aus dem Massivhauspark. So schick!

»Es wurden weltweit nur insgesamt zwanzig Futuro-Häuser gebaut.« Schade, so wenig nur, denke ich. Dann muss ich los, zu Mutti.

»Wie siehst du denn aus?« Geradezu herzlich kann man die Begrüßung nicht nennen.

»Wie immer«, entgegne ich.

»Das wäre ja schlimm! Du trägst ja Turnschuhe zum Rock. Das sieht plump aus! Du musst sofort andere Schuhe anziehen!« Mutti, die Modepolizei, öffnet die Tür zu ihrem Schuhschrank, zieht ein paar fliederfarbene Kunstledersandalen mit Krokodruck und Pfennigabsatz heraus, überreicht sie mir und befiehlt: »Anziehen!«

Ich gehorche. Zwar finde ich es demütigend, in diesen tussigen Schuhen herumlaufen zu müssen, zudem mir das noch nicht mal besonders elegant gelingt – ich knicke bei jedem zweiten Schritt nach rechts oder links um –, aber was soll ich machen? Einem Streit über Geschmacksfragen, dem härtesten aller möglichen Streitthemen (Politik ist nichts dagegen), fühle ich mich zurzeit einfach nicht gewachsen. Aus lauter Trotz erzähle ich Mutti nichts von den tollen Futuro-Häusern. Sie würde mich ja doch nicht verstehen.

Zum Glück ist der Weg zum Modehaus Redeker nicht weit. Der Laden aus den fünfziger Jahren wurde in den Achtzigern modernisiert, das heißt: mit zahlreichen dreieckigen Spiegeln ausstaffiert. Sogar in der Umkleidekabine geht es zackig zu. Die Chefin und zwei Verkäuferinnen stehen schon bereit. Ich eiere hinter Mutti die Treppe hoch und falle der Boutiquebesitzerin in die Arme.

»Huch!« Sie wankt etwas nach hinten, gegen ein Blusenkarussell.

»Entschuldigung, Frau Redeker«, sage ich.

»Macht doch nichts, Silke. Ist ja nichts passiert«, antwortet sie. So ist das hier: Ich sieze, werde aber geduzt. Das kommt daher, dass mich alle schon seit frühester Kindheit kennen. Und wer damals nicht zur Onkel-Tante-Liga gehörte, also dem engeren Freundeskreis meiner Eltern, wurde gesiezt. Das ist bis heute so geblieben.

»Was dürfen wir zeigen?«, fragen alle drei Verkäuferinnen im Chor.

»Wir brauchen etwas Schickes für den Feuerwehrball«, antwortet meine Mutter huldvoll. »Flott und festlich, aber nicht zu aufgedonnert.«

»An was hattest du denn gedacht?«, fragt Frau Redeker.

»Ich hätte gerne etwas Klassisches, am liebsten einen Hosenanzug. Für Silke sollte es ein bisschen aktueller sein. Da stelle ich mir eine elegante Schlabberhose mit einem zierlichen Top vor.«

Ich werde nicht gefragt. Eine elegante Schlabberhose? Was soll das denn sein? Ist das nicht schon ein Widerspruch in sich?

Ich frage mal nach: »Wie sieht denn eine elegante Schlabberhose aus?«

»Die ist unten gerafft und aus weichfließendem Material gearbeitet, das kostbar aussieht. So etwas würde deiner Figur schmeicheln«, erklärt Mutti.

Aha. Darum geht es. Die Problemzonen müssen versteckt werden. Denn Probleme und deren Zonen sind in der heilen Welt nicht gefragt.

Die Verkäuferinnen beginnen mit der Präsentation: »Hier hätten wir ein zweiteiliges Set aus Longbluse und Hose in Batikcharakter mit harmonischem Farbverlauf und wellenförmigem Druckmotiv. Die legere Bluse ist mit komfortabel überschnittener Schulter und Seitenschlitzen gearbeitet, die Hose hat einen Rundum-Dehnbund. Die Kombination ist in Schilf und Bordeaux erhältlich.« Passend zum Text schwenkt Frau Redeker eine matschgrüne Kreuzung aus Küchenvorhang, Kartoffelsack und Handarbeitsversuch der dritten Grundschulklasse am Bügel und fordert mich auf: »Silke, zieh das doch mal eben über.«

Als ich aus der Umkleidekabine komme, sehe ich aus, als würde ich zur Entenjagd gehen. Perfekt getarnt, meine Umrisse sind kaum noch zu erkennen. Fehlt nur noch die Lockpfeife und die Flinte.

»Nein, das ist noch nicht ganz das Richtige«, sagt meine Mutter.

»Wie wäre es mit diesem Anzug, der modernes Design mit zeitloser Eleganz verbindet? Die ungefütterte Blusenjacke ist taillenkurz geschnitten und schließt auf drei verdeckte Knöpfe. Die schlanke Hose mit lässiger Schenkelweite und schmalem Bund ist ohne Bundfalte gearbeitet und sitzt besonders bequem«, doziert Frau Redeker fachkundig. Sie hat kürzlich das Seminar *In meinem Geschäft bin ich die Königin: Gekonnt verkaufen* besucht, auch ein Angebot des Landfrauenvereins.

»Das ist was für mich!«, ruft Mutti entzückt, greift sich das schenkelfreundliche Dreiknopfensemble und huscht in die Umkleidekabine. Ich bleibe in meinem Entenjagddress im Verkaufsraum stehen und sehe mir das Angebot auf den Kleiderständern an. Es überwiegen Blusen in »kombistarken Dessins« (Zitat Frau Redeker), gefolgt von Röcken mittlerer Länge und Hosen, deren Beine unten enger sind als oben.

Mutti tritt schon wieder aus der Kabine und dreht sich

vor dem großen Spiegel einmal rasch um die eigene Achse. Frau Redeker und ihre beiden Angestellten brechen spontan in verzücktes Gejubel aus.

»Phantastisch!« – »Wunderbar!« – »Der Anzug steht dir perfekt! Wie elegant und gleichzeitig sportlich du aussiehst! Der ist ja wie für dich gemacht!«

Ich muss zugeben: Sie haben Recht. Mutti sieht wirklich gut aus.

»Den nehme ich«, verkündet sie mit einer weiteren schwungvollen Drehung. »Aus welchem Material ist der?«

»Microsilk. Das sieht besser aus als teure Wolle oder echte Seide, ist knitterfrei und sogar waschbar.«

»Auf dem Schild steht aber 100 Prozent Polyester«, werfe ich nach einer kurzen Inspektion des Pflegeetiketts ein.

»Da sieht man mal, wozu diese modernen High-Tech-Materialien in der Lage sind!«, jubiliert meine Mutter. Ich glaube, sie hat mir gar nicht zugehört. »Jetzt brauchen wir nur noch etwas für Silke. Zieh doch mal ein hübsches Kleid an!« Der Anblick des zweiteiligen, entenschnoddergrünen Batiksackes, in dem ich immer noch stecke, scheint eine Strategieänderung erforderlich zu machen. Keine festliche Schlabberhose, sondern etwas Feminineres ist jetzt gefragt.

»Da haben wir etwas ganz Besonderes!« Frau Redeker trägt aus den Tiefen des Raumes eine Menge backsteinfarbenen Stoff herbei. »Das echte Ibiza-Kleid!«

»Wie kommt das denn hierher? Ist es auf einem Schüleraustausch, oder macht es Urlaub?«, versuche ich mich an einem kleinen Scherz. Die Textilfachfrauen lächeln höflich, gehen jedoch nicht weiter darauf ein.

»Es ist authentisch, unkompliziert, verführerisch, wunderbar weich und feminin.« Frau Redeker wirkt, als würde sie einen Gedichtklassiker rezitieren. »Den weiblichen Rundungen folgend schmiegt sich das Oberteil sanft an den Körper.«

Bevor sie anzüglich werden kann, nehme ich das Kleid entgegen und ziehe mich um. Ich verfange mich erst in den Stoffbahnen des weiten Rockes, doch dann erinnere ich mich an einen Zelturlaub und gehe systematisch vor. So geht es, das Kleid passt sogar.

Ich setze mich den prüfenden Blicken meiner Modeberaterinnen aus und frage: »Was bedeutet: Das Kleid ist authentisch?«

»In Ibiza laufen alle so rum«, antwortet Frau Redeker trocken.

»Und hier?«

Frau Redeker merkt, dass sie einen Fehler gemacht hat. Frauen wollen Individualität kaufen und keine Uniform. Rasch steuert sie gegen: »Das ist das einzige Modell im ganzen Landkreis. Ich habe es bei einer internationalen Modemesse entdeckt, man versicherte mir, dass nur ein geringer Teil der Kollektion nach Deutschland geht. Das meiste wird in Paris verkauft. Dort ist das Kleid der Hit der Saison!« Sie sagt *Pariiih* statt Paris. »Der Busen wird leicht gestützt.« Die beiden Verkäuferinnen zupfen bereits das Dekolletee zurecht. Ich fühle mich sehr feminin, doch mir wäre es lieber, sie würden endlich die Hände von meiner nicht gerade üppigen Oberweite lassen.

»Man sieht deine VPL«, sagt Mutti kritisch.

»Was soll das denn sein? Habe ich so etwas?«

»Schau doch mal richtig in den Spiegel! Das heißt *Visible Panty Line*. Habe ich neulich im Fernsehen gehört.«

Ich schaue noch etwas genauer hin und sehe, wie sich meine Unterhose leicht abzeichnet. Sieht ein bisschen blöd aus. »Hmmm.«

Weitere Teile der Sommerkollektion werden mir zum Probieren gereicht: Eine »bi-elastische Stretchhose in komfortabler Microfaser, die auch von namhaften Designern verarbeitet wird«, in der ich aussehe wie eine Knackwurst, dazu ein »blickdicht gedoppeltes Blusentop« und einen Blazer »aus innovativem Crash-Leinen«. Ich erinnere mich, dass es mir schon als Kind nicht sonderlich viel Spaß gemacht hat, mich zu verkleiden. Ich fühle mich sehr, sehr fremd und wünsche mir noch viel mehr blickdichtes Doppel, um die zarten, bi-elastischen Leinen, die einst meine Nerven waren, vor einem Crash zu schützen. Diese Modesprache verwirrt mich.

»Ich nehme das authentisch unkomplizierte Original-Ibiza-Kleid«, entscheide ich. »Trotz der *Panty Line*.«

»Wir hätten dort hinten ein paar sehr schöne String-Tangas. Die sehen edel aus, und es zeichnet sich garantiert nichts mehr ab«, empfiehlt Frau Redeker.

Ich habe die Wahl zwischen zehn winzig kleinen Spitzenfähnchen, die aussehen, als hätte meine Oma bei dem Versuch, ein Taschentuch zu umhäkeln, vorzeitig aufgegeben. Ich suche mir die Unterhose – darf man so ein Fast-Nichts überhaupt noch Unterhose nennen? – mit dem meisten Stoff aus. Man bekommt nicht gerade viel Material für sein Geld.

Aber ich will gut aussehen auf dem Feuerwehrball. Man soll mir nicht ansehen, wie mies ich mich fühle. Ich will alles andere als authentisch wirken. Und dafür ist das Kleid gerade richtig. So sehe ich sonst nämlich nie aus. Fünf Meter schwingender Rocksaum können eine Menge Selbstbewusstsein vorgaukeln.

Mit einem gewissen Stolz trage ich meine Beute nach Hause. Nur der String macht mir ein wenig Sorgen. Ich ziehe ihn an und betrachte mich, so gut es geht, im Schlafzimmerspiegel. *Ritzenputzer* hätte meine Oma diesen Hauch Höschen genannt, der sich zahnseidenartig zwischen meine Hinterbacken drängt und diese in zwei Kontinente teilt, die noch nicht mal ein Handelsabkommen geschlossen haben. Ich frage mich: Wird dieses zarte Folterinstrument einen der oberen Ränge meiner Fehlkauf-Top-Ten belegen? Zurückgeben kann ich es nicht. Erstens möchte ich mir vor Frau Redeker keine Blöße geben, zweitens hätte ich sonst das Problem, dass meine Mutter mir auf dem Feuerwehrball garantiert in regelmäßigen Abständen ein »VPL!« zuzischt, und drittens habe ich schon das Schildchen mit der Waschanleitung herausgetrennt, um nicht wie Monique auszusehen. Ich seufze und betrachte meine fast nackte Rückseite noch einmal im Spiegel. Der Rücken: ganz hübsch. Die Hüften: ausladend. Die Oberschenkel: nicht gerade zierlich, aber auch nicht schwabbelig. Die Waden: würden in der Fußballnationalmannschaft nicht weiter auffallen. Die Fesseln: brauchen High-Heels als akzeptables Lifting. Der Hintern: Wie ein Truthahn im Käfig eines Kanarienvogels. Keine Ahnung, ob mehr Stoff diesen Fleischmassen Einhalt gebieten könnte. Dieser Spitzenschwächling wirkt jedenfalls wie eine zu klein geratene Kaufhaustür am Morgen des Sommerschlussverkaufs. Ein künstlicher Engpass! Vorsätzliche Stoffverknappung! Scheinnotstand! Ich bin mir sicher, dass man mir diesen Mangel an Textilien sogar im Gesicht ansehen wird. Man wird ihn möglicherweise sogar an meiner Stimme hören. Bestimmt schwingt jetzt schon ein spitzenmäßig abgeschnürtes Timbre mit.

Das Telefon klingelt. Ich melde mich wie eine Frau, die nichts als ein knappes Produkt der modernen Dessousindustrie am Leibe trägt: Mit einem tiefer gelegten »Hallooooo?«

»Wesseltöft, guten Tag. Spreche ich mit Frau Silke Meiners?«

Ich greife rasch zur Bettdecke, um meine Blöße notdürftig zu verbergen. Okay, in meiner Phantasie hatten wir schon wilden Sex, aber das ist ja nun kein Grund, mich diesem Mann am Telefon nackt zu zeigen.

»Ja«, antworte ich mit möglichst angezogener Stimme. Ich hätte gerne wenigstens ein »Worum geht es denn?« hinzugefügt, aber allein die Tatsache, dass der Protagonist meiner feuchten Träume mich anruft, hat mir die Sprache verschlagen.

»Möchten Sie gerne ein Haus gewinnen?«

»Ja.« Meine Antworten könnten wirklich etwas ausführlicher sein. Bestimmt legt er gleich wieder auf.

»Das ist wunderbar. Ganz wunderbar! Wir verlosen nämlich ein Haus des Typs W2XL Maximum B3.2 ÖSP Primus Luxus. Schlüsselfertig! Und ich wollte Sie auffordern, an unserem Gewinnspiel teilzunehmen. Vielleicht hat Sie meine Nachricht auf Ihrer Handymailbox noch nicht erreicht?«

»Warum gerade ich?« Blöde Frage. Bitte aus dem Protokoll streichen.

»Sie suchen doch ein Haus, oder? Sie waren doch kürzlich mit Ihrer Schwester bei uns, nicht wahr?«

Er erinnert sich an mich! Ich habe einen bleibenden Eindruck hinterlassen! Und ein Charmeur ist er auch – zumindest was meine Mutter angeht. Die fände es sicher außerordentlich galant, als »Schwester« von mir angesprochen zu werden.

Mir fällt auf, dass eine Pause im Gespräch entsteht. Anscheinend bin ich wieder mit Text dran. Er hatte mich etwas gefragt. Was war das noch gleich? Ach ja: Ob ich ein Haus suche.

»Ja.«

»Sie machten auch den Eindruck.«

»Welchen Eindruck?«

»Als ob Sie gerne ein Haus hätten.«

»Ach so.«

»Auf jeden Fall würde ich mich freuen, wenn Sie an unserem Gewinnspiel teilnehmen würden. Sie müssen uns nur einen guten Grund nennen, warum gerade Sie das W2XL Maximum B3.2 ÖSP Primus Luxus gewinnen sollten.«

»Da gibt es so einige. Zum Beispiel stoße ich mir im Moment immer den Kopf, wenn ich aufwache. So klein ist das Schlafzimmer.« Hey, ich werde ja richtig redselig. Drei vollständige Sätze in Folge, sogar stotterfrei!

Aber habe ich da gerade »unser Schlafzimmer« gesagt? Damit er gleich denkt: »Bei der Frau habe ich keine Chancen, das will sie mir ganz subtil mitteilen.« Oh, bitte nicht!

Nein, ich bin fast sicher, ich habe »mein Schlafzimmer« gesagt. Oder wenigstens »das Schlafzimmer«. Ja, das habe ich gesagt. Schön neutral. Weiter so.

»Das ist ja ein ganz phantastischer Grund«, lacht Herr Wesseltöft. »Und so originell! Könnte ich das schriftlich bekommen?«

»Ich unterschreibe nichts!« Das ist so ein Reflex von mir, so antworte ich immer. Jetzt habe ich ihn bestimmt verschreckt. Er will mir ein Haus schenken, und ich weigere mich, es anzunehmen. Scheint das Schicksal meines Lebens zu sein. Nur: Muss es sich deshalb ständig wiederholen?

Ich würde mich jetzt gerne dramatisch in einer Kombination aus Ohnmacht und Weinkrampf aufs Bett fallen lassen, so wie in einer ganz miesen TV-Soap, aber das ist nicht mein Stil. Also schicke ich ein kurzes, glockenhelles »Hahahaha!« durch den Hörer, um den Satz als Scherz zu kaschieren.

Herr Wesseltöft lacht zurück, das klingt sehr angenehm, und mir wird schon wieder etwas wohler. »Ich schicke Ihnen einfach das Teilnahmeformular, Sie füllen es aus und schicken es zurück – oder geben Sie es bei mir persönlich ab. Ich möchte doch, dass unser W2XL Maximum B3.2 ÖSP Primus Luxus in gute Hände kommt.«

»Ihr bitte … was?«

»Das Haus! W2XL Maximum B3.2 ÖSP Primus Luxus ist die Typbezeichnung.«

»Ach so. Komischer Name für ein Haus.«

»Finde ich auch«, antwortet Herr Wesseltöft spontan. Und setzt nach einer kurzen Pause hinzu. »Ist doch wahr. Klingt mehr nach Computer.«

»Dass Sie sich den überhaupt merken können.«

»Ich habe bestimmt ein Drittel meiner Ausbildungszeit darauf verwendet, Häusernamen auswendig zu lernen.«

»Und die restlichen zwei Drittel?«

»Habe ich mir überlegt, dass diese Häuser doch auch ganz anders heißen könnten – und ganz anders aussehen.«

»Das denke ich auch manchmal.« Stimmt überhaupt nicht, das habe ich noch nie gedacht. Aber ich möchte ihm einfach zustimmen. Und ich finde, es wäre schön, wenn ich das wenigstens mal gedacht hätte. Ich könnte ja gleich damit anfangen. Ab jetzt stelle ich mir vor, wie die Dinge wären, wenn sie anders wären. Oder einfach nur anders aussähen. Herr Wesseltöft hat Recht: Man muss nicht alles immer als gegeben hinnehmen. Da hätte ich auch selber draufkommen können. Wäre ich bestimmt auch.

»Wir können uns ja weiter darüber unterhalten, wenn Sie mir den ausgefüllten Gewinnspielbogen vorbeibringen. Die Unterlagen wandern heute noch für Sie in die Post. Ich habe Ihre Adresse ja bereits hier auf unserem Infobogen.«

Wir gleichen sicherheitshalber noch einmal Straße, Hausnummer und Postleitzahl ab – er, weil er sehr professionell ist, ich, weil ich das Gespräch so gut es eben geht verlängern will. Die Frage, ob ich ihm meinen Vornamen buchstabieren soll, verneint er sehr höflich. Er muss das Gespräch beenden, um neuen Kunden ein paar Häuser zu verkaufen. Wie viele er wohl im Monat loswird? Und ob die neuen Bewohner manchmal an ihn denken? So wie ich?

Überrascht stelle ich fest: Wenn ich an Herrn Wesseltöft denke, vergesse ich sogar, dass ich einen String trage. Aber jetzt schneidet das hauchzarte Etwas wieder mit ungeahnter Vehemenz zwischen meine Hinterbacken. Und daran soll man sich gewöhnen?

»Doch, man gewöhnt sich dran«, beruhigt mich Brigitte. »Man gewöhnt sich an alles: an ein überzogenes Konto, an geblümte Vorhänge, an abwesende Liebhaber. Man gewöhnt sich sogar daran, betrogen zu werden. Das ist ja das Schlimme: Wenn sich ein Zustand nur lange genug hält, dann wird er normal. Als wäre das Leben immer schon so gewesen. Und man kann sich gar nicht vorstellen, dass es auch anders sein könnte.«

Wir stehen auf der Wiese hinter ihrem Haus, die direkt an den örtlichen Kinderspielplatz grenzt, und gucken gen Himmel. Hinter uns spielen zwei kleine Jungen im Sandkasten, über uns kreisen ein paar kleine Punkte herum: Brigittes Tauben.

Brigitte zieht eine weitere aus dem Schlag, der neu sein muss; jedenfalls habe ich ihn hier noch nie gesehen. »Warum ist die nicht auch da oben?«, frage ich und deute auf den weißen Vogel.

»Das ist der Dropper.«

»Der was?«

»Guck einfach mal, was passiert.«

Brigitte setzt die persilweiße Pfauentaube auf den Boden, streut etwas Futter aus – und schwenkt ein Fähnchen. Auf dieses Kommando fallen die Tauben plötzlich wie Steine vom Himmel. Sie rauschen knapp an mir vorbei. Die beiden Jungen auf dem Spielplatz bekommen einen Riesenschreck und laufen heulend und schreiend zu ihren Müttern. Ich mache einen Satz nach hinten und fühle mich wie in einer Theateraufführung von Hitchcocks *Die Vögel*.

»Huch!«, stoße ich hervor. »Was war das denn?«

»Syrische Adanawammentauben!« Brigitte ist sicht- und hörbar stolz auf ihr neues Hobby. »Das sind dressierte Sturzflugtauben. Cool, oder?«

Ich frage lieber nicht nach, ob sie damit einen oder gar zwei Buchstaben auf ihrer *To-Do*-Liste abhaken kann. »Was ist denn aus deiner Konfekthäkelei geworden?«

»Ach, das sah nachher alles gleich aus. Spekulatius, Lebkuchen, Dominosteine – alles kleine braune Garnklümpchen. Das Handarbeiten überlasse ich doch lieber dem *Ideenkreis junger Landfrauen*. Tauben sind viel eleganter und passen daher besser zu mir.«

»Wie bist du denn an die Biester gekommen?«

»Hey, wie sprichst du denn von meinen edlen Tieren? Tauben sind die Rennpferde des kleinen Mannes!«

»Du bist weder ein kleiner Mann, noch hast du je etwas für Pferde übrig gehabt.«

»Aber für Modellflugzeuge, erinnerst du dich? Nur sind mir die doch immer kaputtgegangen, und weil ich technisch so unbegabt bin, kann ich die nicht selbst reparieren. Irgendwann habe ich im Fernsehen eine Dokumentation über diese Tauben gesehen, und da wusste ich: Die muss ich haben! Seitdem standen sie auf meiner Liste. Wolfgang hat irgendwo einen Züchter kennen gelernt. Und der hat mir die verkauft.«

Brigitte ist so etwas von konsequent. Und sie entwickelt sich stetig weiter. Früher flogen in ihrem Zimmer ein Kanarienvogel mit Hasenscharte, ein uralter Wellensittich und zwei Papageien mit verkrüppelten Füßen herum. Und auf dem Fensterbrett saß ein Nymphensittich, der Angst vorm Fliegen hatte. Jetzt hat Brigitte ihre Tauben. Und wenn sie sagt, sie hätte gern ein Weingut, dann meint sie das verdammt ernst. Sie wird es bekommen – und ich gönne es ihr, auch wenn mir bei dem Gedanken, dass sie hier einfach wegziehen und mich zurücklassen könnte, angst und bange wird.

»Es wird Zeit!« Brigitte wirft den Tauben noch etwas Futter hin. »Die Show kann beginnen.«

# 5. Kapitel
# Alles ziemlich billig

*Mittwoch, 11. Mai, später*

Im Feuerwehrhaus verstecken wir uns auf der Galerie, von der aus wir den ganzen Raum überblicken können. Kurz darauf kommen ein Fotograf, sein Assistent samt Fotoausrüstung, Monique und eine Frau mit einem Alurollkoffer hereinmarschiert.

»Hier ist es ja total zappenduster«, brüllt der Fotograf. »Ey, Dirk, mach mal die Klappe da auf!« Er deutet auf das große Garagentor, durch das zwei Löschfahrzeuge gleichzeitig passen.

»Nee … *äh* … Moment mal, halt, das geht aber nicht«, piepst Monique dazwischen.

»Wieso denn nicht?«

»Dann können ja alle reingucken. Außerdem habe ich keinen Schlüssel dafür.«

Ach, denke ich, so exhibitionistisch, wie sie immer tut, ist sie also doch nicht.

»Rolfischatzi, du hast doch diese ganzen tollen Lampen mitgebracht, lass Dirk die doch aufbauen.« Die Frau mit dem Rollkoffer versucht die Situation zu retten. »Das sieht doch sooooo professionell aus!«

»Was hier professionell ist, bestimme immer noch ich«, murrt der wahnsinnig professionelle Fotograf, lenkt aber ein und gibt dem Assistenten ein Zeichen. Dirk baut Stative für die Lampen auf und verlegt Kabel, während Rolf hin- und hergeht, ein Auge zukneift und mit dem anderen den Raum durch ein Rechteck, das er aus Daumen und Zeigefingern bildet, betrachtet. Nach einer Viertelstunde ist das Feuerwehrhaus komplett illuminiert.

Brigitte holt eine Super-8-Kamera aus ihrer Umhängetasche und drückt sie mir in die Hand. »Damit nimmst du die Show auf!«, sagt sie.

»Und dann zeigen wir ein Best-of auf dem Feuerwehrball«, sage ich und grinse. »Aber wird man das Rattern nicht hören?«

»Keine Sorge«, antwortet Brigitte und zeigt auf den Assistenten, der gerade einen gigantischen Ventilator anwirft. Die Windmaschine erzeugt Verwirbelungen in Moniques Haupthaar und ein lautes Dröhnen. Um das zu übertönen, schaltet Dirk einen Ghettoblaster ein, aus dem hektische Drum-&-Bass-Rhythmen blubbern.

»Nun zeig mal, was du hast, Süße!«, grinst der Fotograf Monique an. Auf diesen Moment hat sie gewartet. Sie streift die Spaghettiträger lasziv über die Schultern und windet sich in einer elegant-frivol gemeinten Bewegung aus dem engen roten Kleid. Darunter trägt sie rote Spitzendessous aus dem örtlichen Modehaus, wie ich unschwer erkennen kann. Sie dreht sich kokett auf ihren hohen goldenen Sandaletten um die eigene Achse.

»Ich habe schon Models mit weniger Cellulitis gesehen«, befindet Rolf.

Monique sagt gar nichts.

»Mach mal den BH weg. Ich will sehen, ob deine Titten hängen.«

Zwar bin ich nicht gerade auf Moniques Seite, doch den Ton finde ich trotzdem nicht passend. Das ist also dieser wahnsinnig professionelle Fotograf, der so unglaublich künstlerische Fotos macht? Ich frage mich: Muss man als Fotograf so sein?

Monique öffnet den BH. Ganz professionell. Ohne Unterstützung sacken ihre Brüste ein paar Zentimeter tiefer, weg vom Kinn, mehr so auf natürliche Höhe. Der Fotograf stöhnt und hält sich theatralisch die Hand vor die Augen, als müsse er sie vor Taubenkacke schützen.

»Da muss Tape ran!«, sagt er zu der Rollkofferfrau gewandt. Die nickt und verzieht sich mit ihrer Ausrüstung in eine Ecke, in der ihr der Assistent schon Tisch, Stuhl, Spiegel und Licht aufgebaut hat.

»Los, los«, seufzt der Fotograf in Richtung Monique und wedelt mit seiner Hand in Gänsescheuchmanier.

Die Rollkofferfrau holt allerlei Tiegelchen, Tübchen und Täschchen aus ihrem Koffer und macht sich daran, Moniques Körper und Gesicht für die Fotoaufnahmen herzurichten. Dafür braucht sie jede Menge Make-up, das sie mit einem Spachtel aufträgt, eine Flasche Babyöl, mit dem sie Monique glasiert wie einen gerade gebackenen Kuchen, und eine Hand voll Glitzerstaub, den sie dekorativ auf ihrem Kunstwerk verteilt. Dann führt sie Monique wie eine Kuh auf einer Auktion dem Fotografen zur Beurteilung vor.

»Hast du nicht was vergessen?«, fragt er schroff.

»Ich dachte, es geht vielleicht ohne.«

»Fürs Denken wirst du nicht bezahlt«, herrscht der Fotograf sie an. Er geht zu ihrem Koffer, nimmt eine große Rolle Pflaster heraus und befiehlt Monique: »Umdrehen. Arme hoch!«

Er reißt ein großes Stück Pflaster von der Rolle; es sieht so aus, als wolle er sie fesseln. Aber dann nimmt er nur eine ihrer Brüste in die Hand, bringt sie in die gewünschte Position, zieht mit der anderen die Haut an der Seite und auf dem Rücken so straff wie möglich zusammen – und fixiert sie mit dem Pflaster. Ich habe ja schon gehört, dass man bei Modeaufnahmen die Klamotten, die den dürren Models zu weit sind, hinten mit ein paar Nadeln zusammensteckt. Aber dass man bei einem Nacktmodell ähnlich verfährt, das ist mir neu. Und ich finde es sehr unangenehm. Das Zuschauen wird mir langsam peinlich, doch ich filme weiter. Gleichzeitig bin ich fasziniert, genau wie Brigitte, deren Mund vor Verwunderung leicht offen steht.

Monique lässt die Prozedur ohne zu murren über sich ergehen. Nur einmal fragt sie schüchtern: »Sieht man das nicht später auf den Fotos?« und deutet auf den Klebestreifen unter der Achsel.

»Ach, Püppchen, da merkt man mal wieder, dass du überhaupt keine Ahnung von künstlerischer Fotografie hast«, sagt Rolf gönnerhaft. »Das wird doch alles wegretuschiert. Genauso wie deine Cellulitis.«

Monique guckt leicht pikiert, sie hatte wohl gedacht, dass allein ihre natürliche Schönheit schon blendend genug sei.

Brigitte holt ihr Mobiltelefon aus der Tasche, tippt eine Nummer, wickelt dann das Handy in ein Taschentuch und wispert hinein: »Feuer! Die alte Hütte von Peters im Wald brennt. Kommen Sie schnell! Huch, jetzt ist der Empfang weg! *Krchhhzzzzschkrkrkr!*« Sie beendet das Gespräch und grinst mich an. »Es kann losgehen!«

»Was war das denn?«, frage ich.

»Blöde Frage. Ich habe gerade einen Brand gemeldet. Damit Monique ein paar Zuschauer für ihren großen Auftritt bekommt.«

Unsere Hauptakteurin folgt inzwischen brav den ebenso professionellen wie künstlerischen Anweisungen des Fotografen: »Ja, gib's mir Baby! Los, Titten hoch!« Sie lässt sich in alle möglichen Positionen dirigieren und räkelt sich sogar lasziv auf der Motorhaube des Löschfahrzeugs, wobei sie ein wenig aussieht wie eine Nacktschnecke, die beim Strip-Poker verloren hat.

Dann heulen die Sirenen los.

Monique sitzt gerade rittlings auf der Schlauchrolle, will in Panik abspringen, verfängt sich mit ihren High-Heels und hängt fest. Der Fotograf ist begeistert: »Ja, Baby, geil, bleib so, das ist ja total authentisch.« Der Lärm zerschneidet grell die Luft, die große Eingangstür öffnet sich, die Feuerwehrmänner des Dorfes strömen im Laufschritt herein und bleiben verdutzt vor der Szene stehen. Der Fotograf knipst ungerührt weiter. Monique sieht man an, dass ihr zum ersten Mal im Leben etwas peinlich ist. Sie ist puterrot angelaufen und versucht, sich mit den Schläuchen notdürftig zu bedecken, was dem ganzen Bild zusätzliche Pikanterie verleiht.

»Wollten wir nicht ein Feuer löschen?«, fragt Ralf-Georg, der sich als Einziger nicht für die Szene zu interessieren scheint.

»Ja, genau«, rafft sich der alte Ortsbrandmeister Sörens zusammen. »Peters Waldhütte soll angeblich brennen.«

»So ein Quatsch«, sagt Ralf-Georg. »Ich komme gerade von dort. Da findet eine Grillparty statt. Und das Bier, das ich dort stehen gelassen habe, reicht locker zum Löschen der Holzkohle. Nein, da muss es sich um einen Fehlalarm handeln.« Er klingt ein bisschen enttäuscht.

»Bist du sicher?«, fragt der Ortsbrandmeister nach.

»Ganz sicher.«

»Tja, dann muss ich wohl umdisponieren. Wo ihr schon mal alle da seid – dann machen wir doch gleich mal eine Rettungsübung. Monique, es ist ja sehr freundlich von dir, dass du uns dabei helfen willst. Handliche Opfer können wir immer gebrauchen.« Sörens grinst. Doch dann hüllt er sie ganz ritterlich in eine knisternde goldene Rettungsdecke und befreit sie aus dem Schlauchgewirr.

Monique gewinnt langsam ihre Fassung wieder, macht »Pffff!« – warum, weiß ich auch nicht, wahrscheinlich hat sie mal in einer Fernsehserie gesehen, dass das ein passendes Geräusch für einen Abgang aus einer unpassenden Situation ist – und stöckelt als angeschlagener Rauschgoldengel davon.

Der Fotograf hat inzwischen schon ein paar Feuerwehrmänner, die ihre T-Shirts ausgezogen haben, von der Rollkofferfrau einölen lassen und lässt sie jetzt mit Schläuchen in der Hand posieren. »Super, Jungs, ja, genau so! Ihr seid Naturtalente! Kaum zu glauben, dass es so was in diesem Kaff doch gibt.«

Aus der Ferne hört man Monique wütend aufschreien. »Das war meine Idee! Meine Fotos! Mein Kalender! Mein Fotograf!«

Ich weiß nun definitiv, dass ich nicht Miss November sein werde. Die Vorstellung im Feuerwehrhaus war zu entwürdigend. Und damit meine ich jetzt nicht Brigittes kleine Überraschungs-Inszenierung, sondern den Teil davor. Sind alle Erotik-Fotoshootings so? Werden die Brüste aller Playboyhäschen von Leukoplast-Streifen in die richtige Position gebracht? Oder lag es an Moniques maßloser Selbstüberschätzung?

»Das hätten wir im Kasten!«, freut sich Brigitte neben mir – doch ein Blick auf mich lässt ihre Augenbrauen in die Höhe schnellen. »O nein, Silke! Jetzt werd bloß nicht schwach.«

»Werde ich nicht«, sage ich. »Aber den Film können wir nicht auf dem Feuerwehrball zeigen. Das ist zu ...«

»Zu was?«

»Zu irgendwas eben. Das will ich nicht. Irgendwie ... irgendwie tut mir Monique richtig Leid.«

Brigitte sieht mich streng an. »Du weißt doch, dass *sie* keine Sekunde zögern würde, oder?«

»Kann schon sein«, entgegne ich trotzig. »Aber ich bin schließlich nicht sie.« Einen Moment lang starren wir uns in die Augen. Ich weiß, worauf Brigitte wartet. Sie will, dass ich wegsehe und sie sich durchsetzt. Aber das werde ich nicht.

»Nein, du bist nicht wie Monique«, sagt sie schließlich. Und plötzlich ist in ihrem Blick etwas, das ich nicht recht deuten kann. Es ist wieder dieser Ausdruck, den sie auch damals hatte, als sie mir im Bus den Platz neben sich angeboten hat. »Du bist wirklich anders als die anderen.«

Was soll das denn jetzt heißen?

»Läuft die Kamera noch?«, frage ich, um abzulenken. Brigitte nickt. »Na, dann solltest du weiterfilmen.« Ich deute über die Brüstung. Brigitte folgt meinem Blick und beginnt zu kichern. Unter den steten Anfeuerungsrufen des Fotografen haben einige der Feuerwehrmänner offensichtlich alle Hemmungen und als direkte Folge alle Kleidung fallen lassen. Die Posen, die bei Monique vorher nur ein bisschen billig aussahen, erreichen einen neuen Höhepunkt.

»Mit so etwas kann man sicher viel Geld verdienen!«, freut sich Brigitte. Dazu sage ich lieber nichts, sehe aber ganz genau hin und sammle Erfahrungswerte für meine nächste Phantasieverabredung mit Herrn Wesseltöft.

## *Donnerstag, 12. Mai*

Erst passiert siebenundzwanzig Jahre in meinem Leben ungefähr gar nichts, jedenfalls nichts Unerwartetes, und jetzt alles auf einmal. Ich weiß, ich sollte am Boden zerstört sein. Aber seltsamerweise geht es mir anders. Es passiert mal was. Ich fühle mich eigenartig belebt. Wie eine Heldin im Film, die den Prüfungen des Schicksals ausgesetzt ist. Nur, dass ich noch nicht weiß, wie das Drehbuch weitergeht. Aber der Vergleich passt: Meine Zukunft kommt mir nicht vor wie das Loch, das Kalle und Heiner gebaggert haben, sondern eher wie ein unbeschriebenes Blatt Papier.

Ich fühle mich stark genug, sogar Heiners Mutter (meiner Ex-Schwiegermutter in spe) beim Kartoffelschälen zu helfen und mir ihre Haushaltstipps anzuhören. Sie sagt mir, wie ich den Sparschäler zu halten habe, damit ich die Schale noch dünner abschälen kann. Sie empfiehlt mir, Seifenreste in einem alten Nylonstrumpf zu sammeln und diese Strumpfseife dann statt Duschgel zu verwenden. Und dann schenkt sie mir im Überschwang sogar noch einen alten Brottopf, den sie im Keller zwischen Millionen anderen Töpfen und Übertöpfen gehortet hat. Ich bin gerührt – weil ich weiß, dass ich dieses Leben bald hinter mir lassen werde.

Bloß: Ein neues Leben ist noch nicht in Sicht.

Neulich habe ich gelesen, dass Frauen sich öfter mal »ins Unreine« scheiden lassen. Wenn sie also noch keinen neuen Partner haben. Männer würden eher dazu neigen, sich schon vor der Trennung jemanden zu suchen. Ist es nicht beruhigend, selbst den Statistiken zu entsprechen?

Unter dem Vorwand, ich müsste Staub wischen und ein paar ihrer Spartipps direkt in die Praxis umsetzen, verabschiede ich mich von Heiners Mutter und verkrümele mich unters Dach. Ich suche sämtliche Nagellackreste zusammen – ja, ich habe nicht gelogen, ich werde wirklich Reste verwerten! – und beginne mit einer French-Color-Maniküre. Der Feuerwehrball naht, und da will ich umwerfend aussehen. Ich habe schließlich einen Ruf zu verlieren! Moment, nein, das stimmt gar nicht: Was das optische Erscheinungsbild angeht, habe ich gar keinen Ruf. Ich glaube, das ist noch nie von jemandem wahrgenommen worden – außer von meiner Mutter und von Heiner.

Ach, Heiner. Es ist schon merkwürdig: Jahre habe ich mit ihm zusammengelebt, eingepfercht unter diesen Dachschrägen, und kaum mehr als einen flüchtigen Gedanken an ihn verschwendet. Und jetzt – kaum, dass ich weiß, dass unsere gemeinsame Zeit bald ein Ende haben wird – muss ich immer wieder über ihn nachdenken. Seltsamerweise empfinde ich aber keine Wut. In Filmen und Romanen sind die betrogenen Frauen doch immer rasende Furien, oder eiskalte Rächerinnen, oder auf eine andere Art in der Lage, ihrer Wut und Enttäuschung Ausdruck zu geben. Und ich? Ich bin einfach nur ... ja, was eigentlich? Ein bisschen traurig, glaube ich. Heiner und ich leben nebeneinander her, ohne uns wirklich wahrzunehmen. Wenn ich lachen will, wenn ich mich geborgen fühlen will, wenn ich möchte, dass es mir einfach nur gut geht, dann gehe ich zu Brigitte oder zu meiner Mutter. Heiner wird auch nicht nur aus Langeweile mit Monique in den Laubhaufen gestiegen sein. Er hat mich betrogen – aber ich ihn auch, irgendwie. Und es ist traurig, dass es soweit kommen musste. Denn auch, wenn man sich das heute kaum noch vorstellen kann: Heiner und ich hatten richtig schöne Zeiten miteinander.

Ich erinnere mich an unseren ersten gemeinsamen Feuerwehrball – oder besser gesagt: den Feuerwehrball, an dem wir zum ersten Mal als Paar auftraten, ganz offiziell. Heiner tanzte fast den ganzen Abend mit mir, er versuchte sogar ein paar Schritte Samba statt des ewigen Discofoxes. Er trug ausnahmsweise mal kein senffarbenes Sportmoderatorenjackett, sondern einen richtigen Anzug mit Schlips und Einstecktuch, und als er mich von zu Hause abholte, hatte er eine langstielige Rose in der Hand. Zwei Wochen vorher hatte er mich gefragt, ob ich mit ihm gehen wolle. Ja, wirklich, er hat genau diese Worte benutzt. Das hieß damals so. Und mich hatte vorher noch nie jemand gefragt, dabei war ich schon achtzehn, und dann sagt man ja nicht beim ersten Mal gleich nein. Schließlich war ich ganz wild darauf, endlich einen festen Freund zu haben. Alle anderen – auch meine Schulfreundinnen Brigitte, Sandra und Dodo – hatten schon längst einen. Monique sogar mehrere.

Heiner hat mir, abgesehen von dem unappetitlichen Zwischenfall mit dem Pausenbrot, eigentlich immer ganz gut gefallen. Er sah nett aus (wenn man mal die seltsame Brille vergisst, die er immer lustig fand, die ich ihm aber ausgeredet habe, und die Comic-Socken und die Mottokrawatten, die ich ihm leider nicht abgewöhnen konnte), arbeitete schon bei seinem Vater im Autohaus und fuhr einen schnittigen Wagen. Ja, das klingt vielleicht ein wenig materialistisch, aber mit einem tiefergelegten Manta konnte man mich damals in all meiner jugendlichen Naivität schon beeindrucken. Heiner holte mich ab, fuhr mit mir zur Eisdiele und zum Discozelt drei Dörfer weiter. Sein Auto symbolisierte Freiheit, und er, mein fester Freund, gab mir Selbstbewusstsein. Ich fühlte mich erwachsen. Meine Mutter hörte auf mit der täglichen Warnung, ich würde nie einen abbekommen, wenn ich mich weiterhin so unvorteilhaft kleiden, meine Frisur vernachlässigen und nichts aus meinem Typ machen würde. Ich *hatte* ja endlich einen abbekommen. Heiner war, wie sie gönnerhaft feststellte, nicht der Schlechteste. Zumal die Auswahl der abzubekommenden Männer in einem 2000-Einwohner-Dorf (okay, die drei umliegenden Dörfer könnte man notfalls noch zum Einzugsgebiet dazurechnen) nicht gerade üppig war. Über den Daumen gepeilt gab es zwei ehemalige Mitschüler, die aber in der Stadt studierten und nur am Wochenende ins Dorf zurückkamen, außerdem drei Maurerlehrlinge, fünf ständig grölende Fußballfans (ich glaube, die hatten keinen anderen Beruf), zwei Apfel- und drei Schweinebauern, vier vom Bundesgrenzschutz (alle mit Schnauzbart), einen Konzernerben (der eine Strafe wegen sexueller Nötigung absaß) und noch ein paar andere, die ich mir nicht näher angesehen habe. Ich hätte es schlechter treffen können. Viel schlechter. Heiner brachte mich zum Lachen – zumindest am Anfang, als ich noch nicht alle seine Witze zum tausendsten Mal gehört hatte. Und er war irgendwie cool – nicht im Sinne von Trendzeitschriften-cool, aber er ruhte so in sich selbst. Er wusste, was er wollte. Und er wollte mich. So habe ich mir eine Beziehung damals vorgestellt: Der Mann entscheidet sich für eine Frau, dann sind beide zufrieden miteinander. Es gibt regelmäßig pannenfreien, unpeinlichen Sex – an etwas anderes wagte ich damals nicht zu denken –, man fühlt sich geborgen und der Lebensplan kann erfüllt werden, schön der Reihe nach: Haus, Hochzeit, Kinder. Oder erst die Hochzeit und dann das Haus? Egal. Die Kinder auf jeden Fall später. Gemeinsames Kaffeetrinken nach Feierabend auf der Terrasse, alle paar Jahre ein neues Auto und hin und wieder ein Urlaub im Süden. Nicht nachdenken müssen. Einfach leben. Dass das auch schiefgehen könnte, dass Widrigkeiten auftreten könnten, das war einfach nicht vorgesehen.

Ich werde mich diesen Widrigkeiten stellen. Werde das Ruder selbst in die Hand nehmen und mich herausmanövrieren. Ich werde auf dem Feuerwehrball allen zeigen, wie stolz und unangreifbar ich bin. Die French-Color-Maniküre wird ein Zeichen meiner Stärke sein. Das Ibiza-Kleid wird Selbstbewusstsein ausdrücken.

Verdammt, schon wieder übergemalt. Auf meinem großen Zeh mäandern türkise und pinkfarbene Nagellackschlieren ineinander. In der Illustrierten sah das viel akkurater aus. Ich muss Brigitte anrufen, Nagellack sollte man immer im Team auftragen. Sie muss heute Abend nach der Arbeit einfach Zeit für mich haben.

»Vergiss den Nagellack, heute wird getuppert«, sagt Brigitte.

»Was? Wo denn?« Schlagartig bin ich aufgeregt. Tupperpartys gehören zu den gesellschaftlichen Highlights des Landlebens. Nirgendwo erfährt man mehr Klatsch und Tratsch und praktische Neuigkeiten, darf jede Menge Schnittchen und Sekt zu sich nehmen, kann gleichzeitig einkaufen und bekommt sogar noch ein Geschenk. Ich weiß zwar danach nie, was ich mit dem ganzen Plastikzeug anfangen soll, aber das macht nichts. Irgendwie verschwindet es sowieso immer aus meinen Schränken und taucht dann bei meiner Mutter wieder auf, die allerdings steif und fest behauptet, die bunten Schüsselchen hätten schon immer ihr gehört. Wahrscheinlich spüren die Dinger, wo sie hingehören, wer ihnen ein echtes Zuhause bieten kann.

»Bei Dodo, hast du das denn schon wieder vergessen? Mensch, Silke! Um sieben geht es los. Ich habe uns angemeldet.«

»Danke!« Keine Tupperparty ohne Anmeldung – und ich erinnere mich dunkel daran, vor Monaten eine Einladung bekommen zu haben, die ich bestimmt nicht ordnungsgemäß ausgefüllt und zurückgeschickt habe. Dabei ist das immens wichtig! Schließlich muss die Tupperberaterin genug Gastgeschenke mitbringen. Und die Gastgeberin genug Sekt kaltstellen. Manche sind ja zickig, wenn man so kurzfristig noch dazukommen möchte, aber Dodo ist da sehr großzügig. Und ihre Partys sind immer besonders lustig, was unter anderem auch an ihrer hausgemachten Spezialbowle liegen könnte. Letztes Mal haben Brigitte und ich sogar eine Playbackshow zu *Say Hello, Wave Goodbye* von Soft Cell improvisiert. Mit dramatischem Schmachten in Kittelschürzen und einer kurzen Table-Dance-Einlage. Angeblich. Ich kann mich nicht genau daran erinnern. Öffentliche Auftritte sind eigentlich nicht meine Stärke – man denke an die Junggesellinnenabschiedsparty –, aber Dodos Bowle enthemmt erstaunlich.

Brigitte, Dodo und ich waren früher mal ein gutes Team. Sandra gehörte auch dazu. In der Schule saßen wir gemeinsam in der letzten Reihe, waren dort mehr mit Zettelchenschreiben als mit dem Unterrichtsgeschehen beschäftigt, hatten aber trotzdem keine schlechten Noten – weil wir uns gegenseitig geholfen haben. Brigittes Spezialfächer waren Geschichte und Gemeinschaftskunde, Dodo war ein Mathe-Genie, Sandra hat die Naturwissenschaften abgedeckt, und ich war für Deutsch und Englisch zuständig. Die Hausaufgaben haben wir in Arbeitsteilung erledigt und den Sportunterricht gemeinsam geschwänzt.

Dodo hat direkt nach dem Abitur geheiratet und schnell nacheinander drei Kinder bekommen. Ausgehen war da nicht mehr drin. Und Brigitte und ich hatten einfach keine Lust, uns ständig über Windeln und Bobbycars und Zahnungsschmerzen zu unterhalten.

Sandra ist die Einzige meiner Freundinnen, die in die Großstadt gezogen ist und studiert. Das Parkplatzproblem hat sie nie gestört, denn sie hat kein Auto. Sie braucht keins, sagt sie. Eine Einstellung, die hier im Dorf größere Verwirrung auslöst. Wie, man braucht kein Auto? Wie soll man denn sonst einkaufen? Zur Arbeit fahren? Urlaub machen? »Zu Fuß oder mit der U-Bahn. Und zum Flughafen fahre ich einfach mit dem Taxi«, sind Sandras Antworten auf diese Fragen. U-Bahn? Wie exotisch. Taxi? Wie dekadent. Aber auch: Wie glamourös!

Sandra und ich treffen uns selten – eigentlich nur, wenn sie zu einem der bereits erwähnten Pflichttermine zu ihren Eltern kommt. Wenn wir uns sehen, ist es sehr nett, mehr aber auch nicht. Unsere Lebenswelten sind inzwischen einfach zu verschieden.

Ich bin froh, dass Brigitte und ich zusammenhalten.

»Übrigens«, sagt Brigitte so beiläufig wie möglich, »ich gehe nicht mit zum Feuerwehrball.«

»Was? Wie bitte? Wie kannst du mir das antun?«, schreie ich ins Telefon. »Ich habe mir extra ein Kleid gekauft!«

»Meinetwegen? Ach, das wäre doch nicht nötig gewesen, Schatz«, kontert Brigitte kokett. »Außerdem: Du trägst nie Kleider.«

»Doch. Zum Feuerwehrball. Denn ich will so gut aussehen, dass allen die Augen brennen.«

»Das wird dir bestimmt gelingen. Aber dafür brauchst du mich doch nicht. Wolfgang, der braucht mich dieses Wochenende.«

»Er ist ein Mann, der braucht niemanden.« Ich muss zugeben, mein aktuelles Männerbild ist nicht gerade positiv.

»Er ist *mein* Mann. Er braucht *mich*. Und so soll das auch bleiben, deshalb fahre ich hin. Er hat nächstes und übernächstes Wochenende keine Zeit, irgendwelche überraschenden Seminare, frag mich nicht. Und du weißt: Den

Feuerwehrball kann ich ihm nicht antun. Das ist so gar nicht seine Welt. Außerdem ist es mir gerade gelungen, für das Wochenende ein Space-Clearing-Team zu bekommen. Ich lasse meine Wohnung nach Feng-Shui-Kriterien umbauen, irre, oder?«

»Du lässt Handwerker in deine Wohnung, während du nicht da bist?« Manchmal kommt mir Brigitte – obwohl das eigentlich überhaupt nicht sein kann – total naiv vor.

»Da darf sogar niemand in der Wohnung sein. Das würde das Chi stören.«

»Aha«. Ich verzichte auf weitere Erklärungen. Brigitte wird schon wissen, was sie tut. Und ich muss ja nicht alles verstehen.

»Nun schmoll nicht, Silke. Ich hole dich heute Abend ab, okay?«

Kaum habe ich aufgelegt, klingelt das Telefon schon wieder.

»Nie meldest du dich!«, trötet meine Mutter Nummer Fünf ihrer Top-Ten-Standardvorwürfe ins Telefon. Das ist neuerdings ihre Lieblingsgesprächseröffnung, dabei begegnen wir uns mindestens einmal am Tag. Ich kann ja kaum aus dem Haus gehen, ohne ihr über den Weg zu laufen. Deshalb gehe ich auch nicht darauf ein, sondern lasse sie gleich weiterreden. »Ich muss unbedingt zum *Aldi*, da gibt es Rhododendronbüsche im Angebot!«

»Rhododendronbüsche?«

»Rhododendren geben dem Garten Parkcharakter«, findet meine Mutter. Und Parkcharakter ist was Tolles, jedenfalls in ihrem Weltbild. Das Gegenteil von, sagen wir, ungepflegt oder gar verwildert. Oder lieblos. Dabei geht sie nie in

Parks. Es gibt hier ja auch gar keine, wir sind ja auf dem Land und nicht in der Stadt. Und in die Stadt fährt meine Mutter nicht freiwillig, noch nicht mal, um sich einen Park anzusehen. Es sei denn, es handelt sich um einen völlig durchorganisierten Busausflug mit dem Landfrauenverein. Dann vielleicht. Auf jeden Fall ist der Garten meiner Eltern voll von Rhododendronbüschen, die meine Mutter allesamt mit Namen anspricht. Es gibt den *Gartendirektor Glocker*, von dem spricht sie wie von einem alten Hausfreund. *Viscy* klingt in meinen Ohren mehr wie ein Haustier und *Catawbiense Grandiforum* nach einer Operndiva oder einer italienischen Urlaubsbekanntschaft. Mein Vater liebt seine Rhododendronsträucher wahrscheinlich sogar noch mehr, als meine Mutter es tut. Aber er redet nicht so viel. Im Grunde sagt er meistens gar nichts. Obwohl meine Mutter stets behauptet, mit ihr würde er alles ausführlich besprechen. Nur sei dann eben meistens zufällig niemand in der Nähe. Vielleicht ist diese Rollenverteilung auch das Geheimnis ihrer glücklichen Ehe: Sie spricht, er hört zu. Oder auch nicht. Man weiß ja nicht, was in ihm vorgeht.

Auch im Ausland, besonders in Amerika, kommen beide damit klar: Sie spricht Englisch, er versteht es. Behaupten sie jedenfalls steif und fest. Aber wer mit Pflanzen sprechen kann, der wird ja wohl auch mit so kommunikativen Wesen wie Amerikanern einen gepflegten Plausch halten können.

Jedenfalls hat meine Mutter all ihren Bekannten und Freundinnen versprochen, Rhododendronpflanzen vom *Aldi* mitzubringen, und jetzt braucht sie mich zum Schleppen. »Man soll im Urlaub nicht nur faul rumhängen, davon schrumpft der Intelligenzquotient.«

»Woher hast du das denn schon wieder?«

Die eigenwillige Allgemein- und Spezialbildung meiner Mutter erstaunt mich immer wieder. Erst neulich hat sie mir geraten, nie in chinesische Restaurants zu gehen, die kein Aquarium haben. Die würden nämlich kein Schutzgeld zahlen und man könnte daher jederzeit mit einem Überfall der Tiraden rechnen – der chinesischen Mafia, wie sie nachschob. Ein interessanter Ratschlag, dabei gehen weder sie noch ich jemals chinesisch essen. Es gibt hier in der Gegend nämlich gar kein chinesisches Restaurant. Und wenn es eines gäbe, wäre es wahrscheinlich sehr schnell pleite, weil die Leute hier glauben, wenn sie beim Chinesen Schwein bestellen, bekommen sie Ratte. Das hat jedenfalls die Oma unseres Nachbarn immer behauptet. Das Vertrauen in das griechische Essen – vor allem in riesige Fleischplatten – ist im Ort größer.

»Das habe ich im Fernsehen gesehen«, verrät Mutti bereitwillig die Quelle ihres Wissens. »Die sind nach Ibiza gefahren, haben den Leuten ganz alltägliche Bürogegenstände gezeigt und dann gefragt, wie die Sachen heißen. Die, die schon zwei Wochen am Strand gelegen hatten, wussten noch nicht mal die Bezeichnung für diese … na, sag schon, wie heißen sie noch … Mensch, es liegt mir auf der Zunge, diese kleinen Dinger aus Draht …«

»Büroklammern?«

»Genau! Erschreckend, nicht? Und damit es dir nicht auch so ergeht, fährst du am besten mit mir zum *Aldi.*«

Dieser brillanten Argumentation muss ich mich beugen. Allerdings habe ich immer noch nicht vor, meiner Mutter zu sagen, dass sich meine beiden bisherigen Berufsoptionen

– zukünftige Leiterin der örtliche Sparkassenfiliale oder Hausfrau und Spezialistin für Wohnambiente im Fertighaus – einfach so in Luft aufgelöst haben. Anscheinend hat sich meine Kündigung doch noch nicht herumgesprochen. Susi und Herr Markmann wohnen jeweils zwei und drei Dörfer weiter, da scheint es keine direkte Klatsch-Verbindung in meinen Heimatort zu geben. Vielleicht hat Susi auch gar nicht mitbekommen, dass ich nicht mehr ihre Kollegin bin. Zuzutrauen wäre ihr das ja. Und Herr Markmann schweigt diskret.

Eigentlich hatte ich ja vor, eine Liste mit Plänen für die Zukunft zu machen – oder mir wenigstens auszumalen, wie die Zukunft aussehen könnte. Ich habe es kurz probiert, aber mir ist einfach nichts eingefallen. Meine Zukunft sieht aus, als hätte meine Mutter versucht, den Videorecorder zu programmieren, um *Nur die Liebe zählt* und ein paar Telenovela-Episoden aufzunehmen, sich aber mit den Knöpfen vertan, und statt der Friede-Freude-Eierkuchen-Welt, in der spätestens nach 45 Minuten alles gut ist, sieht man auf dem Band nur Grisselkrams. Rauschen. Einen unwirtlichen Schneesturm. Ich verstehe zwar nicht, warum so viele Menschen, die eine Waschmaschine fehlerfrei bedienen können, nicht in der Lage sind, einen Videorecorder korrekt einzuschalten, aber der Alltag beweist diese Form ausgeprägter High-Tech-Legasthenie immer wieder. Ich habe meine Mutter einmal gebeten, mir *Frühstück bei Tiffany* aufzunehmen, und bekam von ihr eine hübsch beschriftete Kassette – darauf waren leider eine Diskussionsrunde über die Hundeverordnung und ein Krimi, der im Dackelzüchtermilieu spielte. Okay, der war interessant, ich wusste gar nicht, dass Dackelzüchter so finstere Gestalten sind, aber ich hätte den Sonntagnachmittag doch lieber mit Holly Golightly verbracht.

Aber wäre meine Zukunft nicht sowieso verloren gewesen, wenn sie ein Videoband wäre? Ich meine, bald haben alle DVD-Player, und dann säße ich da mit meinem alten Videogerät und meiner einen Zukunftskassette, und muss hoffen, dass es keinen Bandsalat gibt.

Es ist doch seltsam: Ich flüchte mich in die skurrilsten Parabeln, nur um keine Pläne machen zu müssen. Warum? Weil ich einfach nicht weiß, wie das geht: Pläne machen. Musste ich ja noch nie. War nicht nötig. Lief doch alles von selbst. Tut es jetzt auch, aber aus dem Ruder, und ich gucke mir das seelenruhig an und fahre mit meiner Mutter zum *Aldi*, Rhododendren kaufen.

Mutti fährt mit Schwung vor dem Laden vor und schießt in eine der begehrten Parklücken direkt vor dem Eingang. Zwar gibt es mehr als ausreichend Parkplätze auf dem ungefähr fußballplatzgroßen Gelände, aber es ist für sie eine Art sportliche Disziplin, immer direkt vor der Tür zu parken. Genau wie Backen ohne Waage und Messbecher, dafür mit voll aufgedrehtem Ofen. Und Wäsche waschen ohne Colorschutz. Distanzfreies Parken – übrigens auch, was die umstehenden Autos betrifft. Wessen Fahrertür an Muttis Parkplatz angrenzt, der muss seinen Wagen meist mühsam über den Beifahrersitz erklimmen.

Ich würde mich das nie trauen. Ich halte mich immer genau an die Verkehrsregeln. Vielleicht manchmal einen Tick zu genau, es sei denn, ich übersehe mal ein Einbahnstraßenschild. Das kommt aber so gut wie nie vor, denn in unserem Dorf gibt es keine Einbahnstraßen. Heiner sagt, ich fahre zimperlich, dabei fahre ich bloß defensiv, wie ich das in der Fahrstunde gelernt habe. Ans Steuer seines Wagens lässt er mich nur, wenn er viel getrunken hat und nicht weiß, wie er sonst nach Hause kommen soll.

Als ich vom Beifahrersitz auf den Fahrersitz klettere, um die einzige verbliebene Ausstiegsmöglichkeit aus Muttis Corsa zu nutzen, bevor auch die von motorisierten Gartenfreunden zugeparkt wird, stoße ich mir das Bein. Das gibt bestimmt einen blauen Fleck. Ich bekomme leicht blaue Flecken, und manchmal bilde ich mir ein, ich hätte sie, weil Heiner mich geschlagen hat. Das macht mich irgendwie an. Pervers, ich weiß, und zudem noch völlig absurd, ich weiß auch nicht, wie ich auf so etwas komme.

Mutti holt einen Einkaufswagen und strebt, ohne Zeit zu verlieren, auf die Rhododendronbüsche zu. Die sind vor dem Laden aufgetürmt, der aussieht wie ein viel zu groß und zu flach geratenes Einfamilienhaus, bei dem der Architekt die Fenster vergessen hat. Früher haben sich Architekten, denen beispielsweise ein Kirchturm schief geraten ist, von eben diesem gestürzt. Das war eine Frage der Ehre! Von einem Architekten, der von einem Supermarktdach in die, na ja, Tiefe kann man wohl kaum sagen, gesprungen ist, habe ich noch nie gehört. Wahrscheinlich ist ihnen einfach nichts passiert.

Ich werfe einen vorsichtigen Blick nach oben, als ich mich der Eingangstür nähere, nicht, dass da doch noch plötzlich ein Architekt auf mich niederfällt, werde aber von Mutti zurückgepfiffen.

»Silke! Du solltest mir doch helfen!«

»Dein Einkaufswagen ist ja schon voll mit dem Gestrüpp.«

»Das ist erstens kein Gestrüpp, sondern *Nova Zembla*, und zweitens musst du den jetzt schieben. Ich brauche einen zweiten Wagen.«

»Wozu das denn?«

»Zum Einkaufen! Glaubst du, ich bin nur wegen der Pflanzen da? Wo es doch beim *Aldi* so guten tiefgefrorenen Lachs gibt!«

Ich steuere den hochbeladenen Grünzeugswagen vorsichtig durch die Gänge, was recht kompliziert ist, da die Blätter die Sicht doch ziemlich einschränken. Mutti bleibt an einem weiteren Sonderangebots-Display stehen.

»Ach, sind das aber hübsche Schabracken! Und so günstig!« Sie nimmt zwei Packungen mit gelbgemusterten Vorhängen und wirft sie zu den zehn Packungen Tiefkühllachs in ihren Wagen.

»Wozu brauchst du denn Vorhänge? Habt ihr mal wieder ein neues Fenster eingebaut?«

Meine Eltern bauen ihr Haus permanent um. Immer, wenn ich sie besuche, muss ich raten, was wieder neu ist. Wenn ich Glück habe, kann ich noch einen Hauch Baustaub entdecken. Dann ist es leicht. Aber meistens verwischt Mutti alle Spuren. Letztes Jahr wäre ich fast nicht darauf gekommen, dass der Wintergarten neu ist. Der sah einfach so aus, als hätte er schon immer da gestanden.

»Nein, aber man weiß ja nie. Ich habe schon eine Idee, wo die gut hinpassen könnten … Du wirst schon sehen.«

Den letzten Satz verstehe ich als Aufforderung, nicht

weiter zu bohren. Ich frage also nicht nach. Schließlich habe ich selbst etwas zu verbergen.

»Schnell, Silke, komm mal hierher!« Mutti zieht mich hinter einen Stapel mit Olivenöl-Kartons, das beim *Aldi* bekanntlich besonders gut ist. Sie flüstert: »Guck mal unauffällig dort rüber, auf halb fünf. Dort ist Frau Marnke.«

Meine Mutter zeigt in die Richtung, denn mit ihrer Uhrzeitorientierungsangabe kann ich nicht sofort etwas anfangen, schließlich trage ich seit Jahren, wenn überhaupt, eine Digitaluhr. Ich sehe die Frau des Gärtners aus unserem Dorf, die gleich zwei Einkaufswagen, die noch üppiger mit Sträuchern beladen sind als unserer, den Gang entlang zur Kasse schiebt.

»Vielleicht will sie ihrem Garten auch etwas Parkcharakter verleihen«, vermute ich.

Mutti lacht angesichts meiner Naivität einmal kurz höhnisch auf, gerade leise genug, dass uns niemand bemerkt. »Das glaubst du ja wohl selber nicht! Deren Garten sieht doch aus, als hätte dort eine Horde wilder Stiere gezeltet. Sollst mal sehen, die Dinger verkauft sie teuer weiter. Mit mindestens hundert Prozent Aufschlag.«

Ich finde, da ist nichts dabei; mir ist es egal, woher der Gärtner im Ort seine Ware bezieht, ob aus holländischen Gewächshäusern oder vom *Aldi*. Direktimporte aus dem Regenwald würden mich vielleicht stutzig machen, aber so dröge, wie das Zeug aussieht, das dort im Laden herumsteht, ist dies nicht zu befürchten. Meine Mutter ist da anders: Sie will beim *Aldi* Schnäppchen machen und sich darüber freuen, und sie will beim Gärtner hochwertig gezogene Gärtner-Rhododendren kaufen. Und diese beiden Welten sollen bitte getrennt bleiben und sich höchstens unter ihrer Kontrolle in den Rabatten ihres Gartens mischen. Hintergangen werden möchte sie nicht.

Die vielen Büsche, die Mutti gekauft hat, passen kaum in ihr Auto (obwohl es sich ja um das beste Auto der Welt handelt, in das prinzipiell alles hineinpasst, man könnte ganz Rom damit umsiedeln), aber Mutti ärgert sich schon, dass sie nicht noch mehr gekauft hat, denn jetzt gibt es keine mehr. Frau Marnke hat den gesamten Sonderpostenbestand mitgenommen.

»Na ja, die wird sie nicht gut loswerden«, tröstet sich Mutti. »Ich bringe ja den meisten ihrer potentiellen Kunden schon welche mit.«

Abends schrubbe ich mir mühsam den Dreck unter den nur noch partiell bunten French-Manicure-Fingernägeln weg. Ich habe Mutti geholfen, *Onkel Stubbe* und *Generaldirektor Kruse*, oder wie die blättrigen Laubhaufen so heißen, einzupflanzen. Dabei kann ich das Gefühl von trocknender Erde auf der Haut nicht ausstehen. Ich fühle mich dabei so schmutzig, fast lebendig begraben. Gartenarbeit ist mir so verhasst wie Monique ein Ultrakurzhaarschnitt. Zwar fasziniert es mich, etwas wachsen zu sehen, das man essen kann, aber über ein paar Töpfe Basilikum hinaus hat sich mein grüner Daumen noch keine Lorbeeren verdient. Ach, doch, wo ich es gerade sage: Lorbeer natürlich auch. Und Minze, aber die wächst ja wie Unkraut. Ansonsten sind Pflanzen mir so fern wie der Wunsch, meinen Kopf ins Maul eines Krokodils zu stecken. Obwohl: Das wäre wenigstens aufregend. Aber Rasen mähen? Die langweiligste Beschäftigung der Welt, noch langweiliger als Krabben pulen. Dabei kann man sich ja wenigstens noch unterhalten. Einmal hat mich der Aufsitzrasenmäher meiner Eltern mit seinem monotonen Gedröhn böswillig eingelullt und ich habe ein Blumenbeet niedergemetzelt, bevor mich ein großer dorniger Strauch bremste. Seitdem habe ich auf dem rechten Unterarm eine kleine Narbe in Form einer Schwertlilie – nicht, dass ich wüsste, wie eine Schwertlilie aussieht, aber Mutti hat es mir gesagt.

»Weißt du schon, was du machen wirst?« Das ist Brigittes erste Frage, als sie mich zu Dodos Tupperparty abholt.

»Wie, machen? Du meinst, kaufen? Ich brauche ein paar Sachen zum Einfrieren.«

»Blödsinn, du frierst doch nie was ein. Du isst immer alles gleich auf. Das ist bestimmt ein Auftrag deiner Mutter.« Sie guckt mich streng an, ich überlege schon, wieder nach Hause zu gehen, aber da wird dann Heiner sein, dem ich bislang erstaunlich erfolgreich aus dem Weg gegangen bin. Außerdem bohrt Brigitte bereits weiter: »Ich meine wirklich: *machen*. Mit Heiner, mit deinem Job. Willst du weiterhin alles verschweigen?«

Ja, denke ich, das ist doch eine gute Idee, warum bin ich da nicht selbst drauf gekommen? Ich halte einfach meine Klappe und mache weiter wie bisher! Heiner und ich bauen das Haus, wir ziehen ein, Heiner, ganz antiquierter Macho, sagt: »Meine Frau muss nicht arbeiten«, ich gebe offiziell meinen Job in der Bank auf und wir werden nicht glücklich, aber zufrieden. Monique wird Heiners Camilla und ich bleibe Lady Diana. Und wenn ich dann tot bin, fliegt alles auf.

*Ihr Leben war eine einzige, verzweifelte Lüge*, steht dann in meinem Nachruf im Wochenblatt, der zufällig von einer Bestsellerautorin gelesen wird und sie zu einem weiteren Erfolgsroman inspiriert. Dieser wird verfilmt, mit der Cameron Diaz oder Julia Roberts der nächsten Generation in der Hauptrolle und ich komme posthum zu gigantischem Ruhm.

Brigitte lacht, als ich ihr meinen tollen Plan verrate. »Und wenn es bloß eine deutsche Verfilmung mit, sagen wir mal, der Tochter von Veronica Ferres wird?«, gibt sie zu bedenken.

Nein, das geht natürlich nicht. Vielleicht ist der Plan doch nicht so gut. Immerhin, es ist ein Plan! Mein Erster! Zwar keiner, der mir besonders viel Initiative abverlangt, aber immerhin.

»Warum hast du denn einen Gehstock dabei?«, frage ich Brigitte, die mit einem hölzernen Stab herumfuchtelt und dabei komisch hin und her tänzelt. »Oder bist du jetzt ein Funkenmariechen?«

»Nein, das ist Capoeira«, klärt sie mich auf. »Eine Mischung aus Kampf und Tanz. Geht auf karibische Sklaven zurück, und damit kann ich den *K*-Punkt auf meiner Liste abhaken. Ein Karibikurlaub ist im Moment einfach nicht drin, Wolfgang kann sich so schlecht freinehmen.« Sie hüpft wild im Kreis um mich herum und fuchtelt dabei mit dem Stock gefährlich nah vor meiner Nase. »Ich dachte, ich mache mich schon mal für unseren bowleseligen Tabledance warm.«

»Heb dir deine Kampftanzkünste lieber für Monique auf. Wenn sie wieder mit diesem Achtung-ich-kann-Aerobic-

Gesicht umherstolziert, kannst du ihr ja zeigen, wie weit sie damit kommt.« Ich muss grinsen, als ich mir dieses ungleiche Duell vorstelle.

»Gute Idee«, sagt Brigitte, lässt den Stab am nächsten Jägerzaun entlangrattern und meint das durchaus ernst.

# 6. Kapitel
# Ich unterschreibe nichts!

*Donnerstag, 12. Mai, abends*

Das Tollste an einer Tupperparty ist das Gastgeschenk. Das bekommt man einfach so von der Tupperberaterin, man muss noch nicht mal etwas kaufen! Und Dodo macht immer dann eine Tupperparty, wenn es ein besonders schönes Gastgeschenk gibt. Da achtet sie schon drauf, schließlich wechselt das Angebot monatlich. Heute gibt es ein *Prima Klima*. Das ist eine grüne Plastikschachtel mit Deckel, deren Boden gewellt ist. Vorne sind kleine Nupsies dran.

»Darin hält sich Gemüse *wochenlang* frisch!«, erklärt uns die Tupperberaterin, eine energische Mittdreißigerin mit einem leichten Überbiss, der ihr Ähnlichkeit mit einem Pferd verleiht. »Ich tue da immer Möhren rein, die sind nach drei Wochen noch immer Ia!«, versichert sie, bleckt kurz die Zähne und schüttelt ihre dichte, blondierte Haflingermähne. Der pinkfarbene Lippenstift auf ihrem Zahn gibt ihrem Werben einen hübschen farbigen Akzent, deshalb weise ich sie nicht darauf hin. Stattdessen drücke ich an den Nupsies herum.

»Wofür sind die?«

»Das sind sozusagen die Augen«, erklärt Frau Pferdegebiss.

Ich gucke sie verwirrt an. Ich habe noch nicht mal von der Bowle probiert und schon kommt sie mir komisch. »Augen?«

»Ja, hihi, wir nennen das so. Damit kann man das Mikroklima im *Prima Klima* regulieren.« Mit geübten Handgriffen drückt sie an der Box herum und demonstriert mir die verschiedenen Blickmöglichkeiten. »So sind sie geöffnet, so geschlossen. Und sie können auch blinzeln.«

Ich stelle mir vor, wie mich die giftgrüne Schachtel aus den Tiefen meines Kühlschrankes heraus verzweifelt anblinzelt, um mich darauf aufmerksam zu machen, dass in ihrem Inneren vier Monate alte Möhren – noch immer knackig frisch – ihrer Erlösung harren. Gibt es *Prima Klima* auch in größer? So in ungefähr, sagen wir, Konfektionsgröße 42? Ich könnte mich prima hineinsetzen, oder vielleicht -legen, das ist auf Dauer wohl bequemer, und einfach abwarten, bis sich meine Probleme verflüchtigt haben und mein Lebensklima wieder meinen Vorstellungen entspräche. Dann würde ich wunderbar frisch und erholt der Box entsteigen und … ja, was dann? Weiterleben wie bisher? Hier hakt der Plan. Muss ich noch mal überdenken.

Die Tupperberaterin holt aus zwei großen Reisetaschen mit der Aufschrift *dress for success* – ob ihr Job wohl das ist, was sie sich unter *success* vorstellt? Aber bei dem Thema halte ich wohl besser den Mund – die neuesten Highlights des Sortiments: Backformen aus glibberigem roten Material, die garantiert nicht im Ofen schmelzen, obwohl sie sich anfühlen, als würden sie schon nach fünf Minuten in der Sonne zerlaufen wie Playmobilmännchen auf der heißen Herdplatte. Das hat Brigitte früher angeblich mal ausprobiert. »Die grinsen bis zum Schluss«, schwärmt sie heute noch von ihrer makabren Spielzeugfolter.

Der absolute Tupper-Knüller ist eine Schale aus der Reihe *Eleganzia*. Natürlich auch aus unverwüstlichem Plastik, diesmal allerdings als Glas getarnt. Eine recht aufwändige Maskerade in verschiedenen Blautönen. Das Ergebnis ist nur beinahe gelungen: Die Schale sieht nicht wirklich gläsern aus, man hat aber das Gefühl, sie würde in spitze Scherben zerspringen, ließe man sie fallen. Die Tupperberaterin bietet an, das Gegenteil zu beweisen und die Bruchfestigkeit der Ware zu demonstrieren, aber Dodo gibt vor, Angst um ihre Terrakottafliesen zu haben. In Wirklichkeit schreckt sie wahrscheinlich die Vorstellung ab, dass alle ihre Gäste auf Knien herumkriechen und beim Zusammensuchen der Scherben lauter Dinge finden, die sie vor Ewigkeiten unter die Schränke und in dunkle Nischen gefegt hat. Wir spielen uns doch alle hier gegenseitig vor, wir wären die perfekte Hausfrau. Das heißt: Fast alle. Brigitte ist es egal, wie sie auf andere wirkt, und ich lade einfach keine Gäste ein. Aber die anderen: Ulrike, die immer nur zur Spargelzeit einlädt, weil das wahrscheinlich das Einzige ist, das sie kochen kann. Sabine, die für jede kleine Besorgung das Auto nimmt, aber niemals und unter gar keinen Umständen damit auf die Autobahn fahren würde. Claudia, die mit ihrem Mann eine Doppelhaushälfte bewohnt und sich einen erbitterten Kleinkrieg mit den Nachbarn in der anderen Haushälfte liefert. Jetzt überlegen sie sogar, ihren Teil des Hauses andersfarbig zu streichen, um sich zu distanzieren.

Ich denke plötzlich an den Massivhauspark. Dort muss niemand heile Welt vorgaukeln oder sich Gedanken darüber machen, was die Nachbarn denken. Dort ist alles nur Fassade – und will auch gar nichts anderes sein. Wie beruhigend. Abends, wenn die Siedlung menschenleer zurückbleibt, ist es dort bestimmt wunderschön. Ganz friedlich.

Als Dodo den Bruchtest der engagierten Tupper-Ponydame abgewendet hat, betritt Monique den Raum. Sie ignoriert Brigitte und mich, wirft Dodo ein gekünsteltes »Hallöchen!« zu und verteilt Küsschen an drei der anwesenden Gäste, Miss April, Mai und Juni, wie mir plötzlich auffällt. Das fragwürdige Fotoshooting wird nicht erwähnt, stattdessen reden sie über neue Bauchmuskelstraffungsübungen und über Claudias Nachbarin, die es gewagt hat, den Friseur in der nächsten Kleinstadt aufzusuchen und deren blonde Strähnchen jetzt angeblich einen eigenartigen Schimmer haben.

»Warum sind die Tusneldas hier? Sind das etwa deine neuen Freundinnen?«, zischt Brigitte Dodo zu.

Die bleibt ganz gelassen. »Nö«, antwortet sie cool. »Das ist rein politisches Networking.«

»Hä? Wie meinst du das denn?«, hakt Brigitte nach. »Von Politik haben die doch gar keine Ahnung.«

»Müssen sie auch gar nicht. Es reicht, wenn ich davon Ahnung habe. Und mit drei Kindern ist man irgendwann sicher auf diplomatischem Parkett.« Dodo grinst.

»Jetzt verstehe ich gar nichts mehr. Worauf willst du hinaus? Was hast du vor?«

»Es ist noch zu früh, darüber zu reden. Aber ich verspreche dir: Wenn es soweit ist, wirst du eingeweiht. Und du auch, Silke. Aber ihr müsst noch ein wenig Geduld haben«, sagt Dodo.

Na toll. Wo Geduld doch unsere große Stärke ist. Was hat Dodo bloß vor? Und warum muss sie dafür Monique und ihre Getreuen einladen? Wir bohren noch ein bisschen weiter, aber aus Dodo ist nichts herauszubekommen. Sie schenkt uns nur still lächelnd Bowle nach.

Zwei Gläser später versuchen Brigitte und ich herauszufinden, wie man den Bestellzettel richtig ausfüllt. Wollte ich die *Gefrierseligen* (Oder heißen sie die *Eisheiligen?*) nun in 800 ml, 1,5 oder 1,8 Liter? Muss ich dann 2a oder 5c ankreuzen? Gibt es Sonderfarben, zum Beispiel diese verwaschenen Pastellfarben, die ich noch aus meiner Kindheit kenne? Oder muss ich das jetzt alles in diesem schrecklichen Lila nehmen? Weshalb schließen runde Deckel besser als eckige? Und warum, zum Teufel, bestelle ich wieder so verdammt viel? Es ist schon seltsam, wie mich bei diesen Tupperpartys immer der Gruppensog packt und in einen Konsumstrudel reißt. Ich brauche all diese Döschen und Boxen gar nicht, trotzdem kommt es mir jedes Mal so vor, als könnte ich nicht ohne sie weiterleben. Und den anderen geht es anscheinend genauso. Claudia bekommt daher von ihrem Mann jeweils ein Budget zugeteilt, und wenn sie die Höchstsumme überschreitet, muss sie sich bizarre Lügen ausdenken, exorbitante Brotpreiserhöhungen erfinden oder eine dringende Autoreparatur vortäuschen. Das Ganze beschäftigt mich so sehr, dass ich für einen Moment fast vergesse, dass ich bis Montag noch täglich mit Geld zu tun hatte und bald über kein Einkommen mehr verfüge. Vielleicht werde ich zum Sozialfall! Aber dann habe ich immer noch meine Tupperschüsseln und kann mein Essen anständig aufbewahren. Ich kann preiswert einkaufen, große Mengen kochen und einfrieren.

Ich werde ein Musterbeispiel an Sparsamkeit. Ich werde praktisch gar kein Geld mehr ausgeben.

Monique kommt auf mich zu. Was will die? Ich leere mein Bowleglas, verschlucke mich an einer stark alkoholgetränkten Erdbeere und bekomme einen Hustenanfall. Brigitte klopft mir heftig auf den Rücken, das hilft, ein Erdbeerstückchen löst sich – und landet auf Moniques T-Shirt mit der goldglitzernden Aufschrift *Zicke*, genau auf dem Z. Sie wischt meinen Auswurf mit einer angewiderten Handbewegung weg, zwingt sich aber einen Sekundenbruchteil später wieder ein Lächeln ins Gesicht. Dann prescht sie direkt auf ihr Ziel los.

»Silke, du hast da doch diese Wiese an der Autobahn.«

»Ja?« Ich tue ahnungslos.

»Die würde ich gerne pachten.«

»Kommt gar nicht in Frage!« Ups, das war jetzt vielleicht ein bisschen heftig – und wie mir die Blicke von den anderen Gästen mitteilen, wohl auch etwas laut. Aber ich will gar nicht wissen, warum sie die Wiese haben will. Ich mag mir keine haarsträubenden Lügengeschichten anhören, seien sie auch noch so gut ausgedacht.

Monique lächelt einfach weiter, wie Brigittes Playmobilmännchen. Sie dreht sich um und tänzelt ohne ein weiteres Wort mit ihrem Bestellzettel zurück zu ihren Freundinnen.

»Was war das denn?«, fragt Brigitte.

»Monique. Die kennst du doch.«

»Nee, ich meine: Warum fragt die so direkt? Das sieht ihr doch gar nicht ähnlich. Das sah eben überhaupt nicht nach einem hinterhältigem Plan aus.«

»Wahrscheinlich hat sie keinen Plan.«

»Ach, Silke, sei doch nicht so naiv. Natürlich hat die einen Plan. Das war bestimmt bloß ein kleiner Auftritt, um dich in Sicherheit zu wiegen. Sie hat ganz direkt gefragt, du hast nein gesagt, und jetzt sollst du denken, die Sache ist damit erledigt.«

»Ist sie auch. Sie fragt mich, ich sage nein, die Sache ist durch.«

»Niemals. Das ist eine Falle.« Brigitte ist noch immer misstrauisch. Brigitte, das Diplomatenkind, deren Familie seit Generationen bei politischen Verwicklungen beraten und geschlichtet hat – und hin und wieder überstürzt das Land verlassen musste, in dem sie gerade lebte. Brigitte, die mit Intrigen in etwas größerem Maßstab aufgewachsen ist. Die deshalb natürlich hinter jeder Anspielung gleich einen Putsch wittert. »Die Wiese solltest du auf jeden Fall behalten«, rät sie mir.

»Ich habe nichts anderes vor.« Selbst wenn Monique noch so intrigiert: Ihre Hüpfburg gegen Hüftgold wird sie dort nicht bauen. Eher bekomme ich in zehn Tagen eine Bikinifigur!

Die Bowle bei Dodo ist wieder prima, doch irgendwie werde ich mit dem Rest der Gesellschaft nicht so recht warm. Die Gespräche drehen sich darum, wer ein echtes Marmorbad hat und wer sich den Marmor nur hat aufmalen lassen. Ich wusste gar nicht, dass so etwas geht. Oder dass jemand auf so eine bescheuerte Idee kommen könnte. Der allerneuste Hit in Sachen Badezimmerdeko sind übrigens, so darf ich jetzt erfahren, Marmorkugeln. »Am besten original italienische«, wie Monique betont. Ich warte die ganze Zeit auf einen Hinweis von ihr, der statt ihrer Ansichten über kultivierte Raumgestaltung ihre Beziehung zu Heiner verrät. Aber: nichts.

Sobald man hier unter Frauen ist, scheint es, als würden Männer nicht existieren. Die im Alltagsleben so öffentlichkeitswirksam ausgeglichenen und freundlichen Ehefrauen reden in einer anderen Tonlage; ihre Stimmen verlieren jegliche säuselnde Sanftheit und werden durchdringend, laut bis schrill. Jede versucht, sich so gut wie möglich Gehör zu verschaffen. Es wird viel gelacht, laut, übersteuert. Es geht um Wohnambiente, darum, wie man es sich nett macht in seiner eigenen kleinen Eigentumswelt – und zwar netter als die Nachbarn, das ist vor allem Claudia sehr wichtig. Männer spielen keine Rolle, es sei denn, sie sind irgendwie im Weg, verdienen nicht genug Geld, müssen mal wieder mit neuen Socken versorgt werden oder haben sich ein neues Auto gekauft. Aber wenn man ganz genau hinhört, merkt man, dass das Auto interessant ist, nicht der Mann. Männer haben ihre Feuerwehr, ihren Schützenverein und ihren Fußball, und damit sollen sie sich gefälligst auch beschäftigen, anstatt rumzunerven. So sehen die Damen das hier.

Und ich? Klar, im Moment bin ich auch ganz froh, wenn ich Heiner aus dem Weg gehen kann. Aber perspektivisch? Ich träume davon, mit einem Mann zu reden. Richtig gut zu reden, über alles. Nicht so wie in dem alten Gag aus Heiners Repertoire: »Hey, Puppe, zieh dich aus, ich will mit dir reden!« Außerdem träume ich noch von ganz anderen Dingen, aber darüber spreche ich natürlich nicht. Schon gar nicht mit diesen Frauen. Wir sind hier ja nicht bei *Sex and the City*.

Auf dem Weg nach Hause komme ich an der Telefonzelle vorbei, die mir bereits vorher aufgefallen ist. Das Deckchen und die Vase sind immer noch da, das gemütliche Ambiente wird nun allerdings auch noch durch Vorhänge abgerundet. Gelbgemusterte Schabracken. Sind das nicht die vom *Aldi?* Die hat meine Mutter doch gekauft! Sollte sie etwas …?

Ihr Dekowahn scheint sich auszubreiten.

Heiner sitzt mit seinen Eltern unten im Wohnzimmer vor dem Fernseher. »Ist doch billiger, ein Gerät laufen zu lassen als zwei«, sagt seine Mutter immer. Dafür nimmt sie in Kauf, statt der neuen Rosamunde-Pilcher-Verfilmung mit Schießereien prall gefüllte Actionkracher gucken zu müssen. Auch wenn sie die Guten und die Bösen nie auseinander halten kann und auf ihre Zwischenfragen nur genervte Antworten bekommt. Hin und wieder empört sie sich, dass so viel Gewalt nicht nötig sei, man könne Konflikte doch auch anders lösen. Aber dann schläft sie meistens ein und träumt von einem romantischen Happy End oder einem noch ergiebigeren Waschmittel.

Ich schlüpfe unbemerkt an ihnen vorbei unters Dach. Als Heiner sich eine Stunde später neben mich ins Bett legt, stelle ich mich schlafend – und frage mich: Gehe nur ich ihm aus dem Weg oder er auch mir? Früher, in grauer Vorzeit, als die Erde noch von Dinosauriern bevölkert wurde und die Autos noch Ente oder Käfer hießen, war das mal anders mit uns. Da haben wir uns abends im Bett immer noch unterhalten. Über nichts Weltbewegendes, nur darüber, wie der Tag so war, was wir gemacht haben, wer bei der Arbeit was gesagt hat und welche neuen Süßigkeiten ich beim Einkaufen entdeckt habe. Irgendwann hat das aufgehört. Wann war das? Vor zwei Jahren? Oder ist das schon länger her? Und warum sprechen wir nicht mehr miteinander? Weil es uns nicht interessiert, was der andere zu sagen hat? Warum hat es uns vorher interessiert? Ganz objektiv gesehen war es doch damals auch nicht spannender. Wer von uns hat zuerst geschwiegen? Und warum ist es dem anderen nicht aufgefallen?

Ich versuche, eines unserer abendlichen Gespräche zu rekonstruieren, aber es gelingt mir nicht. Die Vorstellung, dass Heiner und ich uns angeregt unterhalten, ist mir genauso fremd wie die, dass wir Sex miteinander haben. Oder sogar noch fremder, weil ein Mann bei einem Gespräch nicht einfach seinen Instinkt auf Autopilot schalten und ihm folgen kann.

Ich bin auf jeden Fall erleichtert, nicht mit Heiner reden zu müssen. Meine Selbstgespräche sind im Moment schon anstrengend genug. Aber morgen Abend ist Feuerwehrball! Ich werde strahlend schön aussehen, blendende Laune haben und Heiner wird mich seit langem mal wieder ansehen. Dann wird ihm auffallen, was er an mir hat, ihm wird wieder einfallen, wie gerne er mich mag, er wird charmant sein, wir werden gemeinsam nach Hause gehen und dann – ach, so weit mag ich gar nicht denken. Vielleicht wird alles wie früher. Das wäre schön. Obwohl ich mich ja nicht mehr so genau erinnern kann, wie es war. Besser als jetzt auf jeden Fall. Hey, das klingt ja, als wäre ich hundert! »Früher war alles besser« – was ist das denn für ein Gedanke? Ich bin erst siebenundzwanzig, was soll denn dieses »Früher« für mich gewesen sein? Die Neunziger? Also bitte! Wie kann man in der Vergangenheit leben, wenn man noch nicht mal eine hat? Das wird wohl nichts. Ich muss mich also weiterhin auf die Zukunft konzentrieren. Vielleicht erst mal nicht so sehr auf die ferne, sondern auf die nähere. Und eine einfache Fragestellung wählen. Zum Beispiel: Welche Schuhe ziehe ich denn morgen Abend zum Feuerwehrball an? Ja, das ist wirklich eine gute Frage. Bei einer kurzen Meditation über meine Schuhvorräte entschlummere ich sanft.

## *Freitag, 13. Mai*

Das Telefon klingelt. Ich nehme ab und höre: »Welche Schuhe ziehst du an?«

Einen Moment lang muss ich nachdenken: Träume ich? Kann das sein, dass ich mich selbst im Traum anrufe, um mir diese Frage zu stellen? Aber wozu dieser Umweg über die moderne Kommunikationstechnologie? Was will mir dieser Traum sagen?

Dann merke ich, dass das gar kein Traum ist, sondern meine Mutter.

»Die hohen goldenen Sandaletten«, sage ich, ohne nachzudenken. Kein Mensch würde vermuten, dass ich solche Schuhe besitze. Sogar ich selbst vergesse das manchmal und bin dann ganz überrascht, wenn ich sie hinten in der Ecke meines Schuhschrankes zufällig finde. Ich habe sie mir vor Ewigkeiten gekauft, als ich Sandra einmal in der Stadt besucht habe. Sandra war schon immer die Frau für große Auftritte, stets extravagant genug gestylt, um für Gesprächsstoff zu sorgen. Mal sah sie aus wie eine britische Undergroundsängerin, mal wie eine New Yorker Künstlerin. Wie »Sharon Stone beim Shoppen« oder eine »italienische

Filmdiva im Strandurlaub«, so sagt sie jedenfalls. Sie hat immer Namen für ihre Looks. Sandra hat ein magisches Talent, die ausgefallensten Leute kennenzulernen. Sie spricht einfach jeden an, den sie interessant findet – und die Angesprochenen sind immer hocherfreut. Sandra geht ständig ins Kino oder zu Konzerten; meistens wird sie eingeladen. Sie ist auf jeden Fall eine Style-Queen, und mit ihr einzukaufen ist ein unvergleichliches Erlebnis, bei dem selbst ich meine Hemmungen zeitweise verliere. Und so habe ich diese sensationellen, schwindelerregend hohen, goldenen Riemchenstilettosandaletten gekauft, in denen ich problemlos einen Oscar (für die Verfilmung meines Lebens?) entgegennehmen oder eben, ja, genau, zum Feuerwehrball stöckeln könnte.

»*Du* hast goldene Sandaletten?«, fragt meine Mutter ungläubig. Klar, das sind definitiv Schuhe, die sie mir nie zugetraut hätte. Die hätte mir niemand zugetraut – noch nicht mal ich mir selbst. Aber Sandra und die Verkäuferin in dem ultrahippen Schuhladen. Okay, sie haben eine Art von Glamour, der hier unter Umständen missverstanden werden könnte, ein gewisses Extra, das man in diesen Kreisen eventuell knallhart und unumwunden als »nuttig« interpretieren würde. Außerdem, so erinnere ich mich dunkel, kann ich nicht besonders gut mit ihnen gehen. Ich komme leicht ins Schwanken und sehe dann aus, als hätte ich auf einem dieser billigen Kreuzfahrtschiffe besonders schweren Seegang erwischt. So war es jedenfalls an dem Tag, als ich die Schuhe gekauft habe und dann gleich zu dem Rockkonzert tragen musste, zu dem Sandra mich mitgeschleppt hat. Ich fühlte mich etwas hilflos und hatte das Bedürfnis mich festzuklammern, aber es war gerade kein Fels in der Brandung in der Nähe. Sandra fiel aus, sie hat es nicht so gern, wenn man an ihr herumzerrt. Und die Typen, die herumliefen, sahen eher so aus, als würde ich an ihnen zerschellen. Damals war ich ja auch noch mit Heiner glücklich. Oder zumindest zufrieden. Ich weiß das gar nicht mehr so genau. Das war vor zwei Jahren. Seitdem habe ich die Schuhe nie wieder angezogen. Es gab einfach keine passende Gelegenheit.

Doch das muss ich meiner Mutter jetzt ja nicht im Einzelnen darlegen, deshalb antworte ich nur mit: »Ja.«

»Und du meinst wirklich, die sind das Richtige?«

Wenn Mutti die Frage so stellt, schwingt die Antwort, die sie erwartet, immer schon mit. Sie will, dass man zugibt, dass man sich geirrt hat, dass man dringend ihren Rat braucht und noch dringender von ihr ein Paar Schuhe geliehen haben möchte, denn nur sie ist im Besitz der einzig wahren Fußbekleidung für diesen speziellen Anlass.

Anlass ist das Stichwort: Meine Mutter ist ein Fan von Anlassmode. Sie hat Kleider, die für ein Sommerfest bei Bekannten im Garten ab 15.00 Uhr taugen, die man aber natürlich nicht anziehen kann, wenn man zu einem offiziellen Vormittagsempfang geht. Sie hat das passende Kostüm für eine standesamtliche Trauung, für den Fall, dass man Trauzeugin ist und es sich um die erste Ehe handelt. Sollte einer der Heiratenden vorher schon anderweitig vermählt gewesen sein, würde sie natürlich etwas anderes anziehen. Zu kompliziert? Ja, das ist es. Doch Mutti durchschaut es, dieses eng verflochtene Regelwerk der Anlassmode. Es macht ihr große Freude – und es ist jedes Mal ein Schock für sie, wenn ich mich entweder völlig darin verheddere oder es einfach komplett ignoriere. Ich könnte sie doch um Rat fragen. Mache ich aber nicht, sondern sage nur: »Ja, die passen perfekt zum Kleid.«

»Wenn du meinst … Hoffentlich hast du Recht.« Mutti bezweifelt natürlich, dass ich Recht habe, das hört man schon am leicht beleidigten Tonfall. Mit einem knappen »Bis später!« beendet sie das Telefonat. Immerhin hat sie mich nicht gefragt, was ich mit meinen Haaren mache. Mit denen kann man nämlich entgegen der Annahme meiner Mutter gar nichts machen. Sie scheinen Stylingprodukte, auch modernste Sprühkleber, in Minutenschnelle restlos zu verzehren. Vor ein paar Jahren habe ich mal probeweise zwei hübsche kleine Strass-Spangen in die mittellangen, mittelbraunen Fransen geklemmt. »Trägst du heute ein Geweih?«, kommentierte Heiner diesen Versuch. Seither habe ich mich von Kopfmodeschmuck ferngehalten.

Ich ziehe die funkelnden, beinahe jungfräulichen Sandaletten mit dem spitzen Neun-Zentimeter-Absatz hinter etlichen Paaren ausgelatschter Turnschuhe hervor. Sie sind genau so wild und glamourös, wie ich sie in Erinnerung hatte. Ich probiere sie an. Sie passen perfekt. Erstaunlich, an den Füßen habe ich in letzter Zeit anscheinend nicht zugenommen. Ich gehe ein paar Schritte – ohne zu fallen, zu stolpern, zu schwanken. Ich bin eine Königin!

Testweise schreite ich die Treppe hinab, winke huldvoll meinem imaginären Volk, das mich mit Jubelrufen empfängt – und begegne unten im Flur Heiners Mutter, die gerade Zinntellerchen abstaubt. Da hat sie gut zu tun, ich würde schätzungsweise ein Jahr brauchen, bis ich ihren ganzen

Nippes gesäubert hätte. Sogar an den Wänden hängt hier »Was-zum-Hinstellen«.

Sie schaut an mir hoch, bemerkt, dass sie den Kopf ein wenig mehr in den Nacken legen muss als sonst, um mein Gesicht zu erreichen, guckt dann sofort wieder nach unten, zu meinen Füßen, und mustert kritisch die Absatzhöhe und die goldenen Riemchen. Okay, die verunglückte French-Color-Trendlackierung lässt meine Zehennägel aussehen wie Smarties beim Strandurlaub, aber das ist nicht der Grund für den missbilligenden Ausdruck in ihrem Gesicht.

»Ist bei dir der Luxus ausgebrochen?«, fragt sie, den Blick immer noch auf meine Prinzessinnenschühchen gerichtet.

»Nö, kann man nicht gerade sagen«, antworte ich wahrheitsgemäß.

»Vielleicht solltest du dein Geld lieber für das Haus sparen, als es für modischen Schnickschnack aus dem Fenster zu werfen«, gibt Ex-Schwiegermutter-in-spe zu bedenken. Ihrer Meinung nach sollte ich ein Haushaltsbuch führen, in dem ich akribisch jede Ausgabe notiere. Ein Liter Milch: 89 Cent. Ein Pfund Butter: 99 Cent. Sechs Eier: keine Ahnung, was Eier kosten. Ein Paar Schuhe: 179 Euro – oder so ähnlich stellt sie sich das wohl vor. Und Heiner sollte dann abends das Buch kontrollieren, die Ausgaben mit mir besprechen und bei Gefallen abzeichnen.

»Die Schuhe sind schon älter«, sage ich zu meiner Verteidigung. Ein schwaches Argument, ich weiß. Aber das Thema scheint damit abgehakt zu sein.

»Du kannst mal eben mit mir eure Bettwäsche zusammenlegen.« Urgh! Hat Heiner ihr etwa schon wieder unser schmutziges Bettzeug zum Waschen gegeben? Er weiß genau, wie ich das hasse. Das ist erniedrigend. Okay, im Moment sind keinerlei peinliche Flecken drauf. Aber trotzdem! Als ob ich die nicht selber waschen könnte. Oder er. Na ja, er kann es wahrscheinlich wirklich nicht. Muttersöhnchen. Und jetzt habe ich seine Mama auch noch am Hals. Dabei bin ich doch mit meiner eigenen schon vollauf beschäftigt.

Heiners Mutter drängt mich, den Staubwedel eifrig schwingend, als würde sie ein renitentes Philharmonieorchester dirigieren, in die Waschküche. Das Fünfziger-Jahre-Pendant zum Hauswirtschaftsraum der schlüsselfertigen Wohnträume. Dampfschwaden umwabern meine goldbeschuhten Füße, ein stechender Geruch knallt durch meine Nase direkt ins Hirn. Es riecht nach einem Gemisch aus sehr preiswertem Waschmittel, Domestos-Imitat, drei Wochen alten Kohlrouladen (mit jeder Menge Garn drumherum) und einem Hauch Pfirsich-Melba. Letzteres könnte der Weichspüler sein. Ich verspüre das dringende Verlangen, mich irgendwo festzuhalten, um nicht ohnmächtig zu werden. Wenn das Böse einen Ferienwohnsitz suchte, käme dieser Raum sicher in die engere Wahl.

Bevor ich nach einem der Heizungsrohre greifen kann, drückt mir Heiners Mutter zwei Zipfel Bettbezug in die Hand, zieht an der anderen Seite straff und befiehlt: »Recken!« Sie reißt so heftig am Stoff, dass ich fast vornüberkippe, und als ich mich zurücklehne, um gegenzuhalten, gibt sie plötzlich nach. Ein plastikbezogener Küchenstuhl aus den siebziger Jahren bremst meinen Fall. Er ist zwar hart, aber noch härter wären die grauen Steinfliesen gewesen.

Nach dem dritten Bezug haben wir uns in Rhythmus und Zugintensität ungefähr angeglichen und arbeiten recht harmonisch. Obwohl ich Sinn und Zweck dieser Tätigkeit nie wirklich begriffen habe – wozu Bettbezüge glattrecken, man verknüddelt sie doch eh sofort, wenn man darin schläft? – genieße ich den meditativen Aspekt daran. Ich stehe sogar halbwegs sicher auf meinen Stöckelschuhen, fast würde ich meinen, ich hätte meine Mitte gefunden. Derart eingelullt – man könnte auch sagen: willenlos – lausche ich den Worten, die Heiners Mutter zu mir spricht: »Wir haben uns überlegt, liebe Silke, wo Heiner und du doch jetzt zusammen das Haus bauen wollt und es also ernster mit euch wird und wir ja auch bereit sind, euch zu unterstützen – das haben wir mit dem Grundstück ja schon gezeigt –, dass es da vielleicht ganz gut wäre, wenn die Verhältnisse geregelt würden.«

Wie meint sie das? Geregelte Verhältnisse? Ich habe nichts gegen geregelte Verhältnisse, im Gegenteil, ich war immer ein großer Fan davon, ich verlasse mich gerne auf etwas. Außerdem kann ich ja nichts dafür, dass meine Verhältnisse gerade so ungeregelt sind. Aber davon weiß sie doch wohl nichts, oder?

Ich nicke bloß und schicke ihr ein fragend-zustimmendes »Hmmm« übers Laken. Der Pfirsich-Melba-Geruch wird von einem Birne-Helene-Duft überdeckt, den ich mir eventuell aber nur einbilde. Ich habe ewig keine Birne Helene mehr gegessen, so mit richtiger Dosenbirne und der teuren Fertigschokosoße. Darauf bekomme ich jetzt richtig Appetit.

»Wir meinen …«

Wer sind eigentlich *wir*, möchte ich sie am liebsten fragen. Sie und ihr Mann? Die gesamte Heiner-Familie? Die Dorfgemeinschaft? Eine übergeordnete Sittenkontrollinstanz? Der Landfrauenverein? Letzteres scheint mir am wahrscheinlichsten. Aber ich muss aufpassen, damit ich genau mitbekomme, was sie mir sagen will. Und ich darf nicht immer an Birne Helene denken. Konzentration, bitte!

Zum Glück setzt sie noch mal neu an: »Wir meinen, dass es an der Zeit wäre, dass Heiner und du – dass ihr heiratet.«

Sie macht mir einen Antrag! Ihr Sohn geht fremd, und sie hält um meine Hand an. Ich bin … gerührt.

»Wir haben schon einen Ehevertrag vorbereitet. Er liegt im Wohnzimmer. Du könntest ihn jetzt gleich unterschreiben.«

Ich bin nicht mehr gerührt. War doch klar, dass sie ans Geld denkt.

»Dann wärest du versorgt. Ist doch auch was Schönes, oder?«

Aha, ich wäre dann also versorgt. So uneigennützig ist die doch sonst nie. Irgendwas muss doch für sie auch dabei herausspringen.

»So richtig viele Reichtümer hast du ja nicht angehäuft. Obwohl du ja schon so lange bei der Bank arbeitest. Da sollte man doch wohl lernen, wie man was zur Seite legt, denke ich. Dir gehört ja nur dieses wertlose Stück Land an der Autobahn.«

*Ha!* Darum geht es! Alle wollen mein »wertloses Stück Land«. Vielleicht ist das ein Komplott? Vielleicht hat Monique auf Heiner eingewirkt und der nun wieder auf seine ahnungslose Mutter?

»Bin ich denn überhaupt eine würdige Schwiegertochter, wenn ich so gar nichts zu bieten habe?«, entgegne ich schnippisch.

Heiners Mutter guckt ertappt. Als hätte ich ihre geheimsten Gedanken erraten – die so geheim ja nun auch wieder nicht sind. Aber sie fängt sich schnell. »Ja, doch, natürlich, Kind, wie kommst du nur auf so einen Gedanken? Wir wollen doch für unseren Sohn nur das Beste, und wenn er mit dir glücklich ist … Kommst du jetzt mit ins Wohnzimmer? Ich schenke uns auch einen schönen Sherry ein!«

Der »schöne Sherry« ist bestimmt billiger, hochprozentiger Fusel. Jetzt will sie mich auch noch betrunken machen, um sich dann meine letzte Habe unter den Nagel zu reißen.

»Tut mir Leid, mir fällt gerade ein, ich bin ja verabredet«, sage ich rasch und sprinte, so schnell es eben auf High-Heels geht, am Wäscheständer vorbei und über Wäschewannen hinweg zur Tür, durch den Flur, die Treppe hinauf. Oben tausche ich meine Sandaletten gegen Turnschuhe und rase wieder die Treppe runter und aus dem Haus.

Mein schon in der Waschküche geweckter Appetit auf Birne Helene treibt mich zu Knurres Kramerlädchen. Ich kaufe Dosenbirnen, Schokosoße, Vanilleeis – ich habe leider vergessen, was sonst noch zu Birne Helene gehört, aber Vanilleeis passt immer und zu allem –, und als ich gerade an dem *Mediterrane Spezialitäten*-Verkaufswagen vorbeigehen will, der Freitags immer auf Knurres Parkplatz steht, fallen mir vor Schreck fast meine Einkäufe aus der Hand: Dort steht –

– Herr Wesseltöft!

Er kauft ein paar eingelegte Oliven und eine Käsecreme, dann geht er in den Supermarkt. Daran merkt man, dass er nicht von hier ist. Einheimische kaufen zuerst bei Knurres, dann am Spezialitäten-Wagen.

Möglichst unauffällig schleiche ich hinter ihm her. Das *Tchibo*-Regal gibt mir Sichtschutz. Herr Wesseltöft sieht wahnsinnig gut aus, viel besser als das männliche Unterwäschemodel, das sich auf der *TCM*-Slip-Packung direkt vor meiner Nase räkelt. Er steht vor dem *Köstliches-aus-Fernost*-Regal und betrachtet die verschiedenen Reissorten. Ich habe mich immer gefragt, wer so etwas braucht: Duftreis, Sushi-Reis, Himalaya-Spezialmischung und wie die Körnchen alle heißen. Ich kaufe immer Reis im Kochbeutel, wie meine Mutter. Da brennt wenigstens nichts an.

Herr Wesseltöft nimmt eine Dose Kokosmilch in die Hand und dreht sie zärtlich hin und her, als würde er seine Geliebte – mich? – aufmerksam betrachten. Mir wird schon wieder schwindlig, aber das *TCM*-Trimm-Dich-Gerät gibt mir Halt.

Der Traum von einem Mann legt ein paar erlesene Zutaten in seinen Einkaufswagen und geht zur Kasse. Dieser Gang! Dieser Po! So knackig und männlich und wohlgeformt!

»Na, Silke, was vergessen?«, fragt mich Barbara, eine der Verkäuferinnen, die unvermittelt neben mir auftaucht. Man munkelt, dass sie ein Verhältnis mit Knurres ältestem Sohn hat und sich Chancen auf die Übernahme des Ladens ausrechnet.

»Ich? Was? *Äh*, nein – oder vielleicht doch?«, stammle ich ertappt.

»Wir haben gerade ganz frische Papayas hereinbekommen. Ein Gedicht, sage ich dir, und um diese Jahreszeit eine Rarität!«

»Lecker«, sage ich und spähe möglichst unauffällig Herrn Wesseltöft hinterher. Er bezahlt schon.

»Und sehr zu empfehlen ist auch die Bisonkeule. Ganz zart. Zergeht auf der Zunge!«

Herr Wesseltöft schlendert gen Ausgang.

»Und nächsten Monat planen wir Haifischwochen. Du kannst dir gar nicht vorstellen, wie lecker so ein Hai ist, gedämpft in einem leichten Litschi-Sud. Für den nimmt man aber die aus der Dose, Frischware ist da leider nicht so geeignet, wobei wir die natürlich auch haben. Komm doch schnell mit nach hinten ins Büro, ich gebe dir unseren Aktionsplan, dann kannst du …

»Tut mir Leid, ich muss jetzt mal!«, schleudere ich Barbara schnell entgegen und renne so unauffällig wie möglich aus dem Laden, dem Objekt meiner Begierde hinterher auf den Parkplatz.

Keine Spur mehr von ihm.

Ob er entführt wurde? Einfach in einen Wagen gezerrt und mitgenommen? Möglich wäre das! Ich male mir aus, wie ich Herrn Wesseltöft aus den Händen der skrupellosen Entführer befreie. Er sitzt, nur mit einer Badehose bekleidet, in seinem tristen Gefängnis und fällt mir vor Freude und Dankbarkeit um den Hals. Toll!

Aber wahrscheinlich ist er einfach weggefahren. Zur Arbeit. In seinen Massivhauspark. Ich sollte da dringend mal wieder vorbeischauen.

Auf dem Weg nach Hause höre ich Musik vom Feuerwehrhaus. Für den Ball ist es noch viel zu früh, der fängt zwar auch schon um sieben an, aber jetzt ist es höchstens drei Uhr. Komisch … Aber dann fällt mir ein, was Dodo letzte Woche mal erwähnt hat: Vor dem Feuerwehrball gibt es jetzt nachmittags schon ein Kinder- und Dorffest. Denn wenn man schon mal feiert, kann man gar nicht früh genug damit anfangen. Ich ändere meine Route, gehe dem Sound nach, der unterwegs im Rasenmähermotordröhnen untergeht. Grönes haben wieder den Rasen zu stark gedüngt und kommen jetzt mit dem Mähen kaum nach.

Als Herr Gröne mit seinem Aufsitzrasenmäher um die Ecke biegt und hinter dem Haus verschwindet, dringt die Musik wieder durch. Jemand hat inzwischen lauter gedreht. »*I want to break free!*«, schallt es mir entgegen. Freddy Mercurys Ruf nach einem anderen Leben, der mich mitten ins Herz trifft. Komisch, ich bin doch sonst nicht so sentimental. Aber in diesem Moment denke ich: Ja, das ist es! Wer hätte gedacht, dass das jemand so in Worte fassen könnte? Der Song ist genial! Ich muss ausbrechen. Ich muss hier raus. Mich befreien. Wovon, das weiß ich nicht, denn zurzeit befreit sich ja eher alles von mir. Aber einen kurzen Moment lang fühle ich eine Aufbruchsstimmung. Dieses Gefühl hatte ich schon mal, ich glaube, da war ich sechzehn. Es hat ungefähr drei Tage lang angehalten, und ich habe damals niemandem davon erzählt. Aber jetzt: Rebellion! Revolte! Ich werde ein Punk! Die deutsche Antwort auf Che Guevara! Zum Hippie, zu den Rolling Stones! Allein an der Aufzählung merke ich bereits, dass nicht wirklich das Zeug zum Aufbruch in mir steckt, wenn ich noch nicht mal annähernd passende Vorbilder benennen kann, doch mein Herz brennt wie mit Grillanzünder befeuert.

»Hilfe! Hilfe!« Ein schriller Schrei übertönt Freddy Mercury.

Auf dem Platz vor dem Feuerwehrhaus steht eine Wand,

daran hängt in schwindelerregender Höhe ein kleiner bebrillter Junge, Marvin, Dodos Sohn. Drum herum lauter Schaulustige – und keiner kommt dem Kind zu Hilfe. Okay, der Kleine ist angeseilt, die Wand ist eine Kletterwand, und er ist wahrscheinlich auf eigenen Wunsch und aus eigener Kraft dort hochgestiegen. Aber jetzt scheint es ihm nicht mehr zu gefallen. »Lass mich runter!«, schreit er, doch der Feuerwehrmann am anderen Ende des Seils gibt sich unbeeindruckt.

»Du bist noch nicht ganz oben. Erst musst du ganz hochklettern und die Glocke läuten. Dann lasse ich dich runter.«

Ich erkenne den schneidenden Tonfall und renne sofort los. Das ist Ralf-Georg! Er ist ein Jahr älter als ich, und als ich noch zur Grundschule ging, hat er mich oft auf dem Weg dorthin abgefangen und mir mein Taschengeld abgenommen. Er hat mir gedroht, mein Zwergkaninchen zu ertränken, falls ich jemandem davon erzählen würde. Ich hatte höllische Angst, dass er seine Drohung wahr macht, deshalb habe ich mich niemandem anvertraut. Bis heute nicht, dabei habe ich gar kein Zwergkaninchen mehr, es ist schon vor Jahren eines natürlichen Todes gestorben.

»Lass Marvin runter. *Sofort!*« Ich baue mich vor Ralf-Georg auf und fixiere ihn streng. Noch nie habe ich ihm widersprochen, ich habe noch nicht mal daran gedacht, es zu tun, bin ihm lieber aus dem Weg gegangen, wo ich nur konnte. Aber heute bin ich Superwoman. *I want to break free!* Das sollen keine leeren Worte sein. Ich fange gleich damit an. Ich bereite mich seelisch darauf vor, Ralf-Georg fest gegen sein Schienbein zu treten. Oder sollte ich eine empfindlichere Region wählen? Mist, hätte ich doch die

Stilettos anbehalten, damit hätte ich ihm richtig Schmerzen zufügen können oder gar bleibende Schäden! Allerdings darf ich auch nicht riskieren, dass er das Seil loslässt und Marvin abstürzt.

Zu meiner nicht geringen Überraschung gehorcht Ralf-Georg sofort. So einfach ist das also? Das hätte ich mal eher machen sollen. Doch das Leben ist eben nicht leicht, wenn man sechs Jahre alt ist, rosa Kleider anziehen muss und die Welt durch Brillengläser sieht, die dick wie Colaflaschenböden sind. So sah ich nämlich als Kind aus. Schlimm. Marvin würde mir da sicher zustimmen, obwohl er natürlich keine rosa Kleider trägt, sondern ein ziemlich lässiges Outfit, mit dem er auch in der Hip-Hop-Szene der amerikanischen Ostküste eine gute Figur machen würde. Er guckt auf jeden Fall ziemlich erleichtert, als er wieder festen Boden unter sich hat.

»Cool, Silke«, sagt er und bedankt sich mit einem komplizierten Handschlagritual bei mir, dem ich nicht ganz folgen kann. Von Ralf-Georg verabschiedet er sich mit einem durchaus ernst gemeint klingendem: »Meine Rache wird furchtbar sein!« Dann schlurft er lässig davon. Ich sehe ihm hinterher und fühle mich einen Moment lang sehr alt. So ein Selbstbewusstsein, so gesund wie aus der Werbung für linksdrehenden Joghurt, hätte ich als Kind auch gerne gehabt. Oder wenigstens jetzt. Stattdessen entferne ich mich lieber schnell aus dem Einzugsbereich von Ralf-Georg. Er ist zwar angeleint, aber man weiß ja nie.

Ich werfe noch einen vorsichtigen Blick zurück. Ralf-Georg hat eine Pistole aus der Tasche gezogen, mit der er wild herumfuchtelt. Die Waffe ist zum Glück aus Plastik, das kann sogar ich sehen. Jedesmal, wenn er nervös am Abzug rumschnipst, kommt vorne eine kleine Flamme heraus. Bestimmt eines der albernen Werbegeschenke, die in der Firma seines Vaters bedruckt werden. Seit Ralf-Georg einen sehr unangenehmen Druckfehler auf Taschenmessern verschuldet hat, die für einen wichtigen Kunden gedacht waren, wird er angeblich sehr knapp gehalten. Darf nur noch auf kleiner Flamme kochen.

Doch was interessieren mich die Probleme meines Sandkastenfeindes? Habe ich nicht genug eigene? Aber auch über die möchte ich lieber nicht nachdenken.

Neben dem Eingang zum Feuerwehrhaus ist eine weitere Wand aufgebaut worden. Seltsam, das Fest scheint überwiegend aus Wänden zu bestehen. Diesmal ist es keine Kletter-, sondern eine überdimensionierte Pinnwand, an der ungefähr zwanzig Fotos hängen. Auf den Bildern ist kaum was zu sehen. Mal eine Hausecke, mal ein Busch, ein Giebel oder ein Stück Zaun. Die Ausschnitte sind eng gewählt, man kann nicht erkennen, wo welches Foto aufgenommen wurde. Eine Kunstausstellung, denke ich im ersten Moment. Die Assoziation mag auch durch die Anwesenheit meiner ehemaligen Kunstlehrerin ausgelöst sein, die gerade vergeblich versucht, ihr hüftlanges, hennarotes Haar mit einer völlig überforderten Libellenspange und ein paar Haarklammern am Hinterkopf festzustecken, um wenigstens ihr Gesichtsfeld freizulegen und einen besseren Blick auf die Stellwand zu bekommen. Frau Wegener-Kaltenbach-Sörens. Als sie jung war, kamen Doppelnamen in Mode, aber sie hat sich nie damit begnügt, einem Trend bloß zu folgen, sie musste immer noch einen draufsetzen. Das hat aber irgendwann nachgelassen. Sie fährt immer noch ihre Ente, die sie in den frühen Achtzigern mit einem kleinen Pinsel eigenhändig lila angemalt hat. Die Reifen hatte sie nicht ausgelassen, die sind jetzt allerdings wieder schwarz. Meine Mutter hat mal behauptet, es gäbe gar keine Dreifachnamen, die seien illegal und schon Doppelnamen sollten verboten werden, deshalb hat sie meine Kunstlehrerin immer als potentiell »kriminelles Subjekt« betrachtet. Meiner Meinung nach steckt dahinter eine Portion Eifersucht. Oder vielleicht ist Mutti auch nur neidisch, weil sie noch nicht mal einen zweiten Vornamen hat.

Ich stelle mich neben sie, erstens, um die Fotos zu betrachten, zweitens, weil ich ihren Duft einatmen möchte. Frau Wegener-Kaltenbach-Sörens riecht, seit ich denken kann, immer nach Lebkuchen. Zu jeder Jahreszeit. Keine Ahnung, wie sie das macht. Ich lasse mich von einer Wolke köstlichen Gebäckduftes einhüllen. Ich habe mir mal vorzustellen versucht, was eine Aura ist. Bei anderen Menschen habe ich so etwas nie gespürt. Nur bei meiner Kunstlehrerin. Und ich könnte sogar beschreiben, wie ihre Aura aussieht: Wie ein großer runder original Nürnberger Elisenlebkuchen.

»Hallo Silke! Schön, dich mal wieder zu sehen. Möchtest du etwas warmes Neumondwasser mit Ingwerstückchen? Das regt die Verdauung an.« Sie zieht eine Thermoskanne aus ihrer großen Umhängetasche und hält sie mir hin.

»Nein danke, mir geht es gut.« Und meine Verdauung ist genau richtig, denke ich.

»Malst du noch manchmal? Du warst immer so besonders talentiert!«

Ich freue mich sehr über dieses Kompliment, auch wenn ich ganz genau weiß, dass da überhaupt nichts Wahres dran ist. Malen kann ich ungefähr so gut wie Kai Pflaume Schwiegermütter vergraulen.

»Leider komme ich kaum noch dazu. Zuviel zu tun«, lüge ich und schäme mich dabei ein wenig. Warum habe ich eigentlich nie daran gedacht, mich künstlerisch zu betätigen? Ein paar Laubsägearbeiten, etwas Bildhauerei oder wenigstens mal ein kleines Aquarell hier und da, und mein Leben hätte einen Inhalt. Ich vermute, ich würde mich dann viel besser fühlen. Ich sollte sofort damit anfangen. Gleich morgen. Ich werde mir ein paar Farben kaufen und meine Empfindungen malen, ganz von innen heraus. Hey, bin ich das, die so etwas denkt? Oder ist das der Lebkuchenduft, der mich inspiriert? Ich erinnere mich daran, dass die Nähe von Frau Wegener-Kaltenbach-Sörens in mir schon immer einen unglaublichen Schaffensdrang ausgelöst hat. Das muss an ihren, wie soll ich es nennen, *Vibrationen* liegen. Ich gerate dann immer so in Schwingungen, Stimmungen, die sofort nachlassen, sobald meine Kunstlehrerin außer Duftweite ist. Aber diese erfüllten Momente, in denen ich fast so etwas wie Talent fühle, genieße ich.

»Das ist aber schade – du warst immer so begabt! Was füllt denn deine kostbaren Tage?« Sie fragt nach. Damit hatte ich nicht gerechnet! Ich rechne nie damit, dass sich jemand näher für mich interessiert. Meistens ist das auch nicht der Fall. Was erzähle ich ihr bloß? Am besten etwas Privates.

»*Ähm*, ja, mein Freund und ich planen gerade, ein Haus zu bauen. Hier im Dorf.«

»Ach, wie schön.« Täusche ich mich, oder schwingt da ein Hauch Enttäuschung mit? So richtig begeistert klingt Frau Wegener-Kaltenbach-Sörens auf jeden Fall nicht. »Und ich habe immer gedacht«, sagt sie und guckt mich dabei ganz intensiv an, »dass du einmal hier wegziehst. Raus aus diesem Dorf.«

Ach, denke ich. Ich gucke so intensiv wie möglich zurück. Wie kommt sie denn darauf? »Wie kommen Sie denn darauf?« Das würde mich ja wirklich mal interessieren.

»Ich weiß nicht. Das war nur so ein Gefühl. Ich habe dich immer als starke, unabhängige junge Frau gesehen, die sich nicht einsperren lässt. Die ihren eigenen Kopf hat. Die irgendwann von hier weggeht, in die weite Welt hinauszieht.«

Das klingt ja toll. Und das soll ich sein? So habe ich mich ja selbst noch nie gesehen.

»Wohin denn?«

»In den Nachbarort.« Frau Wegener-Kaltenbach-Sörens kichert. Ich brauche einen kleinen Moment, um die Ironie zu verstehen. »Nein, Silke, das war nur ein Scherz. Ich will dich nicht irritieren. Tu einfach, was richtig für dich ist. Aber denk immer daran: Folge deinem Herzen. Denn man sieht nur mit dem Herzen gut.«

Soll das eine Anspielung auf meine Kurzsichtigkeit sein? Ich dachte immer, die Kontaktlinsen fallen nicht so auf. Ach nein, das war ja das obligatorische Zitat aus dem Buch *Der kleine Prinz*. Das sollte ich wohl mal wieder lesen.

Ein Feuerwehrmann unterbricht unser Gespräch. »Soll ich den Damen mal unsere kleine Ausstellung erklären?«

»Nein, vielen Dank. Kunst sollte man nicht immer zerreden. Diese Bilder bedürfen Ihrer Erklärung nicht. Sie können selbst für sich sprechen!«, entgegnet Frau Wegener-Kaltenbach-Sörens ihm kühl. Damals im Kunstunterricht haben wir auch nie über Bilder gesprochen, sondern sie immer nur »auf uns wirken lassen«.

Den Feuerwehrmann beeindruckt diese Abfuhr nicht. »Das ist doch keine Kunstausstellung«, belehrt er uns amüsiert. »Das ist ein Gewinnspiel. Man muss herausfinden, wo genau im Dorf die Fotos aufgenommen wurden, die Antworten auf einen Zettel schreiben und den dann in den Kasten hier werfen. Aus allen Einsendungen mit den richtigen Lösungen wird der Gewinner ermittelt und heute Abend beim Ball verkündet.« Er klingt, als hätte er einen Sprachkurs bei einer Lottofee belegt, um sich für diese Aufgabe zu qualifizieren.

»Und was kann man gewinnen?«, frage ich interessiert. Einen neuen Job vielleicht? Oder eine Kreuzfahrt?

»Ein Eselfohlen.« Er strahlt wie Maren Gilzer in ihren besten Zeiten und zeigt mit einer gezierten Bewegung auf das Foto eines zugegeben sehr niedlichen kleinen Esels. »So einen wollte ich schon immer haben«, sage ich, obwohl das gar nicht stimmt, ich bin nur augenblicklich dem *Süüüüüüüüß*-Effekt verfallen. Einen Apfelschimmel wollte ich immer haben, wie Pippi Langstrumpf, die in meiner Kindheit mein großes Idol war. Und eine eigene Villa. Keinen Esel.

»Aber was soll ich eigentlich mit ihm anfangen?«, frage ich den Feuerwehrmann.

Diese Frage wurde in seiner Glücksfeeausbildung anscheinend nicht behandelt. Er guckt mich ratlos an und überlegt ein bisschen. Dann fällt ihm etwas ein: »Vielleicht in den Garten stellen?«

»Ach so.«

Er ahnt, dass ich mit seiner Antwort nicht ganz zufrieden bin, und schiebt nach: »Als zweiten Preis gibt es ein halbes Schwein zu gewinnen.«

»Na toll«, sage ich, »und das fällt dann um, wenn ich es in den Garten stelle.« Darauf wendet sich der Feuerwehrmann lieber neuen Interessenten zu und sagt seine Sprüchlein auf.

Ich sehe mir die Fotos genauer an. Einen Baum, der allein auf einer Weide steht, erkenne ich sofort. Der steht unten am Bach, direkt neben der Brücke, auf der ich früher immer Rollschuh gefahren bin. Nicht Inlineskates, noch nicht mal Rollerskates, sondern so richtig schepprige Dinger, die man sich unter die Schuhe schnallt. Ein Stück Sandweg kann ich auch problemlos zuordnen: Das war die Abzweigung zu meinem »Geheimweg«, den ich gegangen bin, wenn ich Ralf-Georg entkommen wollte. Genutzt hat es nichts, besonders geheim war die Strecke anscheinend nicht. Mir kam es jedoch damals so vor. Und die Bickbeerbüsche auf dem nächsten Bild wachsen in meinem Waldstückchen. Aber dieses Fenster mit der Häkelgardine davor? Das könnte überall sein. Haben nicht alle hier solche Häkelgardinen? Ich versuche mich zu konzentrieren. Systematisch vorzugehen. Gibt es im Haus von Heiners Eltern Häkelgardinen? Immerhin wohne ich da, ich sollte das wirklich wissen. Aber ich kann mich nicht genau erinnern. Wer achtet denn auch auf so etwas? Hängen da überhaupt Gardinen? Wahrscheinlich schon, schließlich gehört es sich so. Kann Heiners Mutter häkeln? Ja, auch das ist wahrscheinlich, früher hat man das noch in der Schule gelernt. Also, schlussfolgere ich, wird sie wohl Häkelgardinen haben. Die sind schließlich preisgünstig selber zu machen. Meine Oma hat auch gerne gehäkelt. Deshalb hängen bei meinen Eltern bestimmt solche Gardinen. Meine Mutter nennt sie wahrscheinlich nur anders, Volants oder Schabracken, bestimmt gibt es auch einen neueren, schickeren Wohnambiente-Spezialausdruck dafür. Okay, das wären schon mal zwei Möglichkeiten, die in Frage kämen. Daneben gibt es noch unzählige andere. Na ja, nicht unzählige, das Dorf hat knapp 2000 Einwohner, wie viele Häuser kann es da geben? Aber das ist ja nicht die Frage. Ich wende mich dem nächsten Bild zu: Ein Carport. O nein! Das haben ja nun wirklich alle.

»An dem Quiz bin ich auch schon gescheitert. Dabei sind meine Gören total scharf auf das Eselfohlen. Aber wer zum Teufel weiß denn, wo dieses Gestrüpp herumsteht?« Dodo ist neben mir aufgetaucht und zeigt auf die Bickbeerbüsche.

»Ich zum Beispiel. Aber dieses Carport? Gibt es davon nicht mindestens zwei Dutzend im Dorf?«

»Da hast du Recht, denn das ist das Modell *Helgoland*, das günstigste, das bei Carport-Scheller im Gewerbegebiet erhältlich ist. Zur Selbstmontage, natürlich. Jeder, der sich hier im Ort ein Carport hinstellt, nimmt *Helgoland*. Die Dinger sind quasi identisch – bis auf dieses hier. Das ist nämlich unseres. Mein Göttergatte hat es selbst zusammengeschraubt. Und da er Gebrauchsanweisungen und Bauanleitungen prinzipiell nicht traut, hat er sie gar nicht gelesen, sondern das Ding so hingebastelt, wie er sich das gedacht hat. Das passte natürlich nicht alles ganz so genau, deshalb hat er hier«, sie zeigt auf eine etwas sehr schräge Kante des Daches, »und hier«, eine größere Kerbe in einem der Stützbalken, »ein Stück rausgesägt.« Dodo grinst triumphierend. »Und jetzt bist du dran, Silke!«

Ich musste feststellen, dass ich bei allen Fotos, auf denen neuere Auswirkungen der Zivilisation zu sehen sind – Gardinen oder Carports zum Beispiel – kläglich versage. Dafür liegen mir die Naturaufnahmen. Seltsamerweise, obwohl ich ja keine Ahnung von Pflanzen habe. »Dieses Gestrüpp, wie du es nennst, wächst in meinem kleinen Wäldchen und trägt im Herbst die leckersten Bickbeeren.«

»Klar, wenn es was mit Essen zu tun hat, erkennst du es natürlich!« Dodo grinst. Sie kennt mich eben auch schon länger. Trotzdem vermisse ich in diesem Moment Brigitte. Warum musste sie auch ausgerechnet an diesem Wochenende zu Wolfgang fahren? Obwohl, ich muss zugeben, das mit der Fernbeziehung kriegen die beiden ganz gut hin. Gerade, weil sie sich konsequent mindestens jedes zweite Wochenende sehen – ob nun Feuerwehrball ist oder nicht. Und Wolfgang hasst gesellschaftliche Ereignisse, bei denen kein anständiger Wein ausgeschenkt wird.

»Apropos Essen: Was tropft denn da?« Dodo zeigt auf meine Hand, in der ich noch immer die Plastiktüte aus Knurres Kramerlädchen halte. Meine Zutaten für Birne Helene – die habe ich ja ganz vergessen! Das Vanilleeis ist seines festen Aggregatzustandes offensichtlich überdrüssig geworden und schlängelt sich in malerischen Schlieren durch eine zur Tülle gewordene Ecke über meine Hose das Bein herab, um auf der Terrasse meines Schuhs ein Sonnenbad zu nehmen. *Bäh!* Ich strecke meinen Arm so weit es geht von mir und sage: »Igittigitigitt! Das war mal Vanilleeis.« Einen kurzen Moment überlege ich, ob ich die Tüte komplett in den nächsten Mülleimer werfen soll, aber das wäre schade um die Dosenbirnen und die Schokoladensoße. Lebensmittel wirft man nicht weg, das ist in meinem Wertemodell nicht vorgesehen. Lieber friert man etwas ein, was dem Vanilleeis durchaus besser bekommen wäre. Wenn wir nun in der Stadt gewesen wären, hätte es ja noch die Möglichkeit gegeben, dass ein Obdachloser die Tüte im Müll findet und sich über die tadellos erhaltenen Kalorien freut. Aber hier im Dorf gibt es keine Obdachlosen. Und die Chance, dass ein halbverhungerter Hund die Dose mit seinen Zähnen knackt und den Schraubverschluss der Schokosoßenflasche mit der Zunge öffnet, ist auch verschwindend gering. Die Hunde werden hier so reichlich gefüttert, dass sie nie eine Notwendigkeit darin sehen werden, derlei Zivilisationstechniken zu erlernen.

Dodo guckt kurz in ihre gigantisch große Umhängetasche und zieht ein feuchtes Tuch hervor. Geschickt wischt sie damit meine Hose und den Schuh sauber. »Internationale Mütterausrüstung«, erklärt sie und verstaut meine undichte Tüte in einem höchstwahrscheinlich lochfreien Modell. Ich stehe da wie eine ungeschickte Dreijährige – und fühle mich sehr umsorgt.

Dodo und ich enträtseln gemeinsam alle Bilder, füllen einen Zettel aus und geben ihn der männlichen Maren Gilzer im Feuerwehrlook.

»Danke, dass du mir geholfen hast, Silke. Mir ist mal wieder klar geworden: Ich muss noch viel dazulernen«, sagt Dodo.

»Wieso das denn? Ist doch nicht schlimm, dass du meine Bickbeerbüsche nicht erkannt hast.«

»Schlimm ist das nicht. Aber …« Dodo bricht mitten im Satz ab und schweigt.

»Hat es etwas mit deinem politischen Netzwerk zu tun? Mit dem, was du vorhast, uns aber auf der Tupperparty nicht verraten wolltest? Sagst du mir jetzt endlich, um was es geht?«

»Nein«, wehrt Dodo ab, »das ist immer noch zu früh. Es wäre nicht gut für dich, wenn du davon weißt. Also: Hab Geduld. Du erfährst schon noch rechtzeitig, um was es geht.«

Kommt die mir schon wieder mit dieser Geduld-Nummer! Es ist nicht zum Aushalten! Aber Dodo betrachtet schon entzückt das Foto vom Hauptpreis, dem Eselfohlen. Das könnte sie gut gebrauchen, denn ihre Tochter ist ziemlich scharf auf alles, was auch nur annähernd nach Pony aussieht und hat bald Geburtstag. So ist das, wenn man Kinder hat, notfalls muss man sich dem Glücksspiel zuwenden, nur um ihre dringendsten Bedürfnisse zu befriedigen. Ob ich dazu in der Lage wäre? Schwer zu sagen.

Über dem Dorf ziehen sich Wolken zusammen, so dick wie die Erbsensuppe aus der Gulaschkanone, die von den Landfrauen verkauft wird. Angeblich ist die selbst gemacht, das steht jedenfalls auf dem Schild, und der Eindruck wird noch dadurch verstärkt, dass die suppenausgebende Landfrau sorgfältig etwas – wirklich nur ganz wenig! – Petersilie über jede Portion streut und jeden, der ein nicht völlig leergegessenes Plastikschälchen zurückgibt, mit einem frostigen *Wenn-das-meine-hungernde-Großmutter-im-Krieg-gesehen-hätte*-Blick straft. Doch auf diese bühnenreife Darstellung würden eh nur Touristen hereinfallen, vielleicht noch Zugereiste aus der Stadt – das sind alle Menschen, die noch nicht mindestens fünfzehn Jahre im Ort wohnen. Alle anderen wissen, dass die Erbsensuppe vom Großhandel kommt. Meine Mutter besorgt sie dort in gigantischen Dosen zum Schleuderkurs und gibt sie mit einem, wie sie stets betont, sehr geringen Aufpreis an die Landfrauen weiter.

Selbst gemacht oder nicht, ich hätte jetzt gerne einen Teller davon gegessen, doch der Himmel wird immer finsterer und ich glaube, ich habe schon einen Tropfen auf dem Oberarm gespürt. Meine Mutter sagt zwar immer »du bist doch nicht aus Zucker« (Heiner hat ganz am Anfang unserer Beziehung mal das Gegenteil behauptet, manchmal hat er mich sogar mit Schokolade verglichen. Was ihm jetzt wohl als Analogie einfallen würde? Knäckebrot? Sauerkraut? Graupen?), doch ich ziehe es vor, hier nicht als Miss-Wet-T-Shirt für Aufsehen zu sorgen.

# 7. Kapitel
# So ein Tag, so wunderschön wie heute …

### Freitag, 13. Mai, später

Ich schaffe es gerade noch nach Hause, bevor das Unwetter losgeht. Dort ziehe ich die Birnendose und die Schokosoßenflasche aus der verschmierten Tüte, spüle sie unter fließend Wasser ab und mache mir eine Birne-Helene-Light-Variante: Ich fülle die Kuhle in den Birnenhälften (wo einst das Kerngehäuse war) mit Schokosoße und esse die selbstkreierten Köstlichkeiten gleich aus der Hand. Eine Birnenhälfte passt komplett in meinen Mund, ohne Abbeißen. Köstlich! Allerdings riecht die Leckerei wirklich ein wenig nach der Waschküche von Heiners Mutter, aber darüber möchte ich lieber nicht nachdenken.

Dann lasse ich Wasser in die Wanne einlaufen, weil in jeder Frauenzeitschrift steht, dass ein Bad Wunder wirkt. Dass diese Art von Home-Wellness, wie jedes ordinäre Vollbad heutzutage heißt, unglaublich entspannt, Glückshormone freisetzt und einen neuen Menschen aus einem macht. Normalerweise dusche ich ja lieber, da wird man schneller sauber und hat nicht diese umständlichen Vorbereitungen. Aber ich habe noch knapp vier Stunden bis zum Beginn des Feuerwehrballs, also entscheide ich mich für das volle Programm: Ganzkörperpeeling, Enthaarungscreme an allen entscheidenden Stellen, Feuchtigkeitsmaske und Haarkur. Alles Pröbchen aus Zeitschriften. Schon dafür lohnt es sich, diese Blätter zu kaufen. Ich ziehe mich aus, öffne die winzigen Tütchen und verteile die wohlriechenden Produkte großzügig auf verschiedenen Körperpartien. Hoffentlich komme ich nicht durcheinander: War das mit dem leckeren Aprikosenduft jetzt die Haarkur oder der desodorierende Balsam für müde Füße? Oder etwa die Enthaarungscreme? So ganz ist das ja nicht meine Welt, aber ich werde mir Mühe geben. Monique soll sehen, dass die Konkurrenz nicht schläft. Abgesehen vom Schönheitsschlaf, bei dem die Konkurrenz, also ich, inzwischen großen Vorsprung hat.

Nach hundert Trilliarden Minuten, die ich, um das Ergebnis nicht zu gefährden, in etwas angespannter breitbeiniger Haltung verbracht habe, geben die Härchen in der Bikinizone und an den Beinen vorschriftsgemäß ihren Geist auf und lassen sich fast widerstandslos abschaben. Das dampfend heiße Wasser in der Wanne leuchtet verlockend in blau, weil ich einen entspannenden Badezusatz – besser gesagt: alle Proben mit Badezusätzen, die ich finden konnte, es müssen insgesamt fünf gewesen sein – hineingeschüttet habe. Dann fällt mir ein, was alle Homewellness-Ratgeber dringend empfehlen: Vor dem Bad alles, was man eventuell während des Wannenaufenthaltes braucht, in Reichweite legen. Und ein paar Kerzen anzünden. Das finde ich zwar übertrieben, viel wichtiger finde ich es jedoch, ein paar Leberwurstschnittchen zu schmieren und auf dem Wannenrand zu platzieren. Und weil ich eh in der Küche bin, nehme ich noch ein paar Teelichter mit und stelle sie neben die

Brote. Okay, das sieht ein wenig komisch aus, aber schließlich kommt nicht *Schöner wohnen* zum Fototermin. Ich hoffe sogar, dass überhaupt niemand kommt.

Natürlich höre ich genau in diesem Moment Schritte auf der Treppe. Heiner! Für den wollte ich doch schön sein! So darf er mich auf keinen Fall sehen, ich habe größere Ähnlichkeit mit einer Schmalzstulle (Griebenschmalz, um es mal deutlich zu sagen) als mit der Partyqueen, die heute Abend beim Feuerwehrball seine Augen überquellen lassen wird. Und sein Herz entflammen, falls er eins hat, nur, um es danach in den Staub zu werfen. Oder, ach, vielleicht behalte ich es dann auch einfach … Wir werden sehen.

Ich schließe schnell die Tür ab. Sehe, wie die Klinke sich nach unten bewegt. An der Tür gerüttelt wird. Ich verhalte mich ganz still. Hoffentlich geht er wieder weg. Vielleicht überlegt er es sich ja anders. Vielleicht will er ja gar nicht ins Bad. Es gibt hier doch auch noch ein paar andere Zimmer, in denen er sich aufhalten könnte. Mal ein bisschen in der Küche abspülen wäre nicht schlecht. Eine verwegene Vorstellung: Ich aale mich im Schönheitsbad, während der Göttergatte gut gelaunt die Hausarbeit erledigt. Das kommt ja selbst im Fernsehen nur selten vor. Diese ganzen Soaps zeichnen sich zwar nicht gerade durch Realitätsnähe aus, aber so märchenhaft sind sie nun auch wieder nicht.

An der Tür wird wieder gerüttelt, und von der anderen Seite grunzt Heiner: »Ich muss scheißen!«

Mein wohliges Wellnessbeautygefühl inklusive hauswirtschaftendem Märchenprinzen verpufft bei diesen groben Worten. Hatte Heiner je Feingefühl? Lohnt es sich überhaupt, dass ich mich für ihn hübsch mache?

»Weiber«, grummelt der Neandertaler vor der Tür und poltert dann die Treppe hinunter. Genau, denke ich, geh zu Mami, leg das Ei bei deinen Eltern. Auch bezeichnend, dass er von Frauen im Plural spricht. Mehr als eine, das ist für ihn anscheinend Normalzustand. Weiß er eigentlich, wie lange Monique morgens im Bad braucht? Ich schätze mal, ihr Geschwindigkeitsrekord liegt bei ungefähr fünfundneunzig Minuten ohne Haare waschen. Da wird er sich noch wundern, der Heiner.

Endlich lasse ich mich in das doch etwas sehr leuchtend blaue Wasser gleiten. Die diversen Cremes, Masken und Packungen lösen sich von mir und treiben als schillernder Film an der Oberfläche. Man könnte meinen, ich sei in eine Ölpest geraten. Flügellahm sinke ich nach hinten und atme den Lavendelduft ein. Oder war es Rosmarin? Orange? Nelke? Bohnenkraut? Ich habe so viele verschiedene Ingredienzien ins Wasser gekippt, dass ich nicht mehr mit Sicherheit sagen kann, welche olfaktorischen Reize ich genieße. Egal, was es ist, es wirkt auf jeden Fall ungeheuer einschläfernd. Ich schließe meine Augen für einen kurzen Moment und bemühe mich, das Gesicht ganz locker zu lassen, denn ich habe gelesen, dass man damit Faltenbildung vorbeugen kann. Ich frage mich, wie das wohl aussieht. So lässig, als bekäme ich in meinem Haus in Marbella gerade die neueste Ayurvedamassage verpasst – oder eher, als käme ich vom Zahnarzt und die Betäubung hätte noch nicht nachgelassen? Die Frauen in den Hochglanzmagazinen sehen alle so aus, als würden sie nie auf solche Tricks zurückgreifen müssen, weil sie einfach nicht genug Hautmaterial übrig haben, um überhaupt Falten zu bilden. Das würden sie allerdings nie zugeben, sie sagen einfach: »Ich habe gute Gene.« Das ist schwer zu überprüfen, weil man ja so gut wie nie ihre Mütter und Großmütter kennen lernt. Außer vielleicht im Fall Maria und Margot Hellwig. Da könnte ich allerdings nicht zweifelsfrei identifizieren, wer die Mutter und wer die Tochter ist. Frauen im Dirndl kann ich sowieso nicht auseinanderhalten. Gut, dass sich das Problem in Norddeutschland selten stellt. Ich bin ja geneigt, an die Version mit den guten Genen zu glauben. Meine Mutter ist nämlich so gut wie faltenfrei. Und meine Oma war auch nicht besonders knittrig …

Ich ziehe mein Ibiza-Kleid und die goldenen Riemchensandaletten an und gehe zum Feuerwehrball. Dort treffe ich Maria und Margot Hellwig, die mich in ein Gespräch über Kunst verwickeln und mich dann darauf aufmerksam machen, dass die Tanzband in diesem Jahr besser ist als im vorigen. Ich sehe zur Bühne, dort steht Freddy Mercury und singt *I want to break free*. Dann wollen die beiden Damen Hellwig unbedingt, dass ich ihnen auf ihrer Serviette ein Autogramm gebe. Ich weigere mich, renne davon und versuche, auf ein wolkenkratzerhohes Carport zu klettern. In ungefähr zwanzig Meter Höhe verliere ich den Halt, rutsche ab und stürze in die Tiefe. Glücklicherweise habe ich mich vorher angeseilt, aber Ralf-Georg hat den Knoten geändert und die Schlinge zieht sich jetzt um meinen Hals. Ich bekomme keine Luft mehr. Ich versuche zu schreien, aber es kommt nur ein dumpfes Blubbern aus meinem Mund …

In dem Moment werde ich wach. Tauche auf. Schnappe nach Luft. Huste. Röchele. Springe dem Tod von der Schippe. Das war knapp! Fast wäre ich ertrunken. Im Aromaölbad.

Einsam, ohne Herrn Wesseltöft wiedergesehen zu haben, ohne mich von Brigitte oder meinen Eltern zu verabschieden. Und wenn Heiner dann an meinem Grab gestanden und sich überlegt hätte, was seine letzten Worte zu mir gewesen waren – nein, das hätte nicht gut ausgesehen für ihn.

Wie lange war ich wohl unter Wasser? Dreißig Minuten oder nur drei Sekunden? Angefühlt hat es sich wie ein ganzer Abend. Das wäre natürlich auch eine Möglichkeit, die Zukunftsplanung zu vermeiden. Wer keine Zukunft hat, muss auch nicht planen. Aber dafür bin ich nicht der Typ. Kein bisschen suizidal veranlagt.

Dabei wäre das Wetter dafür gerade passend: Draußen schüttet es wie aus Eimern, dazu blitzt und donnert es in Sekundenabständen. Als säße ich unter einem Wellblechdach, auf dem die Einstürzenden Neubauten proben. Brigitte hat mir mal eine Platte von denen vorgespielt, das klang genauso. Der Bandname hat mich aber trotzdem beeindruckt.

Ich lackiere meine Nägel neu, diesmal einfarbig rot, passend zum Kleid, und probiere etwas Lidschatten aus. Smaragd heißt die Farbe, die ich nach Anleitung aus einer weiteren Zeitschrift bis zu den Augenbrauen hoch großzügig auf den Oberlidern verteile. Angeblich braucht man keine Vorkenntnisse und nur fünf Minuten für den *Nouvelle-Vague*-Look, mit dem vor allem Brünette verführerisch aussehen.

Aus dem Spiegel guckt mich eine Kreuzung aus Panda und Laubfrosch an. Na ja, mit etwas Wimperntusche dazu wird es schon gehen. Vielleicht soll das auch so? Geheimnisvolle Reize der Tierwelt. Scheint ja auch Moniques Erfolgsrezept zu sein. Männer sind eben animalisch veranlagt.

Ich lausche an der Tür, ob die heimische Fauna vielleicht

während meines Unterwasserintermezzos unbemerkt zurückgekehrt ist. Es ist kein Grunzen, Schnaufen oder Trampeln zu vernehmen. Ich öffne die Tür und gehe in die Küche. Die Leberwurstschnittchen haben nicht lange vorgehalten, ich brauche Nachschub. Vollkornbrot, dick mit Butter beschmiert und mit Schokoladenscheiben belegt. Als Klappstulle natürlich. Nervennahrung für den bevorstehenden Abend.

Kauend überlege ich mir, wann ich am besten zum Feuerwehrball gehen sollte. Und mit wem. Heiner hat einen Zettel auf dem Küchentisch hinterlassen. *Bin schon im Festzelt, mit den Feuerwehrkumpels vorglühen.* Wie jedes Jahr – abgesehen von dem einen Mal, als er mich abgeholt hat. Der fällt also aus.

Nicht, dass ich bezüglich der Begleitung eine üppige Auswahl hätte. Ideal wäre jemand wie George Clooney, elegant, aber nicht zu protzig. Allerdings müsste er schon Hoch- oder wenigstens Plattdeutsch sprechen, sonst würde ihn niemand verstehen und ich müsste den ganzen Abend lang dolmetschen, und wer weiß, was dabei herauskäme. Andererseits hätte ich dann alle Gespräche, die er führt, unter Kontrolle. Und wenn man von jemandem wie George Clooney begleitet wird, dann ist es ja wohl mehr als verständlich, dass man sich ein wenig besitzergreifend benimmt. Aber Herr Clooney steht bei mir leider ebenso wenig Schlange wie Bill Clinton, ein politisch brisanter Begleiter in diesem konservativen Ort, Clark Gable – lebt der überhaupt noch? –, mein Verlobter, meine beste Freundin oder der Dalai Lama. Der wäre sicher sehr gut für meine innere Ausgeglichenheit während der Veranstaltung.

Ich könnte meine Mutter anrufen und mit meinen Eltern hingehen, aber ich bin ja keine fünf mehr. Außerdem wäre meine Mutter irritiert, dass ich nicht mit Heiner zusammen hingehe, und dann schöpft sie noch Verdacht, dass etwas in meinem Leben nicht ganz in Ordnung sein könnte. Und dann muss ich mir ihre Ratschläge anhören. Ihr psychologisches Wissen bezieht sie aus dem Fernsehen, genauer gesagt aus Soaps und romantischen Komödien. Hin und wieder spielt noch ein alter Schlagertext mit rein, der dann möglichst originalgetreu vorgetragen wird. »Liebeskummer lohnt sich nicht, my Darling! Schade um die Tränen in der Nacht«, würde sie mir wahrscheinlich vorsingen, und um den Originalakzent zu betonen, würde sie »sich nicht« wie »sisch nisch« aussprechen. Und natürlich würde sie irgendwann sagen: »Ach, es hat halt nicht sollen sein. Dann kommt eben ein Besserer.« Aber sie wird mich ansehen, als wüsste sie genau, dass bestimmt kein Besserer kommt. Mitleidig. Und ein wenig vorwurfsvoll, als wäre klar, dass ich das alles verbockt habe. Sie wird ein paar gequirlte Klischees vortragen, und ich werde mich fühlen, als hätte ich mir daran den Magen verdorben. Mein Leben ist kein Klischee, und kann auch nicht mit solchen geheilt werden. Wenn mein Leben ein Klischee wäre, würde wenigstens etwas Gutes, Schönes, Spannendes darin passieren. Nicht nur diese ganzen Niederlagen.

Nein, ich werde auf keinen Fall mit meiner Mutter zum Feuerwehrball gehen. Mit meinem Vater schon eher. Der hat nämlich durchschaut, wie das hier im Dorf läuft: Die Frauen haben das Sagen. Die Männer fühlen sich zwar als Boss, sonst würde ihre Eitelkeit Schaden nehmen, aber die

Frauen treffen die Entscheidungen. Alle Frauen außer ich, versteht sich.

Meinen Vater gibt es aber nicht einzeln. Meine Mutter schon, aber er macht nie etwas Privates alleine. Eigentlich weiß ich gar nicht, was er überhaupt so macht, neben seinem Job als Bauingenieur. Wahrscheinlich füllt er seine Freizeit damit, sich Schlachtpläne gegen die Maulwürfe auszudenken. Und meiner Mutter zuzuhören. Das kann sehr zeitraubend sein.

Eigentlich kenne ich meinen Vater gar nicht gut. Komisch, schließlich war er immer da. Physisch jedenfalls. Und dabei gleichzeitig irgendwie abwesend. Seltsame Gedanken, sie scheinen noch sehr von meinem Nahtoderlebnis in der Badewanne geprägt zu sein.

Ich glaube, ich werde einfach allein zum Feuerwehrball gehen. Auch eine Möglichkeit. Und sicher nicht die schlechteste, sondern die einfachste. Ich muss nur aufpassen, dass es nicht so wirkt, als hätte mich jemand versetzt. Und zu gewollt natürlich auch nicht.

Die Wahl des Zeitpunktes ist wichtig, das weiß ich aus den Gesellschaftsgazetten. Nicht zu früh und nicht zu spät. Am besten, wenn ungefähr zwei Drittel der Gäste anwesend sind. Und wann ist das? Um halb neun? Ja, das ist eine gute Zeit. Dann sieht es so aus, als hätte ich vorher noch Tagesschau geguckt. Das muss ich dann aber auch wirklich machen, falls jemand mich in ein weltpolitisch niveauvolles Gespräch verwickelt. Dabei kann ich mir diese Details über Anschläge im Irak und Unruhen im Gaza-Streifen nie merken. Manchmal kommt es mir so vor, als würden wochenlang die gleichen Nachrichten ausgestrahlt, nur die Wettervorhersage ist jedes Mal neu, deshalb fällt das niemandem auf.

Noch zwei Stunden. Ich ziehe den String an.

Noch eineinhalb Stunden. Ich ziehe das Kleid an.

Noch eine Stunde. Ich ziehe die Schuhe an.

Ja, vielleicht hätte es sexier ausgesehen, wenn ich erst die Schuhe, dann den String und dann das Kleid angezogen hätte. Aber schließlich mache ich das hier ausschließlich zu meinem Vergnügen. Und die Zeit habe ich ganz gut rumgekriegt. Niemand kann sich so langsam bewegen wie ich!

Eine Drei-Wetter-Taft-Haarspray-Old-Spice-Aftershave-Wolke wabert die Treppe hinauf. Heiners Eltern verlassen das Haus.

Tagesschau. Tornados zerstören die Innenstadt von Duisburg. Ich war noch nie in Duisburg. Das Wetter. Und los.

Es hat aufgehört zu regnen. Die Luft riecht gleichzeitig frisch und modrig. Als wäre etwas sehr Altes neu erschaffen worden. So weich und einladend und gleichzeitig geheimnisvoll. Nach einem köstlichen, fremden Pilzgericht. Vielleicht auch nach Sex – wenn ich noch wüsste, wie der riecht. Ich wünsche mir Herrn Wesseltöft als Begleiter. Mit ihm würde der Abend Spaß machen. Und wenn dann auch noch Brigitte hier wäre! Mein Mobiltelefon piept. Eine SMS von ihr, wie immer genau zur richtigen Zeit.

Halt die Ohren steif, Ballkönigin! Ich denke an Dich! Trinke gerade Wein aus Südafrika. Lass die Finger von Heiner! Kuss, B.

Jaja, die hat leicht reden. Hat ja ihren Wolfgang. Ein charmanter Mann. Mit Humor. Gutaussehend. Und so wohlerzogen! Er holt sogar immer die Haare aus dem Duschabfluss, ohne zu murren oder auch nur ein Wort darüber zu verlieren. Dabei handelt es sich größtenteils um ihre Haare. Sie hat mir mal erzählt, dass sie das sehr beeindruckt. Mich auch. So muss ein Mann sein. Sie hat ihn wirklich verdient. Nur: Mich bringt das auch nicht weiter.

Der weite Rock schwingt anmutig um meine Beine, auf den hohen Schuhen gehe ich so grazil wie Nicole Kidman, nur dieser String, der schneidet wie Zahnseide zwischen meine Pobacken. Teilt sie unbarmherzig, trennt sie wie die Mauer einst Deutschland. Ich versuche mir einzureden, das sei normal, ich werde mich daran gewöhnen, der Schmerz lässt gleich nach. Der Weg ist nicht weit, nur knapp ein Kilometer. Ich werde ja wohl nicht so albern sein und vor einem Stück Stoff, das Frauen wie Monique ohne mit der Wimper zu zucken tragen, kapitulieren! Was die kann, das kann ich schon lange.

Neben dem Feuerwehrhaus ist ein großes weißes Zelt aufgebaut, das Festzelt. Davor stehen ein paar Buden. Um die beiden, in denen Bier verkauft wird, sammeln sich Menschengrüppchen. Aus der Bratwurstbude quillt dichter Qualm. Die zwei tristen Matjesbrötchen in der Fischbude werden von vier Neonröhren ausgeleuchtet, in dessen Schein die beiden Verkäufer mit ihren Fischbrötchengreifzangen vor lauter Langeweile Mücken fangen. Die Schießbude sieht noch genau aus wie vor zwanzig Jahren. Wahrscheinlich sogar wie vor fünfzig oder hundert Jahren, aber das kann ich natürlich nicht beurteilen. Es gibt noch genau die gleichen Plastikrosen und Federbüschel (ich dachte immer, das seien Staubwedel), von deren Stiel man kleine weiße Röhrchen abschießen muss. Und Tiersilhouetten auf einem Laufband. Auf dem Tresen einen alten Teppich zum Aufstützen.

Direkt vor dem Zelt ist der Platz nicht gepflastert. Das ist etwas unpraktisch, denn der Regenguss hat den Boden durchweicht, vor dem Eingang hat sich ein großes Schlammloch gebildet, bereit, meine goldenen Schuhe zu verschlucken.

»Verehrtes Fräulein, darf ich's wagen, Arm und Geleit Ihnen anzutragen«, höre ich eine Stimme hinter mir. Heiner? Er ist gekommen, um mich zu retten! Zwar spricht er etwas seltsam, auch seine Wortwahl scheint mir ungewöhnlich, aber das macht mir im Moment nichts aus. Ich drehe mich um und sehe –

– Kalle. Heiners Kumpel. Jetzt erkenne ich schon nicht mal mehr die Stimme meines Verlobten. Beinahe-Ex-Verlobten. Aber Kalle ist nun wirklich der Letzte, von dem ich gereimte Galanterien erwartet hätte. Das hat er bestimmt mühsam auswendig gelernt. Und von ihm ist es sicher auch nicht. Trotzdem lasse ich mir von ihm gerne über den Schlammkrater helfen. Alles, was meine Schuhe und damit auch meine Nerven schont, soll mir recht sein. Außerdem ist es vielleicht ein wirkungsvoller Auftritt – quasi ohne aufzutreten über die Schwelle getragen zu werden.

Leider habe ich nicht damit gerechnet, dass Kalle mich wie einen Kartoffelsack schultert. Das sieht sicher etwas unvorteilhaft aus, wie ich so mit hängenden Beinen und dem Hintern voran ins Festzelt getragen werde. Viel Publikum hat mein unglamouröser Auftritt zum Glück nicht, die langen Tische mit den Papiertischdecken und den hölzernen Klappstühlen sind noch leer, nur ein paar Feuerwehrmänner sind schon da. Niemand, den ich näher kenne. Wenigstens zeichnet sich mein Höschen nicht ab, denke ich, aber sobald ich wieder ein paar Schritte gehe – Kalle hat mich zu Boden fallen lassen und zerrt mich zur Bar – fühle ich mich wieder, als stünde ich kurz davor, Schmirgelpapier auszuscheiden.

Kalle gibt mir ein Bier aus, und obwohl ich gar kein Bier mag, muss ich es trinken, alles andere wäre unhöflich. Ich will seine Gentleman-Anwandlungen nicht unterbinden. Trotzdem kommt mir dieser Aufmerksamkeitsanfall etwas seltsam vor. Sonst sieht Kalle mich eher nicht an, wenn es nicht sein muss, und spricht überwiegend Grunzlaute zu mir. Das kann daran liegen, dass ich ihn immer dann zu Gesicht bekomme, wenn er gerade mit Heiner gezecht hat. Vielleicht ist Kalle ja ganz anders? Ich mustere seine Kinnpartie. Markant, wirklich markant. Starke Hände hat er auch. Eigentlich ist er nicht mein Typ, aber unter Umständen könnte ich ihm ja etwas abgewinnen. Ich sollte ihn mal mit anderen Augen sehen, mich von dem festgefahrenen Bild lösen.

»Ich muss mit dir reden, Silke«, sagt Kalle, nimmt einen kräftigen Schluck und wischt sich den Bierschaum vom Mund. Oh, vielleicht ist er mir schon einen Schritt voraus? Er hat sich schon Gedanken über mich gemacht, das neue Kleid, die Schuhe haben seine Augen geöffnet, seinen Blick geschärft, nun weiß er, was er will: mich! Die Freundin seines besten Freundes! Ein Dilemma, das sein Herz schier zerreißen will. Wir steuern geradewegs auf eine Tragödie zu …

»Ich möchte dich etwas fragen, Silke.«

»Ja, Kalle?«

Unsere Blicke treffen sich. Er hat wässrige blaue Augen mit einem ganz speziellen Glanz. Unter anderen Umständen hätte ich sicher gedacht, das kommt vom verstärkten Bierkonsum. Aber in diesem Moment bin ich geneigt zu glauben, dass dieser feine Schimmer durch meine Anwesenheit ausgelöst wurde. Mit den nächsten drei Schlucken, die eher einer sind, weil er zwischendurch nicht absetzt, leert Kalle sein Glas. Dann rückt er endlich mit der Sprache raus.

»Verpachtest du mir deine Wiese?«

O nein! Nicht auch noch Kalle! Hängt er etwa im Komplott mit drin? Soll ich eingekreist werden? Oder ist er in einer Einzelmission unterwegs? Mal sehen, was er sich so ausgedacht hat. »Warum sollte ich dir die Wiese verpachten?«

»Du bekommst auch sechshundert Euro im Jahr. Das ist viel! Und dafür möchte ich einen langfristigen Pachtvertrag. Mit Kaufoption. Oder, am besten, ich kaufe dir das Land sofort ab.« Er steckt seine Hand ganz tief in die rechte vordere Hosentasche und wühlt darin herum, als wollte er seine Eier ausgiebig kraulen. Wahrscheinlich macht er es sogar. Dann zieht er ein dickes Geldbündel hervor und wirft es vor mir auf den Stehtisch. Das ist auf den ersten Blick plump, auf den zweiten vielleicht beeindruckend, aber nur so lange, bis man näher hinschaut und sieht, dass es sich um lauter Zehn-Euro-Scheine handelt, die von einem porösen Weckgummi notdürftig zusammengehalten werden.

»Das war nicht meine Frage, Kalle.«

Er guckt mich verdutzt an. Braucht ein bisschen Zeit, um zu begreifen, was ich gesagt habe. Wenn ich mir das recht überlege, sind seine Augen ziemlich glasig.

»So? Waswarndeinefragenochmal?«

Jetzt realisiere ich auch den Trennschärfeverlust in seiner Sprache. »Warum möchtest du die Wiese haben? Wofür?« Ich spreche laut und übertrieben deutlich, als wäre er schwerhörig.

Kalle holt tief Atem und rafft die versprengten Reste seines Intellekts zusammen, um mir eine völlig überzeugende Erklärung zu liefern: »Ich möchte eine Kamelfarm aufmachen. Das war schon immer mein Traum. Ich liebe Kamele. Schon als Kind. Das sind einfach exquisite Tiere. Und so genügsam und nützlich.«

Das hat er aber schön einstudiert. Hat sich sogar bemüht, Pausen zwischen den einzelnen Wörtern zu machen. Aber diese Idee ist bestimmt nicht auf seinem Mist gewachsen. Sätze wie »Das sind einfach exquisite Tiere« würden Kalle nie einfallen. Das klingt mir eher nach … Monique.

»Und warum brauchst du einen langfristigen Pachtvertrag? Oder willst gleich kaufen?«

»Ja, *ähm*, weil, Kamele werden nun mal sehr alt. Und wenn die sich erst mal an einen bestimmten Ort gewöhnt haben … das sind sehr häusliche Tiere. Bisschen wie Katzen. Die ziehen ja auch nicht gerne um.«

Ich muss zugeben, Kalle schlägt sich recht tapfer. Aber ich hake unbarmherzig nach: »Wie alt werden Kamele denn im Schnitt?«

»Ja, *äh*, also, manche werden fast siebzig oder achtzig. Oder einzelne auch mal hundert. Bei guter Pflege natürlich.«

Wie ich noch aus dem Biologieunterricht weiß, werden Kamele durchschnittlich vierzig Jahre alt. Im Behalten überflüssiger Fakten bin ich Meisterin. »Und wie willst du die Kamele nutzen?«

»Na ja, man könnte sie melken oder drauf reiten oder vielleicht Pullover daraus machen.«

»Und warum brauchst du unbedingt meine Wiese?«

»Weil die einfach geeignet ist. Der Boden. Die Lage. Ist dort am besten für Kamele. Woanders geht das nicht.«

Hat er sich das jetzt selbst ausgedacht, oder ist er gut präpariert worden? Und von wem? Von Monique und Heiner? Oder Heiners Mutter. Oder, Moment, ist Kalles Onkel nicht Bauunternehmer? Ja, das passt alles ins Bild. Daher muss ich ihm leider das Aus für seinen Traum von einer eigenen Kamelfarm auf meiner Wiese verkünden.

»Lieber Kalle, so ganz ausgereift scheint mir dein Businessplan noch nicht zu sein. Und meine Wiese steht leider nicht zur Verfügung. Tut mir Leid.« Ich trinke mein Bier aus und wende mich zum Gehen. Das Herumstehen in den hohen Schuhen ist ungewohnt, meine Füße fangen an zu schmerzen, ein paar Schritte werden ihnen gut tun. Ich stöckele möglichst gekonnt von dannen. Ah, ja, das mögen die Füße. Ein kühles Bad hätten sie vielleicht vorgezogen, aber sie haben nun mal keine Wahl. Ganz hinten im Zelt sehe ich jetzt Heiner, umringt von ein paar Feuerwehr-Kumpels. Ich könnte ja mal auf ihn zugehen. Ganz unauffällig, nur mal hallo sagen, um zu sehen, wie er auf mein Outfit reagiert.

Nach ein paar Metern wird das angenehme Gefühl des nachlassenden Fußschmerzes von einem brutalen Reißen getrübt. Mein String ist anscheinend zu Nato-Draht mutiert und will verhindern, dass meine Pobacken sich aneinander reiben. Doch das tun sie nun mal, schließlich habe ich ja keinen dieser winzigen Betonhintern, die man in Dokumentationen über brasilianische Strände sieht. Überhaupt ist mein Hintern nicht geeignet, in irgendeiner Dokumentation eine aussagekräftige Rolle zu spielen. Aber das ist doch kein Grund, derartig übertrieben auf einen harmlosen String zu reagieren! Das ist ja, als hätte man die Zahnarztszene von *Marathon Man* in meine Unterhose verlagert. Ich muss dieses Biest loswerden. Sofort! Mit zusammengebissenen Zähnen eiere ich gen Zeltausgang, denn draußen stehen ein paar Dixie-Klos. Zum Glück sind immer noch recht wenig Leute da, den Zeitpunkt für meinen großen Auftritt habe ich anscheinend völlig falsch eingeschätzt.

Beim Hinausgehen muss ich durch die Matschgrube, und es wartet kein neuer Kavalier auf mich. Was hätte ich dem auch erzählen sollen: *Trag mich bitte zum Dixie-Klo, damit ich mein Höschen ausziehen kann?* Das würde doch selbst der distinguierteste Gentleman für eine unmissverständliche Aufforderung zum Vollkontakt halten. Abgesehen davon, dass es hier gar keinen distinguierten Gentleman gibt, sondern nur ganz normale Männer. Und vielleicht noch ein paar notgeile Böcke.

Ich patsche todesmutig durch die feuchte Pampe, und mir ist, als hätte ich keinen festen Boden unter den Füßen. Seltsamerweise fühle ich mich noch immer so, als ich schon längst wieder auf dem gepflasterten Weg bin. Das muss also eher was mit mir zu tun haben als mit der Beschaffenheit des Untergrundes.

Die Dixie-Klos stehen in diesem Jahr nicht dort, wo sie in den letzten hundert Jahren immer standen. Das verwirrt mich. Ich sehe mich um – nichts Blaues in der Nähe. Stöhnend mache ich mich auf die Suche. Vorsichtig, denn jeder Schritt schmerzt, als wäre ich die Assistentin eines Zauberers, der eine neue Variante des Zersägte-Jungfrau-Tricks ausprobiert, aber leider die Gebrauchsanweisung nicht genau gelesen hat.

Ich stöckele mit Minimalbewegungen über den Spielplatz hinter dem Feuerwehrhaus und durchs Gebüsch. Dort höre ich erst albernes Kichern, dann eine Männerstimme. Rascheln. Ich kann mir nicht helfen, irgendwie kommt mir die Situation bekannt vor. Bin ich dazu verflucht, jedes Mal, wenn ich mich etwas Belaubtem auch nur nähere, etwas zu sehen, was ich lieber nicht sehen möchte? Werden Büsche zu meiner Kristallkugel?

Ich pirsche mich weiter heran. Meinem Schicksal kann ich ja eh nicht entgehen, warum sollte ich also anderen ihre Heimlichkeiten gönnen? Wahrscheinlich sind es eh nur ein paar knutschende Teenager. Ich habe das ja damals nie gemacht: im Gebüsch geknutscht. Allerdings eher mangels Gelegenheit. Fehlender Knutschpartner.

Jetzt erkenne ich die Stimme von Monique. Steckt die Schlampe denn in jeder Hecke? Kann die sich nicht ganz normal in der Öffentlichkeit bewegen oder einfach zu Hause bleiben? Das ist ja fast, als würde sie es provozieren, von mir aufgespürt zu werden! Sehen kann ich sie leider nicht, aber dieser affektierte Ton ist unverkennbar. Sie klingt ungeduldig, fordernd.

»Und wann können wir anfangen?«, herrscht sie ihren Gesprächspartner an. Diesmal ist es nicht Heiner, sondern der Bürgermeister, Markenzeichen: sonore Stimme. Er versucht, sie zu beschwichtigen.

»Immer mit der Ruhe. Es ist alles in die Wege geleitet. Aber so schnell geht das nicht. Du hast ja gar keine Ahnung, um was sich ein Bürgermeister alles kümmern muss. Um jede Straße, die ausgebessert wird. Um die neue Kanalisation. Und wenn Enten auf dem Badeteich schwimmen, dann muss ich mich auch darum kümmern. Die könnten ja auf eine der Bänke kacken.«

»Dein Entendreck interessiert mich nicht«, zischt Monique. »Ich will mein Aerobic-Center. Ich will die Baugenehmigung!«

»Hast du das Grundstück überhaupt schon gekauft?«

»Das lass mal meine Sorge sein. Ich arbeite daran und mache gute Fortschritte, mein kleiner Schnurzelpurzel.« Moniques Stimme ist wieder ins Säuselige abgedriftet. Hat sie den Bürgermeister eben wirklich Schnurzelpurzel genannt?

»Du sollst doch nicht immer Schnurzelpurzel zu mir sagen, du ungezogenes Mausispatzi.« Ein klatschendes Geräusch lässt darauf schließen, dass Schnurzelpurzel mit seiner flachen Hand Mausispatzis ungezogenen Hintern tätschelt.

Okay, die stecken unter einer Decke. Nicht, dass das eine besonders neue Information für mich wäre. Aber manche Dinge glaube ich ja erst, wenn ich sie selbst höre. Und damit meine ich nicht die haarsträubenden Kosenamen. Wie sie wohl Heiner nennt? Bestimmt genauso, ich glaube nämlich nicht, dass ihre Gehirnzellen genug Kapazität für zwei so lange Wörter haben. Politischen Einfluss scheint sie dafür umso mehr zu haben. Mir ist klar: Wenn der Bürgermeister es schafft, den Bebauungsplan so zu ändern, dass meine

Wiese als Sportfläche ausgewiesen wird, dann muss ich sie hergeben. Dann wird der Druck auf mich von allen Seiten so groß werden, bis ich eingeknickt bin und das Aerobic-Center gebaut werden kann. Der gesellschaftliche Druck: Landfrauen, Feuerwehr, alle Kaufleute, alle Frauen, die ich im Dorf kenne, Seniorenvolkstanzverein, Typberatungskreis, selbst meine eigene Mutter. Dann muss ich sie verpachten, hundert Jahre lang, für eine lächerlich geringe Pacht. Oder verkaufen. Auf jeden Fall muss ich das Land der Gemeinde abtreten, für die Allgemeinheit. Und Monique triumphiert, weil dann ihr blödes Aerobic-Center gebaut wird. Das gönne ich ihr nicht!

Trotzdem muss ich jetzt erst einmal dieses Folterinstrument von Unterhose loswerden. Ohne allzu viel Geraschel entferne ich mich von Schnurzelpurzel und Mausispatzi und finde am anderen Ende des Spielplatzes die Dixie-Klos. Natürlich sind es keine echten Dixie-Klos, sondern nachgemachte, man steht hier auf dem Land nicht so sehr auf Markenware, deshalb sind sie auch grün statt blau und passen sich hervorragend ins Landschaftsbild ein. Total unauffällig. Und zum Glück noch ohne Schlange davor. Frauen haben einfach die besser trainierte Blase, die müssen bei solchen Feierlichkeiten erst ab Mitternacht pinkeln, und Männern reicht auch der nächste Baum oder die nächste Hauswand. An allen anderen Tagen ist solch ein Benehmen – kann man hier überhaupt noch von Benehmen sprechen? – natürlich völlig inakzeptabel, aber am Tag des Feuerwehrballs gelten keine Regeln. Höchstens die des Festwirts, die auf sorgfältig kopierten DIN-A4-Zetteln im Zelt an jeder Ecke hängen.

**Arbeitsanweisungen und -hilfen Eures geliebten Festwirtes zum Überleben des Feuerwehrballs!**

*Punkt eins:* Bier bestellen! *Ein* Bier bestellen geht schon mal gar nicht. Damit sagt man, dass man ne knickrige Sau ist, keine Freunde hat oder Antialkoholiker ist, also das Allerletzte. ☺ Immer mindestens *zehn* bestellen. Nie vorher abzählen, wie viele Leute um einen herumstehen und dann ganz genau die Anzahl bestellen! Einfach irgendeine Zahl über die Theke grölen. Im Zweifelsfall: *zehn!* ☺ Ganz falsch: Die Umstehenden fragen, ob sie überhaupt noch ein Bier haben wollen. Wichtige Regel auf unserem Feuerwehrball: Gefragt wird nicht – saufen ist schließlich kein Spaß!

In dem Ton geht das weiter. Zehn Gebote lang. Hier herrschen raue Sitten.

Ich schließe mich im linken der drei kuhfladengrünen Klohäuschen ein. Als ich die Tür hinter mir zuziehe, überlege ich noch einen Moment: verriegeln oder nicht? Ich habe geradezu panische Angst, auf einer öffentlichen Toilette eingesperrt zu sein und nicht wieder hinaus zu können, weil das Schloss klemmt. Das ist mir einmal als Kind bei C&A passiert, ich musste nach meiner Mutter rufen, die konnte auch nicht helfen, also rief sie meinen Vater, und als ich endlich aus meinem kargen Gefängnis befreit wurde, stand eine ganze Traube Schaulustiger herum. Nein danke, darauf kann ich verzichten. Zu Hause habe ich diese Ängste überhaupt nicht. Seltsam, oder? Dabei würde mich dort wahrscheinlich niemand befreien. Sieht man ja. Oder hat Heiner vorhin etwa Anstalten gemacht, mich aus dem Bad zu retten? Ich hätte ja in einer Notlage sein können, außerstande, um Hilfe zu rufen. In der Badewanne ertrunken. Um dann von Heiner gefunden zu werden. Das ist ja auch irgendwie peinlich.

Die Plastiktoilettentür lässt mir keine Wahl, sie muss verriegelt werden, sonst schwingt sie sofort wieder auf. Zuhalten geht nicht, es gibt keinen vernünftigen Griff und nichts dergleichen, was diesen Namen verdient hätte, nur einen winzigen Nupsi, den man so geschickt und feinfühlig wie den Ausguss einer störrischen Milchtüte handhaben muss. Und ich brauche beide Hände für die Operation »stacheldrahtfreier Schritt«.

Vorsichtig pelle ich mich mit einer Hand aus dem eleganten Höschen, während ich mich mit der anderen abstütze und gleichzeitig mein Ibiza-Kleid hochraffe. Ich bleibe mit dem rechten Absatz hängen und wäre fast gestürzt, soweit das in der engen Kabine überhaupt möglich ist. Ich kann gerade noch mein winziges Täschchen retten, das auf dem mit nicht näher zu definierenden Flüssigkeiten durchweichten Boden bestimmt gelitten hätte. *Kurze Gedankennotiz:* Striptease-Tänzerin kommt als Ausweichberuf für mich nicht in Frage. Schade. Aber ich hatte mir beinahe schon so etwas gedacht.

Das rote Spitzenfolterinstrument stopfe ich, so gut es geht, in meine Handtasche. Passt gerade so eben.

Nach fünf Minuten Herumrütteln – die Zeit kommt mir erstaunlich lang vor, mindestens wie zwei Stunden im Liegestuhl oder eine halbe Stunde mit meiner Mutter – gelingt es mir, mich aus der Kabine zu befreien.

Ich mache ein paar Schritte, nichts scheuert und reißt mehr, mein Schamhaar (beziehungsweise das, was nach der ausführlichen Beauty-Kur davon übrig ist) wird angenehm belüftet. Ich fühle mich einerseits befreit, andererseits völlig ausgeliefert. Nackt. Kein Wunder, das bin ich ja auch, selbst wenn es niemand sieht. Mir kommt es aber so vor, als würde jeder sehen können, dass ich keine Unterhose mehr trage. Dabei ist noch nicht mal jemand in der Nähe, und ich komme mir trotzdem schon angegafft vor. Wie eine Exhibitionistin wider Willen. Vielleicht sollte ich einfach ganz schnell mal nach Hause gehen und mir einen konventionellen Schlüpfer anziehen.

Dieser eindeutig gute Plan wird von meiner Mutter vereitelt, die geradewegs auf mich zueilt, meinen Vater wie einen ungezogenen Dackel hinter sich herziehend.

»Silke, da bist du ja endlich!«, ruft sie aufgedreht durch ihre rot geschminkten Lippen.

»Wieso? Ich bin schon die ganze Zeit da. Wo wart ihr?«

»Dein Vater musste noch ein paar Schnecken salzen. Er nimmt jetzt immer das Salz mit Jod, Fluor und Folsäure. Das funktioniert hervorragend!«

»Ich denke, ihr mögt keine Schnecken?« Ich kann mir meinen Vater schlecht vor einem Teller voller Weinbergschnecken vorstellen, und noch weniger, dass meine Mutter, die Queen of Conveniance-Food, welche zubereitet.

»Ja, genau darum geht es doch! Er streut Salz auf diese ekligen, braunen, spanischen Nacktschnecken, und dann schäumen sie und gehen ein. Mit Jod, Fluor und Folsäure.« Sie sagt das mit nicht zu knappem Jagdstolz und präsentiert meinen Vater wie eine Trophäe. Ich versuche, ihn mir in

Großwildjägermanier vorzustellen, mit dem Fuß auf einer erlegten Nacktschnecke, während meine Mutter seinen Triumph über die aggressive Kreatur dokumentiert. Schwierig.

»Ist ja widerlich«, sage ich nur.

»Wieso?«, fragt sie scheinheilig zurück. »Diese Biester fressen mir sonst den ganzen Garten kahl. Außerdem gehören die nicht hierher. Hier sind die schwarzen Nacktschnecken heimisch, nicht die braunen. Die sind aus Spanien eingewandert.«

Ich verzichte lieber auf eine Diskussion zum Thema *Ausländerfeindlichkeit bezüglich Schnecken* und bemerke: »Die Band hat angefangen zu spielen.«

»Ja, dann nichts wie rein ins Zelt!« Mutti sprintet los, nun meinen Vater und mich hinter sich her schleifend.

Über das Schlammloch hat inzwischen jemand Pappe gelegt, die fängt zwar schon an, an den Rändern durchzuweichen, aber noch kann man sie halbwegs gefahrlos überqueren. Meine Mutter schreitet stolz darüber, als hätte man extra für sie einen roten Teppich ausgerollt. Als sie den ziemlich genau zu zwei Dritteln gefüllten Saal betritt, nehmen mindestens die Hälfte der Anwesenden ihr Erscheinen sofort wahr, die andere Hälfte wird schleunigst darauf hingewiesen. Ja, sie hat es raus. Sie ist mindestens die Sabine Christiansen der Feuerwehrbälle.

Mutti schnappt sich einen strategisch günstigen Stehtisch am Rande der Tanzfläche. Von dort aus kann man den ganzen Saal überblicken und wird, das ist noch wichtiger, von allen gesehen. Meinen Vater schickt sie an die Bar, er soll Getränke holen, »Caipi für alle!«, obwohl er sicher lieber Bier trinken würde. Er widerspricht nicht, denn der Abend ist noch frisch und die Zeit für Bier kommt bestimmt noch. Er hat Geduld. Muss er auch haben. Sonst hätte er es nie mit meiner Mutter ausgehalten.

Während wir auf die Cocktails warten, die hier auch nichts anderes sind als Schnaps mit ein paar Limonenscheiben und viel Zucker drin, begutachten wir die Band. Es ist, wider Erwarten, nicht Freddy Mercury mit *Queen*, sondern Cher mit *Truck Stop*.

Mutti zeigt auf den Mann, der neben dem Keyboarder steht: »Der da hat mal bei *Cats* Musik gemacht.« Sie sagt das, als sei das erstens ein besonderes Qualitätsmerkmal, eine Art Gütesiegel für Tanzbands, und zweitens, als hätte sie höchstpersönlich ein neues Talent am Pophimmel entdeckt. »Der kann wunderbar Saxophon spielen. Das soll er jetzt mal machen!«

Ihr Wunsch – oder war es ein Befehl? – geht sofort in Erfüllung. So kommt *I've got you, babe* zu einem bisher so noch nie gehörten Saxophonsolo. Mutti wippt im Takt mit. Doch ganz zufrieden ist sie nicht. »Das muss Playback sein. Die Sängerin ist zu gut.«

Die Frontfrau von *Midnight Affair*, so der Bandname, ist wirklich eine ziemlich überzeugende Cher-Kopie. Ihr Haar ist lang, glatt und ebenholzschwarz, sie trägt lächerlich wenig Kleidung, und das bisschen, was sie anhat, hängt ihr in dekorativen Fetzen vom durchtrainierten Leib. Aber ihre Stimme ist wirklich toll. Zu gut, um echt zu sein. So etwas ist man hier nicht gewohnt. Vielleicht wirkt das auch nur so im Kontrast zum Rest der Band, der aussieht, als wäre jeder mit einem eigenen Zwanzigtonner vorgefahren. Mit Ausnahme des Qualitätssaxophonisten, der kam natürlich mit einem strahlenden Zug auf Rollschuhen. Ach nein, das war ja ein anderes Musical.

»Natürlich singt die live!«, verteidige ich die Sängerin.

»Niemals!« Meine Mutter ist über Nacht zur Musikexpertin geworden.

»Jede Tanzband mit soviel Personal singt und spielt live. Das wäre auch viel zu aufwändig, hier ein vernünftiges Playback hinzukriegen«, behaupte ich einfach mal zur Ehrenrettung der Vokalistin, obwohl ich davon nun wirklich keine Ahnung habe.

»Na gut, dann ist es vielleicht nicht Playback«, lenkt Mutti ein, um dann sofort wieder dagegenzusteuern: »Aber es kommt schon aus der Konserve.«

Ich verkneife mir die Bemerkung: »Nicht vielleicht aus der Tiefkühltruhe wie dein Essen?« Soll sie es doch glauben. Es wäre ja lächerlich, sich darüber zu streiten. Da gibt es bestimmt lohnendere Themen.

Die Band spielt inzwischen *Sex Bomb*. Cher hat Pause, wahrscheinlich muss sie sich um- oder weiter ausziehen. Einer der Trucker gibt den Tom Jones derartig inbrünstig und mit so viel lüsterner Leidenschaft in der Stimme, als wollte er es provozieren, mit Damenunterwäsche beworfen zu werden. Ich hätte da ja was Passendes in meiner Handtasche, aber ich kann mich gerade noch zurückhalten.

Die Tanzfläche hat sich mit Frauen jenseits der fünfzig in figurfernen Kleidern gefüllt, die enthemmt rocken, als gelte es, ihre Jugend wieder auferstehen zu lassen. Dass es diesen Song damals noch nicht gab, ist ihnen dabei völlig egal. Meine Mutter zieht meinen Vater auf die Tanzfläche, er beginnt einen geschmeidigen Disco-Fox und lässt sie hin- und herwirbeln. Beide wirken gelöst und glücklich, und das liegt bestimmt nicht nur an dem Caipi.

Ich nippe an dem süßsauren Cocktailimitat und schaue mich um. Ich kenne fast alle um mich herum, wenigstens vom Sehen, aber ich habe keine Lust, mit jemandem zu sprechen. Wo ist denn Heiner bloß hin? Ich könnte ihm meine überwältigende Schönheit, die bislang noch niemand bemerkt hat, vorführen. Ob ich eine Anspielung auf mein fehlendes Höschen machen sollte? Früher hat er sich oft gewünscht, ich würde mal »nichts drunter« tragen, aber ich fand das lächerlich und bin nie darauf eingegangen. Lächerlich finde ich das noch immer, aber wo es doch schon mal so ist, könnte ich die Situation auch nutzen ... Oha, der Schnaps steigt mir zu Kopf! Ich komme auf seltsame Gedanken. Aber wenigstens spüre ich meine Füße nicht mehr.

Ganz hinten in der Ecke sitzt Monique an einem Tisch und unterhält sich mit Kalle. Ich erkenne sie nur an ihrer Frisur – einer Kreuzung aus Marge Simpson, Dolly Parton und einem Tornado – die hoch über alles und jeden hinweg ragt. Kalle beichtet ihr bestimmt gerade, dass er bei mir auf Granit gebissen hat.

Monique steht auf und kommt auf mich zu. O Schreck: Sie hat genau das gleiche Kleid an wie ich! Das einmalige Ibiza-Modell! Das darf ja wohl nicht wahr sein. Auch noch in der gleichen Farbe, nur mit anderen Schuhen. Sie trägt Stilettos aus in Regenbogenfarben changierendem Fake-Schlangenleder, die um einiges höher sind als meine Sandalen. Also mindestens fünfzehn Zentimeter. Ja, das kann man schaffen, wenn man unter dem Ballen mit Plateau arbeitet.

Noch fünfzehn Meter. Sie schwankt schon ein bisschen.

Noch zehn Meter. Sie hat sich wieder gefasst und sieht siegesgewiss aus.

Noch fünf Meter. Jetzt fällt ihr auch auf, dass wir nahezu identisch angezogen sind. Schockiert bleibt sie stehen. Mustert mich von oben bis unten. Ja, denke ich, zieh mich nur mit deinen Blicken aus, viel gibt es da nicht zu holen. Sie guckt pikiert. Fasst sich. Geht weiter. Bleibt direkt vor mir stehen. Und sagt in schnippischem Ton genau das, was ich mir schon gedacht habe – sie kann ja nicht wissen, dass sie bereits im Gebüsch belauscht wurde: »Tja, liebe Silke, der Ortsrat wird deine Wiese als Sportfläche ausweisen, das hat mir der Bürgermeister versprochen. Und dann wird dort ein Aerobic-Center gebaut, das ist nämlich zum Wohle des Dorfes und der Allgemeinheit. Dem wirst du wohl oder übel zustimmen müssen.« Und schon rauscht sie wieder davon, ohne eine Antwort abzuwarten. Was soll ich auch dazu sagen? Sie hat ja Recht. *Verdammt!* Außer Ruhm und Ehre und einer Mini-Pacht oder einem Verkaufserlös, der eher einer symbolischen Abfindung gleichkommt, werde ich davon nichts haben. Ich nehme einen großen Schluck und beiße auf eine halbe Limone. Sauer macht lustig, sagt meine Mutter immer. Funktioniert aber nicht. Nicht bei mir.

»Hast du dich schön mit Monique unterhalten?«, fragt Mutti, als sie zum Stehtisch zurückkommt. Ich kann gerade noch »Och ja, geht so« antworten, da nimmt mich mein Vater an der Hand, murmelt leise »Darf ich bitten?«, und führt mich zur Tanzfläche. Er hat sich eingetanzt, bewegt sich schwungvoll und mich gleich mit. Ich versuche, nicht an Schrittfolgen zu denken – okay, es gibt nur eine: eins-zwei-*tap* –, und lasse mich einfach führen. Cher ist zu Marianne Rosenberg geworden und intoniert inbrünstig: »Er gehört zu mir wie mein Name an der Tür! Und ich weiß, er bleibt hier!«, dazu knödelt frenetisch das Saxophon. Hochstimmung im Saal. Ja, die Menschen hier wissen, zu wem sie gehören, und sie wissen auch, dass man dableibt, sobald erst mal ein Türschild montiert ist. Dann geht man nicht so einfach weg. Das gehört sich nämlich nicht. Vielleicht hätten Heiner und ich auch ein gemeinsames Namensschild an der Tür anbringen sollen? So eins aus Fimo oder Salzteig, bei dem die Namen aus ineinander verschlungenen Würsten gelegt werden. Aber ich dachte, es weiß eh jeder, der uns kennt, wo wir wohnen. Und die, die uns nicht kennen, müssen das auch nicht wissen. Ich konnte doch nicht ahnen, dass das tiefere Auswirkungen auf unsere Beziehung haben würde. Und dann gleich so negative! Hätte ich mal auf Marianne Rosenberg gehört, mein Leben sähe jetzt anders aus.

Mein Vater kurvt mit mir links und rechts und geschickt um langsamere Paare herum. Findet er eine kleine Freifläche, stößt er mich mit einer Hand ab, federt mich am ausgestreckten Arm fort und zieht mich dann wieder schwungvoll zu sich heran. Manchmal baut er noch eine Drehung ein, so wie jetzt, hui, die ist schwungvoll, ich vollführe eine Pirouette um die eigene Achse und mein Rock – o nein! – schwingt tellerartig hoch. Ich kann ihn gerade noch mit der freien Hand hinunterdrücken, sehe dabei aber wahrscheinlich nicht halb so grazil und frivol aus wie Marilyn Monroe über dem U-Bahn-Schacht. Die hatte ja wenigstens eine Unterhose an! Ich komme aus dem Takt und verliere die Balance. Mein Vater fängt einen strengen Blick von mir, wahrscheinlich – hoffentlich! – weiß er nicht, warum, aber er ist klug genug, den kleinen Hinweis zu verstehen und auf weitere Drehungen dieser Art zu verzichten.

Nach einem *Von-John-Denver-zu-Christina-Aguilera-*Medley macht die Band eine Pause, wahrscheinlich muss Cher ihr Kostüm wechseln. Mein Vater und ich gehen zurück zum Tisch, auf dem noch meine Tasche liegt. Ganz allein, denn meine Mutter kommt auch von der Tanzfläche zurück. Das heißt, sie hat wahrscheinlich nicht in meinen Habseligkeiten herumgestöbert. Gut. Sie verabschiedet sich mit einem überdrehten Knicks von ihrem Tanzpartner, dem Bürgermeister.

»Upsala, der konnte sich ja kaum noch auf den Beinen halten, soviel Bier hatte der schon intus«, sagt sie, sobald er außer Hörweite ist. »Apropos trinken: Kommst du mit in die Sektbar? Ich geb einen aus!« Mein Vater wird mit einer scheuchenden Handbewegung entlassen; aus dem Augenwinkel sehe ich, wie er mit freudigem Gesichtsausdruck auf den Biertresen zusteuert, an der gerade irgendwer zehn Frischgezapfte bestellt.

Die Sektbar ist eine mit Stellwänden und großen Sonnenschirmen vom Zelt abgetrennte Ecke, die über und über mit Plastikefeu und bunten Lichterketten behangen ist, die eine Atmosphäre zwischen Dschungelcamp und Disco-Fieber verbreiten. Auf den *Regeln des Festwirts*, die hier natürlich auch hängen, lese ich:

## Die Sektbar

Männer, seid auf der Hut! Eine richtig gruselige Bude, quasi die Abferkelbox im Festzelt. Für Frauen ein Muss, für uns Kerle erst am späten Abend zu ertragen. ☺ Hier ist es so voll und so eng, hier bleibst du auch noch stehen, wenn's eigentlich nicht mehr geht. Doch der Preis, den du für die Stehhilfe zahlst, ist hoch: Du musst Sekt aus mickrigen Blumenvasen saufen. ☺

Zum Glück ist es noch nicht ganz so voll. Die Sektbar ist Damengebiet, wie eigentlich das ganze Dorf, mit Ausnahme des Schießstandes, der Feuerwehrautos und des Biertresens. Männer haben ihre eigenen Biotope, in denen sie geschützt ihre Eigenarten entfalten können. Frauen tun so, als lebten sie in kleinen Nischen, aber in Wirklichkeit haben sie von dort aus die Zügel in der Hand. Die Sektbar ist eine solche geheime Kommandozentrale – hier werden Jobs vermittelt, Ehen angebahnt, Autos gehandelt. Wenn sich doch mal ein Mann dorthin verirrt, wird er völlig auf- und ausgesogen. Das ist sowohl im übertragenen Sinne als auch wörtlich zu verstehen.

Mutti drückt mir einen Sekt in die Hand und integriert uns in eine Gruppe mit ihr befreundeter Landfrauen, die sich über eine feindliche Invasion aufregen. »Das gibt Krieg«, mutmaßen sie, mit leicht drohendem Unterton. Ich wundere mich ein wenig. Bei der Tagesschau habe ich doch extra aufgepasst, die Nachrichten waren die üblichen schrecklichen, aber von einer Invasion, gar einem neuen Krieg, war nicht die Rede. Oder bin ich so durch den Wind, dass mir da etwas Wichtiges entgangen ist? Dabei habe ich mich doch extra vorbereitet, um nicht nur schön, sondern auch klug zu sein, eine gut informierte Gesprächspartnerin eben. Und jetzt das!

Ich höre erst mal weiter zu, so kann ich nichts falsch machen. Vielleicht ergibt sich später die Gelegenheit für einen intelligenten Einwurf, wenn ich den Sachverhalt erst mal durchschaut habe? Das geht schneller als zunächst befürchtet. Die Damen sprechen nicht über Weltmächte und Schurkenstaaten, sondern über das momentane Top-Eins-Lieblingsthema der Hobbygärtner: die bösartige, blutrünstige, zerstörerische, heimtückische spanische Nacktschnecke. Und natürlich darüber, wie man ihr beikommt. Bierfallen werden heiß diskutiert, doch einigen ist das Bier zu schade. Die meisten bevorzugen den direkten Angriff, mit Salz, Messern und Scheren. Claudias Mutter erwähnt ihren selbstgebauten Flammenwerfer. Das klingt alles so brutal, ich bin richtig froh, dass ich keine Schnecke bin.

Ich nippe ein wenig beklommen an meinem halben Sekt, dabei habe ich schon das zweite, volle Glas in der anderen Hand. »Silke fährt mit angezogener Bremse«, macht sich eine der Frauen mit einem besonders apart gemusterten Kleid – vermutlich durch Radioaktivität degenerierte Flora in Mint und Violett auf türkisem Hintergrund, darüber ein geometrisch inspiriertes Liniengewirr – über mich lustig. Man darf hier auf keinen Fall zu langsam trinken, das wird nicht gern gesehen, also leere ich das eine Glas in einem Zug, schütte das zweite hinterher, unterdrücke einen Rülpser und gehe zur Bar, um die nächste Runde zu ordern. Während ich auf die sieben Sekt warte, die ich bestellt habe, schaue ich mich in der höhlenartigen, puffbeleuchteten

Ecke um. Der Sound der Band dringt sanft gemildert durch das synthetische Dickicht, sie spielen »*It's my party and I cry if I want to*«, und ich denke noch, wer soll dazu denn in Partystimmung kommen, so ein trauriges Lied, als ich Heiner in einer besonders dicht bewachsenen Plastikefeukultur entdecke. Na endlich! Jetzt kann ich zu ihm gehen und alles wird gut.

Aber was macht er in der Sektbar?

Immerhin ist er ein Mann! Und Männer werden hier doch …

Im nächsten Moment beugt sich Monique, die ich bisher gar nicht wahrgenommen hatte, zu ihm hinüber, öffnet ihren Mund und beginnt ihn auszusaugen. So jedenfalls sieht das für mich aus, andere mögen es für einen ordinären Zungenkuss halten, was die beiden dort im unzureichenden Schutz der Fake-Flora treiben. Ich hätte es mir ja denken können: Wo etwas wild wuchert, ist Monique nicht weit.

Mir schießen die Tränen in die Augen. Es ist zwar nicht meine Party, aber ich weine trotzdem. Aber eigentlich will ich gar nicht, ich möchte am liebsten die Fassung bewahren und etwas Spektakuläres tun! Vielleicht sollte ich Heiner ohrfeigen, einen Auftritt à la Alexis aus dem Denver Clan hinlegen, dann würden sich einige hier wundern. Könnte aber auch lächerlich aussehen. Ich bin nicht gut im Ohrfeigen. Nachher treffe ich vor lauter Nervosität noch nicht mal.

Ich könnte beiden Sekt ins Gesicht schütten. Aber wenn ich da jetzt mit zwei vollen Gläsern hingehe, dann sieht das ja so aus, als wollte ich ihnen eine Runde ausgeben. »*You would cry too if this happens to you*«, singt Cher, begleitet vom Saxophon. Ich überlege noch, was ich tun soll, als hinter mir jemand – ein Mann! – in die Sektbar gepoltert kommt und laut losbrüllt. Ich drehe mich um –

– und sehe den Bürgermeister! Er hat einen Blick wie ein waidwundes Tier, jedenfalls glaube ich das, aber ich war noch nie auf der Jagd. Seine Augen sind glasig, von Bier und Tränen, sein Hemd ist durchgeschwitzt, der Schlips fleckig, das Jackett schleift schlapp hinter ihm auf dem staubigen Boden. »Du hast mich nur benutzt!«, heult er in Richtung Monique, die daraufhin ihre Zunge aus Heiners Mund nimmt, den Bürgermeister mustert und leicht angewidert die Nase rümpft. Die umstehenden Damen sind alle einen Schritt zurückgetreten, haben ihre Schneckengespräche eingestellt und beobachten interessiert die Szene. Obwohl die Band nichts von all dem mitbekommen haben kann, liefert sie den passenden Soundtrack: *»Love is a battlefield.«* Das scheint den Bürgermeister zu ermutigen, er schleudert sein Jackett zur Seite, versucht, seine ohnehin schon aufgekrempelten Hemdsärmel noch weiter aufzukrempeln und brüllt: »Lass die Finger von meinem Mädchen, du Dreckschwein!«

Heiner, der bislang völlig unbeteiligt getan hat, bemerkt, dass er gemeint ist, und setzt die Füße ein Stück auseinander, um besseren Halt zu haben. Dann stürmt der Bürgermeister auf ihn zu und rammt ihm seinen Kopf in den Bauch. Keine saubere Kampftechnik, finde ich. Monique stößt ein lautes, schrilles Kreischen aus, in das die Umstehenden einfallen. Nur meine Mutter, die inzwischen einen Platz neben mir ergattert hat, um einen besseren Blick auf das Geschehen zu haben, hält sich zurück.

Heiner und der Bürgermeister haben sich aufgerappelt und traktieren sich mit Faustschlägen. Eine zünftige Schlägerei, die immer wieder von den Efeuranken gebremst wird, in denen sich die Kontrahenten verheddern. Der Aufruhr hat noch mehr Männer in die Sektbar gelockt, die sich nun eifrig an der Klopperei beteiligen.

»Ihr steht das Kleid besser als dir«, sagt meine Mutter. Mir schnürt sich die Kehle zu. Mutti muss ihr Taktgefühl mal wieder in der Speisekammer vergessen haben. Da hilft es auch nicht, dass die Band jetzt *»I will survive!«* spielt, denn nein, da bin ich mir ganz sicher, überleben werde ich nicht. Jedenfalls nicht hier. Ich muss weg. So schnell wie möglich. »Aber was zu weit geht, geht zu weit«, setzt Mutti nach. »Das kannst du dir nicht länger bieten lassen, Silke. Wollen wir eingreifen?«

Hmm, ich könnte mit meiner Mutter ein Kampfgespann bilden. Wir würden die ganze Schlägerei ordentlich aufmischen.

Nein, keine gute Idee.

»Ich will hier weg. Schnell und unauffällig. Ich ertrage das nicht länger«, stöhne ich.

»Du hast es gewusst? Du hast gewusst, dass dein Verlobter dich betrügt, und hast nichts gesagt? Manchmal verstehe ich dich nicht, Kind«, sagt Mutti besorgt. »Aber wenn du hier raus willst – bitte. Ich muss da auf jeden Fall mal eingreifen!«

Sie wühlt sich zur Bar durch, greift sich einen Sektkühler, taucht ihn ins schon trübe Gläserabwaschwasser, leert noch schnell die Reste aus den Gläsern, die in Reichweite stehen, hinein und marschiert so ausgerüstet auf Monique zu, die immer noch unter der Efeuranke in der Ecke steht und ziemlich geschmeichelt guckt. Bis meine Mutter vor ihr steht.

»Schickes Kleid. Aber du hast dir leider den falschen Mann dazu ausgesucht!«, faucht Mutti sie an – und leert mit einem Schwung den Sektkübel über Monique. Deren Frisur fällt so schnell in sich zusammen wie ihr Stolz, sie guckt einfach nur noch blöd und schnappt nach Luft.

Tolles Bild! Das hat Mutti wieder gut hingekriegt. Für mich wäre so ein Auftritt allerdings nichts gewesen, ich bin nicht so für offen ausgetragene Konflikte.

Der Eklat bedeutet aber auch: Schluss mit dem Heile-Welt-Spiel. Jedenfalls für mich. Alle wissen jetzt, dass Heiner etwas mit Monique hat, und alle wissen, dass ich es auch weiß. Und wahrscheinlich geht das Geläster bereits los. Klatsch und Tratsch im Dorf können mörderisch sein, und ich bin nicht gerne Zielscheibe. Also bleibt mir nur eine Möglichkeit: erst mal untertauchen. Einfach verschwinden.

Während hölzerne Klappstühle krachend zerbersten, Hinterköpfe dumpf auf den Boden knallen und Sektgläser klirrend zerschmettert werden – wir alle haben ja damals Bud Spencer und Terence Hill gesehen und wissen, wie so eine Klopperei auszusehen hat –, verlasse ich möglichst unauffällig die Sektbar. Rückwärts und auf Stöckelschuhen, manchen Frauen liegt so etwas ja, aber ich habe Schwierigkeiten, das Gleichgewicht zu halten. Ohne Vorwarnung fliegt mir mein Rock um die Ohren. Hinter mir steht ein Ventilator, ich könnte schwören, der war vorhin noch nicht da. Ich fange mein ungezogenes Kleid wieder ein und hoffe, dass der Anblick meines bloßen Unterleibes möglichst vielen Leuten erspart geblieben ist. Die sollen sich lieber anständig prügeln, statt mich anzustarren. Aber verlassen kann man sich darauf nicht, deshalb sprinte ich los, vorwärts, raus aus dem Zelt, verfange mich mit dem rechten Absatz in der aufgeweichten Pappe, verliere das Gleichgewicht, kann mich mit einem beherzten seitlichen Ausfallschritt noch gerade retten und versinke mit dem linken Fuß knöcheltief im Schlamm. Doch das kann mich nicht stoppen, die weiche Masse macht ein schmatzendes Geräusch, als sie mein Bein und den nicht mehr sehr goldenen Schuh unwillig freigibt. Ich eile weiter. Vorbei an den mückenfangenden Fischbrötchenverkäufern, die ihre Beute als kleine Strecke auf dem gläsernen Tresen ausgelegt haben. Vorbei an der Schießbude, in der eine traurige Plastikrose schon auf halb acht hängt, immer wieder von zwei Besoffenen beballert, die vom spannenden Spezialamüsement in der Sektbar noch nichts mitbekommen haben. Verfolgt von einem schmachtenden Saxophonsolo, das sich mühsam einen Platz in der Durchhaltehymne *I am what I am* erkämpft: »I am my own special creation«, intoniert Cher inbrünstig, während ich renne, so schnell ich kann und dabei denke: Ich bin gar keine Kreation, weder meine eigene noch besonders speziell. Ich bin einfach nur ich – und wer das sein könnte, das weiß selbst ich im Moment nicht so genau. Aber darauf kommt es ja jetzt auch gar nicht an.

# 8. *Kapitel* Weil ich es mir wert bin

*Freitag, 13. Mai, später*

Ich reiße die Haustür auf und stürme die Treppe hinauf. Unten sitzen Heiners Eltern und sehen fern, die Getränke sind zu Hause einfach günstiger. Auf dem Feuerwehrball waren sie natürlich auch, so wie alle anderen, aber Heiners Mutter zieht es vor, immer sehr schnell nach Hause zurückzugehen, denn sonst käme ihr Mann eventuell noch in die Verlegenheit, eine Runde ausgeben zu müssen. Und das sollte man nicht riskieren, davor warnen sämtliche Pfennigfuchser-Ratgeber.

Die Reisetasche nehme ich lieber nicht, denn die gehört Heiner und ich möchte nicht, dass er mir später mal Diebstahl vorwirft. Eigentlich soll er mir gar nichts vorwerfen, vielmehr sollte ich diejenige sein, die sein Verhalten kritisiert.

Unter der Spüle finde ich zwei große *Aldi*-Tüten, in die ich ziemlich wahllos Klamotten stopfe. Zwei Hände voll aus der Unterwäscheschublade (zur Not habe ich ja immer noch einen String in der Handtasche), eine Ladung Socken (vor allem meine rosaroten Glückssocken, die Oma mal für mich gestrickt hat), die oberen fünfzehn Zentimeter aus dem T-Shirt-Fach, meine beiden Lieblingsjeans und was mir sonst noch in die Quere kommt. Ein paar Turnschuhe stopfe ich dazu, auf die Idee, meine schon reichlich mitgenommenen High-Heels auszuziehen, komme ich einfach nicht. Stilvoll wäre es ja, meine Hälfte des Kleiderschrankes komplett leer zu räumen und nur ein paar verwaiste Bügel hängen zu lassen, um den dramatischen Effekt zu erhöhen. Aber erstens passt das ganze Zeug nicht in die Tüten, und zweitens würde Heiner das wahrscheinlich gar nicht auffallen, da er sich manchmal tagelang seine T-Shirts vom Boden aufklaubt, wo er sie nach dem letzten Tragen hat fallen lassen, und von seiner Mutter direkt mit frischen Hemden und Hosen versorgt wird. Und seine Socken und Unterwäsche bewahrt er in seinem Nachttisch auf, angeblich, weil ich ihm dafür nicht genug Platz im Schrank lasse. Na, den kann er jetzt haben, den Platz und meinetwegen den ganzen Schrank. Da passen mindestens drei Geliebte gleichzeitig rein. Aber vor wem sollten die sich verstecken, wenn ich erst mal weg bin?

Ich packe noch schnell mein Kulturtäschchen zusammen. Die gemeinsame Zahnpasta muss mit, da kann ich leider keine Rücksicht nehmen. Und natürlich muss mein Lieblingsteddy mit. Das ist zwar peinlich, aber ohne ihn bin ich noch nie verreist. Er ist einfach der geduldigste Zuhörer und das beste Mittel gegen Heimweh. Hat auf jeder Klassenreise geholfen, durfte natürlich niemand wissen. Aber als Jörg damals auf Norderney beim Flaschendrehen lieber Linda einen Hollywoodkuss (Augen zu und ganz weit zurücklehnen) geben wollte, war mir Teddy Trost und Tränentrockner. Zu Hause komme ich ganz gut ohne ihn klar, da reicht es mir, dass ich weiß, er liegt in der Schreibtischschublade. Auf meinem Reisepass. Den stecke ich gleich auch noch ein, man kann ja nie wissen. Und meine EC- und die Kreditkarte. Ich muss schon sagen, meine Flucht ist ziemlich gut organisiert.

Mit den blau-weißen Tüten in der Hand husche ich die Treppe hinunter, aus der Haustür hinaus und ins Carport. Geschickt bewege ich mich im Zickzack, bücke mich, umgehe damit den Bewegungsmelder und verhindere so, dass die flutlichtartige Außenbeleuchtung das Gelände großzügig illuminiert.

Die beiden Tüten schmeiße ich auf den Beifahrersitz des Corsa, schwinge mich hinter das Steuer und lasse den Wagen an. Handbremse los, erster Gang rein und Kupplung kommen lassen. Die Scheinwerfer bleiben mal lieber aus.

*Wuuuups.*

Irgendwie bin ich in die falsche Richtung gefahren und habe beinahe Schwiegermutters Schnäppchen-Thuja-Hecke niedergemetzelt. Wenn ich jetzt weiter vorwärts fahre, knirscht es ganz gewaltig. Wenn ich wieder auf den richtigen Weg abbiege, kreuze ich den Einzugsbereich einer dieser Flutlichtanlagen und ziehe damit nur unnötig Aufmerksamkeit auf mich. Wenn ich aber stattdessen einmal um das Haus herumfahre, einfach quer über den Rasen, gelingt mir vielleicht eine unbemerkte Flucht.

Aber wo will ich eigentlich hin? Gute Frage. Über diesen Teil meines dramatischen Ausbruchs aus meinem bisherigen Leben habe ich mir noch keinen einzigen Gedanken gemacht. Ein Vier-Sterne-Hotel mit großzügigem Thalasso-Bereich fände ich ja angemessen. Diese Variante hätte einzig und allein den Nachteil, dass mein Budget dann nach höchstens fünf Tagen, eher noch nach fünf Stunden, völlig ausgereizt wäre. Ein entsprechendes Anwesen in einem anderen Land, in das ich mich inkognito hätte absetzen können, besitze ich leider nicht. Ein Königreich für eine eigene Insel! Ich habe mich zwar immer gefragt, warum manche Leute sich ein Privateiland kaufen, mir erschien das immer völlig sinnlos und versnobt, aber jetzt, in diesem Moment, würde ich es zu schätzen wissen. Immerhin weiß ich, wo der Schlüssel zu Brigittes Wohnung liegt. Dort könnte ich mich heimlich einnisten, die Wohnung konspirativ nutzen – so hieß das doch im heißen Herbst, nicht wahr? Doch erstens erwarte ich nicht, dass mein Konterfei demnächst auf einem Fahndungsplakat in der Bank hängen wird (obwohl alle, wirklich alle meine Passfotos so aussehen, als seien sie für keinen anderen Zweck aufgenommen worden), zweitens kann ich mich nicht besonders gut tarnen (und habe keine Lust, mich nur im fragwürdigen Schutz der Dunkelheit nach draußen zu wagen – was ist, wenn ich plötzlich Lust auf Schokolade bekomme, aber gerade keine da habe?), und drittens kommt mir eine Flucht, bei der ich noch nicht mal die Dorfgrenze überquere, ziemlich jämmerlich vor. Obwohl ich gar nicht genau weiß, wo die Dorfgrenze ist. Am Ortsschild vermutlich. Vielleicht sollte ich eins zur Erinnerung mitnehmen. Schon seltsam: Da verbringe ich mein ganzes Leben in dieser kleinen Welt und weiß noch nicht mal, wo sie endet.

Also doch in Brigittes Wohnung. Halt, nein, da fällt mir ein: Da sind ja an diesem Wochenende die Feng-Shui-Handwerker! Die bauen das Bad um, reißen Wände ein, die den Fluss des Chi stören, und machen auch gleich noch ein

Space Clearing. Keine Ahnung, was das sein soll. Brigitte hat es mir noch mal genau erklärt, aber ehrlich gesagt habe ich wieder vergessen, wie das genau funktioniert. Irgendwas mit Gong schlagen und in die Hände klatschen. Bestimmt auch mit vielen Räucherstäbchen. Davon wird mir immer schlecht. Also: Lieber nicht in Brigittes Wohnung. Ich würde nur den Energiefluss stören, das Chi verstopfen oder das Karma verärgern. Das will ich nicht riskieren.

Ich könnte mich im Wald verstecken. Mich von Beeren und Pilzen ernähren. Oder von Würmern, falls ich keine Beeren finde. Mit Pilzen sollte ich auch lieber vorsichtig sein, ich kann giftige und ungiftige nicht ganz treffsicher auseinander halten. Aber für diesen Plan müsste ich noch mal zurück ins Haus. Im Keller liegt sicher ein Zelt. Aus der Zeit, als Heiner mit seinen Eltern in den Sommerferien immer in Dänemark campen musste. Meistens hat es geregnet. Deshalb riecht das Zelt jetzt, fünfzehn Jahre später, bestimmt ganz schön muffig. Und ich müsste darin die ganze Zeit an Heiner denken. Nein, es geht auch ohne Zelt. Warm genug ist es ja. Ich werde in mein kleines Waldstück fahren, mir ein Lager aus Moos bereiten, eine Hütte aus Zweigen bauen. Meine kleine Heimat. Der Rest, der davon übrig geblieben ist. Bin ich theatralisch? Und wenn schon! Ich werde jetzt autonom. Oder autark. Oder authentisch oder wie das heißt.

Ich lasse den Motor, den ich beim Heckenanschlag abgewürgt habe, wieder an, schlage das Lenkrad ein, manövriere mich vorsichtig aus dem Immergrün heraus und fahre hinten um das Haus herum, an der Wäschespinne vorbei, möglichst über den Rasen und nicht über die Beete, um den

Flurschaden gering zu halten. Huch, da ist ja schon wieder ein Hindernis. Im Dunkeln wirkt der Garten ganz anders. Ich verliere fast die Orientierung. Also noch mal den Rückwärtsgang rein, das Getriebe kracht, der Motor heult auf, als ich Gas gebe. Nun werde ich langsam nervös, ich will hier raus, aber sofort. Fuß aufs Gaspedal und ab durch die Mitte, ohne Rücksicht auf Verluste! Bei dieser Hauruck-Aktion bricht mein rechter Absatz ab, das Pedal drückt durch bis zum Bodenblech, der Corsa beschleunigt aus dem Stand von null auf mindestens dreihundert, macht einen gewaltigen Satz nach vorne und –

– *platsch!*

Was war das jetzt? O Gott, das Kellerloch, das Heiner und Kalle ausgehoben haben! Das inzwischen mit Wasser voll gelaufen ist. Ein neues Feuchtbiotop. Und mein Auto darin. Und ich im Auto. Das war's dann wohl. Wenn ich noch länger zögere und hadere, wird alles hier zu Ende sein. Heiner wird das Fertighaus mit einer anderen bauen, und dabei werden sie mich finden: Mit abgebrochenem Absatz und zwei *Aldi*-Tüten voller Klamotten, dafür ohne Unterhose. Als Wasserleiche sieht man nicht besonders vorteilhaft aus, ich habe mal eine Dokumentation darüber gesehen. Zumindest würde dann mein grüner Lidschatten farblich passen. Dabei fällt mir ein, ich habe auch mal im Fernsehen gesehen, was man tun soll, wenn man gerade dabei ist, mitsamt seinem Kleinwagen in einem Gewässer zu versinken: Schnell das nächstliegende Fenster herunterkurbeln, damit man unter Wasser die Wagentür öffnen kann. Das geht sonst nämlich nicht, wegen des Drucks. Ich kurbele also, als gäbe es Gold oder ein Schokoeis dafür. Dann warte ich. Das Auto muss nämlich vollständig unter Wasser sein, damit der Trick funktioniert, so habe ich das jedenfalls in Erinnerung. Ich hoffe, das war eine Sendung des öffentlich-rechtlichen Fernsehens, den privaten Sendern traue ich doch nicht so wirklich, wenn es um Leben und Tod geht. Das wäre jetzt übrigens ein guter Moment, um mein Leben in einer kleinen Zusammenfassung noch mal vor meinem inneren Auge ablaufen zu lassen. So richtig klassisch, mit Vorspann und Abspann und Soundtrack und allem Drum und Dran. Ich schließe also meine Augen und gucke (innerlich natürlich), was da kommt.

Nichts. Hm …

Ah, jetzt fängt es an zu flackern. Da kommen ein paar unscharfe Bilder.

Ich erkenne ein Kind, wie mit Super-8-Film aufgenommen, ein paar Familienszenen. Mich selbst erkenne ich nicht. Dann sehe ich, dass dieser Super-8-Film gegen die Wände einer Wohnung projiziert wird, es läuft ein sehr eingängiges Lied dazu, und dann kommt ein Slogan. Es ist … es ist Werbung für eine Bausparkasse. Das ist doch nicht zu fassen: Ich will dem Tod ins Gesicht sehen, tapfer noch einen letzten, gefassten Blick auf mein kurzes (na ja: mittellanges) Leben werfen, und was sehe ich? Einen Werbespot! Ich bin doch hier nicht im Multiplex-Kino! Kommt gleich etwa noch eine Lasershow?

Bevor diese Schlimmste aller Vorstellungen auch noch wahr wird, öffne ich meine Augen wieder und stelle fest, dass der Corsa nicht mehr weitersinkt. Anscheinend waren Kalle und Heiner noch nicht ganz fertig mit Ausbaggern, das Wasser reicht nur knapp bis zum Türgriff.

Der Vorteil: Ich saufe nicht ab. Ich werde noch nicht mal nass.

Der Nachteil: Wie soll ich denn jetzt die Tür aufmachen? Gegen den ganzen Wasserdruck? Das geht natürlich nicht.

Ich denke einen kurzen Moment nach, also so ungefähr fünf Minuten; dabei bekomme ich nasse Füße, weil das Wasser langsam durch die undichten Dichtungen der Türen durchsickert. Und dann fällt mir ein, dass ich ja auch einfach durch das Seitenfenster, das ja dank meiner blitzschnellen Reaktionsfähigkeit bereits vollständig geöffnet ist, hinausklettern könnte. Ich nehme meine *Aldi*-Tüten, lege sie nacheinander vorsichtig auf das Fahrzeugdach, dann hangele ich mich hinterher. Langsam gewöhnen sich meine Augen an die Dunkelheit. Der Corsa ist eine kleine, weiße Insel in dem dunklen Tümpel. Meine eigene Insel – davon hatte ich doch eben noch geträumt! Aber so ist das manchmal, wenn Träume wahr werden: Faktisch stimmt alles, aber es ist doch nie so, wie man es sich vorgestellt hatte.

Ich ziehe das aus, was von meinen goldenen Stöckelschuhen übrig geblieben ist, stopfe die zerschundenen Riemchen in eine der Tüten. Mein Kleid ist dort auch besser aufgehoben, also lasse ich mich nackt ins Wasser gleiten, nehme die provisorischen Gepäckstücke, die ich vorsichtig an ausgestreckten Armen über Wasser halte, und wate durch den muddeligen Teich an Land. Mit einem meiner T-Shirts trockne ich mich ab (ein Handtuch habe ich leider nicht eingepackt), ziehe mir endlich wieder einen diesmal sehr reellen Schlüpfer an (viel Stoff!) und das Kleid wieder über.

Wie komme ich jetzt hier weg? Zu Fuß? Ausgeschlossen. Meine armen Zehen und Ballen wurden heute schon genug strapaziert. Ein anderer Wagen kommt nicht in Frage, ich will niemanden bestehlen. Auf der Weide nebenan wiehert es. Ein Pferd! Wie romantisch! Auf dem Rücken eines prächtigen Rappen ziehe ich in die große weite Welt, mein Glück zu finden.

Blödsinn. Erstens ging das anders: Ein Prinz kommt auf einem Schimmel daher. So wäre das richtig. Aber ich bin viel zu realistisch, um auf solche romantischen Spinnereien hereinzufallen. Ich würde jeden dahergerittenen Prinzen sofort als Lügner und Heiratsschwindler identifizieren. Zweitens ist das Pferd, von dem das Wiehern kommt, genau genommen gar kein richtiges Pferd, sondern das Shetlandpony von Bauer Harms' Tochter. Die ist in die Pubertät gekommen und so schnell gewachsen, dass ihr das possierliche Tierchen nur noch knapp bis zum Knie reicht. Das Minipony würde wahrscheinlich gerade mal eine meiner Tüten tragen können. Außerdem kann ich gar nicht reiten. Und ich habe auch nicht vor, es jetzt in einem autodidaktischen Schnellkurs zu lernen.

Die letzte Möglichkeit, die mir einfällt: mein Fahrrad. Hinten in der Garage steht es, das alte Ding. Rostig und klapprig, aber soweit ich mich erinnern kann, fahrbereit. Ich fahre so gut wie nie Fahrrad. Als Kind war ich eine furchtlose Drahteselbeherrscherin, konnte freihändig den steilen Schulberg runtersausen und astrein auf dem Hinterrad fahren – sogar auf dem alten, schweren Adler-Rad von meiner Oma, obwohl das nahezu unmöglich ist. Doch dann kam der Tag des Hochgeschwindigkeitsrennens auf Rollsplit. Mit ordentlich Karacho sind wir die abschüssige Piste hinuntergebrettert, ich wollte gerade zum Überholen ansetzen und die Spitze erobern, da hat mich Ralf-Georg – wer sonst? – scharf ausgebremst. Mein Vorderrad krachte gegen sein Hinterrad, ich verriss das Lenkrad, verlor das Gleichgewicht und schlitterte bäuchlings über die Straße. Ich trug kurze Hosen und ein T-Shirt, der Rollsplitt fraß sich unter meine Haut. Das brannte höllisch. Noch heute habe ich Narben an den Knien und Händen. Seitdem fahre ich nur noch sehr selten Fahrrad. Und nur ungern. Aber jetzt muss es wohl sein.

Ich ziehe die alte Gurke hinter einer verwaisten Tischtennisplattenhälfte hervor. Zum Glück ist eine Luftpumpe dabei, die Reifen sind nämlich vom langen Stehen schlapp geworden. Ich bin schon ganz schön groggy, aber das Aufpumpen gelingt mir trotzdem. Mit je einer Tüte rechts und links am Lenker, den Rock seitlich zu einem dicken Knoten geschlungen, eiere ich davon. Ich hätte mir meinen Abgang ja etwas rasanter vorgestellt, doch ich bin sehr froh, dass es mir überhaupt gelingt, das Dorf zu verlassen.

Als ich die gerade, einsame Landstraße entlangradele, habe ich das Gefühl, von tausend Rehen angestarrt zu werden. Dieses etwas bizarre, aber noch ganz angenehme Gefühl weicht bald einer diffusen Angst, es könnten auch diverse Wegelagerer am Straßenrand lauern. Unweigerlich fallen mir sämtliche Gruselgeschichten wieder ein, die ich je in meinem Leben gehört habe. Inklusive die von dem Tramper, der die Axt im Wagen zurücklässt, und die von der Frau, die nach einer Panne im Auto auf ihren Liebsten wartet, während ein irrer Mörder mit dessen abgehacktem Kopf auf dem Dach herumtrommelt. So gesehen ist es vielleicht ganz gut, dass ich nicht mit dem Corsa gefahren bin. Dann blendet mein Gehirn liebenswürdigerweise noch die gesamte Berichterstattung zum Heidemörder und zum Göhrdemörder ein. Ersterer wurde gefasst, Letzterer nicht. Okay, ich bin hier weder in der Heide noch in der Göhrde, aber von beidem immerhin nicht so weit entfernt. Aber das wäre doch wirklich ein dummer Zufall, wenn ausgerechnet heute Nacht ausgerechnet hier jemand ausgerechnet auf mich lauern würde …

Lieber nicht weiter daran denken!

Lieber ein Lied singen. Ich versuche es mit *Dancing Queen* von ABBA, aber ich treffe den Ton nicht. Im Auto wäre das etwas anderes, wenn dort meine Abba-Kassette laut läuft, kann ich immer tadellos mitsingen. Wenn ich keinen Beifahrer habe und die Fenster geschlossen sind, versteht sich. Mir fällt ein, dass ich durch mein schiefes Gegröle ja erst recht jemanden auf mich aufmerksam machen könnte, und bin doch lieber still.

Vielleicht sollte ich auch das Licht, das erstaunlicherweise funktioniert, ausmachen und im Dunkeln pfeilschnell dahingleiten? Ach nee, das hatte ich ja heute schon, ich weiß, was dann passiert. Ich will zwar auf Tauchstation gehen, aber doch nicht wortwörtlich.

Lyrik soll ja ungemein entspannend wirken. Doch mir fällt nur der *Erlkönig* ein: Wer reitet so spät durch Nacht und Wind … Danke, sehr passend. Und dabei muss ich noch aufpassen, dass meine Tüten sich nicht in den Speichen verheddern und dass die fünf Quadratkilometer Stoff meines Kleides hübsch verknotet bleiben. Warum zum Teufel ist das Beamen, das ich als Kind in jeder Enterprise-Folge fasziniert verfolgt habe, nie wirklich erfunden worden? Das wäre doch wirklich mal eine gute, nützliche Sache, besser als all die Tarnkappenbomber – keine Ahnung, wozu so etwas gut sein soll – und sogar noch besser als die Concorde, die ja, wenn man den Menschen in den Illustrierten Glauben schenkt, kolossal unbequeme Sitze gehabt haben muss.

Hinter der nächsten Kurve leuchtet ein notgelandetes UFO und taucht seine ganze Umgebung in malerisches Blau. Es sieht aus wie ein Futuro-Haus. Gibt es die eigentlich auch in Blau? Ich werde magisch davon angezogen. Bestimmt werden mich die Außerirdischen entführen. Doch das ist mir egal, ich wittere Schokoriegel!

Je näher ich komme, um so mehr wird das UFO zur Tankstelle. Ich war noch nie ohne Auto bei einer Tankstelle und komme mir vor, als würde ich etwas Ungehöriges tun, als ich mein Rad an eine der Zapfsäulen lehne. Aber es hat nun mal leider keinen Ständer mehr, und die Glasscheibe des spacigen Raumschiffs erscheint mir noch ungeeigneter zu sein. Das hell erleuchtete UFO-Innere ist ein Süßigkeiten- und Zeitschriften-Paradies. Ich zähle allein siebenundvierzig verschiedene Schokoriegelsorten, die ich alle unbedingt haben muss, denn heute Nacht werde ich wohl keine Beeren mehr sammeln. Der Kassierer sieht mit seinem in langen Tentakeln vom Kopf abstehenden Haupthaar aus wie ein Alien. Ich weiß gar nicht, warum der mich ansieht, als sei ich von einem anderen Stern. Ach so, das muss an meinem immer noch hüfthoch geknoteten Rock liegen, der die Sicht auf meine schlammigen Beine und noch ein wenig mehr freigibt. Der soll sich mal nicht so anstellen, schließlich habe ich ein Höschen an.

Ich überlege kurz, ob ich mit Kreditkarte bezahlen soll. Dafür spricht, dass man, falls ich einem Verbrechen zum Opfer fallen, beispielsweise in den Harem eines unendlich reichen, aber ebenso grausamen Scheichs verschleppt würde, meine Spur immerhin bis hierher verfolgen könnte. Dagegen spricht, dass dann die letzte über mich bekannte Information sein wird, dass ich siebenundvierzig Schokoriegel gekauft habe. Und will ich wirklich, dass man mich so in Erinnerung behält, während ich im Harem mein zwar ungemein luxuriöses, letztendlich aber tristes Leben im goldenen Käfig friste? Lieber nicht. Zum Glück reicht mein Bargeld.

Draußen werde ich von einem schmerbäuchigen LKW-Fahrer angesprochen, den die Botschaften der doch eigentlich flächendeckend werbenden Kosmetikindustrie noch nicht erreicht haben.

»Ey, Zuckerpüppchen, kann ich dich irgendwohin mitnehmen?«

»Nein, vielen Dank«, antworte ich. Bin ich denn bescheuert? Der nennt mich Zuckerpüppchen und ich bedanke mich auch noch artig! Daran ist nur meine gute Kinderstube schuld, in der mir unkritische Höflichkeit in jeder Situation eingebimst wurde. Danke vielmals, Mutti. Mit Benimm lässt sich Mr. Unwiderstehlich der Landstraße nicht abwimmeln.

»Ach, hab dich nicht so, los, steig ein!«, rülpst er mich an. »Es wird auch nicht wehtun, ich habe einen ganz kleinen Pimmel.«

Ich schrecke entsetzt zurück. Hat mir dieser Widerling gerade Geschlechtsverkehr angeboten? Und mit einem winzigen Penis dafür geworben? Ich glaube, ich habe mich verhört. Wenn man nicht verstanden hat, was der Gesprächspartner gesagt hat, fragt man nach. Und zwar sagt man zu diesem Zweck nicht »Hä?« oder »Was?«, sondern »Wie bitte?« So habe ich es gelernt und will schon fast »Wie bitte?« sagen, da wird mir klar, dass eine solche Anstandsreaktion in dieser überhaupt nicht anständigen Situation ganz und gar nicht angemessen ist. Aber was ist angemessen? Einfach ignorieren, so tun, als wäre nichts? So habe ich bisher meistens in brenzligen Situationen reagiert. Mir ist einfach nie etwas anderes eingefallen, ich habe vor lauter Schreck nie den Mund aufgemacht. Aber das war mein altes Leben. Das ist Vergangenheit. Ich fühle mich zwar auch jetzt starr vor Schock, aber das vergeht nach einem kurzen Moment. Dann hole ich tief Luft und sage mit möglichst fester und gar nicht piepsiger Stimme: »Was erlauben Sie sich? Hören Sie sofort auf, mich zu belästigen!« Und weil mir das wirklich gut über die Lippen kommt, schicke ich selbstbewusst hinterher: »Ficken Sie sich doch lieber ins Knie, Sie ekliges Schwein, falls Ihr Ding dafür lang genug sein sollte. Aber gehen Sie mir vorher aus den Augen!« Ich bin richtig stolz auf meinen kleinen Monolog, traue mich dann aber doch nicht, die volle Wirkung auszukosten, sondern springe lieber schnell auf mein Fahrrad und entschwebe in die Nacht – begleitet von dem melodischen *Ka-zong-ka-zong-ka-zong* des losen Schutzblechs. Die Knie schlottern mir beim Treten, das liegt nicht nur an der ungewohnten körperlichen Anstrengung. Aber ich bin auch ganz schön stolz auf mich. Ich habe dem Feind ins Gesicht gesehen und ihm Paroli geboten! Auch wenn diese miese Laus genau genommen gar kein Feind ist – so ernst will ich dieses widerliche Wesen gar nicht nehmen. Das war ja noch nicht mal ein richtiger Mann. Denn welcher Mann würde mit dem Argument für sich werben, dass sein Schwanz klein ist? Das ist ja völlig absurd. Ich versuche, diesen unangenehmen Zwischenfall zu verdrängen.

*Der Wald steht schwarz und schweiget*. So heißt es doch in *Der Mond ist aufgegangen*, oder? Ich suche mir ein lauschiges Plätzchen auf meinem Lieblingshügel. Zugegeben, er ist der einzige Hügel weit und breit.

Es ist ganz schön mühselig, das Fahrrad durch das Unterholz zu zerren, hier könnte wirklich mal wieder jemand aufräumen. Andererseits kann ich so auch ziemlich sicher sein, dass hier weder der LKW noch der widerliche Fahrer desselben auftauchen.

Die Idee mit dem Lager aus Moos verwerfe ich recht schnell, das Moos hat sich beim Regen am Nachmittag vollgesogen wie drei Badeschwämme. Zum Glück habe ich in meinen beiden Tüten noch zwei Ersatztüten – man kann nie genug Plastiktüten haben, sagte schon meine Oma, die einen ganzen Küchenschrank voll davon hortete –, aus denen ich mir eine trockene Unterlage bastele. Warm genug ist es, und hell wird es auch schon wieder. Ich versuche zu schlafen.

Wie war das mit »und schweiget«? Es muss ein anderer Wald gemeint gewesen sein. Mein Wald zumindest knistert, faucht, zwitschert, knackt und knarzt wie verrückt und lautstark vor sich hin. Schnarchen Eichhörnchen, oder machen die so fiese Geräusche, wenn sie wach sind? Und wenn das kein Eichhörnchen ist, das da herumlärmt, welches Furcht erregende Tier könnte es dann sein? Ein Marder? Ein Dachs? Ein Bär? Ich mache mir mit ein paar Schokoriegeln Mut. Vielleicht verscheucht das knisternde Papier ja die heimische Tierwelt. Aber nein, die ist zivilisationsgeübt. Wahrscheinlich setzt gleich ein Flughund zum Sprung an und entreißt mir mein Mars. Gibt es hier überhaupt Flughunde?

So richtig weich ist der Waldboden nicht. Eher im Gegenteil. Überall bohren sich harte Teile durch mein provisorisches Lager. Und jetzt muss ich auch noch Pipi. Keine Toilette weit und breit. Ich bin ja nicht so für öffentliches Wasserlassen, aber das muss jetzt sein. Ich hocke mich hinter eine Tanne, komme mir aber ganz schön beobachtet vor. Da, der Vogel, der starrt mich an. He, guck weg, du Biest!

Mir wird klar: Ich bin nicht für das Leben in freier Natur geschaffen. Ich muss dringend wieder Kontakt zur Zivilisation herstellen. Falls man den Sündenpfuhl, aus dem ich mich davongemacht habe, überhaupt Zivilisation nennen kann.

Plötzlich tue ich mir unendlich Leid. »Es gibt *niemanden* in meinem Leben!«, sage ich in die Nacht. Erwartungsgemäß antwortet niemand.

Halt, jetzt bin ich ungerecht. Es gibt immerhin Brigitte, meine beste Freundin. Die sorgt sich bestimmt um mich. Die könnte ich ja mal eben anrufen und mich ein wenig von ihr aufheitern lassen. Es ist zwar schon halb zwei Uhr nachts, aber beste Freundinnen darf man immer anrufen, das ist allgemein bekannt. Freundinnen sind nämlich immer füreinander da. Selbst, wenn sie zurzeit ihren Herzallerliebsten besuchen, den sie nur ganz selten sehen. Sogar, wenn sie in ausgerechnet diesem Moment eine heiße Liebesnacht mit eben jenem raren Herzallerliebsten verbringen. Ich stelle mir lieber nicht vor, wie Brigitte zu Wolfgang sagt: »Ja, Schatz, ich komme gleich, uh, ah, ja, mach weiter so, aber erst muss ich mal kurz ans Telefon gehen und etwas mit Silke plaudern«, sondern tippe einfach ihre Nummer.

»Guten Tag, hier ist die Mailbox von *krchhkrchhhhüstelähh*Brigitte. Bitte hinterlassen Sie eine Nachricht nach dem Tonzeichen.«

Okay, es gibt wirklich niemanden. Zumindest im Moment nicht. Wie lange dauert dieser Moment? Kann man überhaupt noch von einem Moment sprechen, oder bin ich vielleicht schon eine Ewigkeit allein? So kommt es mir jedenfalls vor. Vielleicht sollte ich Mutti ... ? Aber nein! Ich verwerfe diesen Gedanken sofort. Meine Eltern nehmen grundsätzlich nach halb zehn keine Telefongespräche mehr entgegen, es sei denn, es handelt sich um einen Notfall. Und weil das alle wissen und deshalb niemand mehr nach halb zehn anruft, würden sie sofort denken, es sei etwas Schlimmes passiert. Und dann darf ich mir den Mund fusselig reden, um zu erklären, dass es völlig normal und in keinerlei Weise beunruhigend ist, wenn ihr einziges Kind sich nachts im Dickicht herumtreibt. Oder ich muss Details zur Heiner-Monique-Affäre erzählen – oder mir welche anhören. Bitte nicht! Allerdings war Muttis Sektkübelnummer spitze. So gut hätte ich das nie hingekriegt. Wahrscheinlich sind meine Eltern noch gar nicht zu Hause, sondern tanzen fröhlich auf dem Feuerwehrball; die Schlägerei dürfte inzwischen vorbei sein, danach machen bestimmt alle unbeirrt weiter mit Feiern. Oder sie sind zum Nachtvesper zu irgendwelchen Bekannten nach Hause gegangen, um dort gründlich die Vorratskammer zu plündern.

Ich stelle mir vor, dass ich mich an einem Schokoriegel verschlucke, keine Luft mehr bekomme und jämmerlich ersticke. Niemand wüsste, wo ich bin, und es würde Monate dauern, bis man mich findet, und dann noch mal Monate, bis meine Identität geklärt ist und mein in der Zwischenzeit natürlich nicht mehr ganz taufrisch aussehender Leichnam endlich würdig bestattet werden kann. Bis dahin haben mich alle schon so weit vergessen, dass keinem mehr eine vernünftige Rede gelingt, über mein Leben und wie ich so war. Das macht mich so traurig, dass ich mich an einem Schokoriegel verschlucke und heftig anfange zu husten. Ich bekomme keine Luft mehr und fange an zu röcheln.

Meine Tante hat mal auf offener Straße ein *Mon Cherie* gegessen, ziemlich gierig, wie sie zugibt, und dann keine Luft mehr bekommen. Ein von aufgeregten Passanten herbeigerufener Rettungswagen hat sie ins nächste Krankenhaus gebracht, dort musste ein Luftröhrenschnitt gemacht werden. So etwas stelle ich mir selbst von professionellen Kräften durchgeführt nicht gerade angenehm vor. Neulich habe ich im Fernsehen bei einer Survival-Soap gesehen, dass man das notfalls auch mit einem Kugelschreiber machen kann. Aber ich habe keinen Kugelschreiber! An was hätte ich denn beim Packen noch alles denken müssen?

Mit letzter Kraft keuche ich ein hartes Nussbröckchen aus meiner Luftröhre und falle danach dem Waldlärm zum Trotz in einen tiefen Dornröschenschlaf.

## *Samstag, 14. Mai*

Völlig gerädert wache ich auf. Ich brauche einfach mehr Komfort! Ich sehne mich nach einer etwas wohnlicheren Umgebung. Sollte ich ein Baumhaus bauen? Nein, blöde Idee, ich habe ja noch nicht mal Werkzeug dabei.

Etwas benommen sehe ich mich um. Die Sonne steht hoch am Himmel. Selbst ohne nennenswerte Pfadfinderausbildung erkenne ich, dass es Mittag sein muss – ich habe also erstaunlich lange geschlafen. Als ich mich aufsetze, spüre ich die Nachwirkungen deutlicher als vorher – mir tut alles weh.

Ich gehe ein paar Schritte an den Waldrand und richte meinen Blick in die Ferne. Da vorne steht eine alte Scheune. Sieht aus, als würde es dort reinregnen. Dann kommen Felder und dahinter, ganz gerade noch so zu erkennen: Die Werbefahnen der Musterhaussiedlung, die ich mit Mutti besichtigt habe. Einladend sieht das aus. Heimelig. Bestimmt ist Herr Wesseltöft schon dort. Sitzt gemütlich in der Wohnlandschaft und wartet auf Kunden. Oder auf mich? Verzückt verspeise ich einige Schokoriegel zum Frühstück.

Genau, das ist es: Ich werde in den Massivhauspark fahren. Ich werde ihn auskundschaften. Und dann werde ich heute Nacht dort probewohnen! Außerhalb der Öffnungszeiten ist da doch nichts los, und die Häuser sind, wenn auch nicht alle besonders geschmackvoll, immerhin vollständig und funktionstüchtig eingerichtet, wenn man mal von diesen *Nicht-benutzen*-Banderolen um die Toilettendeckel absieht. Aber es gibt bestimmt irgendwo einen Haupthahn, den man nur aufzudrehen braucht. Ich werde meine äußerst fragwürdige Zukunft testen, sie heimlich anprobieren wie ein Hochzeitskleid. Und außerdem werden sich meine Chancen, dem charmanten Fertighausverkäufer wie zufällig über den Weg zu laufen, um ein Vielfaches erhöhen. Also los! Herr Wesseltöft, ich komme!

Ich zwänge mein Fahrrad wieder durchs Gebüsch. Die ungebändigte Natur kann einem das Leben ganz schön schwer machen, denke ich, als mir ein zurückschnellender Ast gegen den Kopf schlägt. Aua! Dabei fällt mir etwas ein. Ich sehe an mir hinunter. Nein, kein schöner Anblick. Das Ibiza-Kleid sieht wenig urlaubsfrisch aus, und von meinen Beinen bröckelt der Moder aus Heiners Baugrubenbiotop. So kann ich keinem Menschen unter die Augen treten. Und schon gar nicht Herrn Wesseltöft.

Ich schlage mich zu dem kleinen Bach durch, der durch mein Wäldchen gluckert. Es ist kaum mehr als ein Rinnsal, aber zumindest besteht nicht die Gefahr, dass ich in ihm ertrinke.

Das Wasser ist eiskalt. »Nein, Silke – es ist frühlingsfrisch!«, ermahne ich mich streng und beginne, mich so gut wie möglich zu waschen. Bibbernd trockne ich mich dann mit einem T-Shirt ab und schlüpfe in eine frische Jeans und eins meiner Lieblingsshirts. Erstaunlicherweise fühle ich mich viel besser als vorher. Ich fahre mir sogar mit den Fingern durch die nassen Haare, um sie etwas zu ordnen. Mutti wäre stolz, wenn sie wüsste, dass ihre Tochter endlich zum Bürsten übergegangen ist.

Die Häuser in der Musterhaussiedlung sehen aus wie aus Lego: ähnlich, und doch jedes anders. Lego habe ich als Kind geliebt. Ich konnte stundenlang damit spielen und war zu

Weihnachten immer selig, wenn es neue Steine gab. Die weißen waren am wichtigsten, denn die brauchte ich für die Wände meiner selbst entworfenen Häuser. Dass jemand mal ernsthaft auf die Idee kommen könnte, genau diese Häuser maßstabsgerecht zu vergrößern und zu bauen, hätte ich mir nie träumen lassen. Aber wie das mit Träumen, die in Erfüllung gehen, eben so ist: Es ist nicht so, wie man sich das vorgestellt hat. Obwohl sie in Wirklichkeit natürlich viel kleiner waren, kamen mir die Lego-Häuser meiner Kindheit viel größer, geräumiger und prachtvoller vor. Das waren die Originale, diese hier sind nur ein dünner Aufguss von dem, was ich mir damals in meiner Phantasie ausgemalt habe.

Auf dem Rad kurve ich einmal durch die ganze Siedlung, vorbei an dem Architektenhaus von Frau Nelke, an einem Winkelbungalow, einem Nur-Dach-Haus, dem *Haus Edeltraut*, der Musterhalle in der Mitte der Musterhaussiedlung und dem Kellergewölbe von Herrn Kurz. Das dunkle Glas-Balken-Wunder von Herrn Wesseltöft sieht aus, als hätte es Heimweh nach dem Schwarzwald.

Ich sehe mich weiter um und vertreibe mir die Zeit, indem ich in jedes einzelne Musterhaus gehe und mich prüfend umsehe.

Als ich mit Mutti hier war, gab es am Ende des Parks noch eine Baustelle. Eine sehr ungewöhnliche Baustelle allerdings, ich dachte erst, dort würde ein Zirkus gastieren: Ein hoher Bauzaun umgab ein gigantisches Zelt, in dem es dröhnte, rumorte, hämmerte. Nun ist das Zelt weg und der Bauzaun durch einen ebenso hohen, ebenso abweisenden, aber immerhin blickdurchlässigen Metallzaun ausgetauscht worden. Dahinter prangt und leuchtet und protzt ein neues

Haus. Nicht irgendein beliebiges Haus, sondern ein Designerfertighaus. Eine berühmte Modedesignerin hat es entworfen. Es sieht nicht aus wie ein Pulli, sondern eher wie eine dieser überdimensionierten Fincas, die deutsche Prominente immer auf Mallorca bauen und dann wieder abreißen müssen, weil sie keine Genehmigung dafür hatten.

Ich parke mein Fahrrad in einem Carport und klemme die Tüten auf den Gepäckträger. Die sehen so schäbig aus, die klaut hier niemand.

Auf der Suche nach meinem neuen Wohnsitz gerate ich in die Fänge von Herrn Schrumpf – Oder hieß er Klein? Kurz? Irgendetwas Mickriges auf jeden Fall! – und muss mir gefühlte drei Jahre lang Vorträge über den Sinn und Zweck muffiger Kellerräume anhören. Leider bin ich nicht so rabiat wie meine Mutter und kann erst entkommen, als sich frischer aussehendes Kundenpotential nähert. Während seiner erschöpfenden Ausführungen überlege ich mir: Wenn ich schon hier in der Musterhaussiedlung, pardon, im Massivhauspark probewohne, dann muss ich mich doch nicht auf irgendeines der nächstbesten Durchschnittshäuser beschränken. Ich kann mir das aussuchen, das mir am meisten zu bieten hat. Und das ist ja wohl zweifelsohne die Designervilla. Zwar ist die ausgeführte Variante im mediterranen Landhausstil nicht ganz nach meinem Geschmack, und die vielen Gauben und Erker erinnern entfernt an schlecht sitzende Lockenwickler an einem *Bad-Hair-Day*, aber wenn ich mich so umsehe, muss ich zugeben: Was Besseres gibt es hier nicht. Also werde ich die nächste Nacht dort verbringen. Ich bin stolz auf mich: Ich habe eine Entscheidung getroffen! Ab sofort werde ich nicht mehr bloß abwarten, was passiert, sondern mein Leben selbst in die Hand nehmen. Mein neues Leben!

Zu meinem Entzücken entdecke ich, dass Frau Nelke und ihr Kollege anlässlich des einjährigen Jubiläums ihres Architektenhauses Würstchen braten. Ein gutes Omen!

*Solche niederen Tätigkeiten gehören eigentlich nicht zu meinen Aufgaben!*, steht der Musterhausdame deutlich auf der Stirn geschrieben, als sie mir missmutig zwei Portionen Ketchup auf die Thüringer presst. Es sind mehr Luftballons als Gäste bei der Grillparty; wahrscheinlich sieht Frau Nelkes Kollege so luftleer aus, weil er sie alle eigenmündig aufgeblasen hat. Die Luftballons, nicht die Gäste.

Die Wurst hält nicht lange vor, aber zum Glück gibt es einen Supermarkt in der Nähe. Am Zeitschriftenregal entnehme ich der *Bunte*, dass die Prinzessin sich nun doch von ihrem proletarischen Ehemann getrennt hat, um ein neues Leben zu beginnen. Ich bin versucht, ihr ein »Richtig so, Schwester!« zuzurufen, greife stattdessen aber doch lieber schweigend nach einer Fernsehzeitschrift. Mein Gott, das hätte ich ja fast vergessen! Heute Abend läuft die Endausscheidung des Grand Prix Eurovision de la Chanson! Der Grand Prix, oder wie es jetzt neumodisch heißt: der Eurovision Song Contest. Das wichtigste TV-Ereignis des Jahres hätte beinahe ohne mich stattgefunden! Ich schicke ein Stoßgebet gen Himmel, dass mein Luxus-Fertighaus mit einem funktionstüchtigen Fernseher ausgestattet ist.

Ein Grand-Prix-Abend ohne die richtige Verpflegung ist ähnlich undenkbar wie ein Schlagerwettbewerb ohne Ralph Siegel. Das Essen muss bestimmten nostalgischen Standards entsprechen, nichts Modernes, nichts, was man hierzulande in den siebziger Jahren noch nicht kannte, aber doch etwas mit einem Hauch Gediegenheit und Exotik, dem Geschmack der großen weiten Welt. Um es kurz zu machen: Toast Hawaii ist perfekt. Ein zeitloser Klassiker. Mit Dosenananas und einzeln verpackten Schmelzkäsescheiben. Ich kaufe alle Zutaten ein, packe noch ein paar Päckchen Erfrischungsstäbchen dazu und hole meine Reisetüten aus dem Carport.

Es ist fast 16.00 Uhr, eine gute Zeit für die Umsetzung meines Drei-Stufen-Plans.

*Stufe 1: Einschleusen!*

Das gelingt mir hervorragend. Zugegeben, das ist der einfachste Teil des Plans. Das Designerhaus dürfen Normalsterbliche nicht einfach so betreten, selbst, wenn sie gesteigertes Kaufinteresse vortäuschen. Nein, man muss sich zuerst in ein völlig überhitztes Zelt begeben, in dem fünfzehn unbequeme Klappstühle, ein Flachbildfernseher und zwei Ventilatoren stehen. Letztere drehen sich auf höchster Stufe und erzeugen im Zeltinneren ein kuscheliges Umluftbackofenklima. Besorgt um die Haltbarkeit der Kochschinkenscheiben und die Formstabilität des Scheiblettenkäses in einer meiner drei Tüten, und wohl wissend, dass ich mit diesen Accessoires nicht wie die klassische Villenkäuferin aussehe, nehme ich in der hinteren Stuhlreihe Platz und gebe mich der perfekt inszenierten Werbeverkaufsveranstaltung hin. Zunächst werden die anderen Backofeninsassen und ich mit einem so genannten Image-Film gefügig gemacht, denn, so behauptet der anwesende Musterhaus-

Fachverkäufer, der so glatt wirkt wie diese langen glibschigen Fische, die ich gerne geräuchert esse: »Für ein richtiges Erlebnis braucht man Information!«

Der Streifen besteht hauptsächlich aus Überblendungen von einem Stilleben aufs nächste, dazwischen räkelt sich die Designerin behaglich auf einem Sofa in der zu ihrer Haarfarbe passenden Wohnfarbe. Der Verkäufer informiert uns, dass es sich dabei nicht etwa um den Ton *Golden Retriever* handelt, wie ich angenommen habe, sondern um *Florentinisch Creme*. Ich denke bei solchen Wörtern unweigerlich an Nachtisch.

Eingelullt von der Hitze und dem Filmchen beginne ich zu phantasieren. *Ich sehe mich und Heiner im Wintergarten unseres Winkelbungalows sitzen, ich schenke Kaffee ein – für Heiner mit zwei Stück Zucker und einem kleinen Schuss Milch, das ist mir nach dreiundzwanzig Ehejahren so in Fleisch und Blut übergegangen, dass ich keine Sekunde mehr darüber nachdenke –, rühre in meiner Tasse und denke, dass ich die Geranien gießen müsste. Was Heiner denkt, weiß ich nicht. Ich könnte ihn fragen, traue mich aber nicht. Wir haben uns nach der Affäre mit Monique wieder versöhnt und schnell geheiratet, aber ein leichtes unterschwelliges Misstrauen ist geblieben. Doch das Haus und die gemeinsamen Anschaffungen halten uns zusammen. Die Fassade stimmt. Wir gelten als vorbildliches Paar. Einen Job habe ich nicht wieder gefunden, aber als Heiners Frau habe ich es auch nicht nötig, zu arbeiten. Heiner hat die Opelhandlung seines Vaters übernommen, dort helfe ich manchmal in der Buchhaltung. Kinder haben wir keine. Heiner hat seinen und meinen Eltern erzählt, ich sei unfruchtbar, aber die Wahrheit ist, dass wir nie wieder miteinander geschlafen haben. Ich finde meine Er-*

*füllung im kreativen Gestalten, besuche Kurse an der Volkshochschule – Makramee ist wieder stark im Kommen, ich habe schon ein paar Blumenampeln geknüpft – und treibe Sport. Ich weiß, das habe ich früher nie getan, aber meinem Körper tut das gut. Ich trage seit über zwanzig Jahren die gleiche Konfektionsgröße und so ziemlich auch dieselben Sachen, denn Heiner ist mit dem Kleidungsgeld nicht sehr großzügig. Manchmal esse ich nachts drei oder fünf oder sieben Tafeln Schokolade, dafür stehe ich sogar auf. Heimlich. Danach ist mir schlecht und ich muss mich in der Gästetoilette übergeben. Ansonsten geht es mir aber sehr gut. Wir lassen uns unsere Freiheiten. Ich gehe in meine Kurse und er – ehrlich gesagt, ich weiß nicht, wohin er geht. Manchmal nagt dieses Nichtwissen an mir und ich bekomme Kopfschmerzen, die mich tagelang nicht loslassen. Aber das gehört wohl dazu …*

Ich komme wieder zu mir, als die Designerin am Ende des Films in die Kamera seufzt: »Ich bin so traurig, dass das nicht mein Haus ist!« Fast tut sie mir Leid. Doch ehe mir ein paar mitfühlende Tränchen die Wangen herunterkullern können, redet der glatte Conférencier, der trotz seines dreiteiligen Anzugs kein bisschen zu schwitzen scheint, von Begehrlichkeiten, die geweckt werden sollen. Mir kommt das Wort ein bisschen komisch vor, besonders in Zusammenhang mit einem Haus, aber was weiß ich schon über Begehren? Ich fühle mich intellektuell und emotional überfordert. Doch ich muss durchhalten, denn ich will da rein. Deshalb versuche ich, den transpirationsfreien Mann telepathisch ins Haus zu bewegen. Er reagiert, ich und die anderen benommenen Gestalten, bei denen mehr oder eher minder Begehrlichkeiten geweckt wurden, dürfen sich erheben und ihm folgen. Die Dame vor mir trägt Minirock und hat von der Sitzfläche des Klappstuhls ein interessantes Muster auf der Rückseite ihrer bloßen Oberschenkel.

Das Haus, dieses »ultimative Produkt«, wie der Dreiteiler es nennt, lässt sich angeblich per Mobiltelefon steuern, deshalb tippt er hektisch auf die Tasten eines winzigen Exemplars ein, während wir über den langen, staubigen, aber zweifelsohne repräsentativen Kiesweg knirschen. Ich frage mich, was das soll. Was will er denn da steuern? Vor der Haustür, die keine normale Haustür ist, sondern ein Portal oder »die Pforte zum Glück«, wie Herr Nichtschwitz behauptet, hält er noch eine kurze Rede über Begehrlichkeiten, Wünsche und Erfüllung, und berührt dann mit seinem langen, spitzen Zeigefinger eine kleine schwarze Fläche rechts neben der Tür, die daraufhin geräuschlos aufschwingt. Es ist, als würde das Haus ihn verschlucken wollen. Dazu spielt Musik, ein klassisches Stück, das ich schon mal in einer Fernsehwerbung gehört habe, und alle Lichter gehen an. Ein beeindruckender Effekt.

»Biometrik«, triumphiert der Mann mit dem magischen Finger.

»Und was mache ich, wenn ich mal nach Hause komme und keine Musik hören will?«, fragt eine Frau, die mich sehr an meine Mutter erinnert. »Mein Mann und ich, wir sind da sehr empfindlich!«

»Sie können diesen Effekt natürlich auch ausstellen«, antwortet der Designhausexperte, zieht fast unmerklich – er ist ja Profi – einen Flunsch und tippt wieder auf sein Mobiltelefon ein. Die Musik läuft davon unbeeindruckt weiter und wird sogar noch ein wenig lauter. Er lächelt entschuldigend, murmelt etwas von Einstellungsmodalitäten und erhebt dann seine Stimme, um noch ein paar schwelgerische Sätze loszuwerden. »Das Quadrat zieht sich durch das Haus wie ein roter Faden!« und »Highlights, wohin das Auge schaut, Ideen, Inspirationen!«

Geblendet von dem sehr hellen Licht im Eingangsbereich (meint er das mit Highlight?) stolpere ich die Kellertreppe hinunter. Dort stehen drei Miniatur-Modelle des Hauses: Modern, Landhausstil und Mediterran. Im Original jeweils knapp dreihundert Quadratmeter groß. »Und sehr exklusiv, denn wo ein solches Haus steht, darf im Umkreis von fünfzig Kilometern kein weiteres gebaut werden«, erklärt man uns und fügt neckisch hinzu: »auch wenn die Nachbarn noch so neidisch sind!«

Ich entferne mich von der Gruppe und suche im Erdgeschoss nach einer Idee und Inspiration für den nächsten Punkt meines Plans.

*Stufe 2: Verstecken!*

Schon schwieriger. Alles so offen und übersichtlich hier. Die Küche geht in den Wohnbereich über, hier wurde sichtlich an Wänden gespart. Und durch ein Fenster im Fußboden des Essbereiches kann man sogar in den Weinkeller gucken. Der fällt also als Versteck auch aus.

Im Flur gibt es noch zwei Türen. Hinter der einen hängen Pullover, designed von der Designerin, wie groß auf den von den Ärmeln herabhängenden Schildern steht. Der Raum wäre perfekt – doch leider kann man ihn nicht betreten, weil direkt hinter der Tür eine Glasscheibe den Weg versperrt. Ich komme mir vor wie in einem Heimatmuseum, in dem die historisch bedeutungsvollen Ausstellungsstücke vor dem Zugriff marodierender Schulklassen geschützt werden müssen. Die andere Tür führt in ein kleines Kämmerchen, das rundherum mit Regalen ausgekleidet ist. Darauf stehen lauter Täschchen. Ein eigener Raum nur für Handtaschen – und mit einem toten Winkel, den man von der Tür aus nicht sofort einsehen kann. Perfekt für meine Zwecke! Meine Lebensmittel- und Klamottentüten machen zwar auf den recht knapp bemessenen Regalen keine so elegante Figur wie eine Kelly-Bag, aber sie passen hinein. Und ich quetsche mich in die Nische hinter die Tür. Jetzt muss ich abwarten, bis der nächste Punkt meines Plans quasi von selbst in Erfüllung geht.

*Stufe 3: Einschließen lassen!*

Ich warte. Und warte. Und warte. So extravagant, luxuriös und komfortabel so ein Handtaschenkämmerlein auch auf den ersten Blick und von außen wirken mag, so eng und unbequem ist es doch, wenn man sich längere Zeit darin aufhalten muss. Vor allem, wenn man noch jede Menge Gepäck und verderbliche Lebensmittel mit sich führt, die Temperatur über gefühlte achtzig Grad steigt und man mucksmäuschenstill sein muss, immer in Angst, entdeckt zu werden. Jeder, der schon mal in einer solchen Situation war und sich in einem Handtaschenzimmer versteckt hat, weiß, wie mir zumute ist.

Das Paillettenbeutelchen da vorne sieht auch schon ganz schlapp aus. Vielleicht bekommt ihm auch der Geruch des durch seine sorgfältige, mehrschichtige Plastikverpackung durchmüffelnden Scheiblettenkäses nicht. Immer, wenn die Tür aufgeht, drücke ich mich in den toten Winkel dahinter. Ich muss nur abwarten.

Draußen wird immer noch geredet. Dies ist die letzte Hausbesichtigung für heute, es ist schon halb sechs, aber die Herrschaften scheinen zu trödeln. Wollen die jede Mosaikkachel einzeln diskutieren? Die Stimme des Experten ist lauter als die anderen, enthusiastisch erklärt er die eingebaute Staubsaugeranlage. Dann geht die Tür neben mir wieder auf.

Jemand betritt den Handtaschenschrank.

*Verdammt!*

# *9. Kapitel* Ein Lied kann eine Brücke sein

*Samstag, 14. Mai, Spätnachmittag*

Ich halte die Luft an und verhalte mich möglichst unsichtbar. Die Tür geht schnell wieder zu. Wer auch immer reingekommen sein mag, er oder sie ist nicht wieder rausgegangen. Das heißt, wir sind jetzt zu zweit hier drin.

Erkennen, wer mir Gesellschaft leistet, kann ich nicht, denn das Licht in dieser Kammer funktioniert wie beim Kühlschrank: Tür zu, Lampe aus.

»Hallo«, flüstere ich ins Dunkle.

»Huch!«, sagt mein Gegenüber, ungefähr zwei Millimeter von meinem Gesicht entfernt. Und: »Entschuldigen Sie bitte. Ich dachte, ich wäre hier alleine. Ich werde natürlich sofort wieder gehen.«

»Nein, bleiben Sie nur. Es ist ja Platz genug da«, sage ich. Das ist natürlich Blödsinn, selbst eine Legebatteriehenne hätte sich hier noch bedrängt gefühlt. Aber ich meine, die Stimme wieder erkannt zu haben. Hoffentlich habe ich Recht: Mein eindeutig männlicher Gesellschafter klingt sehr nach … Herrn Wesseltöft! Allein der Gedanke, die vage Vermutung, lässt mein Herz schneller schlagen, es rattert wie die Nähmaschine beim Handarbeitskurs in der Volkshochschule, kurz bevor sie einen Kolbenfresser hat.

»Sind Sie nicht Herr Wesseltöft?«, frage ich mutig.

»Ja, aber woher wissen Sie das?«

*Juchuu!* Ich bin hier auf engstem Raum mit dem Tom Cruise der Fertighausverkäufer! *Wahnsinn!* Das Schicksal hat uns zusammengeführt! Ich bin kurz davor, laut loszujubeln, doch mir fällt ein, dass das erstens Stufe drei meines Plans gefährden und zweitens Herrn Wesseltöft irritieren könnte. Um Letzteres sollte ich mir allerdings nicht allzu viele Gedanken machen, verwirrt ist er sowieso schon.

»Woher kennen Sie mich? Wie haben Sie mich erkannt? Wer sind Sie überhaupt? Und was wollen Sie von mir?«, fragt er nahezu panisch.

»Ich will gar nichts von Ihnen«, lüge ich, um ihn zu beruhigen, setze dann aber bissig nach: »Die viel bessere Frage ist ja: Was wollen Sie hier drin?« Das klingt jetzt furchtbar selbstbewusst, zum Glück ist es so dunkel, da kann er nicht sehen, dass meine Wangen dunkelrot sind wie preisgekrönte Sauerkirschen. Bestimmt weiß er, dass ich nachts von ihm träume, dass er die Hauptrolle in meinen wildesten Phantasien spielt. Natürlich weiß er das! Das ist doch ganz offensichtlich!

»Ich mache Überstunden«, sagt Herr Wesseltöft.

»In der Handtaschenkammer?«, frage ich skeptisch.

»Ich wollte nur kontrollieren, ob das Licht auch wirklich ausgeht, wenn man die Tür schließt. Bei einem Energiesparhaus sind solche Details ungemein wichtig. Man sollte die Kunden nicht unterschätzen, die achten auf so etwas. Sind Sie eine Kundin?«, fragt er diensteifrig.

»Gewissermaßen«, weiche ich aus. Er erinnert sich nicht an mich. Er erkennt mich nicht wieder! Okay, wie auch, im Finstern, hier würde ich ja noch nicht mal eine Mousse au Chocolat erkennen, die man direkt vor meiner Nase schwenkt, räume ich zu seiner Entschuldigung ein. Trotzdem bin ich ein wenig enttäuscht. Und überhaupt, was glaubt der eigentlich? Dass ich auf so eine lächerliche Erklärung reinfalle? Natürlich habe ich mich als Kind immer gefragt, ob das Licht im Kühlschrank wirklich ausgeht, wenn man die Tür zumacht, eins der großen Mysterien der Welt, ähnlich faszinierend wie Raumfahrt, Lagerfeuer, verlassene Höhlen und Dinosaurier. Aber ich bin doch keine fünf mehr! Und wenn er mir gleich einen improvisierten Verkaufsvortrag hält, dann muss ich mir noch mal überlegen, ob ich ihn wirklich so attraktiv finde.

Obwohl: Seine Stimme ist schon sehr angenehm. Warm und cremig. Soll er nur reden!

Tut er aber nicht.

Schweigend stehen wir eng nebeneinander. Hoffen, dass keiner der anderen Hausbesichtiger die Tür aufreißt. Hoffen, dass bald alle gehen. Hoffen, dass es nicht noch heißer wird. Hoffen, dass wir hier bald wieder raus dürfen.

Jetzt denke ich schon in der Wir-Form! Was weiß ich überhaupt, was dieser Mann hofft? Der spricht ja noch nicht mal mit mir! Er hat ganz offensichtlich etwas zu verbergen.

Bestimmt fünf Minuten schweigen wir uns auf engstem Raum an.

»Was riecht hier denn so komisch?«, fragt Herr Wesseltöft schließlich und schnüffelt lautstark. »Haben Sie etwa Lebensmittel mit ins Haus gebracht?«

»Scheiblettenkäse«, gebe ich zu. »Wahrscheinlich tropft der gleich aus der Tüte. Es sei denn, der Kochschinken hält ihn davon ab.«

»Klingt nach Toast Hawaii.« Der Herr kennt sich aus.

»Wie kommen Sie denn darauf?« Ich kann ja schlecht zugeben, dass er mich und meine Pläne durchschaut hat.

»Ich habe genau das Gleiche schon in der Küche deponiert. Dazu natürlich Ananas und Toast.«

Ach, sieh mal an! »In welcher Küche?«, frage ich nach.

»In dieser Küche. In diesem Haus«, gibt Herr Wesseltöft zu. Die Dunkelheit, die Hitze und die Enge lässt langsam ein Gefühl der Vertrautheit zwischen uns entstehen. Meinetwegen könnten wir für immer hier bleiben. Glücklich vereint im Handtaschenkämmerchen, bis an unser seliges Ende. Nein, vielleicht doch nicht.

Wofür braucht Herr Wesseltöft Zutaten für Toast Hawaii? Und dann noch in diesem Haus? »Warum?«, frage ich laut.

»Heute Abend …« Er räuspert sich. »Heute Abend kommt doch der Grand Prix Eurovision de la Chanson im Fernsehen. Und dazu gehören einfach Hawaii-Toast, Perlzwiebeln und Erfrischungsstäbchen.«

Perlzwiebeln! Ich wusste doch, dass ich beim Einkaufen etwas vergessen habe. »Sie haben völlig Recht«, sage ich.

»Das freut mich, dass Sie das auch so sehen. Sicher wundern Sie sich, dass ich hier bin.«

Och nein. Soll ich ihm vielleicht sagen: *Für mich sind Sie ein Geschenk des Himmels, was soll ich mich da groß wundern?*

Aber Herr Wesseltöft erklärt brav weiter: »Vorgestern ist mein Fernseher kaputtgegangen. Erst wurde das Bild ganz grün, dann verschwand es völlig. Weil ich mein Konto überzogen habe, konnte ich mir nicht sofort einen neuen kaufen. Aber der Grand Prix muss sein! Es wäre mir unerträglich, ihn zu versäumen! Und da dachte ich, hier gibt es doch diesen wunderbaren Flachbildschirm. Und abends ist hier eh niemand.«

»Und warum legen Sie dann nicht einfach Ihren Finger auf den schwarzen Zauberkasten und öffnen die Haustür wie ein anständiger Musterhausvertreter, statt sich hier zu verstecken?«, fragte ich spitz nach.

»Na ja, weil, ähm …«

Ausgerechnet in diesem Moment klingelt mein Mobiltelefon. »Ich kann gerade nicht«, zische ich dem Anrufer, wer auch immer das sein mag, entgegen.

»*Silke! Geht es dir gut? Wo bist du?*«, brüllt Brigitte so laut, dass man es bestimmt bis ins fußbodengeheizte Kinderbadezimmer im ersten Stock hört.

»Jaja, alles okay«, flüstere ich. Manchmal ist ihr Timing also doch nicht perfekt. Gestern hätte ich sie gebraucht, oder heute Vormittag. Aber doch nicht jetzt, wo meine geheimsten Wünsche in Erfüllung gehen! Und ich es ihr noch nicht mal erzählen kann. Was würde Herr Wesseltöft denken, wenn ich meiner besten Freundin einen kurzen Lagebericht über die Sardinenbüchsensituation mit meinem heimlichen Schwarm gäbe? Wahrscheinlich würde es mir nicht gelingen, das Ganze so zu verschlüsseln, dass er nicht darauf kommt, dass er gemeint sein könnte. Deshalb sage ich nur kurz: »Es ist alles in Ordnung. Ich rufe dich später zurück!«, und schalte das Telefon ab.

Herr Wesseltöft hat inzwischen Luft geholt, soweit das in

diesem drückenden Schmelzkäseklima überhaupt möglich ist, und schleudert mir, statt meine Frage ordnungsgemäß zu beantworten, ein forsches »Und was machen Sie eigentlich hier?« entgegen.

Ich will mich nicht mit der billigen *Ich-bin-Kundin-und-achte-auf-Details*-Nummer herausreden, obwohl er mir dafür die Vorlage geliefert hat. Die Basis für eine echte, tiefe Beziehung ist schließlich Vertrauen. Und die Grundlage dafür ist wiederum Ehrlichkeit. Deshalb sage ich: »Das ist eine lange Geschichte. Die Kurzversion: Ich will auch den Grand Prix gucken.« Das ist jedenfalls nicht gelogen. Aber wird er sich damit zufrieden geben?

»Ich höre gar keine Stimmen mehr«, sagt Herr Wesseltöft. Eine Spontanheilung einer schizoiden Persönlichkeit, ausgelöst durch meine vage Antwort? Ich reagiere mal lieber nicht, vielleicht habe ich die Situation ja doch ganz falsch eingeschätzt.

»Keine Stimmen mehr«, wiederholt er. »Draußen. Die sind alle weg. Wir können hier raus.«

Er hat Recht: alles leise.

Herr Wesseltöft öffnet vorsichtig die Tür, das Licht geht an, ich bin kurz geblendet, dann sehe ich ihn direkt vor mir, seine breiten Schultern, seinen Hinterkopf. Sein dichtes Haar. Er beachtet mich nicht weiter, sondern wirft einen Blick in den Flur. Nein, die Halle. Den gediegenen Eingangsbereich. Oder wie man das bei Designhäusern eben nennt.

»Die Luft ist rein. Ich würde vorschlagen, dass Sie Ihren Vorräten nun einen kleinen Aufenthalt im Kühlschrank gönnen. Vielleicht ist ja noch etwas zu retten.«

Das mache ich dann mal. Herr Wesseltöft, ganz beflissener Hausverkäufer, geleitet mich in die Küche und öffnet mir den Kühlschrank. Als ich die Sachen einräume, mustert er mich.

»Ich kenne Sie«, sagt er unvermittelt.

Hurra, er erinnert sich an mich!

»Sie waren mit der Frau da, die so wild aufs Fensterputzen ist.«

Hmpf. Na toll. Das ist ja wunderbar. Er erinnert sich nicht an mich, sondern an meine Mutter! Daran werde ich noch lange zu knacken haben. »Ja, genau«, antworte ich gefasst.

»Und Sie wollen mit Ihrem Verlobten ein Haus bauen.«

»Wollte ich. Wobei, nein, ich weiß nicht, ob ich das überhaupt wirklich wollte oder ob ich einfach nur nichts dagegen hatte und es sich deshalb so ergeben hätte.«

»Das klingt ja kompliziert.«

»Ist es aber gar nicht. Es gibt nämlich keinen Verlobten mehr. Deshalb wird es auch kein Haus geben. Jedenfalls nicht für mich. Und deshalb bin ich jetzt hier.«

»Das scheint wirklich eine längere Geschichte zu sein«, murmelt Herr Wesseltöft. »Was haben Sie denn mit Ihrem Verlobten gemacht?« Er mustert mich misstrauisch und sieht sich um. Denkt der, ich stürze mich mit einem der Fleischermesser auf ihn, die in dem Edelstahl-Designer-Messerblock sehr dekorativ zur Verfügung stehen?

»Ich? Gar nichts! Der hat etwas gemacht. Der prügelt sich öffentlich um eine andere. Und im Wald war er mit ihr auch schon …« Was erzähle ich hier eigentlich? Das geht den doch gar nichts an. Und was wird er bloß von mir denken? Dass ich eine verbitterte Frau bin, die sitzen gelassen wurde und sich aus lauter Frust und Eskapismuswunsch dem Samstagabendshowprogramm zuwendet? Bis auf das »verbittert« stimmt das ja sogar … Aber deshalb soll er das noch lange nicht denken!

»Ich denke, wir beide brauchen jetzt erst mal einen Eierlikör«, sagt Herr Wesseltöft.

Der Mann ist ein Traum! Er weiß, was Frauen wollen. Was *ich* will. Mein Seelenverwandter! Eierlikör gehört natürlich unbedingt zu einem Grand-Prix-Abend dazu, wie konnte ich das nur vergessen! Und zwar nicht irgendein alkoholisierter gelber Glibber, sondern Markenlikör. *Ei, ei, ei!*

Wir heben die randvollen Designergläser, Herr Wesseltöft sagt: »Ein bisschen Frieden«, wir stoßen an und – nippen. Eierlikör muss man genießen. Langsam. Wie Vanillepudding legt er sich sanft auf die Zunge. Hey, ich glaube, so fühlt sich ein Kuss an.

»Ich liebe Eierlikör!«, seufzen wir beide gleichzeitig.

*Wenn zwei Menschen ein Wort gleichzeitig sagen, sind sie mindestens ein Jahr zusammen glücklich*, sagte meine Oma immer. Und das galt nur für ein Wort – der ganze Satz hat eins, zwei, drei Wörter. Macht drei Jahre gemeinsames Glück mit Herrn Wesseltöft. Nicht, dass ich mich auf solchen Aberglauben verlassen würde. Aber schaden tut das bestimmt nichts. Und dann war das ja auch noch ein Satz, der mit »Ich liebe« anfing! Das sind ja schon zwei Drittel der entscheidenden magischen drei Worte, die Männer so schwer aussprechen können. Heiner hatte damit jedenfalls immer Probleme. Was heißt Probleme? Er hat es einfach nie gesagt. Warum auch? War ja eh klar – dachte er.

Ich habe ihn zwei Mal gefragt, ob er mich liebt. Beim ersten Mal hat er »Aber klaro!« geantwortet, das war noch in der romantischen Phase. Beim zweiten Mal, einige Jahre später, brummelte er nur: »Weißt du doch.« Ach so, ich wusste es also. Dann war es wohl dumm von mir, zu fragen. Von da an bin ich davon ausgegangen, dass es wohl so ist (schließlich »wusste« ich es ja angeblich) und habe nicht mehr gefragt. Ist auch nicht so wichtig, dass man sich so etwas immer sagt. Aber trotzdem: Jedes Mal, wenn ein auch nur mittelmäßig begabter Schauspieler in einem langweiligen Fernsehfilm den alles entscheidenden Satz »Ich liebe dich« sagt, bin ich zutiefst gerührt. Am schlimmsten ist es bei Wiederholungen der Serie *Unsere kleine Farm*. Drei Viertel des gesamten gesprochenen Textes scheinen aus ausgerechnet diesen Worten zu bestehen.

Aber jetzt mal immer mit der Ruhe. Schließlich hat Herr Wesseltöft das ja nicht zu mir gesagt, sondern zum Eierlikör. Er schenkt uns noch mal nach, wir genießen schweigend.

»Wir haben uns also beide hier eingeschlichen«, fasst Herr Wesseltöft die Lage kurz zusammen.

»Um den Grand Prix d'Eurovision de la Chanson zu gucken«, ergänze ich.

»Und das ist zu zweit viel amüsanter als alleine«, sagt Herr Wesseltöft. »Das heißt also, dass wir den Abend gemeinsam verbringen werden. Falls Ihnen bei Ihrem harten Schicksal mit dem Verlobten überhaupt nach Amüsement zumute ist«, fügt er hinzu. Wie taktvoll!

»Aber sicher!«, sage ich möglichst überzeugend. »Was interessieren mich meine Verlobten von gestern?« Wir müssen beide lachen und stoßen noch einmal mit unseren Likörgläsern an.

Dann zeigt Herr Wesseltöft mir das Haus. Wie Geheimagenten schleichen wir über das Bambusvollholzparkett die Freitreppe unter der Lichtkuppel nach oben. Ich bestaune die elegant verputzten Wände, die sich ganz samtig anfühlen. In allen anderen Häusern klebt Raufasertapete. Ich dachte, die Wände werden schon so geliefert, fertig tapeziert. Doch Herr Wesseltöft klärt mich über die Massivbauweise auf: Da schwitzen noch echte Maurer mit echten Steinen. Trotzdem ist es mir neu, dass Wände einfach wie Wände aussehen dürfen – ganz pur und kahl und eigentlich nackt, aber trotzdem schön. Bisher war in jedem Raum, in dem ich war, mindestens mit Raufaser tapeziert (außer in der Schule, das war ein moderner Sichtbetonbau, der allerdings mein ästhetisches Empfinden nicht direkt ansprach, das mag aber auch an der Ablenkung durch die Lehrer und Mitschüler gelegen haben.). Zumindest jeder Wohnraum. Die teurere Variante ist die Glasfaserstrukturtapete meiner Eltern, die laut meiner Mutter besonders wohnlich wirkt. Auf jeden Fall mussten Wände entweder Muster oder Huppel haben. Man musste drüberstreichen und etwas fühlen können. Etwas, das nicht unmittelbar Wand war. Aber hier, hier durften sie sein, was sie wirklich sind: Wände. Oha, der Eierlikör in Kombination mit dem Designerhaus verschafft mir völlig neue Erkenntnisse … die ich, wenn ich sie doch schon habe, sofort verbalisiere.

Herr Wesseltöft lauscht interessiert meinen Ausführungen, nickt und streichelt dabei hingebungsvoll eine Wand. Wir werden redselig. Wir unterhalten uns darüber, wie sich

Dinge anfühlen, befummeln amüsiert das Mosaik im großen Badezimmer, werden beim Anblick eines froschförmigen Seifenhalters schlagartig sentimental, denn wir machen uns beide Gedanken über das Aussterben der Amphibien im Allgemeinen und das plötzliche, unheimliche Verschwinden der Goldkröte im Besonderen; wir sind beide sehr besorgt, denn vor allem Frösche sind so niedlich. Um unsere Betroffenheit zu überwinden, trinken wir einen weiteren Eierlikör und unterhalten wir uns über Saison-Joghurts. Wir beide bevorzugen die gehaltvolleren Wintervarianten. Herr Wesseltöft favorisiert die Geschmacksrichtungen Lebkuchen und Zimtstern, ich neige zu Marzipan-Orange. Auf die Sommer-Joghurts könnte man unserer Meinung nach verzichten. Wer braucht schon Limette-Granatapfel? »Da zieht sich einem ja schon beim bloßen Anblick des Bechers der Mund zusammen und alle Gedanken werden säuerlich«, stelle ich fest. Herr Wesseltöft ist genau meiner Meinung.

Wir hören gar nicht auf zu reden, die Gesprächsthemen werden immer spannender: Sollte man Horoskopen nur glauben, wenn sie positive Entwicklungen voraussagen? *Ja!* Sollte man Ansichtskarten schreiben? *Unbedingt!* Sollte man jede Nacht mindestens zehn Stunden schlafen können und trotzdem noch unendlich viel Freizeit haben? *Ja. Aber nur, wenn man sie auch zu nutzen weiß, wir empfehlen eher eine Art mobiles Zeitkonto, auf dem man die freie Zeit sparen kann, wenn man sie gerade nicht so dringend braucht.* Sollten Freunde rund um die Uhr erreichbar sein? *Natürlich.* Sollte man klar und deutlich sagen, was man will? *Genau!* Eine neue Erkenntnis von mir. Muss ich nur noch üben. Herr Wesseltöft verspricht, mich dabei zu unterstützen.

Mittlerweile haben wir das Haus durchquert – nur vor einer geheimnisvollen gläsernen Brücke, die zu einem mysteriösen Nachbargebäude führt, hat mich Herr Wesseltöft mit der Begründung »zu gefährlich, man könnte uns sehen« zurückgehalten – und sind wieder in der Küche.

»Ich möchte jetzt Toast Hawaii und noch mehr Eierlikör!«, sage ich so klar und deutlich, wie das der bisher genossene Eierlikör noch zulässt.

»Ganz wie meine bezaubernde Begleiterin wünschen«, sagt Herr Wesseltöft und öffnet mit einer galanten Bewegung den Kühlschrank. Ich bin so entzückt, dass ich fast in Ohnmacht falle. Ein Mann kocht für mich! Ich glaube, das ist noch nie vorgekommen, in meinem ganzen Leben nicht. Das ist bei uns im Dorf auch völlig unüblich. Ich versuche, mir meinen Vater oder Heiner am Herd vorzustellen, aber dazu gibt es einfach kein passendes Bild. Am Grill vielleicht, denn echte Männer kochen nicht, sie kokeln, so die landläufige Meinung. Ich wusste gar nicht, dass das auch anders sein kann. Klar, in den Zeitschriften sind hin und wieder Starköche abgebildet, aber das ist schließlich deren Beruf. Männer tun ja einiges, wenn man ihnen genug Geld dafür gibt. Die verkaufen ja sogar Autos. Oder Häuser.

»Warum verkaufen Sie eigentlich Häuser?«, frage ich Herrn Wesseltöft.

»Um Geld zu verdienen«, antwortet er.

»Und das ist alles?«

»Nein. Eigentlich habe ich mir das ganz anders vorgestellt. Ursprünglich wollte ich Architekt werden. Aber meine Noten in Mathematik waren so schlecht, dass ich es mir habe ausreden lassen. Statik-Berechnungen hätte ich mir niemals zugetraut. Und meine Eltern dachten, ein Studium würde mich nur arrogant machen. Sie hatten Angst, dass ich dann denke, ich sei etwas Besseres und würde auf sie herabsehen. Sie wollten, dass ich etwas Anständiges lerne. Ein Freund von einem Bekannten meines Vaters arbeitet bei der Firma hier – so bin ich an meinen Job gekommen. Am Anfang dachte ich noch, dass es vielleicht ganz schick ist, interessanten Menschen schöne Häuser zu verkaufen, in denen sie ihr Leben lang glücklich sind. Aber inzwischen weiß ich: So glücklich, wie es auf den ersten Blick aussieht, sind die meisten gar nicht. Und die Häuser machen es nicht besser. Allerdings können gemeinsame Schulden eine Ehe auch ganz schön haltbar machen. Ich weiß ja nicht, wie das bei Ihnen ist. Aber Ihren Andeutungen nach sind Sie auch nicht glücklich. Wahrscheinlich ist es besser, wenn Sie kein Haus kaufen.« Herr Wesseltöft beendet seinen Monolog, um Butter auf die Toastscheiben, die er sich zurechtgelegt hat, zu schmieren. Vorher hat er sie getoastet, das ist der Trick, damit das ganze Gericht überhaupt schmeckt.

Meine Augen werden leicht wässrig, weil er meine Situation so genau durchschaut hat.

»Sie haben Recht!«, schluchze ich höchst dramatisch. »Sie haben ja so Recht! Aber *Sie* sind auch nicht glücklich. Das kann ich fühlen!« Völliger Blödsinn. Wie sollte ich fühlen, dass jemand anderes unglücklich ist, wo ich mich doch sogar weigere, meinem eigenen bedauernswerten Schicksal fest in die derangierte Fratze zu sehen? Meistens fühle ich nichts – oder Appetit auf etwas Süßes. Und eine gewisse Leere. Man kann wirklich nicht sagen, dass ich mich anderen Menschen besonders sensibel nähere. Ach, welche Selbsterkenntnis! Und was nützt sie mir? Nichts.

Wir sind schon längst bei der zweiten Flasche Eierlikör, Herr Wesseltöft schenkt beherzt nach. Dann sieht er mich an und sagt: »Ein bisschen Frieden!« Wir stoßen an.

»Sie sind ein erstaunlicher Mensch!«, erkennt Herr Wesseltöft und ich fühle mich geschmeichelt. »Sie können gleichzeitig essen und in meine Seele schauen.«

Leicht verschämt lege ich die Kochschinkenscheibe, die ich gerade ebenso rasch wie die drei sorgfältig zu mundgerechten Paketen gefalteten Schmelzkäsescheiben verschlingen wollte, wieder zur Seite und hefte meinen Blick befangen auf die Ananasdose. Er greift zum Dosenöffner, setzt an und schneidet mit energischen Bewegungen den Deckel ab. Mit einer Gabel fischt er einen Ananasring raus und reicht ihn mir: »Nehmen Sie den als Zeichen meiner Verbundenheit. Und jetzt beginnt der glamouröse Teil des Abends!«

Herr Wesseltöft schiebt das Blech mit den Hawaii-Toasts in den vorgeheizten High-Tech-Ofen (es ist mir ein Rätsel, wie es ihm gelungen ist, das Teil korrekt zu bedienen, ich hätte noch nicht einmal die elegant versenkte und verblendete Leiste mit den Schaltern gefunden), hält mir galant den Arm hin und führt mich zur großzügigen Sitzlandschaft, auf die ich mich möglichst attraktiv hinlümmle. Ich bin sehr froh, dass ich heute wieder Jeans trage und kein Ibiza-Kleid. Selbst eine Unterhose, die diesen Namen auch verdient, habe ich an. Ich bin gerüstet. Fühle mich der Situation gewachsen. Er hat mir eben einen Ring geschenkt! Wie romantisch! Okay, es war ein Ananasring aus der Dose, aber es ist doch letztendlich das Symbol, das zählt. Noch nie hat mir jemand einen Ring geschenkt. Also kann ich die Bedeutung gar nicht richtig einschätzen, weil es mir an Erfahrung mangelt. Aber ich werte es mal als, nun ja, bedeutsam. Als Zeichen für eine gemeinsame Zukunft, vorsichtig ausgedrückt.

Und die beginnt genau in diesem Moment. *Da daa da da daa da daaaa da!* Eingeläutet durch die Eurovisionsmelodie. Unser Lied!

Und gleich werden ganz viele weitere »unserer Lieder« folgen. Von Malta bis Serbien-Montenegro wird man sich darum bewerben, das perfekte Lied beisteuern zu dürfen, das die gemeinsame glückliche Zukunft von Herrn Wesseltöft und Silke Meiners stets treu begleitet. Ein Song, der bei unserer Hochzeitsfeier in der Kirche vom Organisten interpretiert wird, ein Song, der noch unsere Enkel wehmütig stimmen wird, weil sie sich dabei an unsere große Liebe erinnern, ein Song, zu dem wir auf unserer Diamanthochzeit Walzer tanzen werden, egal, ob das vom Rhythmus her passt oder nicht. Bis dahin werde ich ja wohl auch Walzer tanzen gelernt haben.

Fasziniert beobachte ich, wie auf dem Bildschirm eine Sängerin unbestimmter Herkunft von zahlreichen Tänzerinnen mit Tüchern umwirbelt wird, während ihr ohnehin schon bedrohlich tief sitzender Rock in die Kniekehlen zu rutschen droht.

»Die Tänzerinnen haben Laufmaschen«, bemerke ich. »Wahrscheinlich, weil sie vergessen haben, ihre Schuhe anzuziehen.«

»Da es Tänzerinnen sind, sind es keine Laufmaschen,

sondern Tanzmaschen«, bemerkt Herr Wesseltöft feinsinnig. Ich kugele mich amüsiert auf dem Sofa. Er ist bestimmt der lustigste Mann auf der ganzen Welt. Und so attraktiv! Wie lässig ihm diese eine Strähne über das rechte Auge rutscht … Der spanische Ricky-Martin-Verschnitt auf der Grand-Prix-Bühne wirkt dagegen so sexy wie Heiner beim Essen. Oha, bloß nicht an Heiner denken! Um mich davon abzulenken, konfrontiere ich Herrn Wesseltöft mit meiner Kostümwechsel-Theorie: »Der Spanier zieht seine Jacke aus! Das ist gut, das gibt Punkte! Egal, wie schlecht der Song sein mag, ganz wichtig ist, dass das Bühnenoutfit erstens möglichst spektakulär aussieht und zweitens während des Auftritts variiert wird.« Ich bin ein wenig überrascht, dass mir dieser komplizierte Sachverhalt noch fehlerfrei über die Lippen geht, aber schließlich ist das eine Theorie, die ich schon sehr lange verfolge. Hat sich immer wieder bestätigt! Man denke an diese baltische Sängerin, der die Tänzer den Anzug vom Leib rissen, worauf ein Flamenco-Kleid zum Vorschein kam. Das hatte überhaupt keinen Bezug zu dem nur mäßigen Song – und auch nicht zu ihrer Nationalität –, aber dieser kleine Kniff hat ihr letztendlich den Sieg gebracht. Weitere Beispiele fallen mir leider im Moment nicht ein, was Herr Wesseltöft bemängelt. Die britische Sängerin, die barfuß auftrat, weil sie ihre Füße zu groß fand – vielleicht waren auch nur ihre Schuhe zu klein? – lässt er nicht gelten. »Tut mir Leid, ich habe ernste Zweifel an Ihrer Theorie.«

»Das kommt nur daher, weil Sie texthörig sind«, entgegne ich spitz. Herr Wesseltöft glaubt, mit einem bedeutsamen Text in möglichst vielen verschiedenen Sprachen – damit möglichst viele verschiedene Menschen die Bedeutsamkeit verstehen –, könnte man Sympathien und damit Punkte gewinnen. Was für ein ausgemachter Blödsinn! Er führt diesen deutsch-türkisch-hebräischen-Ralph-Siegel-Song an, der in Jerusalem den zweiten Platz gemacht hat. Ha, was für ein lächerliches Beispiel! »Der zweite Platz«, wiederhole ich mit deutlicher Betonung auf *zweite*, »daran sieht man ja schon, dass an Ihrer Theorie nichts dran sein kann.«

Unser erster Streit! Wir sind leidenschaftlich, wir sind hitzig, wir reden uns in Rage, wir bewerfen uns sogar mit Perlzwiebeln, und fast hätten wir die Hawaii-Toasts im Ofen verschmurgeln lassen. Doch zum Glück hat Herr Wesseltöft den Kurzzeitalarm eingestellt, und ein sanftes Designerpiepen holt uns in die Realität zurück. Herr Wesseltöft serviert, schenkt noch einmal unsere Gläser voll, und wir versöhnen uns mit einem »Ein bisschen Frieden«. Übrigens ein Gewinner-Song ohne Kostümwechsel, ohne Choreographie und ohne andere Sprachen. Obwohl Herr Wesseltöft behauptet, Nicole hätte damals eine Strophe auf Englisch gesungen. Aber daran kann – und will – ich mich nun wirklich nicht erinnern. War das damals überhaupt schon erlaubt? Ich weiß, dass sie auf jeden Fall nur deshalb gewonnen hat, weil sie nicht tanzen musste.

»Toll«, sagt Herr Wesseltöft, »endlich mal eine Frau, mit der man sich streiten kann!«

Er meint mich. Ich bin entzückt! Mir war ja gar nicht klar, dass mein Widerspruchsgeist zu meinen Qualitäten gehört – und auch von außen so erkannt wird. Bis vor kurzem wusste ich ja noch nicht mal, dass ich so etwas Kompliziertes wie die Fähigkeit zu streiten überhaupt beherrsche. Wie auch, ich habe Konflikte ja meistens ausgeschwiegen. Aber jetzt, in meinem neuen Leben mit Herrn Wesseltöft, da wird alles anders. Da wird sich gezofft, dass die Fetzen fliegen. Und dann gibt es eine leidenschaftliche Versöhnungsszene. Aber soweit sind wir wohl noch nicht.

Erst kommen noch ein paar Beiträge: die Portugiesen mit dramatisch aufgeföhnter Ballade, die sich steigert und steigert und steigert bis zum Schluss, die Belgierin in einem Regenmantel (Das gibt Punktabzug, es sei denn, sie zieht ihn aus, dann tritt meine Kostümwechsel-Theorie in Kraft. Tut sie aber nicht.), die Norweger speziell-folkloristisch (was ihnen traditionell einen der letzten Plätze einbringt), Frankreich mit Akkordeon-Unterstüzung (Ungewöhnliche Instrumente sind immer gut, sofern sie nicht allzu exotisch sind. Banjo und Panflöte sind okay, Alphorn und Didgeridoo schon schwieriger.), die Schweden mal wieder mit der ABBA-Masche. Und Deutschland?

»Ach, lieber schnell noch einen Eierlikör!«

Herr Wesseltöft schenkt nach. Er wünscht mir »Ein bisschen Frieden«, ich kontere ausgesprochen eloquent mit einem »Hau weg das Zeug«.

Der Likör macht ganz schön satt. Vor allem, wenn man dazu neun Hawaii-Toasts isst. Aber wenn er mir doch so viele serviert? Was soll man machen? Mir fällt eine Dokumentation ein, die ich mal gesehen habe, über eine ganz dicke Frau, die von ihrem Liebhaber regelrecht gemästet wurde. Der fand das total scharf, dass sie immer praller und praller wurde. *Fat Lover* nennt man solche Männer. Hoffentlich ist Herr Wesseltöft nicht so einer. Allerdings würde er mir dann wohl kaum sämtliche Erfrischungsstäbchen wegessen.

»Hey, ich möchte auch noch eins davon!«, melde ich meine Ansprüche an, während im Fernseher ein glutäugiger Mann sein Lied vorträgt, das alles hat, was man für einen Sieg braucht: Der Refrain haut ordentlich rein, die Melodie ist schlicht, der Rhythmus leicht, aber nur ganz leicht treibend, und den Titel könnte man sich mit klarem Kopf wahrscheinlich sogar merken. Gedanklich ordne ich ihn unter den Favoriten ein. Aber er wird es schwer haben. Traditionell wird der Grand Prix von einzelnen Frauen gewonnen – statistisch gesehen ungefähr vier Mal so oft wie von männlichen Solisten. So ist die Realität eben! Und wo sind jetzt bitte die Erfrischungsstäbchen?

»Wieso, ich habe doch nur die mit Zitrone gegessen! Die mit Orange bekommen alle Sie. Die mögen Sie sowieso lieber«, verteidigt sich Herr Wesseltöft. Stimmt. Wir veranstalten ein kleines Ratespiel: Wer mag was?

»Sie mögen Käse mit Marmelade«, unterstelle ich Herrn Wesseltöft zum Warmwerden.

»Stimmt. Und Sie mögen Zeitschriften, die andere höchstens beim Arzt lesen würden.«

»Frechheit! Stimmt aber. Und Sie mögen Plakate von Kunstausstellungen, in denen Sie nie waren. Außerdem träumen Sie von einem gut sitzenden weißen Anzug.«

»Wie bösartig. Aber richtig. Und Sie schwärmen heimlich für Shakira. Und finden die Songs von Britney Spears eigentlich auch ganz gut.«

»Ja, genau! Warum auch nicht? Es gibt Schlimmeres! Zum Beispiel Ihre Vorliebe für gekachelte Schlafzimmer.«

»Das ist ja grauenhaft!«, wehrt sich Herr Wesseltöft empört. »Kein Punkt für Sie. Und was ist da überhaupt gerade los?« Herr Wesseltöft zeigt auf den Flachbildschirm, und einen Moment wird unsere Aufmerksamkeit vom Malta-Beitrag gefangen genommen: Ein neckisches Duo trägt zu einem stumpfen Discobeat eine abgenudelte Musicalmelodie vor. »Das ist der Song von Ralph Siegel. Dass die Malteser das zugelassen haben«, wundert sich Herr Wesseltöft.

»Sie lenken ab!«, weise ich ihn zurecht. Mehr Eierlikör, mehr Frieden und weiter geht das Spiel. Herr Wesseltöft mag: keine offenen Schnürsenkel, dafür sichere Geldanlagen, Wirsingkohl, große Fenster, blau, gelb aber nicht, Kaschmirpullis, Alpenveilchen, Elton John, Ananas und Füllfederhalter.

Nach einer Viertelstunde habe ich das Gefühl, dass auch er wirklich alles über mich weiß. Vielleicht nicht die genauen Ereignisse der vergangenen vierzehn Tage, aber sonst so ziemlich alles, was in meinem Leben wichtig ist. Von meiner Abneigung gegen Instant-Kakao über meine Vorliebe für Klatschblätter bis zu meiner Angst, mit fünfzig nur noch Kleidergröße Fünfzig tragen zu können. Eben alles.

Weil auch er fürchtet, Hüftspeck anzusetzen, tanzen wir eine Runde zum nächsten Beitrag. Gesungen wird bei dem Stück eher weniger, dafür toben in Fell gewandete Tänzer unheimlich entfesselt über die Bühne, als würden sie sich freuen, nach jahrzehntelanger Haft endlich wieder ins Freie zu dürfen. Wir tun es ihnen nach. Glücklich, enthemmt, ausgelassen. Ja, wahrscheinlich auch besoffen. Dann fallen wir übereinander. Ich würde ja gerne sagen, dass wir übereinander *her*fallen, aber es ist wirklich nur ein rein physisches, wahrscheinlich unbeabsichtigtes Übereinanderrollen, weil ein Designerbeistelltisch unserer tänzerischen

Selbstverwirklichung im Weg stand. Etwas befangen rappeln wir uns wieder auf, setzen uns anständig nebeneinander auf das Sofa und beginnen wieder zu reden.

Ich erfahre, dass er die Häuser, die er verkauft, eigentlich grottenhässlich findet, dass er zur Zeit bei seiner Oma in der nächsten Kleinstadt wohnt, dass ein Freund von ihm vor sechs Jahren bei einem Motorradunfall ums Leben gekommen ist, dass er von Politik überhaupt keine Ahnung hat und sich nie die Namen der Minister merken kann. Er erfährt von mir, dass mein Verlobter mich betrogen hat (diesmal in der ausführlichen Version), dass ich noch nie in einer Sauna war, weil es mir unangenehm ist, angestarrt zu werden, dass ich meinen Job an einen Geldautomaten verloren habe, dass ich mich nie bürste und es meiner Mutter nie recht machen kann und deswegen ein etwas unausgegorenes Verhältnis zu ihr habe, dass ich mein Leben komplett ändern will und dass ich ihn, Herrn Wesseltöft, wahnsinnig sexy finde. Ups, das hätte ich vielleicht nicht sagen sollen. Zu spät. Nun ist es raus. Der aufregendste Mann, der je ein schlüsselfertiges Haus betreten hat, nimmt mein Gesicht in seine sanften, warmen Hände, beugt sich vor zu mir, kommt näher, immer näher, ich kann jede Pore seiner Haut sehen – übrigens sehr schöne Haut –, ich kann seinen sanften Eierliköratem riechen, seine Lippen berühren fast meine und dann –

»Ach, sehen Sie! Die Punktvergabe läuft bereits!« Herr Wesseltöft dreht sich begeistert zum Fernseher um. Ich wäre ja geneigt gewesen, den Grand Prix Eurovision de la Chanson, der inzwischen eigentlich Eurovision Song Contest heißt, für einen heißen Zungenkuss und die Aussicht auf eine Liebesnacht zu verraten. Aber Herr Wesseltöft beweist Prinzipientreue. Erst werden die Ergebnisse abgewartet, dann wird geknutscht. Hoffe ich doch.

Die Balkanstaaten überschütten sich gegenseitig mit Punkten. Es sind erstaunlich viele neue Länder, deren Existenz man kaum ahnte und die man dann doch eher untereinander verfeindet wähnte. Ach, Weltpolitik und Liederwettstreit, das ist mir alles so egal im Moment, mich zieht es zu den schön geschwungenen Lippen des Mannes, der mir kein Haus verkaufen will und neun Hawaii-Toasts gönnt. Ich will knutschen! Hatten wir nicht abgemacht, sofort und deutlich zu sagen, was wir wollen? Von deutlich kann allerdings nach dem ganzen Eierlikör nicht mehr die Rede sein. Trotzdem öffne ich meinen Mund … doch Herr Wesseltöft kommt mir zuvor. Er nimmt meine Hand und nuschelt: »Ich möchte Ihnen etwas zeigen.«

Der Grand Prix ist entschieden, mir ist es egal, wer gewonnen hat, meinetwegen alle, aber wahrscheinlich die Iren, denn die gewinnen ja ganz oft. Die Finalisten singen gemeinsam einen Gospel, und Herr Wesseltöft und ich wanken Hand in Hand die Treppe hinauf, den Sternen entgegen, der Lichthof in der Mitte des Hauses macht es möglich. Ab ins Schlafzimmer, ja, endlich ins Schlafzimmer! »Hallelujah«, tönt es noch aus dem fernen Fernseher, und ich will mich schon auf das breite Bett fallen lassen, doch Herr Wesseltöft zieht mich weiter, über die geheimnisvolle gläserne Brücke.

Wir betreten das exquisite Spezialextra, den besonderen Clou des Designerhauses: den Wellness-Pavillon. Der Mosaikfußboden blendet mich, die Deckchairs wecken Kreuzfahrt-Assoziationen und die Luft ist flirrend heiß. Herr Wesseltöft hat unbemerkt das Dampfbad angeheizt, das bedeutet wohl … oha, ich muss mich ausziehen.

»Mein Lieblingsfilm ist *Frühstück bei Tiffany*«, erklärt er mir. »Vor allem die Szenen, in denen Audrey Hepburn und George Peppard abwechselnd Dinge tun, die sie noch nie vorher gemacht haben. Als Sie vorhin sagten, Sie seien noch nie in einer Sauna gewesen, kam mir die Idee. Ich verspreche Ihnen auch, dass ich Sie nicht anstarre.« Herr Wesseltöft reicht mir ein großes, weißes, vorgewärmtes und enorm flauschiges Handtuch und deutet auf eine filigrane, mit Rochenhaut bezogene Sichtschutzwand. Ich verstecke mich dahinter so gut wie möglich, während ich mich aus Jeans, T-Shirt und Unterwäsche pelle. Es ist gar nicht so einfach, eine Hose auszuziehen und dabei das Gleichgewicht zu halten. Wie habe ich das eigentlich sonst immer geschafft? Nebenbei versuche ich natürlich, einen Blick auf Herrn Wesseltöft zu erhaschen, ein wenig von seiner köstlichen Haut zu erspähen. Erwähnte ich bereits, dass ich es zwar hasse, angestarrt zu werden, aber dafür sehr gerne selbst Leute anstarre? Obwohl, ich würde es eher *beobachten* nennen. So oder so, bei derart lohnenden Objekten wie Herrn Wesseltöft bin ich durchaus voyeuristisch veranlagt.

Doch der Mann ist schnell, ganz fix hat er sich das Handtuch um die leckeren Hüften geschlungen. Ich wickele mich in mein kartoffelackergroßes Frottierlaken und begebe mich so graziös wie nur möglich in die Bullenhitze der Dampfsauna. Was für eine bescheuerte Idee, an einem der wärmsten Maiabende seit Jahrhunderten in die Sauna zu gehen! Das ist ja wie Eulen nach Athen tragen. Aber dieses

Sprichwort habe ich eigentlich nie verstanden. »Gibt es in Athen schon so viele Eulen?«, frage ich laut. Mein Begleiter sieht mich, ob des unerwarteten Themawechsels, erstaunt an. Unbeirrt setze ich hinterher: »Und warum sollte man sie tragen, können die nicht fliegen?«

Herr Wesseltöft kann den sprichwörtlichen athenischen Eulenüberschuss auch nicht erklären. »Ich würde vermuten, dass es ursprünglich *Säulen* hieß, das S aber im Lauf der Zeit verloren gegangen ist.«

Ach, ist der klug, der Mann! Und schön! Der viele Eierlikör hat ihn sogar noch schöner gemacht. Leider nimmt mir der Dampf etwas die Sicht. Trotzdem stelle ich mir ein Leben mit ihm im Designerhaus vor: Wir würden jeden Abend im Dampfbad sitzen und danach unsere verschwitzten Leiber aneinander reiben. Wir müssten noch nicht mal die Jalousien schließen, denn es gäbe keine neugierigen Nachbarn. Ein solcher Ort ist zwar nur in meiner Phantasie möglich, im wirklichen Leben gibt es natürlich immer Nachbarn, bei reichen Prominenten kommen auch noch Paparazzi mit Fotoapparaten und Teleobjektiven dazu. Aber wenn ich so reich wäre, würde ich mir sicher kein Designerfertighaus kaufen, sondern … ja, was bloß? Wie würde ich gerne wohnen?

»Und das soll jetzt das beste Haus sein, das man in diesem Land kaufen kann?«, fragt Herr Wesseltöft, als würde er einen Teil meiner Gedanken erahnen. Ich hoffe, es handelt sich nur um die Wohnungsfrage. Eigentlich müsste er die Antwort doch wissen, schließlich ist er ja der Hausverkäufer. »Also, ich weiß nicht. All diese Gauben und Erker. Nein, ich glaube, es gibt noch schönere Häuser.«

»Viel schönere Häuser«, stimme ich ihm zu.

Wir verabreden, dass wir uns gemeinsam auf die Suche nach dem perfekten Haus machen, wenn einer von uns zufällig zu Geld kommen sollte. Das ist zwar völlig illusorisch, doch wir besiegeln den Pakt mit einem Kuss. *Endlich!* Zwar ist es nur ein ganz zartes Küsschen mit gespitzten Lippen, aber immerhin. Ich wähne mich auf der Zielgeraden und will mich in Herrn Wesseltöfts Arme sinken lassen, die vor lauter Schweißperlen wie mit Diamanten besetzt funkeln. Der Rausch der Sinne lässt mich taumeln, die harten Fichtenlatten der Bank kommen näher, Herr Wesseltöft und der Mosaikboden auch, gleichzeitig, wie ist das nur möglich?

# 10. Kapitel
# Alles anders

## Sonntag, 15. Mai

Jemand spricht von Begehrlichkeiten, die geweckt werden sollen. Dazu dudelt Fahrstuhlmusik. Die Stimme ist laut, geweckt werde ich eindeutig, aber Begehrlichkeiten werden dadurch zunächst erst mal keine ausgelöst.

Nach kurzem Orientierungsrundblick stelle ich fest: Ich liege im Bett des Schlafzimmers des Designerhauses. Neben mir liegt Herr Wesseltöft. Wir sind anständig zugedeckt, aber ich kann fühlen, dass zumindest ich unter der Decke nichts anhabe, zero, in Zahlen: null. Dafür habe ich auf und in meinem Kopf die schallverstärkte Probebühne der Grand-Prix-Gewinner, unterstützt durch ein Ballett aus Betonmischmaschinen. Meine Oma hat mich mal vor Eierlikör gewarnt. Und Oma hatte immer Recht.

»Da unten ist jemand«, flüstere ich, und: »Was sollen wir machen?« Um mir die nötige Aufmerksamkeit zu verschaffen, rüttele ich sanft an Herrn Wesseltöfts Schulter. Zwar drängen sich ganz andere Fragen in mein noch leicht gelähmtes Bewusstsein – vor allem diese eine, nämlich »Haben wir?« –, aber das möchte ich lieber nicht vor Zeugen klären, schon gar nicht vor dem transpirationsfreien Herrn im Dreiteiler, dem ich die Stimme im Erdgeschoss zuordne. Herr Wesseltöft setzt sich ruckartig auf. Zum Glück ist die Kopffreiheit im Designerschlafzimmer großzügiger bemessen als in Heiners Mansarde. Trotzdem hält sich Wesseltöft den Kopf und stöhnt leise: »Ohhhhh!« Dann sieht er mich verwundert an.

»Was machen Sie denn hier? Was mache ich hier? Und was ist da unten los?«

Da unten bricht gerade ein kleiner Tumult los. Vermutlich ist die erste Gruppe des Tages, die durch das Haus geführt wird, auf die Überreste unserer kleinen Orgie gestoßen.

»Warum ist heute überhaupt eine Führung?«, frage ich. »Ich dachte, sonntags wäre hier geschlossen.«

»Oh, verdammt, das hatte ich ja ganz vergessen: Heute ist Aktionssonntag. Als Auftakt für die große Hausverlosung am nächsten Wochenende. Sie haben sich doch auch beworben«, sagt Herr Wesseltöft. Er hat einen eindeutigen Informationsvorsprung. Ob das in anderen Bereichen unseres bisherigen gemeinsamen Lebens auch so ist? Doch zunächst muss ich dementieren.

»Ich habe mich für gar nichts beworben! Außerdem bin ich nackt. Ich will sofort hier weg! Wo sind meine Sachen?« Meine Stimme überschlägt sich beim Flüstern ein wenig.

»Dort, wo Sie sie ausgezogen haben: im Wellnesspavillon. Meine Klamotten sind übrigens auch noch dort«, flüstert Herr Wesseltöft zurück. »Hoffe ich jedenfalls.« Er hält sich den Kopf inzwischen mit beiden Händen.

Ach ja. Im Wellnesspavillon. Die Dampfsauna. Das heißt, Herr Wesseltöft ist auch nackt. Und wenn man nackt neben einem ebenfalls nackten Mann – der selbst mit Kopfschmerzen immer noch sehr attraktiv aussieht – in einem Bett aufwacht und sich an nichts erinnern kann, dann heißt das höchstwahrscheinlich nicht, dass nichts passiert ist. Vermutlich habe ich die heißeste Liebesnacht meines Lebens hinter mir und weiß gar nichts davon. *Verdammt!* Doch bevor ich Herrn Wesseltöft fragen kann, drängt er zum Aufbruch. »Los jetzt. Wir müssen irgendwie an unsere Sachen kommen!«

Ich wickele mich von Hals bis Fuß in die Bettdecke und will aufstehen, aber Herr Wesseltöft hält mich zurück: »Die Decke bleibt hier! Sonst bekommen wir bestimmt Ärger.«

»Den bekommen wir sowieso, wenn wir hier erwischt werden«, zische ich zurück und sprinte mit umgewickelter Decke so schnell es geht über die gläserne Brücke in den Wellnesspavillon. Da liegt zum Glück noch mein Klamottenhäufchen. Ich ziehe mich schneller an, als meine Mutter eine Bürste zücken kann, und verstecke mich mit dem ebenfalls blitzschnell bekleideten Herrn Wesseltöft im Handtuchschrank. Schade, jetzt habe ich mir seinen Alabasterkörper gar nicht näher und bei Tageslicht ansehen können.

»Ich brauche unbedingt meine Tüten! Die sind noch in einem Küchenschrank, glaube ich«, sage ich leise. Mein Mobiltelefon steckt zum Glück in meiner Hosentasche.

»Wir warten, bis die Gruppe hierher kommt«, sagt Herr Wesseltöft, der erstaunlicherweise schon wieder Herr der Lage zu sein scheint, was man von einem Mann, der verkatert in einem Handtuchschrank kauert, nicht erwarten sollte, »schließen uns der Führung an, sammeln unauffällig so viel wie möglich von unseren Sachen ein und verschwinden dann.«

»Das klingt ja sehr ausgefeilt. Und wenn man uns erkennt? Verfolgt? Wohin verschwinden wir denn?« Ich bin ganz aufgeregt: Auf der Flucht mit meinem neuen Geliebten, auf dem Weg in den Untergrund! Nur bitte nicht in einen von Herrn Kurz' Kellern …

»*Mich* wird man natürlich erkennen. Ich behaupte dann einfach, das wäre Teil einer Fortbildung. Und Sie erkennt doch sowieso niemand. Wir treffen uns in einer Stunde vor den Klinker- und Fliesenmustern im Showroom.«

Toller Plan. Aber was heißt hier, mich erkennt sowieso niemand? Frechheit! Als ob das alles für mich so einfach wäre.

»Okay. Wir müssen dringend miteinander reden!« Am liebsten würde ich damit gleich anfangen. Was war denn nun letzte Nacht?

»Ja, das müssen wir. Aber nicht jetzt und nicht hier«, zischt er. Komisch, sollte er nicht irgendwie zutraulicher sein? Zärtlicher? Verliebter? Aber das ist wahrscheinlich nur die Aufregung. Ich will mich schnell noch zu ihm drehen und ihm einen Kuss geben, da reißt jemand die Schranktür vor uns auf, und Herr Wesseltöft sagt ein wenig zu laut: »Ja, man kann hier ganz deutlich sehen, dass auch bei der Innenausstattung der Schränke eine echte Künstlerin am Werk war. Allein die Maserung der Rückwand – wunderbar!«

Zwei Frauen mit Betonfrisuren, die aussehen wie Gesellenstücke von Monique, treten verdutzt zurück, als wir den Schrank verlassen. »Ja, hier ist eben alles vom Feinsten«, sagt die eine Frau zur anderen.

Wenn die wüssten, denke ich und mache mich rasch auf den Weg zu meinen Tüten. Herr Wesseltöft verschwindet einfach, als hätte es ihn nie gegeben. Männer! Einer wie der andere. Flüchtiger als Lippenstift angesichts einer Portion Pommes frites.

In einem unbeobachteten Moment zerre ich meine Klamottentüten aus dem Küchenunterschrank und schleiche über den Kiesweg davon, vorbei an neureichen Möchtegerndesignervillenbesitzern oder solchen, die nur vortäuschen, welche zu sein.

Im Showroom versuche ich, um mir die Zeit zu vertreiben, den Unterschied zwischen den Klinkertypen *Lüneburg* und *Büsum* herauszufinden. Ist es die Körnung? Die Farbe? Ist *Lüneburg* nicht einen Tick heller als *Büsum*? Schwer zu sagen. Vielleicht ist das einzige Distinktionsmerkmal wirklich der Preis? *Oldenburg* wirkt insgesamt grober, *Celle* sandiger, *Westerland* changiert mehr ins Bläuliche. Ich versuche mir die namensgebenden Orte vorzustellen. Fühlt man sich in einem *Lüneburg*-geklinkertem Haus dann immer so wie in der putzigen Kleinstadt, die ganzjährig wie ein Adventskalender aussieht und nach Plätzchen zu duften scheint? Was für Auswirkungen haben Farbe und Struktur des Klinkers auf die Beziehung der Bewohner? Und wie weit sind Herr Wesseltöft und ich letzte Nacht gegangen? Ich kann mich wirklich an nichts, an rein gar nichts erinnern. Mein Gehirn ist blank wie das Silberpapier einer Zartbitterschokolade mit fünfundsiebzig Prozent Kakaoanteil, fünf Minuten, nachdem sie mir in die Hände gefallen ist. Außerdem dröhnt mein Kopf immer noch so, als würde die Brachfläche mit einer Planierraupe bearbeitet. Auf dass dort nie wieder ein zartes Pflänzchen des Erinnerns keimen möge. *Nie wieder Alkohol*, nehme ich mir vor, lasse aber die Option offen, diesen Vorsatz auf *Nie wieder Eierlikör* einzuschränken. Mit ein paar Ausnahmeregelungen vielleicht, zum Beispiel: *Eierlikör nur noch in unmittelbarer Verbindung mit Walnusseis oder Schokoladenpudding oder Brownies oder auf einer Torte oder …* Ich will mich da noch nicht so genau festlegen. Aber natürlich denke ich lieber über Eierlikör nach als über Herrn Wesseltöft, der übrigens schon drei Minuten zu spät ist. Denn das könnte ja unangenehm werden. Zu Enttäuschungen führen. Dabei haben wir uns doch so wunderbar verstanden! Ich weiß, er ist der Richtige! Ich will gar nicht mehr über ihn wissen, ich will einfach nur mit ihm zusammen sein, alles andere kann ich mir ja herbeiphantasieren, wie es mir gerade in den Kram passt. Ein Mann vom Holodeck, nach meinen eigenen Ideen gestaltet, ja, das wär's doch! Aber dafür ist es wohl zu spät. Um diese Illusion aufrechtzuerhalten, hätte ich nie mit Herrn Wesseltöft reden dürfen, nie mit ihm gemeinsam den Grand Prix gucken und vor allem nie Eierlikör trinken dürfen.

Andererseits: Würde ich auf diesen, soweit ich mich erinnere, grandiosen Abend in meinem ja nicht gerade prall gefüllten Erlebnisschatzkästchen verzichten wollen? Nein. Und da taucht er auch schon auf, der Herr Wesseltöft, neben dem Fliesenmuster *Friesland*, zur Rechten ein mit durchsichtigen Glaskieseln gefülltes Glasbecken, über dem der Einhandhebelmischer *Amrum* schwebt.

»Ach, hallo«, sage ich, als würden wir uns ganz zufällig hier treffen, und setze mich auf den Rand des Glasbeckens, der sehr unbequem ist und bestimmt einen fiesen Abdruck auf meinen Pobacken hinterlässt.

»Das war ein schöner Abend gestern«, beginnt Herr Wesseltöft. Das hört sich so formell an. Will er mich nicht küssen? Ich neige den Kopf etwas zu ihm hin, doch er macht keine Anstalten, sich mir zu nähern. Anscheinend ist er nicht am Austausch von Zärtlichkeiten interessiert.

»Mmm-hm«, mache ich zustimmend. *Aber?*

»Ich meine das ernst: Das war wirklich toll. Sie sind eine wunderbare Frau! Ich bin völlig von Ihnen fasziniert«, süßelt er weiter.

*Aber?* »Ja«, sage ich, und: »Schön.« Dann steht ja einer gemeinsamen Zukunft nichts im Wege. Aber irgendwas läuft falsch. Hier ist der Wurm drin. Oder bin ich nur keine Komplimente mehr gewohnt?

»Und ich glaube, dass wir sehr gute Freunde werden könnten – dass wir vielleicht schon Freunde sind.«

Freunde? Ich will immer noch knutschen! Deshalb frage ich ungläubig: »Freunde?«

»Ja«, sagt Herr Wesseltöft, »Sie wissen schon: Menschen, denen man alles anvertrauen kann. Die immer für einen da sind. Da haben Sie doch bestimmt schon mal von gehört.«

Ja, habe ich. Das ist aber kein Grund, das hier ins Komödiantische zu ziehen. »Haha«, lache ich bitter.

»Das habe ich mir gedacht«, sagt Herr Wesseltöft leise und spielt nervös an der Armatur herum. Ein scharfer Wasserstrahl attackiert die gläsernen Kiesel.

»Was?«

»Dass Sie vielleicht etwas anderes wollen. Dass Sie mehr wollen. Gestern haben Sie versucht, mich zu küssen.«

»Und, ist es mir gelungen?« Die Frage platzt einfach so aus mir heraus. »Ich kann mich nämlich nicht erinnern«, gebe ich zu.

»Na ja, wenn das so ist«, sagt Herr Wesseltöft. »Also, gelungen ist es Ihnen schon. Gewissermaßen. Aber was ich Ihnen eigentlich sagen wollte …«

*Ich liebe Sie. Ich verzehre mich nach Ihnen. Aber ich habe eine böse Ehefrau zu Hause, die wir gemeinsam loswerden müssen, damit unserem Glück nichts mehr im Leben steht. Und eine seltene Stoffwechselkrankheit habe ich auch, aber die bekommen wir gemeinsam schon in den Griff. Geld ist keins da, aber irgendwie werden wir es schaffen, uns etwas aufzubauen …* Ich bin gespannt, welches Hindernis es noch aus dem Weg zu räumen gibt.

»Ich bin schwul«, sagt Herr Wesseltöft.

»Was? Seit wann?« Blöde Frage, ich weiß. Aber in so einer Situation kann wirklich niemand von mir verlangen, dass ich auch noch nachdenke, bevor ich spreche.

»Wahrscheinlich schon immer«, antwortet Herr Wesseltöft.

»Das kommt jetzt etwas … unerwartet«, sage ich. Und dann merke ich, wie ich tatsächlich ein bisschen wütend werde. »Ich fasse mal kurz zusammen: Ich begegne dem Mann meiner Träume, also Ihnen, wir verbringen gemeinsam eine vermutlich heiße Nacht – und daraufhin stellen Sie fest, dass Sie schwul sind. Oder habe ich das falsch verstanden?«

»Nein, ganz so ist es nicht.« Herr Wesseltöft hebt beschwichtigend die Hände. »Ich weiß schon lange, dass ich schwul bin. Aber soll ich das rumposaunen? So besonders viele Gleichgesinnte gibt es hier auf dem Land nicht. Einen Karriereschub habe ich mir davon auch nicht gerade versprochen. Es hat sich einfach nicht ergeben, es jemandem zu erzählen. Sie sind eigentlich fast die Erste.«

»Hm«, sage ich. Was soll ich auch sonst sagen? Einerseits bin ich ja gerührt, dass er mir so viel Vertrauen entgegenbringt. Andererseits: Ich wollte ja wirklich etwas ganz anderes. Und nun bin ich sein Coming-Out-Katalysator! Habe ich irgendwelche Hinweise übersehen? Er sieht kein bisschen aus wie dieser junge Arzt aus der *Lindenstraße*.

Ach, es wäre so schön gewesen, so einfach: Heiner gegen Herrn Wesseltöft tauschen und einfach weitermachen. Wie häufiger in letzter Zeit habe ich das dunkle Gefühl, dass mein Leben nicht immer so leicht ist, wie gegen meine Oma im Canasta zu gewinnen. Meine Augen füllen sich so schnell wie das Glasbecken unter dem Einhandhebelmischer. Herr Wesseltöft sieht schon ganz verschwommen aus. Ich muss hier weg.

»Auf Wiedersehen!«, sage ich schroff und nehme meine Tüten.

»Aber wo wollen Sie denn hin?« Herr Wesseltöft wirkt bestürzt. Okay, es ist wirklich nicht sehr höflich von mir, ihn jetzt hier so sitzen zu lassen, zwischen *Friesland* und *Lüneburg* und den blankgeputzten Armaturen. Aber ich sage lieber erst mal gar nichts mehr, bevor ich etwas Falsches sage. Hätte er mir seine sexuelle Ausrichtung nicht auch verschweigen können wie allen anderen? Oder hätte er für mich nicht einfach eine Ausnahme machen können? Bin ich etwa schlechter als ein Mann? Das alles möchte ich lieber nicht aussprechen. Deshalb gehe ich. Wortlos.

»Sie wissen ja, wo Sie mich finden: Haus drei, gleich vorne links in der Musterhaussiedlung. Da ist mein Büro. Ich werde auf Sie warten!«, ruft er mir hinterher.

Jaja, denke ich, innerlich schon verheult, das könnte so romantisch klingen. Aber so? Soll er doch warten, bis er rosa wird! Jetzt weiß ich wenigstens: Zwischen uns war nichts. Ist nichts. Wird nie was sein. Das ist wenigstens geklärt. Der Filmriss ist also egal.

Oder?

Irgendwie habe ich das Gefühl, als könnte da doch mehr gewesen sein. Eine schwache Erinnerung an Küsse und Berührungen räkelt sich träge in meinen likörgeschädigten Gehirnwindungen. Sind da nicht noch Spuren auf meiner Haut zu erkennen?

Kaum habe ich die Musterhaussiedlung verlassen, schalte ich mein Mobiltelefon ein. Brigitte hat vierzehn Nachrichten auf meiner Mailbox hinterlassen und mir fünfundzwanzig SMS geschickt, alle mit Variationen des Textes: *Wo bist du? Melde dich! Sofort!*

»Wo bist du?«, kreischt sie ins Telefon, als ich sie anrufe. »Ich habe mir Sorgen um dich gemacht! Geht es dir gut? Warum meldest du dich nicht? Was ist überhaupt los?«

Ich erzähle ihr die ganze Geschichte. Vom Feuerwehrball, der Schlägerei, meiner Flucht, dem versenkten Auto, der Musterhaussiedlung. Von der Handtaschenkammer. Dem Grand-Prix-Abend im Designerhaus.

»Das hört sich ja wunderbar an«, sagt Brigitte. »Der Mann scheint ja ein echter Traum zu sein!«

»Der Mann ist schwul.«

»Oh.« Sie klingt nicht mehr ganz so begeistert.

Ich erzähle Brigitte alles, was ich heute Morgen über Herrn Wesseltöft erfahren habe.

»Ach«, sagt sie, »das wäre ja sonst auch zu schön gewesen. Und was machst du jetzt?«

»Woher soll ich das wissen?«, sage ich etwas bockig. Mein Kopf bumpert, ich fühle mich ungeduscht und ungeliebt, und dann soll ich auch noch eine Entscheidung treffen?

»Selbstmitleid hilft dir jetzt ganz sicher nicht weiter«, stellt Brigitte fest, der mein bockiger Ton noch nie den Wind aus den Segeln genommen hat. »Und jetzt denk nicht so viel darüber nach, dass du nicht weißt, was du willst. Sag einfach das Erste, was dir in den Sinn kommt.«

»Ich will hier weg!«, sage ich sofort. Und merke, dass das gar keine dumme Idee ist. »Ich fahre in die Stadt«, sage ich, »und ich will endlich mal was erleben!«

»Genau!«, bestätigt Brigitte.

»Ich brauche jetzt Kontrastprogramm. Weg vom Landleben mit all seinen Enttäuschungen.« Das hört sich wirklich verdammt gut an. Also setze ich noch hinterher: »Jetzt wird es glamourös!«

»Pass bloß auf dich auf!«, sagt Brigitte. »Und übertreib nicht sofort wieder. Deinen letzten Auftritt in der großen Stadt hattest du mit einer unvergesslichen Performance in einem Sex-Shop.«

»Danke, dass du mich daran erinnerst.«

»Dafür nicht. Übrigens: Deine Mutter hat mich angerufen und wollte wissen, ob ich weiß, wo du steckst. Ich habe gesagt, du bist in einem Wellnesshotel, das ich dir empfohlen habe. Du wolltest mal in Ruhe nachdenken und gleichzeitig etwas entschlacken, dich um deine Figur und um dein Äußeres kümmern.«

»Und das hat sie dir abgenommen?«

»Aber natürlich! Ich kann sehr glaubwürdig sein, weißt du.«

»Ohne Zweifel. Wann kommst du wieder nach Hause?«

»Morgen früh. Es gibt übrigens interessante Neuigkeiten. Weil ich dich nicht erreicht habe, musste ich ja ein bisschen rumtelefonieren. Du glaubst nicht, was ich herausgefunden habe. Das Machtgefüge im Dorf wackelt. Aber jetzt muss ich aufhören, Wolfgang wartet. Tschüss!« Und zack, weg ist sie.

Ich will also in die Stadt. Hm. Da war doch was. Da war doch … Tief durch einen Nebel, der mein Gedächtnis verhüllt wie Gardinen mit Grauschleier, wabert die vage Erinnerung an so etwas wie eine Einladung. Es kommt näher, es wird deutlicher, ich muss mich konzentrieren – ja, genau: Sandra. Sandra hat mich gefragt, ob ich mit zu einem Konzert will! Und ich habe abgelehnt, natürlich. Aber jetzt ist alles anders. Ich will in die Stadt. Und ausgehen. Meinetwegen sogar zu einem Konzert.

Ich rufe Sandra an. Sie ist zu Hause, ich kann vorbeikommen. Wenn ich es schaffe, mir ihre Adresse und die U-Bahn-Station, die sie mir am Telefon durchgibt, zu merken. Dann gehe ich zur Bushaltestelle an der nächsten Landstraße und warte. Und warte. Und warte. Sonntags fahren die Busse hier noch seltener als sonst. Genau genommen: nur drei Mal. Morgens, mittags, nachmittags.

Ich setze mich in die kleine Wartehütte, die aussieht, als

würde sie besser in eine Postkartenberglandschaft passen als in die norddeutsche Tiefebene, und schaue einem Plakat, das für einen kleinen Zirkus wirbt, beim Zerfleddern zu, während ich auf den Nachmittagsbus warte. Auf dem Plakat ist ein aufdringliches Clownsgesicht. Ich habe Angst vor Clowns, ich glaube, dass sie böse sind. Ob Herr Wesseltöft diese Meinung mit mir teilt? Ich würde zu gerne mit ihm reden. Geht aber nicht. Jetzt will ich etwas erleben. Die Sau rauslassen. Mich amüsieren. Ich zähle die in das Holz gepinnten Reißzwecken.

Endlich kommt der Bus. Eineinhalb Stunden brauche ich, bis ich bei Sandra ankomme. Ich muss vier Mal umsteigen und fahre mit der U-Bahn erst ein paar Stationen in die falsche Richtung.

Sandra wohnt in einer sogenannten »angesagten Gegend«, mitten in der »Szene«, wie sie es nennt. Mir fällt auf, dass viele Leute auf einem Klapprad unterwegs sind. So eins habe ich als Kind mal gehabt – und es gehasst. Es sah völlig lächerlich aus, mit den winzigen Reifen und dem riesigen Scharnier in der Mitte. Außerdem musste man sich unheimlich abstrampeln, um überhaupt voran zu kommen. Ich glaube, ich kann mir kein unkomfortableres Fahrrad vorstellen. Aber den Leuten hier scheinen all diese offensichtlichen Nachteile nichts auszumachen. Sie haben alle Pappbecher in der Hand. Die Männer tragen Trainingshosen, die Frauen bunte Kleider, die mich ein wenig an die Original-Siebziger-Jahre-Frühjahrsputzkittel von Heiners Mutter erinnern, über Jeans. Alle wirken sehr zufrieden mit sich. Fast schon gelangweilt.

Im Treppenhaus, das zu Sandras Wohnung führt, stinkt es wie in einem Iltiskäfig. Sandra begrüßt mich herzlich mit hingehauchten Küssen auf die Wange. Sie sieht, obwohl sie angeblich die letzte Nacht durchgemacht hat, aus wie frisch aus einer Zeitschrift ausgeschnitten. Das kann aber auch an dem gekonnten Lidstrich und dem eindrucksvoll lila-dunkelrot changierendem Lippenstift liegen. Auch sie trägt eine Art geblümtes Kittelschürzenkleid über einer Jeans, dazu genau die Holzlatschen, mit denen meine Mutter von den späten siebziger Jahren bis zur Mitte der Achtziger durch die Gegend geklappert ist. Von der Decke hängen Kabel herunter.

»Ich würde vorschlagen, wir chillen noch ein bisschen, bevor wir nachher in den *Tanzsaal* gehen. Dort spielt eine sehr vielversprechende Band.« Sandra kennt sich aus, vor allem im Nachtleben.

Ich stelle meine Tüten in der Ecke ihres mit Linoleum ausgelegten Wohnzimmers ab. Sandra sieht sie etwas irritiert an.

»Du willst aber nicht hier einziehen, oder?«, fragt sie vorsichtig.

»Ich würde mich gerne erst mal setzen.«

Sie weist mir einen Platz auf einem der großen Sitzsäcke zu, die um einen nierenförmigen Tisch arrangiert sind, und sagt: »Okay, dann erzähl mal, was mir nun doch die Ehre deines Besuchs verschafft. Und warum du mit großem Gepäck reist.«

»Wenn es etwas gibt, was ich im Moment nicht wirklich möchte, ist das über mich reden«, sage ich missmutig.

Sandra wirft mir einen prüfenden Blick zu. Dann zuckt

sie mit den Schultern. »Okay. Setz dich. Entspann dich. Ich hol uns erst mal schnell einen Galao.«

Was bitte?

Die Wohnungstür fällt ins Schloss. Ich fühle mich sehr verlassen, aber nach ein paar Minuten ist Sandra schon wieder da und drückt mir einen von zwei Pappbechern in die Hand. Der Galao ist ein Milchkaffee und schmeckt überraschend gut.

»Kocht man in der Stadt seinen Kaffee nicht mehr selbst?«

»Nö«, sagt Sandra, »wieso auch? Gibt es doch überall zu kaufen. Außerdem ist das nicht nur irgendein Kaffee. Bis letztes Jahr haben wir alle Latte Macchiato getrunken. Und seit die Portugiesen die Coffee-to-go-Szene übernommen haben, eben Galao.«

Mir ist das Stadtleben jetzt schon zu kompliziert.

Der Galao macht Sandra wach und mich müde, also redet sie in einer Tour, von ihrem Studium, ihrem genialen Nebenjob (irgendetwas mit Computern, einer von diesen Jobs, die es auf dem Dorf nicht gibt), ihren Kollegen, den tollen Schnäppchen, die sie neulich in einem Designerlagerverkauf erstanden hat, und lauter Dingen, die mich nicht interessieren. Ich lasse mir das aber nicht anmerken, schließlich habe ich ja klargemacht, dass ich nicht über mich reden will, und sage höflich »Ach ja« und »Nein, wirklich«. Im Hintergrund blubbern komische Geräusche, die ein wenig nach verkalkter Kaffeemaschine (kann ja gar nicht sein) und kaputtem Wasserhahn klingen, ich vermute aber, dass sie von der Schallplatte kommen, die Sandra aufgelegt hat. »Ich habe meine Liebe zu elektronischer Musik entdeckt«, sagt sie. »Blip-Hop ist das Größte!«

Dann stellt Sandra plötzlich doch eine Frage: »Sag mal, warum siehst du eigentlich aus wie rückwärts durch die Hecke gezogen?«

Hecke. Das Stichwort. Mir schießen die Tränen in die Augen.

Und dann erzähle ich Sandra doch alles: Von Monique, die in jedem Gebüsch zu hocken scheint, bis zum Eierlikör-Exzess mit Herrn Wesseltöft. Von Heiners Seitensprung, meiner Kündigung und dem Eklat beim Feuerwehrball. Nur den geplanten Hausbau verschweige ich, das würde sie nie verstehen. Verstehe ich ja selber kaum noch.

»Da habe ich ja richtig was verpasst«, kommentiert Sandra den Feuerwehrball. »Da gehe ich ein einziges Mal nicht hin und dann gleich so was …« Mit leichtem Bedauern ob der entgangenen Sensation schüttelt sie den Kopf. »Aber lassen wir das. Jetzt ist erst mal etwas ganz anderes wichtig.«

»Und das wäre?«, frage ich kläglich.

»Du!« Sandra nickt entschlossen. »Dich müssen wir mal gründlich runderneuern! Und dann sehen wir weiter.«

Sie zieht mich ins Badezimmer. Die Frau, die ich dort über dem Waschbecken im Spiegel sehe, kenne ich nicht. Sie sieht mehr als nur ein wenig mitgenommen aus, die Haare zerzaust, die Haut hektisch gefleckt, die Augen beringt wie ein Waschbär. Aber die Frau trägt ein T-Shirt aus meinem Tüten-Fundus, also muss ich das wohl sein.

»Erst mal duschen. Schön heiß, schön lange. Unter zwanzig Minuten bringt das gar nichts«, behauptet Sandra. »Die Haut muss so richtig schön durchfeuchten. Wasser ist Leben – das musst du durch alle Poren in dich aufnehmen.«

»Hast du jetzt auch so einen Feng-Shui-Tick wie Brigitte?«, frage ich.

»Nein, ich stehe mehr auf Thalasso.«

Ich muss mir auch mal so einen Trend rauspicken und ein paar Schlüsselsätze lernen. Man muss ja nicht gleich daran glauben, um andere zu beeindrucken.

Als ich nach fünfundzwanzig Minuten in vorgewärmte – vorgewärmte! – Handtücher gehüllt aus der Dusche trete, fühle ich mich schon besser, sehe aber zumindest an den Händen und Füßen reichlich verschrumpelt aus. Sandra baut vor mir eine kleine Armada aus Tiegelchen und Tübchen auf.

»Für die Augen nimmst du die Ten-Hour-Creme, für die T-Zone die Fünfundzwanzig-Minuten-Lotion«, ordnet Sandra an, »und den Körper cremst du mit der One-Day-Milk ein.«

Ich creme und schmiere drauflos. »Muss man die auf den Packungen angegebenen Zeiten addieren, multiplizieren oder gar subtrahieren?«, frage ich.

»Weder noch. Einfach ignorieren. Ich habe nur herausgefunden, dass Cremes, die eine Zahl im Namen tragen, besonders gut wirken«, antwortet Sandra. Sie muss es wissen, sie sieht phantastisch aus.

Sie malt mir die Augen an und schmiert mir etwas auf den Kopf, das aussieht und riecht wie gepresste Weihnachtsbaumbienenwachskerzen und gegen das selbst meine stylingproduktvernichtenden Haare keine Chance haben. Zum Schluss drückt sie mir einen Lippenstift in die Hand und verschwindet in Richtung ihres Kleiderschranks.

Ich schminke mir den Mund, ziehe frische Jeans und ein

neues T-Shirt an. Sandra kommt zurück und bindet mir eine geblümte Kittelschürze um.

»Perfekt!« Sie strahlt mich an. »Ich würde sagen: *Mission accomplished.* Du siehst klasse aus! Oder, wie man bei euch auf dem Land wahrscheinlich immer noch sagt: stadtfein!«

Ich weiß, dass meine Mutter sich unter *stadtfein* etwas anderes vorstellt, und ich bin in diesem speziellen Fall ausnahmsweise geneigt, mich ihrer Begriffsdefinition anzuschließen, aber Sandra duldet keinen Widerspruch. »Ohne Schürze oder ein anderes trendiges Detail kommst du in den Club, in den wir nachher gehen, nicht rein«, mutmaßt sie. Ich merke: Dresscodes gibt es nicht nur auf dem Land und im Kopf meiner Mutter.

»Und, wie findest du dich?«, will Sandra wissen.

Die Frau, die ich jetzt im Spiegel sehe, kenne ich zwar immer noch nicht, aber sie sieht gut aus. Vielleicht nicht im herkömmlichen Sinne schön, aber immerhin interessant. Verwegen. Abenteuerlustig. Oder: apart, wie meine Mutter sagen würde.

»Toll!«, sage ich und umarme Sandra.

»Dann los.«

Jetzt gehen wir aus! Und jetzt wollen wir ausgehen, uns amüsieren. Ich will Spaß. Aber wirklich! Und vielleicht auch knutschen! Am liebsten mit Herrn Wesseltöft. Aber das geht ja nicht.

Vor dem Club, der recht baufällig aussieht, gibt Sandra mir einen Schlüssel für ihre Wohnung. »Falls wir uns aus den Augen verlieren. Du kannst dir meine Yogamatte nehmen, die liegt im Regal im Flur. Da müsste auch noch ein Schlafsack sein.«

Sie sagt dem Türsteher ihren Namen und »Ich stehe auf der Gästeliste. Plus eins.« Dabei zeigt sie auf mich. Wir bekommen Stempel und müssen keinen Eintritt zahlen.

Hinter der Tür schlägt mir eine undurchdringliche Wand aus Lärm und Rauch entgegen, von der Sandra sofort verschluckt wird. Ich bin allein. Mit ein paar hundert fremden Menschen um mich herum. Ich falle nicht weiter auf. Wahrscheinlich könnte ich mich völlig danebenbenehmen, es wäre allen egal. Das ist der Unterschied zum Leben auf dem Dorf. Wenn man sich dort mal danebenbenimmt, liefert man Gesprächsstoff für mehrere Jahrzehnte. Von einer Prügelei wie auf dem Feuerwehrball würde man hier kaum Notiz nehmen.

Der Lärm kommt von der Band. Ein dichter Soundteppich hüllt mich ein. Es klingt, als würden Maschinen gefoltert, Kaffeemaschinen womöglich. Doch dann tritt ein Mann auf die Bühne und beginnt zu singen. Hinter seinem dichten, dunklen Pony, der ihm bis über den Mund hängt, dringt seine tiefe, mächtige Stimme hervor. Als er seine Haare zurückwirft, sehe ich sein zerfurchtes Gesicht. Gar nicht mein Typ. Aber irgendwie sexy. Und er scheint sich wirklich gut zu amüsieren. Tanzt hin und her, mit geschmeidigen Bewegungen, schüttelt sein Haar. Die Musik gewinnt an Form und Melodie und gefällt mir auf einmal richtig gut. Ich drängele mich nach vorne, in die erste Reihe, tanze direkt vor der Bühne. Wir sehen uns an, der Sänger und ich. Nur einen kurzen Moment, aber das reicht.

Nach dem Konzert stelle ich mich an die Bar und warte,

was passiert. Das läuft ja schon ganz gut mit dem Amüsieren. Wer sagt denn, dass man unbedingt gute Gespräche braucht? Bisschen Lärm und Rauch und ich weiß nicht was reicht vielleicht auch. Ich trinke Sekt auf Eis, weil mir das von allen alkoholischen Getränken noch am wenigsten alkoholisch vorkommt, und erschrecke ein wenig über den Preis. Wenn das Leben in der Stadt so teuer ist, bin ich nach diesem Abend völlig ruiniert. Plötzlich komme ich mir fremd vor. Als hätte ich mich eingeschlichen. Eine Undercoveragentin ohne Lizenz für irgendetwas. Sieht man mir an, dass ich eigentlich nicht hierher gehöre, oder ist die Kittelschürze eine perfekte Tarnung? Ich habe auch noch immer keine Idee, wie ich wieder Geld verdienen könnte. Aber ist das etwas, womit ich mich heute auseinandersetzen wollte? Nein!

Und da kommt auch schon der Sänger und spricht mich an.

»Du warst in der ersten Reihe, ich habe dich gesehen«, stellt er trocken fest.

»Ich habe dich auch gesehen«, antworte ich.

»Und?«, fragt er. Er möchte ein Kompliment. Er möchte ganz dringend ein Kompliment von mir hören.

»Ja«, sage ich zögernd, »war ganz gut.«

»Ha! Ganz gut?«, lacht er mit einem leichten Anflug von Arroganz, um diese Beleidigung wegzustecken. »Wir waren *fett!* Wir waren so gut wie noch nie! Wir haben das Haus gerockt! Das Publikum hat Begeisterung aus allen Poren geschwitzt! Du doch auch!«

»Kann schon sein«, räume ich ein. Ich weiß nicht, was in mich gefahren ist. So abweisend war ich schon lange nicht mehr. Doch das scheint ihn zu reizen. Er bestellt uns zwei Tequila. Wenigstens keinen Eierlikör. Und dann noch zwei.

»Ich heiße Kilowatt«, stellt er sich vor, als wir bei unserem dritten Tequila sind.

Armer Junge, denke ich, was sich seine Eltern wohl dabei gedacht haben. Bestimmt sind sie Inhaber eines Elektrogeräteladens und wollen, dass der Sohn eines Tages den Familienbetrieb übernimmt. Vielleicht ist das aber auch gar nicht sein richtiger Name, sondern nur ein Künstlername? Ich kenne mich ja in der Musikerszene nicht so aus. Eigentlich kenne ich mich nirgendwo aus.

»Silke«, antworte ich. »Ich heiße Silke.« Falls ihn das interessiert.

Das tut es. Er will sofort mit mir Brüderschaft trinken. Ziemlich altmodischer Brauch. Das kenne ich vom Dorf, das ist da nichts weiter als ein Vorwand, um den anderen zu küssen. Scheint in der Stadt auch nicht anders zu sein: Kilowatt bohrt seine Tequilazunge zielsicher in meinen Mund. Er hat Übung.

*Oha!*

Dann sagt er: »Ich muss mal pissen. Bleib da!« und geht weg. O nein, der redet wie Heiner. Das hat mir ja gerade noch gefehlt! Dafür ist er wahrscheinlich nicht schwul. Immerhin.

Während ich auf Kilowatts Rückkehr warte, kommt Sandra zu mir. »Das ist der heißeste Typ der Szene – und du hast ihn dir geschnappt!«, sagt sie bewundernd, aber auch mit einem leichten Anflug Eifersucht.

»Ach?«, antworte ich verwundert. »Wenn das schon der

heißeste Typ ist, dann ist es um die ganze *Szene* wohl nicht so doll bestellt.«

»Tu nicht so«, grinst sie mich an. »Ich muss jetzt wohl mit dem Gitarristen vorlieb nehmen.« Zielstrebig steuert sie auf die zweitbeste männliche Trophäe los. Das ist meine Lektion im subkulturellen Punktesystem: Sänger sind besser als Gitarristen. Das Stadtleben ist ganz schön seltsam.

Kilowatt, der Hauptgewinn, kommt wieder und ordert mehr Tequila. Obwohl ich inzwischen zum zweiten Mal in zwei Tagen ziemlich angeheitert bin, läuft die Konversation zwischen uns schleppend. Kilowatt faselt etwas von der »ökonomischen Brutalität des Neokapitalismus« oder so ähnlich. Wehmütig denke ich an Herrn Wesseltöft. Wie gut wir uns verstanden haben! Wie lustig der Abend mit ihm war. Was für ein toller … Freund er wäre. Aber ich muss nach vorne schauen: Vor mir steht Kilowatt und schlägt einen Spaziergang vor.

»Klar, warum nicht.«

Während wir den Club verlassen, legt er kurz die Hand in meinen Nacken, als wäre ich ein kleines Häschen, das in seinen Stall getragen werden muss. Der Griff kommt mir bekannt vor: Das hat Heiner am Anfang auch immer so gemacht. Ich bemerke, wie mich andere Frauen neidisch ansehen. Tja, Hauptgewinn. Hätten sie wohl auch gerne gehabt. Schade, dass ich mir so überhaupt nichts daraus mache. Eigentlich. Obwohl … Ich schwanke versuchsweise etwas gegen ihn und lege dabei ausgesprochen zielsicher meinen Arm um seine Hüfte. Schmal. Fest. Der Arm, gegen den ich mich kurz drücke – und der sich jetzt besitzergreifend um meine Schultern legt – fühlt sich stark und wohldefiniert an. Ich muss meine Einschätzung von vorhin revidieren – denn jetzt fühle ich mich durchaus wie eine Undercoveragentin mit der Lizenz zu so ziemlich allem, was möglich ist. Den nächsten missgünstigen Groupieblick einer Kittelschürzenträgerin pariere ich mich einem Lächeln, das mit Sicherheit nicht nur tequilaselig, sondern auch ziemlich zufrieden wirkt.

Wir gehen zwischen hohen Häusern entlang, durch enge Straßen. Ich halte meinen Blick nach unten gesenkt. Nicht in einem Anfall übertriebener Züchtigkeit, sondern weil ich nicht in einen Hundehaufen treten will. Das Gebiet ist großzügig vermint. Warum halten Leute in der Stadt überhaupt Hunde? Wissen die nicht, dass die armen Viecher kein Katzenklo benutzen?

Im Gegensatz zum Dorf ist in der Stadt auch nachts mächtig was los. Uns kommen ständig Leute entgegen, die Männer mit Bierflaschen in der Hand, die Frauen leicht schwankend, sich an den Männern festklammernd. Kilowatt kennt sie alle. »Ey, Alter, was geht?«, wird er alle zehn Meter begrüßt.

»Alles klar, alles klar«, antwortet er und schiebt mich weiter, hinein in eine plüschige Bar, in der diverse Fernseher laufen. Es werden Pornos gezeigt, den Kostümen nach – solange die Darsteller noch welche anhaben – aus den siebziger Jahren.

»Abgefahren, oder?«, grient Kilowatt mich an.

»Interessant«, räume ich ein. Leider überhaupt nicht animierend, aber irgendwie … lustig. Grotesk. Während um uns herum auf den Bildschirmen fleißig kopuliert wird, knutschen wir los, was das Zeug hält. Er mit viel Elan, ich nach kurzer Zeit auch sehr engagiert. Die Pornos sind uns schnell völlig egal, wir hätten uns selbst durch eine Kochshow, eine Dauerwerbesendung für neuartige Putzmittel oder eine Dokumentation über Trottellummen und Blaufußtölpel nicht mehr ablenken lassen. Unsere Haare verschmelzen wie unsere Münder zu einer Einheit, bestimmt sehen wir aus, wie ein außer Kontrolle geratener futuristischer Wischmopp. Jeder zerrt an den Klamotten des anderen, aber Sandra hat mir die Kittelschürze stramm wie einen Keuschheitsgürtel gebunden und Kilowatts Hemd hat mehr Ösen als ein Rokoko-Korsett. Ein Hemd mit Ösen – der Mann ist wirklich exzentrisch! Dafür küsst er um so besser. Mein Körper fühlt sich schon wieder ganz »durchfeuchtet« an, wie Sandra sagen würde (die zeitgleich hoffentlich mit dem Gitarristen knutscht), an entscheidender Stelle sogar mehr als nach fünfundzwanzig Minuten Duschen ohne Abtrocknen. Wir lassen nur Sekundenbruchteile voneinander ab, um uns gegenseitig den Tequila einzuflößen, den uns die Barfrau immer wieder unaufgefordert hinstellt. Aber so kommen wir irgendwie nicht weiter. Ich will mehr!

»Wollen wir nicht vielleicht …«, flüstere ich Kilowatt ins Ohr, als es mir endlich gelingt, seine Zunge von meinem Mund zu trennen. *Vielleicht*. Das ist so ein Wort, das eine Undercoveragentin sicher nicht gebrauchen sollte. Ich räuspere mich und sage mit entschlossener Stimme: »Wir gehen jetzt zu dir.«

»Aber gerne!«, antwortet er.

Als verschlungene Masse bewegen wir uns amöbenartig aus der Bar hinaus, nicht auf die Straße, sondern gleich wieder in den nächsten Hauseingang hinein, einige schmale, fahl beleuchtete, baufällig wirkende Treppen hinauf und hinein in Kilowatts Wohnung. Die scheint über den Rohbauzustand nie wirklich hinausgekommen zu sein. Das Bett ist aus einem Baugerüst zusammengeschraubt und im Bad – das kann man deutlich sehen, weil die Tür offen steht – gibt es nichts außer einer Toilette und einem Wasserhahn, unter dem ein Eimer steht. Die Existenz einer Küche wage ich zu bezweifeln, aber das ist mir sogar egal. Momentan könnten mich weder Cremeschnittchen noch Zürcher Geschnetzeltes locken, ich habe bloß Appetit auf Kilowatt. Und der erscheint mir gerade extrem köstlich!

Endlich löst er Knoten und Knöpfe der Kittelschürze, streift sein ösenbewehrtes Hemd einfach über den Kopf und entfernt ebenso lässig alle weiteren störenden Textilien. Er greift in eine große Schachtel, die neben dem Bett steht, hat die Hand voller Kondome, streift sich eines über, ganz selbstverständlich und ohne Diskussion – und dann geht es ab. In wilder Rangelei werfen wir uns auf die baugerüstgestützte Matratze, fallen völlig hemmungslos übereinander her, mein Gott, dieser Mann kann sich bewegen, und es ist mir egal, wer er ist, was er ist, es ist einfach –

*– sooooo guuut!*

Nach circa fünfhundertsiebenunddreißig Orgasmen – irgendwann habe ich aufgehört zu zählen – schläft Kilowatt endlich ein und ich falle in eine Art Trance. Ich hätte nie gedacht, dass Sex so viel Spaß machen könnte. Und ich hätte auch nicht gedacht, dass *ich* so sein könnte. So wild, so hemmungslos, so Ist-mir-doch-egal-wer-der-Typ-ist-Hauptsache-er-kann-küssen-und-so-weiter.

Ich bin jetzt ein Groupie, denke ich. Ich werde auf Konzerte gehen, in der ersten Reihe tanzen und sie alle erobern. *Alle!* Ich werde groß international einsteigen. Ich werde David Bowie verführen! Ach nein, hübsch, aber zu alt und verheiratet. Enrique Iglesias? Nein, der ist zu glatt. Halt, viel besser: Robbie Williams. Genau: Robbie! Mit ihm werde ich süße, heiße Nächte verbringen, um die Welt jetten und ihn dann irgendwo stehen lassen, weil ich einen anderen, noch berühmteren, noch aufregenderen Popstar getroffen haben werde.

Noch besser als Robbie Williams? Wer könnte das sein? So einen gibt es doch gar nicht.

Nun, das wird sich zeigen, denke ich mir so in meiner postkoitalen Trance. Immerhin weiß ich jetzt: Ich kann auch anders. Ich bin nicht immer die, die betrogen wird oder die man nicht küssen will, aus was für Gründen auch immer, Herr Wesseltöft! Nein, ich bin die, der die Männer zu Füßen liegen. Ich bin begehrenswert! Und ich kann haben, was ich will. Sogar den Sänger der angesagtesten Band, deren Namen ich leider vergessen habe.

# 11. Kapitel
# Alles über meine Mutter

*Montag, 16. Mai, in den sehr frühen Morgenstunden*

Ich räkele mich noch ganz zufrieden, da wacht Kilowatt auf. Wow, denke ich, jetzt geht es weiter, dabei könnte ich noch ein paar Minuten Pause gebrauchen, ich bin ja schließlich etwas aus der Übung.

Aber Kilowatt will nur kuscheln. Auch gut. Leider bekommt er dabei einen sentimentalen Anfall. Kilowatt gibt ungefragt dem dringenden Bedürfnis nach, mir sein Herz auszuschütten. »Ach«, beginnt er, »ach, ist das alles scheiße.« Und dann legt er los: erzählt mir, wie müde er ist, wie ausgebrannt, und dass er von einem »ursprünglichen Leben auf dem Land« träumt, »ohne Zwänge und Verpflichtungen«, in einer »harmonischen Dorfgemeinschaft, in der es keinen Neid, keine Konkurrenz und keine Intrigen gibt«.

Ich erwache aus meinem rosaroten Groupie-Delirium, höre mir das Gerede gefühlte fünf Stunden lang an und konsultiere dann nach tatsächlich vergangenen fünfzehn Minuten knallhart: Der Mann redet totalen Blödsinn. Er hat ja keine Ahnung. Was weiß der denn vom Dorfleben? Von den Landfrauen und ihrem nahezu totalitären Regime, von Vereinszwängen, von den strengen gesellschaftlichen Regeln dort? Er wäre eh nur ein Zugezogener, der sich sein Ansehen und seine Rechte mühsam erarbeiten müsste. Ernst nehmen würde man den Spinner nicht. Und Monique und ihr Hofstaat würden sich bestimmt nicht mit »so einem« (Städter = suspekt, Künstler = mittellos, langhaarig = nicht präsentabel) abgeben. Mir tut er Leid.

Ich versuche, noch ein bisschen mit ihm zu knutschen, aber er will kuscheln und sich »nur mal einen Moment einfach bei dir anlehnen, du«. Der Saft ist raus aus Kilowatt.

Ich stehe auf, ziehe mich an und verabschiede mich höflich.

»Ja, ja, lass mich nur hier liegen. Lass mich einfach zurück und rette dich selbst. Die Geier werden mich finden«, jammert er.

Ich kenne keine Skrupel und gehe. Dieser Kerl kennt sich noch nicht mal in der heimischen Vogelwelt aus – ich bin mir ziemlich sicher, dass es in Norddeutschland, oder zumindest in Hamburg, keine Geier gibt. Schwach.

Draußen frage ich eine von den vielen jungen Frauen in Aerobic-Dress und hohen Stiefeln, die untätig am Straßenrand stehen, nach dem Weg. Es ist nicht besonders weit zu Sandras Wohnung.

Ich mache es mir, soweit das eben möglich ist, auf der Yogamatte in einer Ecke des Wohnzimmers bequem und versuche, noch ein bisschen zu schlafen. Aus dem Nebenzimmer dringt ein leiser Pornosoundtrack. Wahrscheinlich vergnügt sich Sandra mit dem Gitarristen. Sex macht zwar Spaß, denke ich, ist aber eigentlich auch ganz schön albern. Man macht komische Geräusche und sieht bestimmt auch seltsam dabei aus. Ich vermisse Herrn Wesseltöft. Warum habe ich unserer Freundschaft keine Chance gegeben? Die wäre bestimmt viel toller geworden als jeder One-Night-Stand mit einem Rockmusiker. War das überhaupt Rockmusik, was die da gespielt haben? Egal. Aber einfach war es. Ich habe mich gar nicht um ihn, den umschwärmten Star, bemüht. Er ist mir quasi in den Schoß gefallen – bildlich gesprochen. Ich hätte ihn haben können. Dieses Wissen gibt meinem Selbstbewusstsein neue Energie. Wahrscheinlich könnte ich jeden haben – bis auf Herrn Wesseltöft, leider. Ich genieße diese Allmachtsphantasie und stelle mir rudelweise Männer vor, die mir zu Füßen liegen. Ich kann keinen Schritt gehen, weil der Boden um mich herum von muskulösen Leibern bedeckt ist. Im ersten Moment eine tolle Vorstellung. Im zweiten – nein, lieber nicht. Bisschen Bewegungsfreiheit muss schon sein. Und was wäre, wenn ich neben Robbie Williams erwache und er möchte mit mir eine Ziegenfarm im Hunsrück aufmachen? Kann ja alles passieren. Nein danke. Ich verzichte. Aber ich könnte, wenn ich wollte. Gut, dass ich das jetzt weiß.

Ich träume von den Futuro-Häusern aus der Fernseh-Dokumentation. Sie kommen sanft vom Himmel herabgeschwebt. Es sind unendlich viele. Meine Aufgabe ist, sie nach Farben zu sortieren: Die Weißen sollen vor mir landen, die Orangen hinter mir. Mit der Kraft meiner Gedanken kann ich die schwebenden Häuser steuern. Doch dann kommt Herr Wesseltöft und fragt, wohin die blauen Futuros sollen. Das bringt mich so durcheinander, dass ich aufwache.

In der Wohnung ist es ganz still. Ich dusche schnell, ziehe meine unauffällige Mädchen-vom-Land-Kleidung an, packe meine Tüten zusammen, lege Sandra den Schlüssel und einen Vielen-Dank-für-alles-bis-bald-Zettel hin und gehe leise. Ich setze mich in die U-Bahn, steige in den Bus um, in noch einen Bus, warte auf den Anschlussbus und brauche wieder eineinhalb Stunden.

Vor der Musterhaussiedlung steige ich aus. Ich will mit Herrn Wesseltöft reden. Mir tut es Leid, dass ich ihn einfach so habe sitzen lassen. Das war blöd. Er vertraut mir etwas sehr Persönliches an und ich gehe einfach. Und in der Nacht davor habe ich ihn bedrängt. Sexuell belästigt! O nein, wie peinlich! Wie muss er sich gefühlt haben? Ein Wunder, dass er mir überhaupt die Freundschaft angeboten hat!

Meine Schritte werden langsamer. Traue ich mich überhaupt zu ihm? Aber ich stehe schon vor dem Haus, in dem er sein Büro hat, und einer seiner Kollegen bittet mich herein und platziert mich auf einem blauen Alcantara-Sofa, nur mal so zur Probe, um den Raum auf mich wirken zu lassen, es würde sich gleich jemand um mich kümmern. Dann erklärt er einer etwas verhärmt aussehenden Frau mit Pferdeschwanz und dem dazugehörigen Mann mit Stirnglatze eine »Pultdachsituation«.

Und dann steht er vor mir: Herr Wesseltöft. Schön wie in *Mission Impossible*. Genau das denke ich: Mission impossible. Aber ich reiße mich zusammen.

»Was kann ich für Sie tun?«, fragt Herr Wesseltöft. Ich erschrecke ein wenig über den unpersönlichen, geschäftlichen Ton, aber dann fällt mir ein, dass er ja im Dienst ist und seine Kollegen in Hörweite.

»Ich interessiere mich für, *ähhh* …« Mir fällt nicht ein, was ich sagen könnte.

»Ein Haus?«, hilft Herr Wesseltöft mir auf die Sprünge.

»Ja, genau. Ich brauche dringend Beratung.«

»Da sind Sie bei mir richtig. Wir fangen am besten oben an«, sagt er und führt mich die Treppe hinauf. Als wir im Bad sind, schließt er die Tür hinter uns.

»Ich möchte mich entschuldigen«, sage ich.

»Wofür?«

»Dafür, dass ich gestern einfach weggegangen bin. Und dafür, dass ich Sie sexuell belästigt habe.«

»Sie haben mich nicht belästigt. Sie haben mich geküsst. Ich muss ehrlich sagen: Ich habe in meinem Leben noch nicht viel Schlimmes erlebt, aber …« Er macht eine Pause, in die ich sofort hineinpoltere: »Aber das hat dem Ganzen das Sahnehäubchen aufgesetzt, nicht wahr? Das war das Widerwärtigste, das Ihnen je widerfahren ist, nicht wahr? Es tut mir wirklich so Leid!«

»Um genau zu sein«, sagt Herr Wesseltöft, »war es …« Er macht noch eine Pause und fummelt schon wieder am Einhandhebelmischer herum, wie gestern Vormittag. »… gar nicht so schlimm. Es war nicht wirklich unangenehm. Und was Sie danach gesagt haben …«

»*Was* habe ich gesagt?«

»Ach ja, Sie können sich ja an nichts erinnern. Dann behalte ich das lieber für mich.«

»Sie sind ein Biest!«

»Ich habe mir schon immer gewünscht, dass mich mal jemand so nennt!«, sagt Herr Wesseltöft mit einer ironisch hochgezogenen Augenbraue. »Und immerhin habe ich Ihnen schon mal ein Geheimnis verraten. Ich weiß ja, was dann passiert: Sie rennen weg.«

Wir müssen beide lachen.

»Also: Freundschaft?«, fragt er.

»Ja«, antworte ich erleichtert. »Sollten wir uns dann nicht auch duzen? Ohne Bruderschaftskuss, natürlich«, füge ich hinzu.

»Und ohne Eierlikör. Ich heiße Olaf.«

»Ich bin Silke. Und ich würde trotzdem gerne wissen, was ich in der Nacht noch gesagt habe.«

Er lacht. »Du hast *Weiße Rosen aus Athen* gesungen. Auf Deutsch und auf Griechisch. Der Text stimmte, soweit ich das beurteilen kann. Mit der Melodie hattest du einige Probleme. Dafür war die Stepptanzeinlage recht gelungen. Das hat mich für einiges entschädigt.«

»Ich fasse es nicht!«, sage ich und werde nachträglich rot. »Das haben Sie sich ausgedacht.«

»Du, bitte. Wir sind doch gerade auf das du umgestiegen, meine Liebe. Oder spricht da dein Alter Ego Frau Mouskouri? Nächstes Mal sollten wir vielleicht Ouzo trinken.«

Ich will ihm einen freundschaftlichen Tritt gegen das Schienbein versetzen, doch die Badezimmertür geht auf und Herr Wesseltöft – pardon: Olaf, schaltet in den Verkäufermodus: »Bei der Innenaustattung des Bades können Sie zwischen dreiundzwanzig verschiedenen Fliesenmustern und zwölf Armaturen wählen. Und wenn Sie sich für die Luxusvariante entscheiden, bekommen Sie statt Badewanne einen Whirlpool.« Die Frau, die das Bad betreten hat, guckt interessiert. Sie trägt ein braun-meliertes Stretchkleid, das ihrer Figur einen leicht bratwurstähnlichen Charakter verleiht. Im Naturdarm.

»So'n echten mit Blubber?«, fragt sie.

»Fünfundvierzig Hochleistungsdüsen. Das sprudelt wie Champagner!«, sagt Olaf.

»Wenn Sie den dann mit mir ausprobieren würden«, schnurrt die Frau ihm entgegen.

»Einen Personalservice bieten wir leider nicht an.« Olaf bugsiert mich aus dem Bad, möglichst weit weg von der rolligen Kundin. Folgerichtig landen wir im Schlafzimmer. »Ich bin umgeben von unersättlichen Frauen! Wenn man bedenkt, dass das für manche Männer das Paradies wäre«, seufzt er theatralisch.

»Wirf mich bitte nicht mit so einer in einen Topf«, beschwere ich mich.

»Ist auch nur eine Kundin. Ach, die sind alle gleich. Ausnahmen mache ich nur bei denen, die neun Hawaii-Toasts essen können und über Nacht bleiben. Apropos: Wo wohnst du eigentlich jetzt?« Er deutet auf meine *Aldi*-Tüten.

»Keine Ahnung.« Darüber hatte ich mir noch keine weiteren Gedanken gemacht. Ich könnte bestimmt bei Brigitte unterschlüpfen, aber ich will nicht ins Dorf zurück. Will niemandem dort begegnen. Das ist mir alles noch zu nah, wie soll ich da einen klaren Gedanken fassen? Auch wenn ich nicht weiß, wie alles werden soll, weiß ich inzwischen doch genau, wie es nicht werden soll: wie es war.

»Aber ich«, unterbricht Olaf meine Gedanken. »Ich werde dir einen Schlüssel für eines der Musterhäuser besorgen. Nicht für das Designerhaus, leider. Aber für eins der anderen.«

»Warum tust du das für mich?«

»Wir sind doch Freunde, schon vergessen? Außerdem beeindruckt mich deine Konsequenz. Du gehst einfach weg, lässt alles hinter dir. Kommst hier an mit zwei Tüten in der Hand. Du arrangierst dich nicht mit einem Leben, das dir nicht gefällt.« Er seufzt. »So wie ich.«

Redet der von mir? Eine konsequente Frau, die allein in eine ungewisse Zukunft aufbricht? Das klingt ja – ohgottogottohgott, habe ich wirklich alles hinter mir gelassen? Ich könnte doch bestimmt noch zurück, wenn ich wollte!

Könnte ich.

Will ich aber gar nicht.

Nie wieder beim Aufwachen den Kopf stoßen. Keine Serviettenfaltseminare mehr. Keine gemeinsamen Mahlzeiten mit Heiner. Kein Ehevertrag, kein Fertighaus, keine Aerobic-Centerpflichtmitgliedschaft. Mir wird schwindlig. Das ist vielleicht doch etwas viel für mich.

»Nimmst du mein Angebot an?«

»Nur, wenn du mir mal Gesellschaft leistest.« Mann, wie dreist bin ich eigentlich? Jetzt stelle ich meinem Retter auch noch Forderungen! Aber der sagt, entweder ohne nachzudenken oder weil er bereits darauf gewartet hat: »Abgemacht. Ich gebe dir den Schlüssel, wenn ich Feierabend habe, um sechs. Wir treffen uns am besten unter der Kastanie hinter dem Designerhaus.«

»Eine Herausforderung meiner botanischen Kenntnisse! Ich hoffe, da stehen nicht allzu viele Bäume herum.«

»Du wirst mich schon finden. Und hier ist meine Mobilnummer.« Olaf nimmt eine Visitenkarte aus der Innentasche seines Sakkos, schreibt eine Telefonnummer darauf und gibt sie mir. Die Situation kommt mir bekannt vor. Aber als er mir damals – vor ein paar Tagen erst, aber es kommt mir vor, als wäre das schon sehr viel länger her – seine Karte gegeben hat, hat das noch ganz andere Gefühle bei mir ausgelöst. Aber wenn ich ehrlich bin: So ist es besser. Keine durchgeknallte Schwärmerei mehr. Stattdessen … ja, das weiß ich noch nicht genau. Das wird sich zeigen. Wahrscheinlich wirklich Freundschaft. Falls Männer und Frauen überhaupt miteinander befreundet sein können. Darüber sollten Olaf und ich uns auch mal unterhalten. Ich bin wahnsinnig neugierig auf seine Ansichten und Meinungen zu – eigentlich allem. Ein gutes Zeichen, nicht wahr?

Ob es allerdings auch ein gutes Zeichen ist, dass meine Mutter noch nicht versucht hat, mich anzurufen, weiß ich nicht. Mir ist zwar klar, dass sie meine Mobilnummer nur in Notfällen wählt (oder was sie dafür hält), und Brigitte hat ihr wohl auch erzählt, dass man mich im Wellnesshotel auf gar keinen Fall stören darf, um den Erfolg der Entschlackungsbehandlung nicht zu gefährden, aber jetzt ist schon Montag. Meine Schonfrist ist abgelaufen. Und ich wollte doch nicht mehr weglaufen. Am besten, ich rufe sie an.

»Schatz, du glaubst gar nicht, was mir eben passiert ist«, ruft sie ins Telefon, kaum dass ich meinen Namen gesagt habe. »Ich habe bei der Bank angerufen, weil ich dich sprechen wollte und ich dachte, du bist von deinem Wellnesswochenende zurück. Deine Kollegin war am Telefon, ich wollte gerade nach dir fragen und dann brach da ein Tumult aus, jemand rief *Überfall* und *Keine Bewegung*, und deine Kollegin hat ganz laut in den Hörer gekreischt, mir ist fast das Ohr abgefallen.«

Ich bin sprachlos.

»Kind, ich habe mir natürlich furchtbare Sorgen um dich gemacht, bin sofort in mein Auto gesprungen und zur Bank gerast. Mit hundert Sachen durch den Ort, aber das war ja schließlich ein Notfall!«

Ich schicke ein schnelles Stoßgebet zum Himmel. Bitte, lass das eine ihrer üblichen Übertreibungen sein!

»Ich bin gerade noch rechtzeitig gekommen: Drei maskierte Männer sind in ein Auto gesprungen, die wollten abhauen, aber die Tour hab ich ihnen gründlich vermasselt. Ich bin denen nämlich volle Pulle in den Fluchtwagen gekracht. Die waren so eingekeilt, da kam keiner mehr raus. Dann kam auch schon die Polizei, und die haben so getan, als hätten sie den Fall alleine gelöst und haben mir bloß Vorhaltungen gemacht.«

»Oh, Mutti, das hätte aber auch schiefgehen können!« Ich bin entsetzt und verblüfft gleichzeitig. Anscheinend darf man die Frau keinen Moment aus den Augen lassen.

»Ach was«, wiegelt sie ab, »das war alles völlig durchdacht. Das habe ich schon so oft im Fernsehen gesehen.«

»Im Fernsehen!«, stöhne ich. »Das ist doch ganz was anderes! Das ist doch nicht die Realität!«

»Und warum heißt es dann Reality-TV?«, widerspricht meine Mutter kess. Ich sollte mich lieber nicht mit ihr auf eine medienkritische Diskussion einlassen. Nachher geht es mir noch so wie den Bankräubern. »Und dein Auto?«

»Silke, also wirklich. Du weißt doch, dass der neu ist. Ich habe natürlich den von deinem Vater genommen, der hat ja auch diesen ganzen Aufprallschutz und Airbags und so weiter.«

»Mutti …«

»Lenk jetzt nicht ab, Kind. In der Bank haben die mir nämlich gesagt, dass du gar nicht mehr da arbeitest«, fährt Mutti fort.

Ich schlucke. Jetzt ist es raus. »Also, weißt du … ich … also, ich wollte dir das schon sagen, aber …«

»Vielleicht ist es besser so. Das scheint ja ein gefährlicher Job zu sein«, erklärt meine Mutter pragmatisch. »Mir wäre es lieber, wenn du was Sicheres hättest. Aber du hättest mir schon sagen können, dass du dir einen anderen Job gesucht hast. Was denn überhaupt? Und wo bist du überhaupt? War es schön im Wellnesshotel? Die Polizei wollte mich ja gleich da behalten, aber ich habe denen gesagt, sie sollen sich lieber um die Schwerverbrecher kümmern, ich müsste nach Hause und deinem Vater sein Mittagessen machen.«

Ich bin froh, dass ich bei Sandra daran gedacht habe, meinen Telefonakku zu laden. Eine schwache Batterie wäre bei dem Powerplauderansturm garantiert sofort in die Knie gegangen. Ich bin erleichtert, dass meiner Mutter nichts passiert ist. Und ich bin empört, weil ich doch gerade dachte, dass mein Leben jetzt aufregend sei, und da kommt sie und bei ihr ist es noch viel spannender. Alles kann sie besser! Aber schließlich ist sie ja auch meine Mutter – sie hat mir unendlich viel Lebens- und Fernseherfahrung voraus. Und ich werde nie sein wie sie.

»Bei der Bank wurde mir gekündigt«, sage ich.

Mutti ist still. Jedenfalls für einen kurzen Moment. »Ich bin sprachlos! Wieso denn? Hast du was angestellt? Geld veruntreut? Hat es sich wenigstens gelohnt? Und was wirst du jetzt machen? Hast du schon einen neuen Job? Wovon willst du leben? Sollen wir dich unterstützen?« Trotz ihrer Sprachlosigkeit sind ihr doch noch ganz schön viele Wörter eingefallen.

»Können wir uns treffen?«, frage ich.

»Ja, natürlich«, sagt Mutti. »Lass mich mal überlegen: Heute ist es schlecht, da muss ich zu einem Vortrag vom Dorferneuerungskomitee. Oder von den Landfrauen? Egal, sind ja eh immer dieselben Leute dort. Morgen habe ich erst einen Friseurtermin, dann muss ich Heike noch ein paar Zeitungsausschnitte vorbeibringen, die Gefriertruhe in der Speisekammer muss abgetaut werden und Unkraut sollte ich auch mal wieder jäten. Die Rhododendren müssen außerdem dringend gegossen werden, aber das kann ja dein Vater machen. Ach, die Polizei wollte mich ja auch noch sprechen.«

»Mutti! Ich will dich *jetzt* sehen! Schaffst du es, einen klitzekleinen Termin für mich in deinem Kalender zu finden?«

»Ach was, Kalender! Ich hab das alles im Kopf! Das hält geistig fit. Wie Gehirnjogging. Sobald ich die richtige Sportkleidung für mein Gehirn gefunden habe, fange ich damit an.«

»Mutti!« Vielleicht steht sie wegen des Unfalls mit den Bankräubern noch unter Schock? »Wann kann ich dich sehen?«

»Ach, meinetwegen jetzt gleich. Kommst du her?«

»Das geht leider nicht, mein Auto ist abgesoffen.«

»Ach, davon habe ich gehört. Die sollten bei den Landfrauen mal wieder diesen Rückwärts-Einparken-Kurs anbieten. Soll ich zu dir kommen? Gut, dass ich Papas Auto zu Schrott gefahren habe und nicht meinen … Soll ich eine Isolierkanne mit Kaffee mitbringen? Und etwas Kuchen? Bei Knurres sind gerade Erdbeerschnitten im Angebot.«

»Ja, gerne«, sage ich, weil ich weiß, dass sie sich von solchen Ideen schlecht abbringen lässt. »Aber wir treffen uns nicht bei mir, sondern …« Ja, wo denn? Das hätte ich mir mal eher überlegen sollen. So richtig flexibel bin ich in der Wahl des Ortes nicht. Ich schaue mich um. Links Musterhäuser, rechts Musterhäuser, alle mit großzügigen Terrassen. Der ideale Platz für ein Picknick. Wenn ich hier schon probewohne, dann kann ich das ja auch gleich richtig machen. Inklusive Familientreffen.

»Kannst du in die Musterhaussiedlung kommen? Wir treffen uns auf dem Parkplatz.«

»Die Musterhaussiedlung?« Meine Mutter klingt für einen Moment erstaunt. »Gut. Ich bin in einer halben Stunde bei dir.«

Genau achtundzwanzig Minuten später parkt sie vor mir ein. Der Kaffee muss schon bereitgestanden haben, und Knurres Lädchen hat neuerdings wahrscheinlich einen Drive-in-Schalter, anders kann ich mir diesen Geschwindigkeitsrekord nicht erklären. Das Einparkmanöver dauert bestimmt genauso lange wie die gesamte Fahrtzeit.

»Ich habe die Autobahn genommen«, jubelt meine Mutter statt einer Begrüßung. Erwähnte ich bereits, dass zwischen der Musterhaussiedlung und unserem Dorf nur ein weiteres Dorf liegt und über die Landstraße, die ziemlich genau der Luftlinie folgt, direkt zu erreichen ist? Der Weg über die Autobahn ist wahrscheinlich doppelt so lang. Meine Mutter hat bestimmt das Navigationssystem mundtot und die größere Entfernung durch atemberaubendes Tempo wettgemacht.

»Toll«, lobe ich, ganz brave Tochter. »Wir setzen uns auf eine der Terrassen hier. Welche gefällt dir am besten?«

Sie holt einen Korb vom Rücksitz, aus dem eine hellbraune Flüssigkeit tropft. Zielstrebig geht sie auf ein Haus mit Südwest-Sitzplatz zu. Wir setzen uns auf die weißen Plastikmöbel und Mutti packt aus. »Huch, der Kuchen ist ja ganz durchweicht! Was ist denn da passiert?«

»Deine Kanne wird ausgelaufen sein.«

»Ach du meine Güte! Schnell, schnell, schnell, bevor hier alles wegschwimmt!«

Sie schlingt eine kaffeegetränkte Erdbeerschnitte hinunter und bedeutet mir mit einer ihrer international gültigen Handbewegungen für »Los, iss schon«, ich solle es genauso machen. Damit ist der gemütliche Teil des Picknicks abgeschlossen.

»Mein Leben, jedenfalls das, was es bisher war, ist im Eimer«, fange ich leicht resigniert an.

»Ach, Schatz, sei doch nicht immer so negativ. In allem Schlechten gibt es auch immer etwas Gutes. Der Ideenkreis junger Landfrauen hatte neulich erst einen sehr interessanten Vortrag zum Thema *Positives Denken*. So etwas solltest du dir auch mal anhören.«

»Und du hast anscheinend vorhin am Telefon gar nicht richtig mitbekommen, was ich dir sagen wollte. Also noch mal: Meinen Job bei der Bank macht jetzt ein Geldautomat.

Ich wurde wegrationalisiert. Und Heiner werde ich auf keinen Fall heiraten. Im Gegenteil: Ich werde ihn verlassen. Ich habe das alles so satt, das ganze Dorfleben.« So, jetzt ist es raus. Ich atme tief aus.

Ich rechne mit Kritik, Protest, Widerstand. Mit einem hysterischen Anfall, einem ausgefeilten Vortrag zum Thema *Was sollen bloß die Nachbarn denken*. Mit gut gemeinten Ratschlägen.

Doch stattdessen sagt meine Mutter: »Dein Job war ja auch völlig langweilig. Und ich habe sowieso nie verstanden, was du an Heiner gefunden hast. Der ist ja charmant wie ein Holzklotz. Und jetzt ist er dir auch noch untreu.«

»Du regst dich nicht auf?«, frage ich ungläubig.

»Warum denn? Du bist doch erwachsen. Es ist dein Leben, mach was daraus!« Das hat sie bestimmt aus dem Positives-Denken-Vortrag.

Mutti lächelt mich an. Und dann sagt sie: »Mir ging es mal genauso.«

Jetzt bin ich aber baff. »Erzähl mal!«

»Ich bin, als ich noch ein junges Mädchen war, ein paar Mal mit Edgar ausgegangen, Kalles Onkel. Zum Tanzen und so. Er sah gut aus, konnte reden, reden, reden, hatte aber eigentlich nichts im Kopf. Er galt ein bisschen als Playboy, aber ich dachte, ich hätte ihn gezähmt. Die Verlobung war so gut wie abgemacht. Wir sind sogar schon zusammen in Urlaub gefahren – nach Teneriffa. Doch da hat er mich einfach fallen gelassen und hatte plötzlich nur noch Augen für eine Blondine, die auf Marilyn Monroe machte. Ich dachte, die Welt bricht zusammen. Ich bin aus dem Hotel weggelaufen, zum Hafen und habe eine Fähre nach Gomera genommen.«

Ich traue meinen Ohren kaum. »Du bist einfach …«

»Ich wollte nur noch weg von diesem Mann, ich war so enttäuscht«, erklärt meine Mutter achselzuckend. »Auf Gomera haben mich ein paar Hippies freundlich aufgenommen.«

»Hippies?« Ich kann es nicht glauben.

»Ja, Hippies. Ich habe mir die Haare hennarot gefärbt und hing eine Zeit lang mit ihnen herum, aber das war irgendwie nichts für mich. Immer so lange schlafen! Und dieses ewige Teetrinken, und dann haben die so viel geredet und wollten sich ständig selbst finden. Mir ging deren Gequatsche total auf den Keks. Die waren alle nur eine andere Version von Edgar. Und dann die freie Liebe! Das hätte Edgar auch gefallen. Mir nicht. Am Anfang war es ganz lustig, aber ich kann dir sagen: Eifersucht und Tränen gibt es doch immer.« Ihr Blick wandert in die Ferne. »Eines Tages traf ich am Strand deinen Vater. Er war so anders, als die anderen. So still. Das hat mir gefallen. Ich habe mich sofort in ihn verliebt. Es hat Wochen gedauert, bis ich herausgefunden habe, dass er aus dem Nachbardorf kommt. Er hat schon damals, als ich noch mit Edgar gegangen bin, ein Auge auf mich geworfen. Als Edgar damals ohne mich nach Hause kam, fiel das natürlich auf. Da hat sich dein Vater auf die Suche nach mir gemacht.«

»Woher … woher wusste er denn, wo er dich suchen sollte?«

»So ganz schwer war ich natürlich nicht zu finden«, schränkte Mutti lächelnd ein. »Ich habe deiner Großmutter natürlich regelmäßig Postkarten geschrieben, damit sie sich keine Sorgen macht. Aber er hat mich gesucht! Er hat sich um mich *bemüht*. Gemeinsam sind wir dann zurückgekehrt und haben das Haus gebaut, und dann wurdest du geboren.«

»Das hast du alles gemacht?« Ich schaue meine Mutter an, fassungslos, begeistert, ein bisschen misstrauisch. »Und das ist nicht nur eine von deinen Geschichten?«

»Ach Silke ...« Sie lächelt mich an und greift nach meiner Hand. »Ich finde, es ist wichtig, dass man erst etwas erlebt, bevor man heiratet. Du solltest auch wegfahren. Das tut dir bestimmt gut.«

»Wieso hast du denn nie darüber gesprochen, was du alles erlebt hast?«

»Warum sollte ich? Es gibt doch genug Aktuelles zu besprechen, Kind. Und ich dachte nicht, dass du dich für unsere alten Urlaubserinnerungen interessierst. Du hast dir ja noch nicht mal unser neuestes Urlaubsvideo von Madeira angesehen.«

»Das ist doch etwas ganz anderes!«

»Ich glaube«, sagt meine Mutter nachdenklich, »ich habe die Geschichte für mich behalten, weil ich nicht wollte, dass du das Gefühl hast, dass mein Leben spannender ist als deins.«

Ach. Aber genau dieses Gefühl hatte ich ja schon immer. Jetzt weiß ich wenigstens, woran das liegt.

»Ich wollte nicht sein wie diese ganzen Eltern, die ihre Kinder in die eigenen Fußstapfen zwingen. Die ihnen den Gas- und Wasser-Installationsbetrieb als ihr Lebenswerk aufdrücken, das unbedingt weitergeführt werden muss. Die ihre Kinder zu Tenniserfolgen treiben, zu denen ihnen das Talent gefehlt hat«, hebt meine Mutter zu einem ihrer großen Monologe an.

Ich denke, dass sie mich wirklich noch nie zu etwas gezwungen hat, außer vielleicht zum Haarebürsten.

»Ich wollte, dass du dein eigenes Leben lebst – und nicht versuchst, ein anderes zu kopieren. Außerdem habe ich immer gedacht, du bist glücklich. Ich dachte, du *willst* so leben.«

»Das dachte ich auch immer«, gebe ich kleinlaut zu. »Aber ich habe mich wohl geirrt. Und jetzt habe ich Angst, dass ich keine andere Möglichkeit habe.«

Mutti schüttelt vehement den Kopf. »Nein, Silke. Du musst nicht im Dorf bleiben. Du solltest etwas von der Welt sehen! Dein Vater und ich, wir fühlen uns wohl im Dorf, in unserem Haus, im Garten. Ich glaube, uns würde etwas fehlen, wenn wir im Sommer nicht Schnecken jagen könnten. Aber wir wissen ja auch: Wir können jederzeit weg. Ausbrechen, alles anders machen. Wir haben uns bewusst für den Ort, an dem wir leben, entschieden. Wir haben uns das so ausgesucht. Aber du – ich glaube, du bist nur aus Bequemlichkeit hier geblieben. Oder dachtest du, dass das jemand von dir erwartet?«

»Willst du mich verscheuchen?«, frage ich meine Mutter. Ein bisschen klingt das so, finde ich.

»Nein, Silke, du darfst mich nicht falsch verstehen: Ich fand das toll, dass du immer in unserer Nähe warst. Aber der Job bei der Bank – war das nicht immer ein bisschen öde? Du konntest doch auch noch nie besonders gut mit Zahlen umgehen. Und Heiner, na ja, ich dachte, wo die Liebe hinfällt … aber mein Typ wäre er nicht gewesen. Außerdem sieht es sehr eigenartig aus, wenn er isst.«

Ach, ich dachte nicht, dass das außer mir noch jemand bemerkt hat. Man darf meine Mutter wirklich nicht unterschätzen. Aber seltsam, dass sie von allem, was mein Leben ausgemacht hat, schon in der Vergangenheit spricht, als würden wir hier längst vergilbte Fotos ansehen.

»Es wird wirklich Zeit, dass du mal zu Potte kommst. Denk doch mal nach: Wie stellst du dir deine Zukunft vor? Sitz nicht einfach da und halte Maulaffen feil, während dein Leben an dir vorbeizieht und sich die anderen amüsieren! Geh raus in die Welt und erlebe was. Sei wild! Aber wenn ich dich so ansehe … ich glaube, du hast schon damit angefangen!«

Ich bin baff. Das hatte ich nicht erwartet. Meine Mutter war ein heißer Feger? Okay, ich hatte schon immer geahnt, dass ihr Leben aufregender ist als meines. Aber gleich so aufregend? Und dann noch dieser moralische Schlenker. Gerührt wische ich mir eine Träne aus dem Augenwinkel.

»Du warst ja früher richtig wild!«, sage ich schnell, um zu überspielen, wie nah ich am Wasser gebaut habe.

»Was heißt hier früher? Ich werde dir helfen! Ich bin immer noch wild! Ich bin noch nicht alt und ausgelutscht!« Sie wirft ihre inzwischen auch fast Monroe-blonden Haare nach hinten. »Dein Vater hat das nicht so gerne, wenn ich das erzähle. Es gab einen ziemlichen Skandal damals, als wir zusammen zurückkamen. In wilder Ehe, und Papa langhaarig.«

»Papa hatte lange Haare?«

»Ja, das habe ich ihm ganz schnell wieder ausgeredet. Man

muss einen Mann finden, der auf einen hört. Die wichtigsten Waffen einer Frau sind die Sprache und ein gepflegtes Äußeres. Wir haben doch hier neulich diesen Hausverkäufer gesehen, der so viel Ähnlichkeit mit diesem kleinen Schauspieler hat, du weißt schon. Das wäre doch einer für dich!«

»Der ist schwul.«

»Ach? So sieht der aber gar nicht aus! Hatte gar keine Federboa an.«

»Er ist ja auch kein Transvestit, sondern schwul.«

»Bist du ganz sicher? Das kann der doch noch gar nicht so genau wissen. So ein netter junger Mann … Aber wenn du schon keinen neuen Mann hast, brauchst du wenigstens einen Job. Was willst du denn jetzt machen?«

»Keine Ahnung.«

»Und wo willst du hin? Bei Heiner kannst du ja nicht mehr wohnen. Brauchst du erst mal dein altes Zimmer wieder? Ich kann die Bügelsachen schnell rausräumen.«

»Nein, danke. Ich werde ein paar Tage in einer … *ähmmm* … Wellnessanlage verbringen.«

»Da warst du doch gerade erst.«

»Genau. Und da gehe ich wieder hin.«

»Ist das nicht zu teuer?«

Das hatte ich gar nicht bedacht. »Ähm, nein, das ist eine ganz neue Anlage, und die sind noch nicht ganz fertig mit dem Bauen und optimieren gerade ihren Service und brauchen dafür Testkunden.« Ich bin sehr stolz auf mich, diese gekonnte Lüge ohne mit der Wimper zu zucken über die Lippen gebracht zu haben!

»Ich glaube dir kein Wort, Silke. Aber ist okay. Du musst mir das nicht sagen. Lass nur zwischendurch von dir hören, damit ich weiß, dass es dir gut geht. Ich erreiche dich ja nie.« Sie steht auf. »Ich muss jetzt los und deinem Vater Kaffee kochen. Und dann zum Dorferneuerungskomitee. Da scheint sich richtig was zu tun. Komm doch mit!«

Typisch Mutti. Erst schickt sie einen in die weite Welt, tut so, als würde das Loslassen ihr überhaupt keine Probleme machen, und dann fährt sie doch ganz schnell ihre Glückenflügel – oder sollte ich lieber sagen: Tintenfischtentakel? – aus. Diese Frau kann ein wandelnder Widerspruch sein.

»Nein danke, Mutti.«

Sie packt die tropfende Isolierkanne und das Kuchenpapier in ihren Korb und hüpft wie ein übermütiges Zirkuspony zu ihrem Auto. Ich glaube, sie geht immer so, das ist mir nur noch nie aufgefallen.

Soll ich ihr glauben, dass sie durchgebrannt ist, mit Hippies gelebt und auf Gomera meinen Vater kennen gelernt hat? Wie hat sie sich überhaupt zurechtgefunden? Navigationssysteme gab es damals noch nicht, und eine Landkarte kann meine Mutter nicht von einem Schnittmusterbogen unterscheiden. Das klingt alles etwas unwahrscheinlich. Aber es ist einfach eine gute Geschichte. Und ich bin ziemlich froh, dass sie sich nicht über mich aufregt. Denn genau das hatte ich erwartet. Stattdessen bekomme ich Filterkaffee, Erdbeerschnitten und eine Abenteueranekdote serviert. Also warum sollte ich mich beschweren?

Unter der Kastanie hinter dem Designerhaus – es wird schon die Kastanie sein, andere Bäume stehen da gar nicht – rolle ich mich wie eine Katze zusammen und schlafe ein, den Kopf auf meine Tüten gebettet. Ich kann gut im Freien schlafen, denn ich bin ja fast ein Hippiekind, wie ich jetzt weiß. Ich stelle mir vor, meine Eltern wären von Teneriffa nicht zurück ins Dorf, sondern nach Indien gegangen und ich wäre dort aufgewachsen. Auf einem Elefanten wäre ich zur Schule geritten, hätte mich in farbenprächtige und sehr figurfreundliche Saris gewickelt und in einem Tempel gewohnt. Ein glutäugiger Prinz auf einem weißen, juwelengeschmückten Elefanten hätte irgendwann versucht, mir den größten rosafarbenen Diamanten der Welt zu schenken, doch das prächtige Schmuckstück glitt ihm aus der Hand und rutschte mir ins Dekolletee …

»Tschuldigung!«, kichert der Prinz, der jetzt aussieht wie Olaf Wesseltöft. Ich wache auf und fische einen eiskalten Schlüssel aus meinem T-Shirt.

»Idiot!«, knarze ich ihn an.

»Schlafmütze!«, kontert er und lässt sich neben mir ins Gras fallen. Wir plaudern ein bisschen und beschließen, nicht nur in einem Musterhaus zu wohnen – wir werden sie alle ausprobieren.

Mein Telefon klingelt. Es ist Brigitte. »Silke, du musst sofort herkommen und Dodo wählen! *Dodo for President!*«, skandiert sie mir enthemmt ins Ohr.

Ich halte mein Telefon auf Sicherheitsabstand. »Wieso wählen?«

»Heiße Neuigkeiten«, verrät Brigitte. »Ich habe doch gesagt, dass es Neuigkeiten gibt. Dodo ist politisch aktiv!«

»Was ist los? Hat sie die verpennte Friedensinitiative reaktiviert?«

»Nein, viel besser. Sie wird die Königin der Oberflächenentwässerung!«

»Wieso Oberflächenentwässerung? Ich verstehe kein Wort!«

Brigitte wird endlich deutlicher: »Dodo hat einen kleinen Putsch im Gremium für Dorferneuerung angezettelt. Monique und ihre Föhnschnecken müssen sich warm anziehen. So gerissen sie auch sind – diesmal haben sie nicht aufgepasst.«

»Aha … wieso?« Ich verstehe noch immer nicht so recht, worum es eigentlich geht.

»Bei dem Regen vor ein paar Wochen sind alle Keller in der Breiten Straße vollgelaufen. Oma Harms Eingekochtes, Herrn Bruses gesammelte ADAC-Motorwelt-Jahrgänge, alles unbrauchbar. Dodo hat herausgefunden, dass bei der Oberflächenentwässerung geschlampt wurde. Ach, was heißt geschlampt: Es gibt gar keine! Dabei ist das Dorferneuerungskomitee dafür zuständig. Doch Monique, die dort den Vorsitz hat, und die anderen Schnepfen haben sich einfach nicht darum gekümmert. Und diese Fahrlässigkeit hat Dodo jetzt aufgedeckt und einen Putsch angezettelt. Heute Abend gibt es einen Bürgerentscheid – und wenn alles klappt, wird Dodo zur neuen Vorsitzenden gewählt. Dafür braucht sie jede Stimme. Du musst also unbedingt kommen!«

Das war also Dodos Geheimnis. Und sie hat nur auf den richtigen Moment gewartet. Genial! Auch wenn es mir widerstrebt, mich im Dorf sehen zu lassen: Da muss ich hin.

»Olaf, es tut mir Leid, ich muss dich schon wieder verlassen. Aber nur für kurze Zeit. Wirst du auf mich warten?«

»Aber immer doch, meine Prinzessin! Willst du mich vorher noch am Herd festketten?«

»Nein, wieso?« Was hat der denn für Ideen?

»Na, dann mache ich das wohl selber. Ich werde kochen. Magst du Hirschgulasch? Mit Serviettenknödeln?«

»Im Mai?«

»Man muss antizyklisch denken. Nur so kann man sich von der Masse lösen. Und du löst jetzt mal deine Masse vom Boden und machst dich vom Acker. Wo willst du überhaupt hin?«

»Ins Dorf. Dringende politische Verpflichtungen. Ein Putsch.«

»Klingt ja hochinteressant. Aber von Politik habe ich keine Ahnung.«

»Macht nichts. Ich auch nicht.«

Mit dem Fahrrad eiere ich zu Brigittes Wohnung, meinen Reisepass in der Hosentasche. »Ganz wichtig: Du musst dich bei den Wahlhelfern ausweisen können!«, hat Brigitte mir eingeschärft.

»Warum das denn? Im Dorf kennen mich doch alle.«

»Aber es wird dich niemand wieder erkennen. Oder willst du Ziel des Dorfklatsches werden? Die, die ihr Auto versenkt hat? Da lachen jetzt schon alle drüber.«

Ach ja, das Auto. Hatte ich ganz vergessen. Und Monique möchte ich den Triumph auch nicht gönnen, als neue Inhaberin meines Verlobten vor mir zu stehen.

Brigitte hat einmal tief in den Verkleidungsfundus des Kindergartens gegriffen und verpasst mir nun eine neue Identität. Pumphosen aus Satin, eine langhaarige, blonde Perücke, diverse kunstvoll drapierte Glitzerschals, Paillettenstirnband und Show-Make-up. Ich sehe aus wie ein Viertel ABBA auf Geschäftsreise.

Mein Auftauchen bei der Versammlung zur Neuwahl des Vorstandes des Dorferneuerungskomitees löst natürlich kurzfristig gesteigerte Aufmerksamkeit auf, aber Brigitte gibt mich als schwedische Austauschpraktikantin aus, und es scheint mich wirklich niemand zu erkennen. Selbst meine eigenen Eltern nicht. Heiner sowieso nicht, der hat nur Augen für Monique, gegen deren Outfit meines geradezu dezent wirkt.

Das Interesse an mir lässt nach, als Dodo mit ihrer flammenden Rede beginnt, in der sie »unerhörte Missstände« anprangert und von »chaotischen Verhältnissen, die Hab und Gut, Heim und Hof bedrohen« spricht. Sie weiß schon, womit sie die Leute packen kann. An Hab, Gut, Heim und Hof hängen sie doch alle. Aber wird das reichen, um gegen Moniques jahrelange Lobbyarbeit – unter anderem in den Betten einiger anwesender Herren – eine Chance zu haben?

Wir schreiten zur Wahl. Brigitte nimmt mich mit in die Kabine – angeblich, damit ich Einblick in die hiesige Demokratie bekomme –, nimmt dann eine der Wahlhelferinnen (eine Kollegin von ihr) zur Seite, zeigt ihr meinen Pass und erklärt leise die Situation. Ein paar Augenblicke später habe ich einen Stimmzettel vor mir. Ich wähle Dodo. Mal sehen, was sie noch vorhat.

Ich radele zurück zur Musterhaussiedlung, allerdings ohne das ABBA-Outfit, an dem Olaf sicher seine Freude gehabt hätte.

Wir haben entschieden, uns einmal durch die Siedlung zu wohnen. Jeden Tag ein neues Haus. Damit ich nicht durcheinander komme, hat er mir in einem Prospekt angekreuzt, wann wir wo wohnen werden.

| | |
|---|---|
| *Unser Haus des Tages:* | Modell Flair |
| *Baujahr:* | *1975* |
| *Material:* | *Holz, Glas, Marmor* |
| *Größe:* | *150 Quadratmeter* |
| *Zimmer:* | *1 – offene Bauweise* |

*Zukunftsprognose:* Wenn ich mit Heiner hier wohnen würde, müsste ich ihm immer beim Essen zugucken – die Küche ist aus jedem Winkel einsehbar. Schwiegermutter würde jede noch so kleine Wollmaus entdecken, sogar ohne heimlich in anderen Zimmern rumschnüffeln zu müssen; das würde sie aber vermissen. Nachbarn und Autohauskunden hätten durch die großen Glasflächen idealen Einblick in unser Privatleben. Und ich müsste von morgens bis abends Fenster putzen. Jeden Tag.

Olaf hat phantastisch gekocht und den Tisch wunderschön gedeckt. Neben ihm werde ich mich nie wie eine Hausfrau fühlen, und das ist auch gut so.

»Was denkst du?« Er ist wirklich der erste Mann, der mich so etwas fragt. Das ist eine weibliche Frage. Männer fragen: Wo ist mein Autoschlüssel? Oder: Holst du mir noch ein Bier? Wobei Letzteres natürlich keine Frage, sondern ein Kommando ist. Ansonsten sind Männer eher nicht gesprächig. Dieser hier ist anders.

Trotzdem weiß ich nicht, was ich antworten soll. Diese Frage löscht den Inhalt meines Gehirns sofort. Zurück bleibt ein frisch gebohnertes Nichts, flusen- und gedankenfrei wie Beinahe-Schwiegermutters Zinnbechersammlung.

»Dass ich keine Wandteller mag«, antworte ich völlig aus dem Zusammenhang gerissen. Meine neue Freiheit bekommt mir anscheinend so wenig wie einer Dreijährigen die freie Auswahl im Gummibärchenparadies.

»Dann sind wir ja in diesem Haus ganz richtig«, sagt Olaf, kein bisschen irritiert. Unser Domizil du Jour ist eine Glas-Holzbalken-Konstruktion aus den siebziger Jahren. Es gibt fast keine Wände, nur Fenster, auch innen ist alles offen. Ein perfektes Haus für zwanglose Exhibitionisten und Menschen ohne Möbel. Außer einem Tisch, ein paar Stühlen und einem niedrigen Sofa kann man im Wohnbereich nichts stellen. Regale? Wohin denn? Im Obergeschoss gibt es ein Abstellkämmerchen, das muss sämtliche Sehnsucht nach Schrankraum befriedigen. Für den Inhalt meiner Tüten reicht das gerade. Aber ich will hier ja auch nicht einziehen. Geschlafen wird auf einem Hochbett; ob ich das nach dem Rotwein, der den Hirschen begleitet, noch erklimmen kann, wird sich zeigen. Vielleicht ist der Wunsch nach Stauraum spießig? Etwas, das ich in meinem neuen Leben hinter mir lassen muss?

»In Schränken bewahre ich einen wesentlichen Teil meiner Persönlichkeit auf«, ergänzt Olaf meine Gedanken, die ich anscheinend laut ausgesprochen habe. »Den Teil, den ich gerade nicht am Körper trage. Zum Beispiel meine Wintergarderobe.«

»Demnach trage ich wesentliche Teile meiner Persönlichkeit in *Aldi*-Tüten mit mir herum. Was sagt das über mich aus?«

»Ups, Entschuldigung, ich vergaß, dass du ja quasi mittellos bist. Aber das wird sich ja am Sonnabend ändern, wenn du bei der großen Fertighaus-Verlosung den Hauptgewinn bekommst – den du dir leider mit deinem Spielpartner, dem lieben Heiner, teilen musst. Ihr seid nämlich angemeldet.«

»Das kann nicht sein! Ich werde auf keinen Fall mit Heiner zusammen ein Haus gewinnen!«

»Wieso nicht? Ihr könnt es doch verkaufen. Oder du lässt dich auszahlen.«

»Das würden Heiners Eltern nie zulassen. Ich weiß: Wenn es dieses Haus gibt, wird man mich zwingen, mit einzuziehen. Ich werde schwach werden, werde wieder in mein altes Leben zurückfallen wie damals im Sportunterricht vom Schwebebalken auf die Turnmatte. Das darf nicht passieren! Ich werde mein Leben ändern!« Der Rotwein lässt mich flammende Reden halten. Aber es stimmt: Jetzt wird alles neu. Ich bin zu einem radikalen Schnitt bereit. Ich werde machtvoll die Fesseln der Vergangenheit sprengen, die mich einschnüren wie einst der String meinen unperfekten Hintern.

Olaf stimmt ein. Auch er will, dass alles anders wird, er will ein neues Leben, keine Geheimnisse mehr, eine bessere Welt und ein Zeichen setzen – eben alles, was man so will, wenn die Verdauungsorgane sämtliches Blut aus dem Gehirn abziehen und interessante chemische Verbindungen, gemeinhin auch Alkohol genannt, das Denken übernehmen.

»Es ist wie ein Rausch. Nein: Es *ist* ein Rausch!«, ereifert sich Olaf treffsicher. Ja, was denn auch sonst? Wir machen sofort eine Liste, was wir alles in unserem Leben ändern wollen, denn das wird einem schließlich immer in den Frauenzeitschriften geraten. Auf meiner Liste steht:

- *Heiner verlassen*
- *Nie wieder Strings tragen*
- *Weniger Schokolade essen*
- *Mehr Gedanken über die Zukunft machen*
- *Überhaupt mehr Gedanken machen (über alles)*
- *Mal wegfahren*
- *Weniger auf Mutti hören*
- *Wohnung & Job suchen*

Ich streiche *suchen* durch und ersetze es durch *finden*, denn das klingt optimistischer. Die Liste ist trotzdem nicht so geworden wie in den Frauenzeitschriften. »Seien Sie konkret!«, heißt es dort immer in harschem Befehlston. »Benennen Sie genau, was Sie wollen!« Wörter wie *weniger* oder *mehr* dürften gar nicht vorkommen. Da lese ich schon mein ganzes Leben lang diese Illustrierten und habe immer noch nicht verstanden, was sie mir eigentlich sagen wollen!

Ich schiele rüber auf Olafs Liste. Da steht:

- *Alles*

Ich bin baff. Das ist ja völlig gegen alle Regeln! Total unkonkret! Wie soll das denn funktionieren?

»Und womit willst du anfangen?«, frage ich ihn. Das ist natürlich eine Fangfrage.

»Mit Punkt eins«, antwortet er souverän. »Immer der Reihe nach.«

Ich will ihm gerade einen Vortrag halten, dass er mit seiner Liste gegen alle Regeln für Listen verstoßen hat und dass das ja so nun nicht ginge und ob er je den Ratgeberteil einer

Illustrierten gelesen hat und ob ich ihm mal etwas Nachhilfe im Listenschreiben geben soll, da klingelt mein Telefon. *Heiner* steht auf dem Display.

»Das ist Heiner!«, sage ich aufgeregt. »Ich gehe da lieber nicht ran.«

»Doch«, sagt Olaf streng, aber liebevoll. Wie ein Vater in einer Fernsehserie.

»Wieso denn? Ich habe keine Lust.«

»Denk an Punkt eins deiner Liste. Weiß er überhaupt davon? Wann hast du das letzte Mal mit ihm gesprochen?«

»Öhhh ...« Das weiß ich nicht. Wann habe ich das letzte Mal mit Heiner gesprochen? Keine Ahnung. Habe ich überhaupt je mit ihm gesprochen? Ich kann mich nicht erinnern.

»Aha«, sagt Olaf wissend. Woher weiß der eigentlich, was ich denke? »Dann solltest du vielleicht jetzt mal damit anfangen.«

»Ach, das lohnt sich doch auch nicht mehr.«

Olaf kann nicht weiter streng gucken, denn er muss lachen.

»Das ist *nicht* komisch!«, protestiere ich und fange dann doch an zu grinsen. Es ist doch komisch. Ich bin seit Jahren mit jemandem verlobt, ohne mit ihm zu sprechen. Dass das überhaupt möglich ist! Mein Leben mit Heiner – eine einzige Schweigeminute. »Ich kann doch nicht am Telefon mit ihm Schluss machen!«

Das Telefon hat längst aufgehört zu klingeln. Ein kurzes Piepen verkündet, dass Heiner eine Nachricht auf der Mailbox hinterlassen hat. Vielleicht ist er weniger taktvoll? Trennung per Anrufbeantworter? Zuzutrauen wäre es ihm. Dann bin ich ihn wenigstens los.

Aber was wäre, wenn alles anders wäre? Wenn Heiner sich geändert hätte? Wenn wir mal miteinander reden und ich feststelle, dass er doch mein Traummann ist?

»Du bist noch nicht über ihn weg«, diagnostiziert Olaf, der Hobbypsychologe, dem die Frauen vertrauen.

»Doch. Nein. Weiß nicht.« Jetzt ist das alles gar nicht mehr komisch und ich muss heulen. Jahre meines Lebens sollen verschwendet gewesen sein – und jetzt muss ich womöglich bis an mein Lebensende leiden, weil ich nie wieder einen neuen Mann finde. »Keiner will mich«, schluchze ich rotweininspiriert. Für eine halbe Sekunde denke ich an Kilowatt, aber der gehört hier gerade ganz eindeutig nicht hin.

»Du hast doch mich«, tröstet mich Olaf und legt seinen Arm um mich.

»Aber du willst nicht knutschen!«, beschwere ich mich.

»Was ist nun besser: Knutschen oder reden? Und wann hast du das letzte Mal mit Heiner geknutscht?«

Da hat er nun auch wieder Recht. Wann überhaupt? Das ist mindestens Jahre, wenn nicht Jahrhunderte her.

»In der Stein- oder in der Bronzezeit? Ich kann mich nicht erinnern. Ist das eigentlich bei allen Paaren so? Hört man auf zu knutschen, wenn man immer die Gelegenheit hat?«

»Keine Ahnung. Ich hatte noch keine längere Beziehung. Immer nur Affären, die böse endeten. Oder böse enden werden«, sagt Olaf.

»Wieso enden werden? Mit wem hast du denn gerade eine Affäre?«

Er seufzt. »Mit dem Boss der Siedlung hier. Hast du dich nicht gewundert, dass ich an die ganzen Schlüssel rankomme? Und dass die Toiletten und Wasserhähne plötzlich funktionieren? Das weiß ich alles von ihm. Und er küsst wie Clark Gable.« Olafs Blick trübt sich schwärmerisch. Er sieht aus wie ein Teenager.

»Ich kann mir zwar nicht vorstellen, wie Clark Gable küsst – aber sieht er auch aus wie Clark Gable?«

»Nein, eher wie Winnie the Pooh.«

»Und warum glaubst du, dass es böse enden wird?«

»Weil er sagt, er sei noch nicht reif für eine neue Beziehung, so kurz nach der Trennung von seiner Frau.«

»Frau?« Ich sehe ihn verdutzt an.

»Frau«, wiederholt Olaf. »Sie hat ihn vor zweieinhalb Jahren verlassen, für einen Dachdecker. Das muss man sich mal vorstellen! Er hat sehr gelitten. Vor allem sein Ego. Deshalb kriegt er auch bei Frauen keinen mehr hoch, sagt er.«

»Und bei dir?« Ich will es dann doch genauer wissen

»Na ja, auch nicht so richtig. Aber vielleicht wird das ja noch. Ich muss ihm nur genug Freiheit geben und immer schön sein Selbstbewusstsein stärken.« Olaf versucht, zuversichtlich zu lächeln.

»Daran glaubst du doch nicht wirklich, oder?«

»Nein. Ich glaube, dass er wie doof mit allen möglichen Frauen und Männern vögelt und mich nur als seinen seelischen Mülleimer benutzt.« Olaf zieht ein Gesicht, als hätte ihm jemand Domestos in den Rotwein geschüttet.

»Schlimm?«, frage ich.

»Nee. Zuerst ja. Aber jetzt ist es nur noch … eklig. Ich weiß gar nicht, warum ich das mitmache. Vielleicht, weil ich doch noch Hoffnung habe. Aber eigentlich ist es schon vorbei.«

# 12. Kapitel
# Mit System zum Gewinn

## Dienstag, 17. Mai

Am nächsten Tag fühle ich mich nach einer Fünfundvierzig-Minuten-Dusche seelisch gefestigt genug, um die Mailbox abzuhören.

»Hallo, *ähm*, ich wollte nur sagen, dass wir am Sonnabend bei so einem Wettbewerb mitmachen sollen, wo man ein Haus gewinnen kann«, nuschelt Heiners Stimme. »Meine Mutter hat uns angemeldet und wir wurden fürs Finale ausgewählt. Man muss da als Paar antreten. Also lass mich nicht hängen. Wo bist du eigentlich?«

Immerhin hat er anscheinend meine Abwesenheit bemerkt. Aber sonst? Geradezu außer sich vor Sorge ist er ja nicht. Hat er überhaupt etwas kapiert? Und was fällt seiner Mutter, der alten Spardrossel, eigentlich ein, uns bei der Fertighaus-Verlosung anzumelden?

»Ich sage doch, du bist angemeldet«, sagt Olaf beim Frühstück. »Du wirst ein Haus gewinnen, ein W2XL Maximum B3.2 ÖSP Primus Luxus. Schlüsselfertig. Aber wie kommt deine Schwiegermutter eigentlich an deine Post? Das Anmeldeformular hatte ich doch dir zugeschickt.«

»Keine Ahnung. Ist doch auch egal. Ich muss mit Heiner reden.«

»Das glaube ich auch.«

Inzwischen haben wir die genauen Musterhausparköffnungszeiten drauf. Drei Minuten vor halb zehn verlassen wir unser wandfreies Kurzzeitzuhause, ganz routiniert und gerade rechtzeitig, bevor die zuständige Musterhausdame kommt. Morgen wohnen wir woanders.

Heiner treffe ich in der Eisdiele im Nachbarort. Wie ironisch: Hier hatten wir früher ein paar unserer ersten Rendezvous. Auch bei der Jugend von heute scheint das Lokal noch sehr beliebt zu sein: Um uns herum proben großzügig mit Flitter überstäubte Teenagermädchen für ihren bevorstehenden Durchbruch als Superstar, auf der Straße davor demonstrieren pickelige Jungs, dass man mit dem nötigen Know-how jedem Mofa den Sound und die Optik eines Aufsitzrasenmähers verpassen kann. Und mittendrin sitzen Heiner und ich wie ein Silberhochzeitspaar, das sich über den Nachtisch streitet.

»Du hast dir hier immer schon das Teuerste bestellt«, kommentiert Heiner meinen Bananensplit. Dabei gibt es noch viel teurere Eisbecher, aber die sind alle mit Alkohol, und bei diesem Gespräch will ich wirklich nüchtern bleiben. Heiner nimmt einen Eiskaffee. Verdammt, denke ich, wenn ich ihn essen sehen würde, fiele es mir wahrscheinlich leichter, mich von ihm zu trennen. Aber dann macht er widerliche Schlürfgeräusche mit dem neckisch geknickten Strohhalm, die meinen Entschluss, ihn auf immer und ewig zu verlassen, zementieren. Ich weiß nur noch nicht, wie ich es ihm sagen soll. Ich habe ja versucht, mir das vorher zu überlegen, aber mir fielen einfach keine passenden Worte ein. »Ich verlasse dich!« oder »Es ist aus!« klingt einfach zu theatralisch. Das passt nicht zu mir, nicht zu Heiner, nicht zu uns.

»Dem ist die Frau weggelaufen«, sagt meine Mutter, wenn sie über einen Mann spricht, der verlassen wurde. Ich habe mir das als Kind immer als wilde Verfolgungsjagd vorgestellt. Die Frau rennt, ihre Haare und ihr Kleid wehen im Wind, und der Mann läuft hinterher, will sie einholen. Sie strauchelt, er holt auf, doch dann gewinnt sie wieder an Tempo, tänzelt über grüne Wiesen dem Sonnenuntergang entgegen, während er, schnaufend und erschöpft, zurückbleibt. Ich fand das zwar traurig für den Mann, aber als Bild ganz romantisch. Später dachte ich dann eher an entlaufene Hunde und Katzen. Ich stellte mir vor, dass die entlaufenen Frauen in einem Frauenhaus Unterschlupf finden, analog zum Tierheim, und dort auf ein neues Herrchen warten.

Damals dachte ich auch, dass das größte Problem des verlassenen Mannes die Organisation des verwaisten Haushaltes ist. Aber dafür hat Heiner seine Mutter. Und für den Rest Monique. Ich bin also sowieso überflüssig. Wahrscheinlich ahnt er es schon. Ich muss es ihm jetzt nur noch sagen.

»Ich brauche dich«, sagt Heiner und bringt mich damit völlig aus dem Konzept. Ich habe ja mit vielem gerechnet, aber damit nun wirklich nicht.

»O Heiner«, seufze ich sofort ergriffen. Ich kann nichts dagegen tun, meine Sentimentalsensoren sind sofort angesprungen. Plötzlich tut sich in mir ein Zwiespalt auf, zerteilt mich wie die Banane auf meinem Teller. Und dann passiert etwas Seltsames: Die Bananenhälften meines kostspieligen Bananensplits beziehen Position. Für und gegen Heiner.

*Denk an all die gemeinsamen Jahre*, raunt die Pro-Heiner-Bananenhälfte mir zu, *denk an die Zukunftspläne*, *das heimelige Nest.*

*Und an ein friedliches Leben in Sprachlosigkeit. Denk an die stillen Abende, die unendliche Stille, die du tagein, tagaus genießen kannst. Reicht da nicht auch ein Goldfisch?*, höhnt die Contra-Heiner-Bananenhälfte.

*Ist doch egal, wenn man sich mal nichts zu sagen hat, sprechen kannst du ja mit Brigitte und deiner Mutter. Man muss ja auch nicht immer reden. Man kann ja auch mal einfach zusammen sein und sich brauchen. Oder Fernsehen gucken. Warum denn nicht? Hauptsache, du hast einen Mann. Da taugt Heiner genau wie jeder andere*, kontert die Pro-Heiner-Bananensplit-Fraktion und gewinnt mit dieser leidenschaftlichen, wenn doch recht konservativen Argumentation auch die Kugel Vanilleeis. Ich bin schon fast bereit, all meine Trennungspläne zu verwerfen und das Techtelmechtel mit seiner Heckendrossel zu vergessen.

*Überleg doch mal: Wofür braucht er dich?* So leicht ist die Contra-Heiner-Bananenhälfte nicht unterzukriegen: *Er hat das bestimmt nicht als Liebeserklärung gemeint, sondern rein zweckmäßig.*

Vielleicht hat diese Bananenhälfte Recht. Ich werde misstrauisch und frage Heiner: »Wofür brauchst du mich?«

»Na«, sagt Heiner und betrachtet mich mit einem leicht angewiderten Hat-die-Alte-denn-gar-nichts-begriffen-Blick, »für diesen Wettbewerb, wo es um die Fertighütte geht. Da kann ich doch nicht alleine hin, sonst werde ich disqualifiziert.«

*Ich wusste es, ich wusste es!*, jubelt die Contra-Banane. *Dem Mann geht es nur um materielle Werte!*

*Er will eben ein sicheres Zuhause haben*, versucht die Pro-Heiner-Banane die Dreistigkeit ihres Schützlings zu verteidigen, *und zwar für sie gemeinsam!*

*Hör nicht auf sie*, warnt mich die Contra-Banane. *Mach weiter so!*

»Warum sollte ich das tun? Warum sollte ich diesen Wettbewerb mitmachen – mit dir zusammen?«, frage ich Heiner. Ich kann mich ja nicht nur auf die Meinungen zweier Bananenhälften verlassen.

»Wie meinst du das?«, fragt er und blubbert in seinen Eiskaffee, aus dem schlammfarbene Blasen aufsteigen. »Wir wollen doch ein Haus. Und da gibt es eins umsonst.« Der Mann ist völlig ahnungslos. Vielleicht hat er bei der Prügelei eins auf den Kopf bekommen. Sein rechtes Auge schimmert noch leicht ins Alpenveilchenviolette.

*Der arme Mann!*, heult die heinerfreundliche Bananenhälfte auf. *Du zerstörst seine Zukunft! Alles, woran er geglaubt hat! Den Traum von einem eigenen Heim!*

*Er hat sich um eine andere Frau geprügelt*, schaltet sich die Contra-Bananenhälfte ein. *Es ist richtig, was du hier tust! Verlasse ihn!*

Ja, sie hat ja Recht. Ich nehme einen Löffel nervenstärkendes Schokoladeneis, und dann geht es ganz leicht: »Es ist aus, Heiner. Ich verlasse dich. Ich habe dich bereits verlassen.« Das klingt weniger theatralisch, als ich gedacht habe. Das klingt sogar richtig gut. »Was sollten wir mit einem

Haus? Etwa zusammen dort leben? Ich mache den Haushalt, während du dich mit deiner Geliebten vergnügst? Nein, mein Lieber, nicht mit mir. Ich habe dich mit Monique gesehen.« Ich komme mir vor wie ein rauschender Racheengel. Nur, dass ich eigentlich gar nichts rächen will.

*Gib's ihm! Richtig! Gut so!*, jubelt die Anti-Heiner-Banane.

»Ach«, sagt Heiner. »Da war doch gar nichts.«

»Das sah im Wald aber anders aus.«

Heiner guckt ein klein wenig ertappt. Doch dann wirbt er für Verständnis: »Du musst zugeben, dass unser Liebesleben in letzter Zeit nicht mehr so prickelnd war. Ich bin ein Mann, ich habe auch meine Bedürfnisse. Aber das hat doch nichts mit uns zu tun.«

Das ist ja ein hartes Stück Arbeit. Ich dachte, es wäre leichter, Heiner loszuwerden. Vielleicht bricht er gleich in Tränen aufgelöst vor mir zusammen. Das könnte ich nicht ertragen. Die Popstars von morgen gucken uns schon ganz interessiert an.

»Silke, hör zu, ich will ein Haus. Ein eigenes Haus! Mama dreht durch, wenn ich nicht bei diesem Gewinnspiel mitmache! Wo sie es doch schon geschafft hat, dass wir ins Finale gekommen sind. Ihr zuliebe müssen wir mitmachen und gewinnen! Sieh doch mal, das ganze Geld, was sie sparen würden, wenn sie unseren Bau nicht finanzieren müssen!«

Jaja, das liebe Geld, denke ich. Da meldet sich die Pro-Heiner-Bananenhälfte schon wieder: *Der Mann will dir Sicherheit bieten. Er will für dich sorgen.*

In dem Moment wird mir klar, dass diese Bananenhälfte

völligen Quatsch redet. Heiner will für mich sorgen? Blödsinn! Der ist so was von sparsam, der würde genau wie seine Mutter darauf bestehen, dass ich ein Haushaltsbuch führe, und mir dann Vorhaltungen machen, warum ich schon wieder siebzig Cent für einen Schokoriegel ausgegeben habe. Die Banane hat ja keine Ahnung. Völlige Verkennung der Realität! Bevor die hier weiterhin Blödsinn erzählen kann, esse ich sie ganz schnell auf. Erst die Pro-Heiner-Hälfte, dann die Contra-Heiner-Hälfte. Schließlich kann ich meine Entscheidungen alleine treffen und bin nicht auf die Meinung einer Südfrucht mit gespaltener Persönlichkeit angewiesen.

»Heiner, ich sage es noch mal ganz deutlich: Ich trenne mich von dir. Wir brauchen kein Haus. Deine Eltern können das Geld sowieso sparen.«

»Aber das kannst du doch nicht so einfach machen!«, behauptet Heiner.

»Doch, kann ich.« Ich sehe ihm direkt in die Augen. »Und, sag mal: Liebst du mich eigentlich?« Das möchte ich ja doch noch gerne wissen. Vielleicht kann er ja einmal ehrlich auf diese Frage antworten. Ich bin sogar auf ein klares Nein vorbereitet.

Aber Heiner sagt nur: »Was hat das denn jetzt damit zu tun?«

Es ist zu Ende. Endlich. »Gut. Das war's dann.« Ich bin erleichtert.

»Na, denn eben nicht.« Heiner betrachtet mich, als wäre ich ein eingetrockneter Kuhfladen, der noch nicht mal mehr eine Schmeißfliege für sich begeistern kann. »Wer nicht will, der hat schon.«

So ein blöder Spruch. Aber Heiner braucht das bestimmt

für sein Ego: Er kann sich nicht vorstellen, dass ich ihn einfach so verlasse, ohne etwas Besseres (sprich: einen anderen, wahrscheinlich reicheren Mann) in petto zu haben. Soll er doch denken, was er will. Das geht mich nichts mehr an.

Heiner steht auf und geht, ohne zu bezahlen. Die Glitzermädchen schauen ihm nach. Er steigt in einen Opel Speedster, ein Vorführmodell aus dem Laden seines Vaters. Der Versuch von Opel, einen Sportwagen zu bauen. Leider will den niemand kaufen. Den Opel-Fans ist er nicht Opel genug, den Sportwagenfahrern zu sehr Opel. Die Popstars in spe staunen trotzdem und blinkern Heiner mit funkelnden Augen hinterher. Wahrscheinlich denken sie, dass er ein Produzent ist und sie groß rausbringen kann. Oder zumindest von hier fort, in seinem Auto. Denn mit einem Mofa kommt man nicht weit.

Bevor Heiner die Tür schwungvoll zuwirft, ruft er mir noch zu: »Die Reparatur vom Corsa wird ganz schön teuer. Hoffentlich hast du noch genug auf dem Konto. Wo soll ich die Rechnung hinschicken?«

Meine Wasserleiche von Auto hatte ich ja total vergessen. »Ach, steck dir den Corsa doch sonst wo hin«, fordere ich etwas unkonkret.

Beim Ausparken touchiert Heiner einen besonders liebevoll frisierten Bock und löst damit eine Kettenreaktion aus. Wie beim Domino-Day klappen fünf Kleinkrafträder nacheinander um. Es gibt einen Tumult, Heiner braust davon und wird von den Jungs, die ihre pubertären Potenzkrücken retten konnten, verfolgt wie von einem besessenen Wespenschwarm. Natürlich haben die PS-schwachen Pickelfaces keine Chance, aber einen Moment lang sieht es doch so aus, als würden sie Heiner einholen. In diesem Fall hätten sie ihn wahrscheinlich zu Tode gefoltert, indem sie seine Haut Schicht für Schicht von Clearasil zerfressen lassen hätten. Interessanter Gedanke. Aber nein, ich hege keine Rachegefühle. Heiner ist mir egal. Wenn ich ehrlich bin: Nicht erst seit heute.

| | |
|---|---|
| *Unser Haus des Tages:* | Modell Architektenhaus |
| *Baujahr* | *2000* |
| *Material* | *gelber Klinker, Laminat, helles Holz – und eines Tagesdecke, deren grelles Muster darauf hindeutet, dass die zuständige Musterhausdame Frau Nelke sie ausgesucht hat.* |
| *Größe* | *118 Quadratmeter, zwei Etagen* |
| *Zimmer* | *4 (die im Dachgeschoss mit Fenstern auf Halshöhe), ein Hauswirtschaftsraum* |

*Zukunftsprognose:* In diesem Haus würde ich zu einer richtigen Hausfrau werden. Leider würde ich nie mit festlichen abendlichen Essenseinladungen glänzen, weil erstens die Küche zu klein ist und ich zweitens das komplizierte Beleuchtungssystem nicht verstehe. Immer, wenn ich einem Lichtschalter zu nahe komme, wird es entweder gleißend hell und ein Suchscheinwerfer verfolgt mich, oder der Raum wird in tiefe Finsternis getaucht. Aber daran würde ich mich gewöhnen. Die meiste Zeit verbringe ich dann ja sowieso in dem Hauswirtschaftsraum, wo ich abends bei Kerzenlicht Heiners Socken stopfe.

In der Musterhaussiedlung ist es ganz still. Die Musterhausverkäufer haben sich in ihre Büros im Inneren der Musterhäuser zurückgezogen, wo sie mustergültig an ihren Schreibtischen hocken und Musterhausprospekte an Kunden verschicken. Sie sind ein Musterbeispiel an Fleiß und Pflichterfüllung. Nur Olaf macht etwas ganz anderes: Er hat es sich unter der Kastanie hinter dem Designerhaus gemütlich gemacht und blättert in alten Katalogen.

»Es muss doch auch schöne Häuser geben«, sagt er, als ich mich zu ihm setze. »Irgendwann müssen diese Fertighausunternehmer doch auch mal gute Ideen gehabt oder mit richtigen Architekten zusammengearbeitet haben. Es kann doch nicht sein, dass das hier«, er zeigt auf das Designerhaus, das in der Sonne vor sich hin erkert und gaubt wie ein unregelmäßig aufgegangener Hefeteig, »das Beste ist, was sie fertigbringen.«

»Ich habe da neulich was im Fernsehen gesehen«, fällt mir ein. »Eine Dokumentation über finnische Fertighäuser aus den sechziger Jahren, die sahen aus wie UFOs. Oder Smarties. Ganz rund. Und wunderschön!«

»Kann ich mir so gar nicht vorstellen.«

Ich ziehe aus Olafs Unterlagen einen Zettel und einen Stift und male ihm ein Futuro auf. Besser gesagt: Ich zeichne ihm gleich eine ganze Futuro-Siedlung. Eines, das an einem Hubschrauber schwebt, eines im Wald, eines von innen, mit Kaminfeuer in der Mitte, eines, in dem gerade eine Cocktailparty stattfindet. Ich bin ganz überrascht, wie gut die Zeichnungen werden.

»Das sieht ja phantastisch aus!«, sagt Olaf. »Wo gibt es diese Dinger?«

»In Finnland. In den Sechzigern. Die Idee hat sich aber nie durchgesetzt, deshalb wurden nur ganz wenige gebaut. Keine Ahnung, ob es die überhaupt noch gibt.«

»Ach, wie schade«, seufzt Olaf. »So eines hätte ich auch gerne.«

Einen Moment lang hängen wir beide unseren Träumen nach, und ich bin mir fast sicher, dass seine auch um eine gemeinsame Zukunft in einem UFO-Haus kreisen … Mein piepsendes Handy holt mich in die Realität zurück. Brigitte hat mir eine SMS geschickt:

Dodo hat die Wahl gewonnen! Ganz knapp – mit einer Stimme Vorsprung!

Na, dann hat es sich ja wenigstens gelohnt, dass ich dort war. Ich schicke Dodo eine Glückwunsch-SMS und freue mich.

## *Mittwoch, 18. Mai & Donnerstag, 19. Mai*

Die beiden folgenden Tage vergehen rasch – und ich habe wirklich fast das Gefühl, dass ich in dem Wellnesshotel bin, von dem ich meiner Mutter vorgeschwindelt habe: Ich schlafe, schleiche mich aus der Musterhaussiedlung und vertrödle den Tag jenseits meines Dorfes und einer ordentlichen Freizeitgestaltung. Brigitte kommt in ihren Mittagspausen mit ihrem Auto angebraust, wir kostümieren uns mit Perücken und Sonnenbrillen und schlendern durch die Nachbarorte. Die Nachmittage verbringe ich in meinem Wäldchen. Ich halte mich so gut es geht von dem Laubhügel fern, in dem ich Heiner und Monique gesehen habe, und genieße die Ruhe, die frische Luft und die Sonne, in der ich regelmäßig einschlafe. Manchmal stelle ich mir vor, ich würde für immer hier bleiben. Eins mit der

Natur. Spätestens, wenn mich eine Ameise in den Hintern beißt oder es ein bisschen kälter wird, verwerfe ich diesen Plan wieder. Dann hole ich den Katalog aus der Tasche und sehe nach, wo Olaf und ich am Abend wohnen werden. Dann kocht er, und ich trinke. Das mache ich jetzt scheinbar regelmäßig. Kein Wunder, dass mir morgens immer ziemlich flau im Magen ist. Gestern musste ich mich sogar übergeben. Aber daran möchte ich jetzt lieber nicht denken.

| | |
|---|---|
| *Unser Haus des Tages:* | Modell Harmonie |
| *Baujahr* | *1997* |
| *Material* | *Fertigplatten, alles Markenware, wie der Hersteller versichert* |
| *Quadratmeter* | *238 Quadratmeter* |
| *Zimmer* | *2 x 4 Zimmer, hübsch symmetrisch angeordnet* |

*Zukunftsprognose:* Ein Doppelhaus! Ein Zwei-Generationen-Haus! Heiners Mutter wollte schon immer mal in einem neuen Haus wohnen. Weil es so praktisch ist, übernimmt sie gleich die gesamte Planung und entscheidet auch über die Innenausstattung – die soll ja schließlich einheitlich und günstig sein. Praktisch natürlich auch. Also wird unten alles schön diagonal gefliest, mit ein paar Bordüren, die die einzelnen Wohnzonen markieren. Ich werde das Gefühl nie loswerden, dass Heiners und meine Hälfte von ihr heimlich mit winzigen eingebauten Videokameras ausgestattet wurde, damit sie mein Putzverhalten kontrollieren kann. Ihr altes Haus vermieten die Schwiegereltern zu einem Wucherpreis.

Olaf und ich haben uns schon fast durch die ganze Siedlung gewohnt. So richtig zu Hause fühlen wir uns in keinem der Häuser, aber das ist wohl auch schwierig, wenn man keine Spuren hinterlassen darf. Zum Glück hat Olaf mehr Talent in Haushaltsdingen als ich. Ich sehe einfach zu, dass ich so wenig wie möglich schmutze.

## *Freitag, 20. Mai*

| | |
|---|---|
| *Unser Haus des Tages:* | Modell W2XL Maximum B3.2 ÖSP Primus Luxus – *das »Haus für Gewinner«* |
| *Baujahr* | *2005* |
| *Material* | *Roter Klinker, Fliesen, Strukturputz* |
| *Größe* | *114 Quadratmeter* |
| *Zimmer* | *1 Wohnschlauch, 3/2 Zimmer* |

*Zukunftsprognose:* Dieses Haus wäre meine Zukunft gewesen. Heiner und ich hätten es morgen bei der großen Fertighausverlosung gewonnen, einen Monat später hätten wir einziehen können. Neben den Schwiegereltern, mit Blick vom Wohnzimmer auf die Ausstellungsfläche der Opel-Filiale. Es wäre vielleicht nicht alles ganz nach meinem Geschmack gewesen, aber: »Einem geschenkten Gaul schaut man nicht ins Maul!« Mein weiteres Leben würde ich im Schlund – dem sogenannten »offenen Wohnbereich« – des Eigenheims verbringen und dort den Versuchungen des Homeshoppingkanals anheim fallen. Bald hätte ich die teuersten und angeblich effektivsten (wenn man sie nur lange genug einwirken lässt) Putzmittel der Welt, jede Menge günstigen Goldschmuck und figurfreundliche Hosen. Wahrscheinlich auch eine Figur, die darauf angewiesen ist, dass wenigstens eine Hose freundlich zu ihr ist.

Das W2XL Maximum B3.2 ÖSP Primus Luxus ist das Schlimmste von allen Häusern. Ein Großteil der Quadratmeter ballt sich im Wohn-Ess-Bereich, der den Charme eines Parkhausdecks hat – eine Art Halle mit niedriger Decke, mit hygienisch-klinisch gekacheltem Fußboden, auf dem man immerhin exquisit schlittern kann. Das machen Olaf und ich auch, nachdem wir die lilagemusterten Sofa-Ungetüme zur Seite geschoben haben. Nehmen Anlauf und rutschen auf Socken um die Wette, und wer es (ohne zwischendrin noch mal Schwung zu holen) vom offenen Kamin bis zur Wohnwand schafft und auf dem Vitrinenglaseinsatz einen sichtbaren Finger- oder Handabdruck hinterlässt, bekommt einen Punkt. Für fünf Punkte muss der andere einem eine Geschichte aus dem Heft *Meine Gänsehaut* vorlesen.

Nach ungefähr hundert Kilometern Wettschlittern und sieben Geschichten von *Mein Mann wollte mich ermorden* bis zu *Ich sah, wie die Katze unserer Nachbarn von Außerirdischen entführt wurde* fallen wir erschöpft auf die Wohnlandschaft.

»Glaubst du, dass die Gewinner auch so viel Spaß in diesem Haus haben werden?«, frage ich Olaf.

»Hmm. Schwer zu sagen. So wie wir bestimmt nicht«, sagt er und wackelt mit seinen Füßen. »Die nehmen das ja alle so ernst. Das Bauen. Das Wohnen. Die Häuser. Viel zu ernst. Dabei ist doch das alles nur eine Illusion. Eine Seifenblase. Wir – und damit meine ich uns Musterhausvertreter – tun doch alle so, als würden wir ewige Glückseligkeit verkaufen. Dabei sind das nur ein paar poröse Steine mit einem Dach drauf. Aber die Leute verwechseln das mit ihrem Leben. Sie denken, es reicht, wenn man so ein Haus baut, alles andere kommt dann schon von alleine.«

»So habe ich doch auch gedacht. Oder, nein: Ich habe gar nicht gedacht. Ich habe geglaubt, das gehört einfach dazu. Natürlich verlobt man sich, natürlich baut man ein Haus. Was denn sonst?«

»Das ist ja auch nicht schlimm. Wenn man es bewusst tut. Aber warum sollte man sich dann für ein Musterhaus entscheiden? Und dabei noch das Gefühl haben, man wäre individuell, nur weil man zwischen dreiundzwanzig verschiedenen Kachelmotiven im Bad wählen kann. Das ist doch ein Leben wie aus einem Bausatz. Möglichst so sein wie die Nachbarn. Ein klein bisschen anders, aber nicht zu sehr, damit nicht geredet wird. Was ist denn mit den Menschen, die nicht ins Schema passen? Was wäre gewesen, wenn du dich nicht verlobt hättest? Wenn du, so sagt man doch, ›keinen abbekommen‹ hättest? Was ist mit denen, die arbeitslos werden? Was ist, wenn die Nachbarn dann doch ›reden‹? Dann sitzt man in seiner eigenen privaten Vorhölle und schmort vor sich hin. Wie eine Weihnachtsgans, nur nicht so lecker.«

Ich könnte ihn schon wieder küssen. Er ist so leidenschaftlich, so mitreißend, so engagiert und so hübsch wütend. Der Mann will etwas. Vielleicht nicht von mir, jedenfalls nichts, was mit meinem Körper zu tun haben könnte. Er will etwas vom Leben. Und ich auch. Neuerdings. Mir wird ganz kribbelig. Mit ihm will ich mein Leben verbringen. Hey, das ist ja mal ein Plan für die Zukunft! Für meine eigene, neue Zukunft. Zwar kein wirklich konkreter, ausgearbeiteter Plan, aber immerhin.

## *Samstag, 21. Mai*

Neben dem gigantischen Wohnschlauch wirken alle anderen Räume des W2XL Maximum B3.2 ÖSP Primus Luxus hutzelig. Besonders die im ersten Stock. Beim Aufwachen stoße ich mir an der Dachschräge den Kopf – da kommt doch endlich so etwas wie ein Heimatgefühl auf … Ich traue mich kaum nach unten, weil ich dort Heiners Mutter und ihre Spartipps erwarte, aber da ist zum Glück nur Olaf, der um sich herum lauter bunte Karteikärtchen ausgebreitet hat, die er mit verschiedenfarbigen Filzstiften beschriftet.

»Was wird das denn?«

»Ich muss doch nachher bei der Hausverlosung assistieren. Moderiert wird die von einem echten Fernsehstar. Und mein Big Boss kommt!«

»Und? Freust du dich, ihn wieder zu sehen?«

»Ich bin schon ganz aufgeregt«, sagt Olaf reflexartig. Dann schüttelt er den Kopf. »Nein, eigentlich ist mir schlecht. Ich habe mich ja schon irgendwie damit abgefunden, dass es mit ihm und mir nicht weitergeht. Und irgendwie … irgendwie habe ich das Gefühl, ich habe ihn nie richtig gemocht. Nicht so wie dich!«

Einen Moment lang sehen wir uns einfach nur an. Ich wage nicht, etwas zu sagen.

»Du musst unbedingt in meiner Nähe bleiben. Alleine stehe ich das heute nicht durch«, erklärt Olaf.

Ich hatte gedacht, ich könnte mich vor der ganzen Veranstaltung drücken. Na ja, wenigstens muss ich nicht an Heiners Seite mitspielen.

Am frühen Nachmittag ist der Massivhauspark so voll wie ein Fußballstadion beim Endspiel, obwohl ich nicht genau sagen kann, ob dieser Vergleich wirklich passt, denn ich war noch nie in einem Fußballstadion. Die potentiellen Hausgewinnerpaare wurden gleich am Eingang von Olafs Kollegen in Empfang genommen und erst mal sicher weggesperrt, damit sie keinen Blick auf den Aufbau des Spielparcours nehmen können. Nicht, dass es da viel zu sehen gäbe. Ich bin ja schon etwas neugierig, wer da wohl mitmacht. Ob ich jemanden kenne? Im Publikum, das sich bereits vor der Bühne sammelt, entdecke ich viele bekannte Gesichter aus dem Dorf, lauter Paare, die meines Wissens nach bereits ein Haus haben. Vielleicht wollen die sehen, wer hier gewinnt, und wen man dann in den geheimen Wir-und-unser-Eigenheim-Verein aufnehmen kann? Zu meiner Überraschung sehe ich, dass sich auch Ralf-Georg vor der Bühne herumtreibt. Was will der denn hier? Ach, egal.

Ich helfe Olaf dabei, die letzten obligatorischen Luftballons aufzublasen. »Luftballons haben immer so etwas Leichtes«, philosophiert eine Kollegin von ihm, geschätzte Konfektionsgröße: 34/36. »In der Nähe von Luftballons fühle ich mich fast schwerelos.« Das haucht sie ihm geradezu aufdringlich ins Ohr. Ich betätige die Handpumpe ein wenig zu heftig und der Ballon, den ich in Arbeit habe, platzt. Olafs Kollegin sieht mich so entsetzt an, als hätte ich sie ohne Fallschirm aus einem Zeppelin geworfen. »Schwerelosigkeit hat eben manchmal ihren Preis«, sage ich und mache mit dem nächsten Ballon weiter. Warum bin ich eigentlich so nervös?

»Bleib bitte in meiner Nähe«, sagt Olaf noch mal zu mir.

»Ich habe mir etwas Hübsches für dich ausgedacht. Die Veranstaltung wird übrigens vom Fernsehen aufgezeichnet.« Das ist kaum zu übersehen: diverse Regionalsender haben ihre Kameras schon aufgebaut.

Der Blick seiner Kollegin verliert vollends seine Leichtigkeit. Sie sieht mich eifersüchtig an. Das ist ja ein ganz neues Gefühl. Ich glaube, noch nie war eine andere Frau auf mich eifersüchtig. Jedenfalls nicht, wenn es um einen Mann ging.

»Okay«, sage ich, obwohl mich der Gedanke, dabei vielleicht aus Versehen ins Fernsehen zu kommen, schreckt. Wie sehe ich überhaupt aus? Um mein Styling habe ich mir in letzter Zeit wenig Gedanken gemacht. Man könnte auch sagen: gar keine.

»Danke, meine Schönste«, sagt Olaf und strahlt mich an. Der weiß, wie man mit Frauen umgeht! Ich fühle mich gleich besser. Jedenfalls ein paar Sekunden lang, denn dann lenkt mich ein allgemeines »Ahhhh«- und »Ohhhhh«-Geraune von meinem Wohlgefühl ab. Direkt neben der improvisierten Bühne vor dem W2XL Maximum B3.2 ÖSP Primus Luxus hält eine Stretchlimousine, die ungefähr so lang ist wie ein Trecker mit Anhänger. Alle Massivhausparkangestellten versteinern ehrfürchtig.

»Der Chef!«, flüstert Olaf mir zu. »Der absolute Oberboss.« Wenn man es nicht wüsste, man käme nicht darauf, dass er hier über seinen heimlichen Geliebten wispert. »Er kann so furchterregend sein. Es heißt, dass er mit dieser Limousine jeden Tag zu einer anderen Baustelle fährt und prüft, ob die Handwerker schnell genug arbeiten. Manchmal feuert er zehn Leute auf einmal, einfach weil er Lust dazu hat. Seine Launen sind unberechenbar.«

»Und das fandest du mal sexy?«, frage ich erstaunt.

Olaf sieht schuldbewusst zu Boden.

Der kleine, dicke Mann, der wie ein Flummi aus dem etwas übertriebenen Auto hüpft, sieht wider Erwarten nett aus. Wirklich wie Winnie the Pooh. Als Hauptfigur in einem Zeichentrickfilm wäre er eine Idealbesetzung: Ein elastisches Bärchen mit Knubbelstupsnase und dichtem Pelz; sein Brusthaar guckt aus dem Hemdkragen hervor. Er dreht sich um und zerrt eine langbeinige Blondine aus dem Fond. Ihr gelingt der Ausstieg nicht ganz so elegant, sie wackelt ein wenig auf ihren hohen Schuhen. Das Apfelgrün ihres knappsitzenden, rückenfreien Tops harmoniert mit ihrem Teint, der unter dem Rouge den gleichen Farbton angenommen hat. Obwohl ich sie noch nie zuvor gesehen habe, schon gar nicht auf dem Bildschirm, bin ich sicher: Das muss der Fernsehstar sein. Sie ist einfach der Typ dafür. Allerdings ist sie im Moment scheinbar nicht in ihrem Element. Der Boss führt sie auf die Bühne, sie begrüßt das Publikum (von denen jeder Einzelne so aussieht, als wäre er eigentlich rechtmäßiger Gewinner des Hauses) und sagt: »Wenn die beiden hier«, sie zeigt auf Olaf und mich, »klatschen, dann klatschen Sie bitte mit. Denn dann sind wir auf Sendung. Sind wir schon drauf?« Sie macht mit dem Arm eine wischende Bewegung in Olafs und meine Richtung. Keine Ahnung, auf was sie drauf ist, auf jeden Fall fällt sie im nächsten Moment um. Diese Fernsehstars habe ich mir immer robuster vorgestellt. Vielleicht kollabieren sie, wenn sie mit dem echten Leben in Berührung kommen?

Das echte Leben muss weitergehen und in diesem Fall auch die Show, also windet der Boss der Blondine das Mikrofon aus der verkrampften Hand, gibt es Olaf, der zu Hilfe geeilt ist, und befiehlt: »Du übernimmst!«

Olaf strahlt, als hätte er nur auf diesen Moment gewartet. Auf seinen Karteikarten hat er sich das komplette Verlosungsshowkonzept notiert. Er begrüßt das Publikum mit einer Leichtigkeit und Selbstverständlichkeit, als würde er beim Bäcker Brötchen kaufen und nicht vor zahlreichen Kameras stehen. Dazu muss ich allerdings sagen, dass das Hauptinteresse der Kameramänner und Journalisten sich auf die immer noch am Boden liegende Fernsehdame konzentriert.

Olaf stellt mich als »seine Glücksfee« vor. Bin ich froh, dass ich mir wenigstens noch das Ibiza-Kleid angezogen habe, so fühle ich mich halbwegs präsentabel – aber ich und eine Glücksfee? Ich glaube, ich werde auch gleich ohnmächtig! Dann bittet er die Paare her, die um das Haus konkurrieren. Die je zehn Damen und Herren dürfen das Zelt, in dem sie zwischengelagert waren, verlassen. Mir fällt die Aufgabe zu, sie zu zehn Holzbalken, die vor der Bühne aufgebockt sind, zu geleiten. Dort werden sie von Olaf interviewt, damit die drängelnde Menschenmenge drum herum erfährt, wer statt ihrer das Haus bekommt:

- Der Elektriker und die Hausfrau, die keine Kinder, aber zwei Hunde haben.
- Die Verwaltungsangestellte und der Spediteur, die dringend Nachwuchs wollen (und schon fleißig üben, wie sie offenherzig erzählen).
- Der Versicherungsmakler und die Polizistin, deren kleiner Sohn sich einen Esel im Garten wünscht.

- Die selbständige Coiffeurmeisterin und der Opelhändler, die neben den Schwiegereltern bauen wollen und das Kellerloch schon ausgebaggert haben.

*Schockschwerenot!* Das sind ja Monique und Heiner. Fast hätte ich sie nicht erkannt, denn Monique trägt eine Sonnenbrille mit suppentellergroßen Gläsern und diverse Haarteile, die aussehen, als hätten sie ihr erstes Leben als Nagetier noch nicht ganz hinter sich gelassen. Heiner hat sie in ein grellgemustertes Hawaiihemd gesteckt, ihm die Haare betonartig zurückgegelt und seine Pickel mit Abdeckstift betont. Monique trägt, wie könnte es anders sein, mal wieder das gleiche Kleid wie ich. Hat die denn nichts anderes im Schrank?

»Was macht ihr denn hier?«, frage ich Heiner perplex und verpasse dabei die Vorstellung der anderen Teilnehmerpaare.

»Dasselbe könnte ich dich auch fragen! Du hast mich ja schließlich sitzen gelassen. Jetzt halt bloß die Klappe«, antwortet er ein wenig uncharmant.

»Hey, ich bin die Glücksfee! Sollte man da nicht netter zu mir sein?« Ich führe die beiden zum Holzbalken, den ich mir im Geiste als Schlachtbank oder Pranger vorstelle. Schon seltsam, was für harsche Phantasien ich manchmal habe.

»So, jetzt möchte ich Ihnen das erste Spiel erklären«, sagt Olaf ins Mikrofon, während er lässig zwischen den nervösen Paaren und den Holzbalken hin und her schlendert.

»Das da ist mein Verlobter. Mein Ex-Verlobter, meine ich natürlich«, flüstere ich ihm zu, »und die Schlampe aus dem Wald.«

»Sie müssen möglichst viele von diesen langen Nägeln in

den Balken vor Ihnen schlagen«, fährt Olaf ungerührt fort. »Für jeden versenkten Nagel gibt es einen Punkt. Zuerst die Herren, dann die Damen. Nageln können Sie doch bestimmt, nicht wahr?«, sagt er mit einem bösen Blick auf Heiner. Und dann, leise, zu mir: »Hältst du das durch, meine Glücksfee? Oder soll ich sie rausschmeißen?«

»Nein, gib ihnen eine faire Chance.« Ist das meine neue, feenhafte Persönlichkeit?

Das Hämmern beginnt. Unter dem lauten Gejohle des Publikums geht ein jugendlicher Bäckermeister, der mit seiner schwangeren Freundin antritt, in Führung.

»Verfickt noch mal!«, kreischt Monique ganz undamenhaft, als sie an der Reihe ist. Sie hat sich mit dem Hammer ihr aufwendiges Fingernagelpiercing zertrümmert.

»Na, na, na, meine Gnädigste! Mäßigen Sie sich bitte, sonst muss ich Sie wegen Etiketteverletzung vorzeitig vom Wettbewerb ausschließen«, ermahnt Olaf sie durch das Mikrofon. Das Publikum lacht. Monique quiekt zornig auf, fängt sich dann aber von Heiner und seiner Mutter, die sich in die erste Reihe vorgekämpft hat, einen scharfen Blick.

Nach der Nagelprobe scheiden sechs Paare aus. Heiner und Monique schaffen es ganz knapp eine Runde weiter.

Olaf versucht, der Veranstaltung durch kleine Interviews mehr Tiefe zu geben. »Dieses Haus«, fragt er ein schon ziemlich verschwitztes Paar, »ist das wirklich Ihr großer Traum?« Ich weiß, dass er insgeheim hofft, dass diese Leute auch noch andere Träume haben, aber sie antworten nur: »Ja, das ist unser Traum. Davon haben wir immer geträumt.« Ich kann mir ein schöneres Leben vorstellen als eines, in dem einen Fertighäuser bis in den Schlaf verfolgen.

»Jetzt wollen wir mal sehen, wie gut Sie sich kennen«, kündigt Olaf die zweite Spielrunde an. Ja, das wüsste ich auch zu gerne: Wie gut kennen sich Heiner und Monique?

»Die Herren bitte auf meine linke Seite, die Damen auf meine rechte. Nun bekommen Sie Papptafeln, auf die Sie bitte die Antworten auf die nächsten Fragen schreiben. Nur wenn ein Paar übereinstimmend antwortet, gibt es einen Punkt. Die erste Frage: Welchen Fußbodenbelag wählen Sie für das Wohnzimmer?«

Holz, denke ich sofort, ich möchte Holzfußboden. Bambusvollholzparkett vielleicht, wie im Designerhaus, oder Eichenstäbchenparkett. Schön und warm. Aber ich spiele hier ja nicht mit. Der Punkt wäre sowieso nicht an mich gegangen: »Fliesen« ist die übereinstimmende Antwort von Monique und Heiner. Die anderen Paare schwanken zwischen Laminat und Teppich, einig ist sich kaum jemand.

»Auf welches Elektrogerät könnten Sie in der Küche nicht verzichten? Eine Spülmaschine, ein Herd und ein Kühlschrank sind schon vorhanden.«

Sehnsüchtig denke ich an meinen Stabmixer. Damit kann sogar ich ganz passable Suppen zubereiten. Sollte ich mal wieder machen. »Espressomaschine«, steht auf den Kärtchen, die Heiner und Monique hochhalten. Dieser Heuchler, denke ich. Wir haben gar keine Espressomaschine. Wahrscheinlich übernachtet er jetzt immer bei Monique.

»Welchen Einrichtungsgegenstand würden Sie zurücklassen?«

»Alles von ihm«, steht auf Moniques Karte. Sie schaut lächelnd zu Heiner hinüber, der langsam seine Karte hochhält und zum Publikum dreht. »Alles von mir«, steht darauf. *Igitt!* Jetzt hat er sich schon völlig selbst aufgegeben. Seine Möbel sind zwar ausgesprochen hässlich, vor allem der elektrische Fernsehsessel mit dem kackbraunen Breitcordbezug und der gekachelte Sofatisch, aber ich musste schließlich auch mit den Scheußlichkeiten leben. Wie hat sie das bloß geschafft?

»Welchen Baum würden Sie im Garten pflanzen?«

Ich und etwas pflanzen? Meine Mutter würde mir das komplette Gelände mit Rhododendren vollstopfen. Ich käme gar nicht dazu, etwas zu pflanzen. Und Heiner interessiert sich, soweit ich weiß, auch nicht für Hobbygärtnerei. Wieso steht auf seinem Schild »Zierkirsche«? Woher weiß der überhaupt, dass es so etwas gibt? Natürlich von Monique. Die hat es auch auf ihrer Karte stehen. Unheimlich.

»Und nun die letzte Frage: Welche Farbe soll das Schlafzimmer haben?«

Heiner will es getäfelt, denke ich. Der kann ohne dieses spezielle Saunagefühl bestimmt nicht einschlafen. Aber ich täusche mich: »Hellblau in Wischtechnik« antwortet er. Wie Monique. Ich sehe ein: Die beiden passen wirklich gut zueinander.

Heiners Mutter läuft vor lauter Gier der Sabber aus dem Mund. Ein Haus für umsonst, das wird der schönste Tag in ihrem Leben. Heiner und Monique liegen, gemeinsam mit dem Versicherungsmakler und der Polizistin, mit Abstand vorne. Jetzt müssen sie nur noch eine letzte klitzekleine Hürde nehmen: »Können Sie mir sagen, wie das Haus, das Sie gewinnen wollen, genau heißt?«

»W2XL Maximum B3.2 ÖSP Primus Luxus«, rufen Monique und Heiner gleichzeitig. Das Publikum applaudiert. Heiners Mutter weint.

»Hervorragend!«, ruft Olaf. »Sie haben gewonnen! Sie sind jetzt stolze Hausbesitzer! Unsere Glücksfee wird Ihnen den Schlüssel überreichen.«

Das meint der jetzt nicht ernst. Ich soll denen den Schlüssel geben? Ich?

»Die Glücksfee bitte!«, gibt Olaf mir erneut das Stichwort. Seine Kollegin drückt mir ein kleines samtbezogenes Kästchen in die Hand und schiebt mich in Richtung Bühnenmitte.

Plötzlich begreife ich, dass das eine einmalige Chance ist. Ich umklammere die Schlüsselschatulle einen Moment wie die Königin von England ihr Zepter, dann gebe ich mir einen Ruck und strecke meine Hände inklusive Schatulle Monique entgegen. Dabei fühle ich mich, als würde ich ihr mein eigenes Leben – oder das, was ich bisher dafür gehalten habe – darbieten. Schlüsselfertig.

Mit spitzen Fingern, denen die Reste des Nagelpiercings einen aparten Schrottplatzlook verleihen, greift sie zu. Mir fällt es nicht schwer loszulassen – aber ganz leicht will ich es ihr einfach nicht machen. Einen kurzen Moment zerrt meine Rivalin ohne Erfolg, dann löse ich ganz plötzlich meinen Griff, und Monique stolpert mitsamt Schlüsselkästchen, das vor Schreck aufspringt, rückwärts. Indes ist Heiners Mutter elegant über die Publikumsabsperrung geflankt und zur Bühne gesprintet. Sie entreißt der noch taumelnden Monique den Schlüssel, die daraufhin kurz zu Boden geht. Das Publikum hält dies für eine besonders gelungene Showeinlage und tobt.

Meine Ex-Schwiegermutter presst den Schlüssel erst triumphierend an ihre Brust und rennt dann weiter zur Eingangstür des W2XL Maximum B3.2 ÖSP Primus Luxus, die sie behände öffnet. Sie stürmt hinein, Heiner hinterher, gefolgt von Monique, die sich alleine wieder aufgerappelt hat.

»Ich wünschen Ihnen noch viel Glück«, sagt Olaf und schaut dem Trio Infernale kopfschüttelnd hinterher. »Ihnen allen.« Das Publikum applaudiert, wir verlassen die Bühne.

Olaf nimmt mich in den Arm: »Du warst großartig!«

Ich lehne den Kopf an seine Brust. Sein Herz spielt eine Melodie.

»Ich glaube, das ist dein Telefon«, sagt Olaf und greift in die Tasche seines Sakkos. Ach ja, das hatte ich ihm ja zur Aufbewahrung gegeben, denn das Kleid einer Glücksfee hat nun mal keine Taschen. Wozu auch? Ich bin nämlich pleite. Heiner und Monique haben sich und das Haus, und ich habe noch nicht mal einen Job. Vielleicht sollte ich Karriere als Glücksfee machen?

»Du bist ein Glückskind«, jubelt Brigitte durch das Telefon. »Dodos Dorferneuerungskonzept wurde angenommen!«

»Toll. Herzlichen Glückwunsch«, gratuliere ich artig. Worum kann es in dem Konzept schon gehen? Hier ein neuer Bürgersteig, da ein neuer Baum. Dodo macht das sicher super, aber ich glaube nicht, dass sie das Aerobic-Center verhindern kann. Monique scheint ja gerade eine Glückssträhne zu haben. Vermutlich ist die Frau das neueste Terminator-Modell. Eine Terminatresse. Eine Terminatreuse. Oder so.

»Sag mal, hast du nicht verstanden, was ich gerade gesagt habe? Los, freu dich!«, befiehlt Brigitte.

»Warum?«

»Ach, du weißt ja gar nicht, was das bedeutet. Auch für dich und für mich!«

»Was hat denn das mit uns zu tun?«

»Sitzt du?«

»Moment, gleich.« Ich sehe mich nach einer passenden Sitzgelegenheit um und entscheide mich für einen Holzbalken mit möglichst wenigen herausragenden Nägeln. »So, ich sitze. Warum eigentlich?«

»Weil dich das Ganze sonst umhauen wird. Dodos Konzept wird nämlich dein Leben verändern. Und meins auch.«

»Wie das? Mein Leben ist doch jetzt schon ganz anders. Monique hat das Haus, das ich eigentlich haben sollte. Und den Mann dazu.«

»Ach, meinetwegen. Das wird dir gleich völlig egal sein.«

»Aha. Warum?« Ich fühle mich ein wenig wie auf einem Nagelbrett. Das mag daran liegen, dass ich auf einem sitze.

»Also: Das Konzept«, fängt Brigitte langsam an. »Dodos geniales Konzept: Das wachsende Dorf, das zu seinen historischen Wurzeln steht. In Zukunft wird es einen Marktplatz geben. Nur noch ortstypische Bepflanzung. Einen neuen Glockenturm. Kein Aerobic-Center. Aber mehr Bauland.«

»Klingt gut. Aber was hat das mit mir zu tun?«

»Deine Wiese wird Bauland. Du wirst reich! Richtig reich! Ich übrigens auch: Mein Stück Land auf der anderen Dorfseite darf auch bebaut werden. Netter kleiner Nebeneffekt. Jetzt kaufe ich mir einen Weinberg. Ich habe gelesen, dass es in Südafrika gerade ganz gute Angebote gibt.«

Ich bin baff. Das kann doch nicht sein! Wie ist das nur möglich?

»Wie hat Dodo das hingekriegt?«

»Sie hat einfach ein brillantes, insgesamt stimmiges Konzept vorgelegt, das komplett angenommen wurde. Aber für die endgültige Entscheidung war natürlich der Bürgermeister mit seinem Einfluss hilfreich. Er hatte sich ja von Monique einwickeln lassen und darauf eingewirkt, dass deine Wiese Sportfläche werden soll. Damit hatte er sich ziemlich weit aus dem Fenster gelehnt. Als er Monique zusammen mit Heiner entdeckte und es zu der öffentlichen Schlägerei kam, drohte ihm Gesichtsverlust. Der Gemeinderat hat sich ja schon über ihn, den Gehörnten, lustig gemacht. Da hat Dodo ihm den genialen Plan für die Flucht nach vorne geliefert: Aus der Sportfläche wird Bauland – und im Gesamtkonzept ist das gar nicht so auffällig.«

»Und was ist mit der Autobahn direkt daneben?« Ich bin noch ein wenig skeptisch.

»Da wird ein schöner Damm aufgeschüttet, dann merkt man die fast gar nicht mehr. Es gibt auch schon sehr gute Lärmschutzwände.«

»Was ist mit meinem Waldstück? Ich möchte nicht, dass dort gebaut wird.«

»Keine Sorge, Dodo weiß doch, dass du daran hängst. Dafür hat sie eine Lösung gefunden, die auch deiner Oma gefallen hätte: Der Wald wird zur ökologischen Ausgleichsfläche erklärt. Was sagst du nun?«

»Genial! Einfach genial!« Ich kann es kaum fassen. Monique wird das Aerobic-Center nicht bauen. Es tut mir gut, zu wissen, dass nicht alle ihre Träume in Erfüllung gehen.

Aber es tut weh, zu wissen, dass Brigitte nun wirklich weggehen wird. Nach Afrika! Ganz schön weit.

Gleich nachdem Brigitte aufgelegt hat, klingelt das Telefon schon wieder. Diesmal ist es Dodo. »Herzlichen Glückwunsch!«, gratuliere ich.

»Eigentlich wollte ich dir danken. Als wir beim Feuerwehrfest dieses Quiz mitgemacht haben, ist mir aufgefallen, wie viele Defizite ich noch habe. Die Lücken konnte ich gerade noch rechtzeitig füllen. Aber weswegen ich eigentlich anrufe: Gleich wird dir der Bürgermeister ein Angebot machen. Er will deine Wiese unbedingt haben. Ich habe mich mal ein bisschen über die Preise informiert: hundertdreißig Euro pro Quadratmeter kannst du verlangen. Mindestens! Lass dich nicht runterhandeln!«

So viel? Und woher weiß Dodo das alles? »Du bist ein Genie, Dodo!«

»Danke! Ich muss jetzt Schluss machen, das Dorferneuerungsgremium will den Erfolg noch ein bisschen feiern, und da darf ich natürlich nicht fehlen. Schließlich bin ich die Vorsitzende.«

»Steht dir gut, deine neue Rolle. Vielen Dank, Frau Dorferneuerungsvorsitzende!«

Ich drücke auf den roten Knopf und beende das Gespräch. Mir ist ein bisschen schwindelig. Wahnsinn! Aber was bedeutet das alles für mich?

Nachdenklich lasse ich meinen Blick schweifen. Das Publikum hat sich inzwischen zerstreut, und offensichtlich sind die meisten direkt zu ihren bereits vorhandenen eigenen Häusern zurückgefahren, statt sich das hier im Park ausgestellte Angebot an schlüsselfertigen Alternativen anzusehen. Während ich so schaue, fällt mir auf, dass ein Mann betont unauffällig – und dadurch natürlich ziemlich offensichtlich – zwischen den Häusern hin- und herschlendert. Ist das Ralf-Georg? Komisch. Dabei wird der hier sicher keine Kinder finden, die er schikanieren kann. Was will er also noch hier? Aber vielleicht hat er ja einen Grund. Vielleicht hat er eine Freundin, von der im Dorf niemand etwas weiß, und er will sie so schnell wie möglich mit einer Immobilie dingfest machen und an sich binden. Die Vorstellung von Ralf-Georg als Freund, Ehemann und gar Familienvater ist zwar arg surreal … aber bis vor einer halben Stunde hätte ich auch nie gedacht, dass ich mal zu Geld kommen würde.

Ich gehe wieder zu Olaf, der sich mit dem Fernsehstar unterhält. Die Dame entschuldigt sich für ihren Blackout.

»Keine Ursache«, sagt Olaf. »Ich bin doch gerne für Sie eingesprungen.« Das glaube ich ihm sofort. Eigentlich hat er nur auf diese Chance gewartet. Aber er ist natürlich zu höflich, der Moderatorin das zu sagen.

Sie ist so höflich, ein paar Worte an mich zu richten: »Ich war auch mal Glücksfee.« Sie strahlt mich an. »Da war ich ungefähr acht. Ich hatte sogar ein ganz ähnliches Kleid an.«

Ich habe mich ja schon an den Gedanken gewöhnt, dass mein Ibiza-Kleid kein Einzelstück ist. Aber für eine Achtjährige fände ich es doch ein bisschen übertrieben. Ich bin natürlich zu höflich, das zu sagen.

Unser Austausch von Artigkeiten wird vom Big Boss der Siedlung unterbrochen. Er stellt sich direkt vor Olaf, ein bisschen zu nah, wie ich finde. Wahrscheinlich will er sich jetzt wieder an ihn heranmachen.

»Du bist gefeuert«, sagt er.

»Aber … aber warum?«, antwortet Olaf perplex.

»Weil mir gerade danach ist. Und weil ich für einen kleinen Zeitvertreib wie dich keine Zeit mehr habe.« Er packt die Moderatorin wie ein Kaninchen im Nacken und führt sie ab. Sie wehrt sich nicht.

»O nein«, sage ich.

»O doch«, sagt Olaf nach einer kurzen Pause. »Ich weiß auch, wo sie jetzt hingehen. In sein schalldichtes Büro in der Musterhaushalle. Auf die schwarze Lederklappcouch.« Er schüttelt den Kopf. »Dass ich … dass ich auf so einen Mann mal reinfallen konnte! Ich fasse es nicht.«

»Kann ich irgendetwas für dich tun? Ihn verprügeln oder so?«, frage ich und versuche, nicht an den Poohbären und die Lederklappcouch zu denken. In diesem Moment klingelt mein Telefon.

»Gute Idee«, grinst Olaf, »aber: Nein, danke. Ich möchte ein bisschen allein sein. Geh nur ran. Wir treffen uns nachher in unserem Haus des Tages.«

Olaf schlendert langsam davon, ich drücke auf die Taste mit dem kleinen grünen Hörer.

»Guten Tag, Frau Meiners, hier spricht der Bürgermeister. Ich möchte Ihnen ein Angebot machen.«

Gut, dass Dodo mich vorgewarnt hat! »Um was geht es denn?«, frage ich mit ahnungslosem Ton.

»Ich würde gerne ein paar Quadratmeter Land von Ihnen kaufen. Diese Wiese an der Autobahn.«

»Ja, da können wir drüber reden. Was für Preisvorstellungen haben Sie denn so?«

»Sagen wir: zehntausend Euro?«

»Pro Quadratmeter?«

»Aber nein, junge Frau«, lacht der Bürgermeister, als hätte ich einen ganz tollen Scherz gemacht. »Für einen Hektar.«

Ich kann nicht verhandeln. Ich kann nicht verhandeln. Ich kann nicht verhandeln.

Aber davor kann ich mich jetzt wirklich nicht drücken.

»Guter Mann«, erwidere ich im selben amüsierten Tonfall, »ich verkaufe nur zu Quadratmeterpreisen. Hundertfünfzig Euro pro Quadratmeter. Schließlich reden wir hier über höchst attraktives Bauland.« Er wollte mich abzocken, dafür nenne ich einfach einen höheren Preis. Für die Frechheit soll er bezahlen.

»Woher wissen Sie das denn schon? Verdammt, im Dorf spricht sich alles immer so schnell rum. Sagen wir: Hundert Euro pro Quadratmeter?«

»Wenn Sie so weitermachen, sage ich hundertsechzig.« Ich lege eine Pause ein und höre förmlich, wie dem Bürgermeister der Schweiß ausbricht. »Ich muss nicht an Sie verkaufen. Es gibt viele andere Interessenten.« Sag ich mal so. Keine Ahnung, ob das stimmt. Aber bis vor kurzem waren ja noch alle scharf auf mein Land.

»Sie bringen mich um! Sie treiben mich in den Ruin! Aber gut, aber gut, abgemacht. Hundertfünfzig Euro pro Quadratmeter. Aber dann nehme ich erst mal nur dreitausend Quadratmeter. Ich will aber ein Vorkaufsrecht auf den Rest.«

»Und ich will das Geld sofort haben. In kleinen Scheinen. Und in einem Rimowa-Koffer.« Warum ich das mit den kleinen Scheinen sage, weiß ich selber nicht.

»Das ist aber sehr ungewöhnlich«, sagt der Bürgermeister.

»Gucken Sie nie Fernsehen? Das kommt doch in jedem Krimi vor!« Ich finde die Idee richtig gut.

»Wie soll ich denn so schnell vierhundertfünfzigtausend Euro auftreiben?«

So viel Geld! Das macht die Sache ja erst richtig lustig. Ich komme mir vor wie im Live-Monopoly.

»Das ist Ihre Sache. Sie kennen jetzt meine Bedingungen. Ich werde um 20.00 Uhr auf dem Parkplatz des Massivhausparks auf Sie warten.«

Um 20.15 Uhr werde ich langsam nervös. Ich hocke am Rand des Parkplatzes auf dem Kantstein. Es ist immer noch heiß, der Parkplatz ist leer bis auf einen roten Alfa Romeo. Ein Cabrio. Wem das wohl gehört? Auf jeden Fall niemandem aus dem Dorf, denn dort fahren ja alle Opel, so einflussreich ist Heiners Vater.

Um 20.21 Uhr biegt ein schwarzer Opel Omega von der Landstraße ab. Er hält vor mir. Der Bürgermeister steigt aus, öffnet den Kofferraum und holt – nein, leider keinen schicken gerillten Alu-Koffer heraus. Sondern eine rosa-türkis gemusterte Sporttasche. Darauf sind kleine Männchen abgebildet, die Aerobic-Übungen praktizieren. Garantiert eine Altlast von Monique. Aber das Geld ist drin. Ich zähle nicht nach, so viel Zeit habe ich auch nicht, aber dank meines Jobs in der Bank kann ich sehen, dass die Menge der Scheine ungefähr stimmen muss. Dann unterschreiben wir den Kaufvertrag und ich sage noch, nur mal so als Warnung, denn man kann ja nie wissen: »Ich gehe davon aus, dass das hier«, dabei deute ich lässig auf die Papiere, »alles in Ordnung ist. Falls nicht, wird Ihr Leben zur Hölle werden. Meine Mutter wird höchstpersönlich dafür sorgen.« Der Satz hat eine erstaunliche Wirkung, denn beim Gedanken an meine Mutter scheint er wirklich ein bisschen zu schaudern. Dabei habe ich keine Ahnung, was sie tun würde. Ihm die Stiefmütterchen aus dem Vorgarten pflücken? Ihm einen toten Regenwurm zur Einschüchterung auf die Türschwelle legen? Ich kenne mich nicht aus mit Mafia-Methoden, aber der Bürgermeister sagt kleinlaut: »Das ist alles korrekt. Ich gebe Ihnen mein Ehrenwort.« Männer und ihre Ehrenwörter, das ist so eine Sache. Gerade im Norden sollte man damit ja aus Erfahrung sehr vorsichtig sein. Aber ich will ihm mal glauben.

Ich habe das Geld! Ich bin reich! Ich kann es kaum glauben. Mit der unsäglich scheußlichen Aerobictasche über der Schulter gehe ich zu Olaf, der die Kündigung – und damit wohl auch das offizielle Ende seiner inoffiziellen Affäre – erstaunlich gefasst aufgenommen hat.

| | |
|---|---|
| *Unser Haus des Tages:* | Modell Edeltraut |
| *Baujahr* | *1974* |
| *Material* | *wahrscheinlich Pressholzplatten* |
| *Größe* | *95 Quadratmeter* |
| *Zimmer* | *4* |

*Zukunftsprognose:* Dieses Modell ist die Urmutter aller Fertighäuser. 1974 wurden sie noch nach der Bauherrin benannt. Wenn dieses Haus meines wäre, hieße es also Silke. Dann säße Silke in Silke und würde auf Heiner warten, der seine Zeit lieber in Monique verbringt (und damit ist, um es ganz deutlich zu sagen, kein Haus gemeint) verbringt. Mir würde das nichts ausmachen, denn meine Gefühle wären mit der Zeit zu Pressholz geworden wie die Wände des Hauses …

… *nein!* Meine Zukunft sieht anders aus. Das weiß ich jetzt. Wieso sollte ich mir ein Fertighaus kaufen und auf Heiner warten, wenn ich doch die Tasche voller Geld habe und Olaf zum Freund? Ab sofort werde ich aufhören, mir meine Zukunft vorzustellen. Ich werde sie einfach leben.

»Mit *Edeltraut* hat der blöde Sack seine erste Million gemacht«, reißt mich Olaf aus meinen Gedanken. Wie bitte? Ach so. Er meint seinen Chef. Ex-Chef. Ex-Liebhaber.

»Hat er dich wirklich einfach so gefeuert, oder war das bloß ein kleiner intimer Scherz, den ich nicht verstanden habe?«

»Nee, der hat das ernst gemeint.«

»Und nimmt dich das sehr mit?«

»Na ja, ich habe ja nicht gerade an dem Job gehangen. Aber die Moderation hat mir Spaß gemacht. Es lief so gut und dann, peng, hat der mir einfach die Kündigung vor den Latz geknallt. Nette Belohnung. Jetzt muss ich mir auch einen neuen Job suchen. Und wir werden umziehen müssen. An die Musterhausschlüssel komme ich nächste Woche nämlich nicht mehr ran.«

Erstaunlich, wie gelassen er ist. Es scheint ihm überhaupt nichts auszumachen. Okay, er hat damit gerechnet. Aber so ein bisschen Schmerz, ein klein wenig Bedauern? Verletzte Eitelkeit? Wenigstens gekränkter Stolz? Zumindest lässt er sich nichts anmerken. Oder er ist gut im Verdrängen. Genau wie ich. Deshalb bohre ich auch nicht nach, sondern leite geschickt zu einem erfreulicheren Thema über: »Ach, wir finden schon was. Ich habe nämlich gerade meine erste halbe Million gemacht. Fast zumindest. Guck mal in diese Tasche!«

»Und ich dachte schon, da sind die Überreste der Aerobic-Tante drin, die vorhin das Haus und deinen Verlobten samt Anhang gewonnen hat.«

»So etwas traust du mir zu?«

»Ehrlich gesagt: Wer mit so einer hässlichen Tasche herumläuft, dem traue ich alles zu. Mach mal auf!«

Ich zurre den Reißverschluss nach hinten und gebe den Blick auf die Scheine frei.

»Wahnsinn!«, sagt Olaf. »Man könnte darin baden.«

»Wie Onkel Dagobert«, sage ich.

»Ich dachte eher an diese eine Szene aus *Ein unmoralisches Angebot*, wo Demi Moore auf dem Bett liegt, von ihrem Liebsten erst mit Dollars dekoriert wird, und dann schmeißen die richtig mit dem Geld herum.«

»Kommt nicht in Frage!«, sage ich streng. »Mit Geld spielt man nicht.« Das sind noch letzte Reste meines Berufsethos als Bankerin, die ich aber rasch abschüttele, als ich Olafs bittenden Blick sehe. Diese Augen! »Gut«, sage ich, »aber nur ein bisschen. Schließlich müssen wir damit ja unsere neue Bleibe finanzieren – was und wo immer die sein mag.«

»Darüber machen wir uns später Gedanken. Jetzt komm!«

# 13. Kapitel
# Nichts anbrennen lassen?

*Samstag, 21. Mai, nachts*

Ich wälze mich auf der Auslegeware im Wohnzimmer, während Olaf um mich herumtanzt und Scheine auf mich niederschweben lässt. Ich wusste gar nicht, dass Geld so viel Spaß machen kann! Na ja, ich hatte ja auch noch nie so viel. Mal werfe ich Geld, mal Olaf, mal einhändig, mal beidhändig, mal viel auf einmal, mal einzelne Scheine – und das war's auch schon. Uns fallen einfach keine neuen Varianten mehr ein.

Wir stopfen die Scheine wieder zurück in die Tasche, ziehen den Reißverschluss zu und widmen uns wichtigeren Dingen. Zum Beispiel *Gänsehaut on Glatteis*, einer Cocktailkreation, die Olaf uns inspiriert von den »garantiert wahren« Gruselgeschichten gemixt hat, und ein paar neuen Tanzschritten, die wir uns ausdenken. Die werden wild und wilder – ist mir der plötzliche Reichtum doch zu Kopf gestiegen? Olaf demonstriert Headbanging und nimmt dabei leider Kontakt mit der Schrankwand auf. Seine Nase blutet, als wäre er auf ein Ketchuppäckchen getreten. Ich gebe ihm das Papiertaschentuch aus meiner Hosentasche, aber das ist sofort vollgesogen. Ich hole Klopapier. Ist aber auch nicht das Wahre. Vielleicht sollte ich ein paar Hundert-Euro-Scheine zusammenrollen und ihm in die Nase stopfen?

Olaf setzt sich hin, legt den Kopf in den Nacken und fragt: »Hast du vielleicht mal einen Tampon für mich?«

Eine ganz normale Frage. Jede andere Frau diesseits der Wechseljahre hätte wahrscheinlich geantwortet: »Ja, natürlich!« und einen dieser kleinen Wattepropfen aus der Handtasche gezogen. Aber ich habe erstens keine Handtasche und zweitens keinen Tampon dabei, wie mir in diesem Moment auffällt.

Ich denke kurz nach: Ich habe auch keinen Tampon in meinen Tüten.

Und ich hatte noch nicht mal Tampons in meinem Badezimmerschrank bei Heiner.

Überhaupt habe ich schon ziemlich lange keinen Tampon mehr in der Hand gehabt. Ich weiß schon gar nicht mehr, wie die Dinger genau aussehen.

Warum eigentlich nicht? Ich denke nach.

Wann hatte ich zuletzt meine Tage? Das ist vielleicht länger als vier Wochen her. Vielleicht auch länger als sechs Wochen. Oder acht Wochen? Auf jeden Fall deutlich zu lange.

Mir fällt ein, dass mir morgens immer flau im Magen war. Und wie war das mit dem Heißhunger auf Birne Helene?

»Sag mal, ist mit dir alles okay?« Olafs Nasenbluten scheint schon besser geworden zu sein. Er hat sich aufgesetzt und sieht mich besorgt an. Ich habe wohl ziemlich lange nachgedacht.

»Ich glaube, ich bin schwanger.«

»Schwanger? Von wem?«

»Keine Ahnung. Von niemandem.« Ich weiß es wirklich nicht. Hatte ich überhaupt mal Sex? Okay, mit Kilowatt, aber der war deutlich kondomgesichert und liegt gerade mal eine Woche zurück. Natürlich kommt nur Heiner in Frage. Eine von unseren seltenen Routine-Nummern, so öde, dass ich sie gar nicht richtig wahrgenommen habe. Wann lief noch mal die letzte Sendung *Wetten, dass …?*

Während ich darüber nachgrübele, fährt Olaf zur Nachtapotheke und besorgt einen Schwangerschaftstest. Ich will Gewissheit!

Ich gehe ins Bad und pinkle in einen winzigen durchsichtigen Becher. Die Hälfte geht daneben. Dann ziehe ich mein Pipi mit einer Pipette – heißt die deswegen so? – auf und träufle exakt vier Tropfen in die mikroskopisch kleine Aufnahmeöffnung des *Schwanger:-Ja-oder-nein?*-Tests.

In der Anleitung wird verlangt, dass nach genau fünf Minuten das Ergebnis abgelesen wird. Ich sprinte zu Olaf, der im Wohnzimmer wartet, ordne an: »Sag mir in genau fünf Minuten Bescheid!«, greife mir zur Sicherheit aber seinen linken Arm und starre selbst auf die Uhr.

Erstaunlich, wie lang fünf Minuten sein können. Meine gesamte Kindheit kam mir kürzer vor. Im direkten Vergleich eher wie zwei Minuten.

Kurz bevor die Zeit um ist – zum Glück hat Olafs Uhr einen Sekundenzeiger –, renne ich zurück zum Bad, bleibe aber vor der Tür stehen.

»Olaf, kommst du bitte mit? Ich trau mich nicht!«, rufe ich und schicke noch ein nervöses »Schnell!« hinterher.

Er steht sofort neben mir. »Darf ich wirklich mitgucken?«

»Ja«, sage ich und ziehe ihn ins Bad. »Also: Ein Strich heißt nicht schwanger, zwei Striche bedeuten schwanger. Wie viele Striche siehst du?«

Olaf guckt sich das weiße Plastikteil näher an. »Eineinhalb.«

»Mach jetzt bitte keine Witze«, herrsche ich ihn an. Er ist ein Mann, kapiert er deshalb den Ernst der Lage nicht?

»Das ist kein Witz. Guck doch selber!«

Ich werfe auch einen Blick auf das Testergebnis. Eindeutig: Eineinhalb Striche. Einer ganz deutlich, der zweite schwach, aber sichtbar. Von so einem Ergebnis steht nichts in der Gebrauchsanleitung. Hieß der Test nicht *Schwanger: Ja oder nein?* Ein total irreführender Name! Ich werde dem Hersteller vorschlagen, den zu ändern. Am besten in *Schwanger: Ja, nein oder vielleicht?*

»Vielleicht bist du ein bisschen schwanger«, vermutet Olaf. »Oder noch nicht so ganz.«

»Auf jeden Fall bin ich jetzt nicht schlauer als vorher.«

»Aber vielleicht gleich.« Olaf zieht einen zweiten Test aus der Tasche. »Ich habe zwei gekauft. Eigentlich wollte ich aus Solidarität auch einen machen, aber ich dachte dann, vielleicht brauchen wir den doch noch. Männliche Intuition.«

Der neue Test ist auf jeden Fall ganz leicht zu bedienen. Oder bin ich mittlerweile routiniert? Und das Ergebnis ist …

»Eindeutig!« sagt Olaf, der wieder zuerst draufgucken darf.

»Eindeutig was?« Ich zwinge mich, die Augen zu öffnen und hinzusehen. Das Anzeigefeld leuchtet Signalrot.

»Eindeutig schwanger! Zwillinge. Eineiig. Mädchen. Musikalisch begabt«, sagt Olaf.

»Ausgeschlossen«, antworte ich, ohne es richtig zu merken. »In meiner Familie kann niemand ein Instrument spielen, und Heiners Sippe ist ja offensichtlich völlig taktlos.«

Schwanger.

Ich.

Wirklich.

*Hmm.*

Seltsam!

Seltsam ist auch, dass mir der Gedanke gar nicht unangenehm ist. Ein Kind? Das habe ich mir nie vorstellen können. Jetzt schon. Auf einmal. Nur weil dieses Feld dort rot leuchtet. Ein Signal von meinem Kind. Ich merke, wie mir gleichzeitig ganz warm und ein bisschen kalt wird.

Ich sehe Olaf an. Er hat Tränen in den Augen.

»Was hast du denn?«

»Ich bin gerührt«, schluchzt er. »Das ist so ein besonderer Moment. Versprich mir bitte, dass ich wenigstens Patenonkel werden darf.«

»Versprochen«, schluchze ich zurück und drücke seine Hand. So fühlt es sich also an, Mutter zu werden. Ich könnte die Welt umarmen! Ich muss sofort Mutti anrufen. Und Brigitte. Und Dodo. Und Heiner? Nein, Heiner lieber nicht. Später vielleicht.

Mutti verschlägt die Nachricht vom Enkelkind die Sprache. Zum ersten Mal erlebe ich, dass sie wirklich minutenlang nichts sagt. Kein: »Von wem ist es, wann wollt ihr heiraten, in welcher Woche bist du, du sahst neulich auch schon dicker aus, wie soll es heißen, ich hole schon mal den alten Stubenwagen vom Dachboden.« Irgendwann kommt ein: »Damit habe ich überhaupt nicht gerechnet«. Und dann, endlich: »Das ist ja wunderbar!«

»Außerdem habe ich jetzt Geld. Viel Geld.«

»Ich weiß. Das Bauland.«

Es ist immer wieder erstaunlich, wie schnell sich manche Dinge im Dorf herumsprechen.

»Mutti, du möchtest doch sicher, dass ich zurückkomme. Aber ich weiß nicht, ob ich das will.«

»Kind, natürlich möchte ich das. Aber es ist völlig egal, was ich möchte. Du musst entscheiden, was richtig für dich ist. Das kann dir keiner abnehmen.«

Wir schweigen einen Moment.

»Pass auf dich auf!«, verabschiedet sich Mutti dann. Komisch, so etwas sagt sie sonst nie.

»Ein Kind? Das kann ich mir gar nicht vorstellen! Was willst du jetzt machen?« Brigitte ist nicht annähernd so sprachlos wie meine Mutter.

»Keine Ahnung«, sage ich.

»Du könntest dir hier eine fette Hütte im Dorf bauen, eine richtige Villa. Monique wird platzen vor Neid. Und für Kinder ist das hier ein Paradies!«

»Du redest wie meine Mutter.«

»Das nehme ich jetzt mal als Kompliment. Komm zurück, du wirst die Queen of the Dorf sein. Von wem ist das Kind eigentlich?«

»Dazu möchte ich jetzt lieber nichts sagen.«

»Okay. Und, kommst du zurück?«

»Ich glaube nicht.« Hey, ich habe eine Entscheidung getroffen. Okay, die ist vielleicht noch etwas zaghaft formuliert, aber immerhin: Ich habe eine vage Ahnung. Nicht davon, was ich tun werde, aber zumindest davon, was ich nicht tun werde.

»Brigitte, mal ehrlich: Du wirst doch auch nicht bleiben. Du kaufst dir irgendwann den Weinberg und dann bist du weg.«

Sie seufzt. »Da hast du vielleicht Recht.«

»Nicht nur vielleicht. Ich weiß, dass ich Recht habe. Und ich weiß auch, was ich tue: Ich lasse mein bisheriges Leben hinter mir. Ich fange ganz neu an.«

»Und du meinst, du kannst alles einfach so hinter dir lassen? Einfach so?«

»Warum nicht?«

»Damit das funktioniert, brauchst du ein Exorzismus-Ritual.«

Ich muss lachen. »Gute Idee. Was schlägst du vor?«

»Lass mich einen Moment überlegen ... Du könntest dreißig usbekische Bettelmönche bitten, eine rituelle Austreibung der alten Geister vorzunehmen.«

»Wo soll ich denn dreißig Mönche herbekommen?«

»Auch wieder wahr. Du könntest aber auch einfach etwas verbrennen, das dein bisheriges Leben symbolisiert. Ein Kleidungsstück oder einen Liebesbrief von Heiner.«

»Du weißt genau, dass er mir nie einen geschrieben hat. Aber trotzdem danke für den Tipp. Ich habe da schon eine Idee.«

Olaf guckt ein wenig erstaunt, als ich ihn mit meinem Plan konfrontiere. »Wir werden ein Haus anzünden. Als Zeichen, dass wir unser bisheriges Leben hinter uns lassen.«

»Wie bitte?«

Ich glaube, er glaubt mir nicht. »Wir werden ein Haus anzünden«, wiederhole ich langsam. »Das ist praktizierter Exorzismus.«

»Ich wusste gar nicht, dass du religiös veranlagt bist.«

»Bin ich auch nicht. Aber damit ich neu anfangen kann, muss ich endlich aktiv werden. Und du auch.«

»Und du findest, dass Brandstiften eine geeignete Aktivität ist? Wie wäre es mit Joggen oder Töpfern oder Strampelanzug-Stricken?«

»Zu lasch. Ich will etwas Richtiges. Etwas Heftiges.« Ich bin voller Tatendrang.

»Das sind die Hormone, das lässt wieder nach«, behauptet Olaf. »Nur mal angenommen, ich lasse mich auf diese verrückte Idee ein … welches Haus sollen wir denn anzünden?«

»Na, dieses hier.«

»Dieses? Ach so.«

»Genau. Oder ein anderes aus dem Massivhauspark. Oder gleich alle. Der Massivhauspark als Symbol für unser bisheriges Leben.« Ich finde mich überzeugend. Olaf noch nicht ganz.

»Ich weiß nicht«, sagt er nur. Aber ich merke, dass er langsam an der Idee Gefallen findet.

»Aber ich weiß! Und ich *fühle!* Ich fühle, dass das genau das Richtige ist.«

»Zumindest würde ich dem blöden Sack eins auswischen.« Aha! Endlich zeigt Olaf, dass ihm das Verhalten seines Exlovers doch näher gegangen ist, als er bisher zugegeben hat. »Der würde sich schlimmer ärgern als Rumpelstilzchen. Versichert ist jedes einzelne Haus hier bestimmt gut, aber sein Ego würde leiden. Und er würde bestimmt nie wieder einen hochbekommen. Denn für ihn sind die Häuser und sein Erfolg damit doch so etwas wie Potenzkrücken. Ist dir eigentlich aufgefallen, wie phallisch die Limousine geformt war?« Ein gefährliches Glitzern tritt in seine Augen. Oha! Und da heißt es immer, eine betrogene Frau wäre gefährlicher als eine geladene Kalaschnikow. Eventuell sollte ich ihm noch einmal erklären, dass wir wirklich nur dieses eine Haus abfackeln, nicht das gesamte Lebenswerk seines fiesen Ex-Winnie-the-Poohs.

»Also, bist du dabei?«

»Aber klar!«

Wir steigern uns noch ein wenig in den Plan hinein, dann machen wir uns auf die Suche nach brennbarem Material. In einem der Häuser finden wir etwas Grillanzünder und eine angebrochene Flasche Brennspiritus, wahrscheinlich von Frau Nelkes kleinem Grillfest. In der Garage eines anderen steht noch ein Kanister Benzin. Um Streichhölzer zu finden, brauchen wir etwas länger. Doch schließlich finden wir eine Packung Welthölzer, ausgerechnet im Präsentationszelt des Designerhauses.

Als wir aus dem Zelt heraustreten, zucke ich zusammen. »Guck mal!«, sage ich erschreckt.

»Was denn?«

»Da hinten!« Ich bin mir ziemlich sicher, dass ich eine

dunkle Gestalt gesehen habe, die hinter einem Haus verschwunden ist.

»Ich sehe nichts.«

»Ich auch nicht. Also, jetzt nicht mehr. Aber ich glaube, da war was …«

»Eine weiße Maus vielleicht?« Olaf grinst mich an. »Wer soll sich denn jetzt hier noch rumtreiben? Du weißt doch, nach den Öffnungszeiten kommt hier niemand hin, es gibt ja nicht mal einen Nachtwächter. Dir werden doch nicht etwa die Nerven durchgehen? Weißt du … wir müssen das nicht machen, wenn du es nicht wirklich willst. Wir können immer noch … irgendetwas Harmloseres tun.«

Ich schüttele energisch den Kopf. »Nein! Ich bin lange genug harmlos gewesen! Los, komm.«

Olaf und ich schleppen unsere Beute zurück in Modell *Edeltraut* und bauen sie auf dem Couchtisch auf. Wir schweigen einen Moment, dann fragt Olaf: »Und damit können wir jetzt Feuer legen?«

# 14. Kapitel
# Mit Feuer und Flamme

*Samstag, 22. Mai, kurz vor Mitternacht*

Wie zündet man eigentlich ein Haus an? Vielleicht hätte ich mich vorher informieren sollen. Aber wo? Bei der freiwilligen Feuerwehr?

Nun muss es so gehen, mit dem Kanister Super bleifrei, einer angebrochenen Flasche Brennspiritus und ein paar Grillanzündern. »Ich bin mir fast sicher, dass ich in *1000 preiswerte Haushaltstipps*, der Bibel meiner Schwiegermutter, noch kostengünstigere Vorschläge gefunden hätte«, sage ich und verliere mich ein wenig in Gedanken über mein bisheriges Leben.

»*Ex*-Schwiegermutter«, holt mich Olaf in die Gegenwart zurück. »Und wenn wir in den Gelben Seiten nachgucken?«

»Unter Brandstifter oder was? Nein, wir kriegen das schon irgendwie hin. Komm, wir schütten jetzt erst mal das Benzin aus.« Ich stehe auf und greife mir den Kanister. Entschlossen und dynamisch. Mein neues Ich! Weg mit dem Phlegma, tschüss Lethargie, willkommen – na, was denn? Kriminelle Energie? Ach, nein, sagen wir lieber: Tatkraft. Komisches Wort.

»Halt! Halt! Halt!«, ruft Olaf entsetzt. »Was soll das denn werden?«

»Super auf die Auslegeware, brennendes Streichholz drauf und fertig«, erläutere ich ihm meinen Plan. »Oder soll ich lieber den Spiritus nehmen?«

»Auf keinen Fall! Bist du wahnsinnig geworden? Wir werden in die Luft fliegen! In jedem Grillratgeber steht doch, dass man auf gar keinen Fall Spiritus oder Benzin ins Feuer kippen darf. Dann kommt es nämlich zu Verpuffungen.«

»Und wenn wir gar nichts machen, verpufft mein Plan! Wenn du dich in dem Metier so gut auskennst, dann schlag du doch mal was vor.«

»Wir könnten es erst mal mit einem Grillanzünder ausprobieren.«

Gut. Olaf wickelt also einen der Grillanzünder aus, ich zünde ihn an, und Olaf legt ihn auf die Auslegeware, vor den künstlichen Kamin. Andächtig betrachten wir den unscheinbaren kittgrauen Quader. Die Flamme züngelt erst ein wenig, dann, in einem Anfall von Schüchternheit – vielleicht bekommt ihr das Angestarrtwerden nicht – zieht sie sich zurück und verglimmt.

»Noch nicht mal einen Grillanzünder können wir brennen lassen!« Ich stelle unsere Kompetenz ernsthaft in Frage. Olaf kann ja wenigstens kochen, aber ich bin sowohl als Hausfrau als auch als Brandstifterin eine Niete.

Olaf sieht den Selbstvorwurf *Versagerin* auf meiner Stirn aufblinken wie eine rote *Das-Öl-ist-alle-bitte-sofort-anhalten-und-nachfüllen-sonst-kann-ich-für-nichts-garantieren-*Warnlampe.

»Ich habe eine bessere Idee«, sagt er. »Wir zünden den ganzen Massivhauspark an.«

»Und wie soll das bitte gehen, wenn es uns noch nicht mal gelingt, ein altersschwaches Fertighaus ein bisschen anzukokeln?«

»In der Musterhalle steht ein Modell der Siedlung. Aus Sperrholz, riesengroß. Eine gigantische Laubsägearbeit, der ganze Stolz des Chefs. Angeblich von ihm handgefertigt, das ist natürlich gelogen. Lass es uns doch damit probieren. Das ist doch auch viel symbolischer, also eigentlich der bessere Exorzismus.«

»Aber nur, wenn ich diesmal den Spiritus nehmen darf.«

»Vielleicht ein winziges bisschen.«

Auf dem Weg zur Halle denke ich die ganze Zeit, dass ich etwas vergessen haben könnte. Bloß was? Olaf trägt meine *Aldi*-Tüten. Aber war da nicht noch was? Irgendetwas Neues, das ich noch nicht so richtig auf dem Zettel habe? Doch, Moment, natürlich: das Geld! Ich renne zurück und hole die Tasche.

Warum brennt in dem Haus, das Heiner und Monique gewonnen haben, eigentlich noch Licht? Heiners Mutter ist doch sonst so sparsam. Auch wenn sie die Stromrechnung nicht zahlen muss – so eine Verschwendung wird sie Monique in Zukunft nicht durchgehen lassen. Egal. Das ist alles nicht mehr mein Problem.

In der Halle – das Modell steht groß und protzig in der Mitte, so protzig wie Sperrholz eben sein kann – lässt Olaf erst mal Wasser in eine der zahlreichen Beispielbadewannen laufen.

»Willst du jetzt etwa ein Schaumbad nehmen?« So wunderbar wir auch bislang miteinander harmoniert haben, so wenig ist es doch zu übersehen, dass wir als Bonnie & Clyde der Brandstifter noch ein wenig üben müssen. Es ist wie in der ersten Stunde eines Tanzkurses, wo man sich beim Cha-Cha-Cha unweigerlich auf die Füße tritt. Er kann froh sein, dass ich meine Killer-Stilettos nicht trage.

»Nein, das ist Löschwasser. Man kann ja nie wissen. Falls etwas außer Kontrolle gerät.« Süß, wie umsichtig er ist! Wir wollen zündeln, und der Mann denkt schon ans Löschen.

Wir heben die schützende Plexiglashaube vom Massivhausparkmodell, und ich darf, von Olaf argwöhnisch beobachtet, drei Tropfen Spiritus darauf träufeln. Dann reißen wir gemeinsam ein Streichholz an, gehen ein paar Schritte zurück – und werfen es aus sicherer Entfernung gen Modell.

Es erlischt noch im Flug und fällt ungefähr einen Meter vom Ziel entfernt auf den Hallenboden.

»Hmm«, sagt Olaf. »Vielleicht sollten wir uns einen elektrischen Fernzünder besorgen?«

»Ach was«, sage ich, denn mir reicht das jetzt langsam. »Ich probiere jetzt mal was aus.«

»Okay.«

Ich nehme die Spiritusflasche und tränke all die kleinen Sperrholzhäuschen großzügig. Die stinkende Flüssigkeit verteilt sich gut über das ganze Modellgelände.

»Das liegt an den Zierteichen. Die sind hier im Modell, genau wie da draußen, mit einem Kanalsystem untereinander verbunden«, erklärt Olaf.

»Geh schon mal in Deckung«, weise ich Olaf an, der sich daraufhin hinter der vollen Badewanne verkriecht. Ich zünde ein neues Streichholz an, nähere mich vorsichtig mit ausgestrecktem Arm einer Ecke des Modells. Denke einen Moment nach. Denke an alles, was passiert ist. Und mit einem undeutlichen Gefühl der Vorfreude an alles, was in meiner Zukunft noch passieren wird. Und dann lasse das Streichholz fallen –

– *wuuusch!* Das ganze Ding steht in Flammen. Es lodert so hell und fröhlich wie der Adventskranz von Heiners Mutter vor ein paar Jahren, den sie mit schon völlig heruntergebrannten Kerzen bestückt hatte (»Die sind doch noch gut! Man muss nicht jedes Jahr neue kaufen!«). Völlig fasziniert betrachten wir das leuchtende, knisternde, in sich zusammenfallende Modell. Das Designerhäuschen brennt am längsten.

Der Exorzismus wirkt. Plötzlich kann ich mir meine Zukunft vorstellen. Ich sehe mich mit meiner Tochter ins Museum gehen – es könnte das MoMA sein – und durch den Wald rennen. Ich sehe Olaf, seinen neuen Freund (der aussieht wie Brad Pitt in besser), meine Tochter, einen weiteren Mann (der aussieht wie der Bruder von »Brad Pitt in besser«) und mich an einem runden Tisch sitzen und Hirschgulasch essen, das Olaf gekocht hat. Ich sehe mich eine Treppe zu einem runden Häuschen hinaufsteigen, das aussieht wie ein soeben gelandetes UFO und dessen knallrote Farbe einen schönen Kontrast zum dunklen Grün des Wäldchens bildet, vor dem es steht. Ich kann alles ganz genau sehen – und es sieht toll aus!

»Schön!«, sage ich.

»Ja«, sagt Olaf.

»Und wie schön sich die Flammen in den Fenstern spiegeln! So sieht das alles viel größer aus.«

»Das … das ist keine Spiegelung!« Olaf guckt plötzlich ganz erschrocken. »Ich glaube, da draußen brennt es auch.«

Wir packen meine Tasche und die Tüten und rennen raus.

Die ganze Siedlung lodert!

Es brennt überall um uns herum, meterhohe Flammenwände umzingeln uns. »Die Zierteichkanäle«, ruft Olaf entsetzt, »jemand muss irgendetwas Brennbares hineingegossen und angezündet haben!« In echt sieht das doch etwas imposanter aus als beim Modell. Wer auch immer das getan hat, auf jeden Fall hat er eindeutig mehr technisches Knowhow als Olaf und ich.

Einige der Häuser sind schon schwer angeschlagen, andere sehen noch unversehrt aus. Es ist brüllend heiß, Funken schweben wie Glühwürmchen auf Ecstasy durch die Luft. Hier kommen wir nicht weiter, die Flammen umschließen den Eingang. Olaf zieht mich in die Halle zurück, in der es auch nicht mehr so gemütlich ist. Das brennende Massivhausparkmodell hat angefangen zu qualmen und zu stinken. Olaf bekommt einen Hustenanfall. Ich renne mit ihm zur vollen Badewanne und werfe den Inhalt der Aldi-Tüten hinein. Meine ganzen Klamotten. Die mit Wasser vollgesogenen Teile fische ich wieder heraus und lege sie uns über die Schultern. Olaf behänge ich mit dem Ibiza-Kleid. Steht ihm. Besser als mir. Dann gebe ich ihm eine meiner pitschnassen Unterhosen. »Nimm die als Mundschutz.«

Wir stecken unsere Köpfe ins Wasser, damit die Haare

nass werden. Ich rette meinen Teddy, stopfe ihn in meine Glückssocken und stecke mir das ganze Paket tief in den Ausschnitt, bade noch schnell die Tasche mit den Scheinen und frage: »Wo ist der Hinterausgang?«

Dann laufen wir, Unterwäsche vor die Gesichter gepresst, vorbei an Kachel- und Klinkermustern, um unser Leben. Und das gerade jetzt, wo ich endlich eine Ahnung habe, wie mein Zukunft aussehen könnte.

Der Hinterausgang ist verschlossen. *Scheiße!*

»Ich will nicht sterben!«, rufe ich.

»Wir kommen hier schon raus«, ruft Olaf zurück. »Hier entlang!«

Ich renne hinter ihm her zu einer unauffälligen Tür. Olaf greift hinter ein Badezimmerfliesenmodell, zieht einen Schlüssel hervor. »Das Büro des Chefs. Mit Extra-Ausgang.« Er öffnet die dicke, schallgedämmte Tür. Wir werden von einem schrillen Geräusch empfangen. Die Feuersirene, denke ich, endlich, gleich kommt die Feuerwehr, dann wird alles gut …

… aber das Geräusch ist ein Schrei. Er kommt aus dem Mund der TV-Moderatorin, wahrscheinlich, weil sie höchst unbequem auf der schwarzen Lederklappcouch und unter dem Massivhausparkboss eingeklemmt liegt. Als passende Reaktion darauf kreischen Olaf und ich zurück. Einerseits, weil das kein schöner Anblick ist, und andererseits, weil mir sowieso die ganze Zeit schon nach Schreien zumute ist und nur noch der passende Auslöser gefehlt hat. Olaf brüllt wahrscheinlich, weil wohl niemand seinen Ex-Liebhaber in so einer Situation überraschen möchte.

Der Massivbauparkboss scheint bemerkt zu haben, dass

die ganzen Schreie, die an sein Ohr dringen, weder verzückt sind, noch ausschließlich von seiner Gespielin stammen. »Was zum Teufel …!« Mit einem entrüsteten Grunzen wälzt er sich von ihr hinunter und rappelt sich – ordentlich mit Hemd, Krawatte und Socken, allerdings ohne Schuhe oder eine Hose – vor uns auf. Auch das ist kein schöner Anblick.

»Feuer!«, brüllen wir. Hier im Büro ist von dem Flammenmeer wirklich noch nichts zu merken. Die wahrscheinlich schalldichten Fenster sind mit Jalousien verdunkelt.

»Wo denn?«, fragt die TV-Moderatorin und schaut sich um, als würde sie eine Kamera suchen. Dabei gelingt es ihr, in Sekundenschnelle ihre Bekleidung so zurechtzuschieben und zu zupfen, dass sie wieder einen präsentablen Eindruck macht. Nur die Frisur lässt noch etwas zu wünschen übrig.

»Überall«, antwortet Olaf und stürmt zum Ausgang. Diese Tür ist ausnahmsweise mal nicht verschlossen, Olaf reißt sie auf –

– und wir können einen schönen Blick auf das Spektakel draußen werfen. Auch diese Seite des Massivhausparks steht in Flammen, sie lodern dicht an dicht. Für die Moderatorin scheint das alles nun doch wieder ein bisschen zu viel Realität zu sein, und auch der Massivhausparkboss verwandelt sich in Sekundenbruchteilen in ein zitterndes Häuflein Elend. Die Situation scheint so ausweglos wie mir das Völkerballspielen in meiner Jugend. Allerdings sind die Flammen noch nicht ganz bis zur Halle vorgedrungen. Und plötzlich wittere ich eine Chance.

»Wo sind die Feuerlöscher?«, brülle ich.

»Draußen links in der kleinen Lagerhalle«, sagt Olaf und zieht einen großen Schlüsselbund aus der Hose seines Exlovers, die ordentlich zusammengefaltet über dem Schreibtischstuhl liegt.

»Anziehen!«, herrsche ich den Boss und die Moderatorin an und werfe ihnen ein paar von meinen nassen Klamotten zu. »Und mitkommen!« So zackig kenne ich mich ja gar nicht! Aber ich habe jetzt schließlich auch die Verantwortung für mein Kind, da kann ich ruhig schon mal ein bisschen schroff werden.

Wir rennen los und kommen überraschend gut zur Lagerhalle durch, die von Zierteichen und damit im Moment noch vom Feuer verschont geblieben ist. Drinnen finden wir zehn neue Design-Handfeuerlöscher.

Plötzlich durchdringt ein greller Hilfeschrei das Flammengetöse. Mein Blick fällt auf das Haus, das Heiner und Monique gewonnen haben. Es ist genau gegenüber, nur knapp fünfzig Meter entfernt, und steht schon in Brand. Aus einem der Dachfenster lehnen …

… Heiner und Monique! Sie schreien und fuchteln mit den Armen. Ich kann mir genau vorstellen, was passiert ist: Die beiden waren wieder so vertieft ins Brüstekneten, dass Heiner von der Welt nichts mehr mitbekommen und Monique die vorbeifliegenden Funken für Zeichen ihrer Ekstase gehalten hat. Seltsamerweise bin ich nicht wütend oder eifersüchtig oder entsetzt. Stattdessen regt sich in mir ein ganz neues Gefühl: Verantwortung. Für mein Kind, damit auch für mich, für Olaf sowieso, für Heiner, der ja schließlich Vater meines Kindes ist (aber das ist wohl jetzt nicht der geeignete Moment, es ihm zu sagen) … ach, für alle. Am liebsten würde ich die ganze Welt retten. Aber erst mal Heiner und, ja, das muss wohl sein, Monique.

»Eine Leiter!«, rufe ich.

»Was willst du jetzt mit einer Leiter?«, fragt Olaf verblüfft. Ich zeige in Richtung des brennenden Hauses. »Auch das noch!«, stößt er hervor. »Los, kommt mit!« Wir befreien eine zum Glück recht lange Leiter von tütenweise Designerhauszierrat und hasten los. Es ist ziemlich anstrengend mit einem Feuerlöscher in der einen Hand und der Leiter unter dem anderen Arm, aber schließlich schaffen wir es und stehen vor dem W2XL Maximum B3.2 ÖSP Primus Luxus.

»Ihr müsst jetzt aus dem Fenster raus und an den Steighilfen für den Schornsteinfeger das Dach runterklettern!«, befehle ich und lehne die Leiter am Haus an.

»Ich kann nicht!«, kreischt Monique, deren eines Bein immerhin schon ungelenk aus dem Fenster hängt. Okay, in der Aufmachung könnte ich das wohl auch nicht: Monique trägt ein rosa Satin-Negligé mit Spitzeneinsatz und dazu farblich passende Pantoletten, mindestens neun Zentimeter hoch, die vorne so einen kleinen Federpuschel haben. Das perfekte Outfit, um einer Feuersbrunst zu entkommen.

»Doch, du kannst«, brülle ich zurück. Und tatsächlich: Sie tut, was ich sage, Heiner klettert hinterher, und wir rennen alle zurück ins Lager, zurück zu den anderen Feuerlöschern.

»Was jetzt?« Olaf und die anderen schauen mich erwartungsvoll an.

Wie kommen wir hier bloß raus? Ich habe doch schon etliche Survival-Soaps im Fernsehen gesehen, da muss doch eine brauchbare Szene dabei gewesen sein! Wir bräuchten … ein Fahrzeug.

»Die Limousine!«, rufe ich. »Steht die noch da drüben?« Ich deute in die Richtung, in der ich das fahrende Phallussymbol vermute. Der Massivhausboss nickt.

»Schlüssel?«

»Sind hier dran«, sagt Olaf, nachdem er den Schlüsselbund überprüft hat.

»Aber … aber da brennt alles!«, kreischen Monique und die Moderatorin, die sich aneinander geklammert haben wie neue beste Freundinnen, im Chor. Sie haben Recht: Der Rasen, die Holzböcke und der Bühnenaufbau des Fertighauswettkampfes zwischen der Limousine und uns brennen. Und zwar wie Zunder.

»Jeder nimmt sich einen Feuerlöscher«, donnere ich sie an. »Und dann bilden wir eine Schildkröte. Habt ihr alle mal einen Gladiatorenfilm gesehen? Okay, dann wisst ihr, was ich meine. Wir kämpfen uns zur Limousine vor, steigen ein und durchbrechen mit ihr die Feuerwand. Olaf, du wirst fahren.«

Monique und die Moderatorin haben leider nicht verstanden, was ich meine, daher muss ich sie in die von mir gewünschte Formation einweisen. »Wir bleiben alle zusammen!«, schärfe ich ihnen ein.

»Aber nur, bis wir hier raus sind«, stellt Olaf noch klar. Ich hänge mir die pitschnasse Aerobic-Tasche mit dem Geld um.

»Das ist ja meine Tasche!«, hüstelt Monique. Kaum geht es um ihr Hab und Gut, ist die Panik wie verflogen.

»Es *war* deine Tasche. *Jetzt* gehört sie mir«, entgegne ich und drücke ihr einen der Feuerlöscher in die Hand, der farblich überhaupt nicht zu ihrem Negligé passt.

Dann wagen wir uns in die Hölle. Eine Schildkröte, die weißen Löschschaum auskotzt. Muss toll aussehen.

Aber es klappt!

Das Feuer hat die Limousine noch nicht erreicht. Wir springen hinein, Olaf startet, beschleunigt –

– und wir durchbrechen die Flammenwand!

# *15. Kapitel* Auf und davon

*Sonntag, 22. Mai – ein neuer Tag*

»Was soll denn das jetzt?«, fragt der Massivhausboss, als Olaf auf dem Parkplatz vor der Massivhaussiedlung anhält.

»Silke und ich steigen hier aus«, antwortet Olaf.

»Moment«, sage ich, greife in die Aerobic-Tasche und ziehe einen feuchten Hundert-Euro-Schein heraus, den ich dem Herrn der Fertighäuser überreiche. »Spritgeld. Ich möchte Ihnen nichts schuldig sein.«

Er sieht mich verdattert an. Heiner, Monique und die Moderatorin folgen seinem Beispiel. Olaf lächelt und sagt: »Komm, wir fahren!«

Er geht zum roten Alfa Romeo Cabrio und hält mir die Beifahrertür auf. Ich lasse mich auf den Sitz gleiten.

Der Motor startet mit einem leisen Blubbern. Olaf lässt das Verdeck mit einem Knopfdruck aufklappen. Wir fahren vom Parkplatz. Hinter uns lodern die Flammen, eine gigantische Kulisse brennender Häuser. Unsere Vergangenheit wird zu Licht, zu Rauch, zu Asche. Vor uns liegt die unendliche Landstraße. Es wird schon heller, ein neuer Tag beginnt. Olaf dreht das Radio an. Die Talking Heads singen *Burning down the house*.

Wir sind schon fast eine Stunde unterwegs, als der Radiomoderator eine Eilmeldung verliest: der Massivhauspark brennt. »Die Löschzüge sämtlicher umliegender Dörfer sind im Einsatz und versuchen, den Brand unter Kontrolle zu bekommen. Der Brandstifter wurde bereits verhaftet. Es handelt sich um Ralf-Georg Klasen, selbst Mitglied der freiwilligen Feuerwehr. Überführt wurde er von Mimi Meiners.«

»Ist das deine Mutter?«, fragt Olaf erstaunt.

»Psssst!«, zische ich – und denke: Wer sonst?

»Unserem Reporter vor Ort ist es gelungen, die aufmerksame Hausfrau ans Mikrofon zu bekommen«, erklärt der Moderator weiter. »Frau Meiners, wie … *kzrchhhhrrrkrzchhh* …« Der Empfang ist weg. Nur noch Rauschen. Ich drehe und drehe, kriege den Sender aber nicht mehr rein.

»Das war wirklich meine Mutter«, sage ich.

»Scheint eine tolle Frau zu sein.«

»Ja, das ist sie.«

»So wie du.«

Ich beuge mich zu ihm hinüber und gebe ihm einen schnellen Kuss auf die Wange. »Wohin fahren wir eigentlich?«

»Keine Ahnung. Schlag du was vor.«

»Lass uns die Futuro-Häuser suchen. Auf nach Finnland.«

»Machen wir!« Olaf reicht mir seine rechte Hand, die ich ganz fest in meine nehme und drücke.

»Weißt du, was schön wäre?«

»Was?«

»Wenn wir jetzt ganz malerisch gen Sonnenaufgang fahren könnten.«

»Aber Finnland liegt im Norden.«

»Macht doch nichts. Nur ein Stück – sagen wir, bis wir am Horizont verschwunden sind. Dann biegen wir ab. Sieht ja keiner.«

# *Epilog* Was später passiert

Ralf-Georg gesteht, sämtliche Brände der vergangenen Monate gelegt zu haben.

Mutti wird im Dorf als Heldin gefeiert. Sie absolviert ein Kriminologie-Fernstudium und hält als Profiling-Expertin umjubelte Vorträge vor den Landfrauen. Bankräuber und Feuerteufel meiden ab sofort unser Dorf. Dafür taucht ein bekannter Regisseur auf, der Muttis Lebensgeschichte verfilmen will. Die Verhandlungen laufen noch.

Brigitte kauft sich ein Weingut in Südafrika. Sie und Wolfgang bekommen musikalisch begabte Zwillinge. Brigittes Wein gilt schon bald als Geheimtipp und wird schließlich sogar auf dem Feuerwehrball ausgeschenkt.

Dodo verfolgt ihre politische Karriere konsequent weiter. Als Nächstes wird sie Bürgermeisterin.

Der ehemalige Bürgermeister beginnt eine Affäre mit einer Architektin, die einen sehr interessanten Häuserkomplex für meine (jetzt: seine) Wiese entwickelt. Er ahnt nicht, dass diese Liaison von meiner Mutter eingetütet wurde. Der Häuserkomplex ist größer als das Grundstück, das er mir bereits abgekauft hat. Weil er nicht anders kann, als den Rest auch noch zu kaufen, setzt meine Mutter ihm die Daumenschrauben an und erzielt einen Rekordpreis.

Monique und Heiner heiraten. Als Hochzeitsgeschenk lässt Brigitte ihnen den Super-8-Film zukommen, den ich von ihrem Fotoshooting im Feuerwehrhaus gedreht habe.

Monique muss auf ihr Aerobic-Center verzichten und eröffnet stattdessen ein Wellness-&-Beauty-Center, in dem vor allem mit heißen Steinen gearbeitet wird. Heiner wird dort Geschäftsführer. Er beginnt eine Affäre mit einer Masseuse.

Der erotische Feuerwehrkalender stößt auf reges Interesse der Medien und wird ein Verkaufsschlager. Von dem Erlös wird das Feuerwehrhaus vergrößert.

Sandra lernt Kilowatt doch noch kennen. Die beiden ziehen auf einen Bauernhof nach Mecklenburg-Vorpommern, um autark zu leben. Sandra hält das Experiment zweieinhalb Wochen durch. Sie kehrt nach Hamburg zurück, schließt ihr Studium ab und wird zu Deutschlands bekanntester Fernseh-Meteorologin.

Olaf und ich treffen an einer Autobahnraststätte zwei finnische Zwillingsbrüder, die wir auf unserer Reise nach Norden mitnehmen. Wir verlieben uns in sie (das heißt: jeweils in einen) und werden mit gleicher Intensität zurückgeliebt. Es stellt sich heraus, dass ihr Onkel das Futuro-Haus entwickelt hat. Zwei unbewohnte Musterexemplare stehen seit den sechziger Jahren auf einer kleinen waldigen Insel, die der Familie gehört. Gut erhalten. Und natürlich schlüsselfertig.

*Vielen Dank an*
*meine Eltern & alle Ricks,*
*Liv Marlene, Michael Stock,*
*Marcus Luft, Timothy Sonderhüsken,*
*das Dorf Ramelsloh*
*(das in Wirklichkeit natürlich völlig anders ist)*
*und alle anderen,*
*die mich unterstützt und inspiriert haben.*

*Marcus Luft*

# Frühstück in Amsterdam

Roman

*Eine wunderbare Sommerkomödie über kleine Brötchen und große Gefühle!*

»Wer etwas von Brot versteht, versteht das Leben« – das denkt Oliver, Manager eines Lebensmittelkonzerns, bevor er wegen des Riesenflops *Landbrot Thüringen* gekündigt wird. Um sich abzulenken, fliegt er nach Amsterdam – und lernt dort Muk kennen, die große Blumenmuster liebt, bunte T-Shirts näht und von einem eigenen Laden träumt. Den könnte Oliver sofort auf die Beine stellen – aber lieben Frauen Männer, die managen, oder solche, die ihr Herz zum Tanzen bringen?

»Ein Mann, der's kann: Schreiben mit Witz und Feeling!«
Tina Grube, Autorin des Bestsellers
*Männer sind wie Schokolade*



Knaur Taschenbuch Verlag